SEARA VERMELHA

COLEÇÃO JORGE AMADO
Conselho editorial
Alberto da Costa e Silva
Lilia Moritz Schwarcz

Coordenação editorial
Thyago Nogueira

O país do Carnaval, 1931
Cacau, 1933
Suor, 1934
Jubiabá, 1935
Mar morto, 1936
Capitães da Areia, 1937
ABC de Castro Alves, 1941
O Cavaleiro da Esperança, 1942
Terras do sem-fim, 1943
São Jorge dos Ilhéus, 1944
Bahia de Todos-os-Santos, 1945
Seara vermelha, 1946
O amor do soldado, 1947
Os subterrâneos da liberdade
    Os ásperos tempos, 1954
    Agonia da noite, 1954
    A luz no túnel, 1954
Gabriela, cravo e canela, 1958
De como o mulato Porciúncula descarregou seu defunto, 1959
Os velhos marinheiros ou O capitão-de-longo-curso, 1961
A morte e a morte de Quincas Berro Dágua, 1961
O compadre de Ogum, 1964
Os pastores da noite, 1964
A ratinha branca de Pé-de-vento e A bagagem de Otália, 1964
As mortes e o triunfo de Rosalinda, 1965
Dona Flor e seus dois maridos, 1966
Tenda dos Milagres, 1969
Tereza Batista cansada de guerra, 1972
O gato malhado e a andorinha Sinhá, 1976
Tieta do Agreste, 1977
Farda, fardão, camisola de dormir, 1979
O milagre dos pássaros, 1979
O menino grapiúna, 1981
A bola e o goleiro, 1984
Tocaia Grande, 1984
O sumiço da santa, 1988
Navegação de cabotagem, 1992
A descoberta da América pelos turcos, 1992
Hora da Guerra, 2008
Toda a saudade do mundo, 2012
Com o mar por meio: Uma amizade em cartas (com José Saramago), 2017

JORGE AMADO

SEARA VERMELHA

Posfácio
Nelson Pereira dos Santos

Copyright © 2009 by Grapiúna — Grapiúna Produções Artísticas Ltda.
1ª edição, Livraria Martins Editora, São Paulo, 1946.

Grafia atualizada segundo o Acordo Ortográfico da Língua Portuguesa de 1990, que entrou em vigor no Brasil em 2009.

Consultoria da coleção
Ilana Seltzer Goldstein

Capa
Jeff Fisher

Cronologia
Ilana Seltzer Goldstein e Carla Delgado de Souza

Assistência editorial
Cristina Yamazaki/ Todotipo Editorial

Preparação
Leny Cordeiro

Revisão
Renato Potenza Rodrigues
Marise Leal

Texto estabelecido a partir dos originais revistos pelo autor. Os personagens e as situações desta obra são reais apenas no universo da ficção; não se referem a pessoas e fatos concretos, e não emitem opinião sobre eles.

Dados Internacionais de Catalogação na Publicação (CIP)
(Câmara Brasileira do Livro, SP, Brasil)

Amado, Jorge, 1912-2001.
  Seara vermelha / Jorge Amado ; posfácio Nelson Pereira dos Santos. — 1ª ed. — São Paulo : Companhia de Bolso, 2022.

  ISBN 978-65-5921-216-3

  1. Ficção brasileira I. Santos, Nelson Pereira dos. II. Título.

22-100675   CDD-B869.93

Índice para catálogo sistemático:
1. Ficção : Literatura brasileira B869.93

Maria Alice Ferreira – Bibliotecária – CRB-8/7964

2022

Todos os direitos desta edição reservados à
EDITORA SCHWARCZ S.A.
Rua Bandeira Paulista, 702, cj. 32
04532-002 — São Paulo — SP
Telefone: (11) 3707-3500
www.companhiadasletras.com.br
www.blogdacompanhia.com.br

Para Zé.

*Para Luís Carlos Prestes
amigo dos camponeses.*

*Para Tourinho e Gildete,
Ivan e Elisabeth
e para João Amazonas.*

Cai, orvalho do sangue do escravo,
Cai, orvalho na face do algoz.
Cresce, cresce, seara vermelha,
Cresce, cresce, vingança feroz...
CASTRO ALVES

[...] *está no latifúndio, na má distribuição da propriedade territorial,*
no monopólio da terra, a causa fundamental do atraso, da miséria e
da ignorância do nosso povo.
LUÍS CARLOS PRESTES

A liberdade é o conhecimento da necessidade.
ENGELS

Prólogo
A SEARA

A FESTA

1

O vento arrastou as nuvens, a chuva cessou e sob o céu novamente limpo crianças começaram a brincar. As aves de criação saíram dos seus refúgios e voltaram a ciscar no capim molhado. Um cheiro de terra, poderoso, invadia tudo, entrava pelas casas, subia pelo ar. Pingos de água brilhavam sobre as folhas verdes das árvores e dos mandiocais. E uma silenciosa tranquilidade se estendeu sobre a fazenda — as árvores, os animais e os homens. Apenas as vozes álacres das crianças, pelos terreiros, cortavam a calma daquele momento:

> *Chove, chuva chuverando*
> *Lava a rua do meu bem...*

Vestidas de trapos sujos, algumas nuas, barrigudas e magras, as crianças brincavam de roda. Farrapos de nuvem perdiam-se no céu de um azul-claro onde primeiras e leves sombras anunciavam o crepúsculo. Depois da chuva tudo parecia ter uma fisionomia mais alegre. Artur olhou as árvores que se estendiam por detrás da casa-grande, os galhos docemente agitados pela brisa, e sorriu imaginando que as árvores estavam satisfeitas após a chuva tão esperada.

— Tive medo esse ano... — resmungou para si mesmo.

Mas a chuva viera bastante em tempo e as colheitas seriam fartas. Artur calculou a alegria que deveria reinar nas casas dos colonos e dos meeiros e foi então que decidiu ir à festa. Esperaria a chegada do rapaz que fora ao arraial, buscar a correspondência e levar umas encomendas, e então daria um pulo na casa do Ataliba, beberia um trago de cachaça em honra da noiva, dançaria uma polca. Andou para a frente da casa-grande onde sua mulher, Felícia, cuidava de uns canteiros de flores.

— Vamos na festa de Ataliba...
— Tu se decidiu?

Fez que sim com a cabeça, saiu devagar para os lados do armazém. Iria à festa, sim. Os homens estariam satisfeitos, o receio da seca, temor que se renovava a cada ano, estava agora afastado, talvez ainda voltasse a chover naquela mesma noite, apesar de que no céu tão limpo nem mais uma única nuvem restasse. Artur aspirou o cheiro que subia da terra, sorriu novamente. Talvez agora os homens o olhassem com melhores olhos. Quando recebera o convite para a festa na casa de Ataliba disse que ia. Casamento e festa não eram coisas muito comuns pela fazenda e quando se anunciava uma brincadeira em qualquer das casas não se falava noutro assunto nas roças, durante dias, nas conversas do fim da tarde em casa dos trabalhadores, e para Artur sempre havia o problema de que todos queriam algum dinheiro, tinham sempre compras a fazer. Ele recebia os convites, prometia ir. Raramente ia, parecia-lhe que bastava com sua chegada para as festas perderem muito da alegria reinante, os homens não simpatizavam com ele. A esse pensamento Artur suspendeu os ombros num gesto característico. Não era culpa sua. Cumpria com sua obrigação, apertava os homens no trabalho, apertava os meeiros na hora das contas, pagava os preços estipulados, puxava pela fazenda é bem verdade, mas afinal não era para isso que ele era capataz? Qualquer outro que estivesse em seu lugar, como agiria? Gozava da confiança do dr. Aureliano, que se deixava ficar no Rio de Janeiro, vindo à fazenda uma vez na vida, e procurara provar ao patrão ser digno dessa confiança. Nunca a fazenda dera tanto lucro, nem mesmo no tempo do coronel Inácio que morava lá, tomando conta de tudo, decidindo as mínimas coisas. Os meeiros reclamavam, os trabalhadores olhavam-no com olhos cheios de ameaças, mas Artur não se preocupava, costumava dizer que "não tinha medo de caretas".

No entanto certas coisas doíam-lhe e sabia que na fazenda moravam alguns que, com muito prazer, lhe fariam uma desfeita. Não era segredo para ele que, às escondidas, diziam a seu respeito cobras e lagartos e que muitos homens bebiam em sua tenção. Aquilo não o alegrava tampouco. Gostaria de se dar bem com trabalhadores e colonos, fora trabalhador ele mesmo no tempo do coronel Inácio, se sentiria satisfeito se os homens fossem seus camaradas, viessem, sem ser chamados, tirar um dedo de prosa na varanda da casa-grande, não fechassem a cara quando ele entrasse nas festas. Por isso não ia quase nunca a nenhuma daquelas raras festas, apesar de Felícia gostar de uma dança e ele mesmo, Artur, ser doido por uma conversa, amigo de virar um trago de cachaça.

Chegou ao armazém de grandes portas fechadas, onde estavam os mantimentos para vender a trabalhadores e meeiros. Num quarto aos fundos guardavam os arreios da tropa. Tirou uma chave do bolso, abriu a porta. Os homens não tardariam a chegar do trabalho e como era dia de festa naturalmente haveriam de querer comprar alguma coisa. Pulou o balcão, o livro de assentamento estava em cima da mesa. Tomou maquinalmente dele e começou a virar-lhe as folhas. A conta de Mário Gomes estava grande. Nem com muito tempo de trabalho ele poderia pagar. Tinha que limitar o fornecimento. Mais um que lhe iria amarrar a cara, olhá-lo de banda, cuspir depois dele passar. Que poderia fazer? Virou a folha do livro. Jerônimo comprava pouco, quase só o que vestir, tinha sua mandioca, seu milho, sua batata-doce. Homem de juízo. Também lavrava o melhor pedaço de terra da fazenda. Se Artur fosse o dono daquela terra, ela não estaria em mãos de colono. Mas vinha com Jerônimo desde o tempo do coronel Inácio e o dr. Aureliano, mais preocupado com o Rio que com a fazenda, deixara tudo como encontrara quando da morte do velho. Enfim, isso era com o doutor que era o dono, a Artur bastava a raiva que já lhe dedicavam só por ele cumprir as ordens.

Espiou o céu que escurecia:

— Estão largando o trabalho...

Pulou novamente o balcão, atravessou a porta, sentou-se numa pedra que havia próxima ao armazém. Via de longe os meninos, seus filhos, brincando de roda em frente à casa-grande. Ali estavam três, os dois maiores encontravam-se na cidade, no colégio. Seus filhos não seriam ignorantes como os homens que ali viviam, como ele mesmo, Artur, que apenas sabia ler e fazer as quatro operações. Que lhe importava o ódio dos trabalhadores e dos colonos se podia educar seus filhos, mandá-los para o colégio, fazer de um deles doutor, quem sabe?

Mário Gomes vinha andando, o machado na mão. Estava derrubando, junto com outros, um resto de mata da fazenda. Os meninos cantavam e suas vozes infantis chegavam até Artur, penetravam-lhe no coração.

Mário acocorou-se perto da pedra:

— Boas tardes, seu Artur.
— Boas tardes, Mário. Afinal choveu...
— Deus seja louvado...

Mário Gomes queria comprar alguma coisa mas estava sem jeito, bem se via. As vozes das crianças:

Chove, chuva chuverando.

— A festa vai ser boa, Mário?
— Festão... — riu.
— Tou com vontade de ir...
— Vosmecê? Ataliba vai ficar contente... É o casamento da menina dele e, se vosmecê for ir, ele vai engravidar de contente...

Podia não ser verdade mas Artur ouvia as vozes dos filhos cantando, recordava os dois que estavam no colégio interno. Mário Gomes devia muito, mas não era homem para fugir da fazenda e deixar a dívida por pagar:

— Tu quer comprar alguma coisa?

Mário olhou espantado:

— Era só um feijão e um litro de cachaça...

Artur levantou-se, andou para o armazém. Mário o seguiu ainda desconfiado:

— Vai ser uma festa falada...

Começavam a cair as sombras do crepúsculo.

2

Zefa resmungou as costumeiras palavras ininteligíveis e se dirigiu para os fundos da casa. O crepúsculo caía, demorado e triste, sobre os campos. O vulto do velho Jerônimo, tangendo a criação para o pequeno curral, desenhava-se contra o horizonte e uma sombra longa ondulava sobre o capim rasteiro. A vaca parou seu tardo caminhar para arrancar umas folhas da plantação de mandioca que já começava a crescer. Jerônimo soltou então seu grito de boiadeiro — recordação de um tempo distante quando conduzira grandes rebanhos para as feiras de gado — inútil grito porque os jumentos, as cabras e os porcos, sete cabeças ao todo, iam pacificamente para o seu destino noturno. E, quanto à vaca, era tão velha e mansa que mais parecia uma pessoa da família, de tal maneira se encontrava ligada àquelas existências. Mas Zefa estremeceu com o grito, era como se lhe recordasse uma obrigação indeclinável. Murmurou novas palavras, agitou-se, animaram-se seus olhos parados. A velha Jucundina, sem largar o menino, voltou toda a sua atenção para os movimentos de Zefa. Aquilo durava há muitos anos, mas a velha não se acostumara ainda de todo, esperava sempre uma surpresa, qualquer coisa como um estranho milagre, um fato assombroso. Nascera naquelas bandas, ali crescera, casara, tivera filhos e netos, conhecia cada palmo de terra, tinha as mãos calosas do plantio e da colheita, vira as secas e os jagunços, o assassinato na casa-grande que provocara tanto rebuliço, mas nada se comparava com aquilo. Estava certa de que um espírito encostara no corpo de Zefa para cumprir ali sua sentença de sofrimento, pagando os malfeitos do tempo de vivo, e essa era uma opinião generalizada pela gente da fazenda, agregados e colonos. Quando chegava a hora das rezas marcada pelo grito saudoso de Jerônimo tangendo a criação, a velha Jucundina ficava sempre na expectativa, pois poderia acontecer de repente. O quê, ela mesma não sabia. Talvez o espírito se fosse, seu tempo de sentença tivesse terminado, e pudesse ele enfim retomar o caminho das regiões celestes onde não havia nem fome, nem doenças, nem lágrimas. E Zefa, que, algum dia, num passado esquecido, fora uma bonita moça, cobiçada pelos trabalhadores, de pernas grossas e cúpidos olhos, talvez retornasse à razão e reconhecesse os seus parentes, seu irmão Jerônimo, sua cunhada Jucundina, seus sobrinhos e primos. Como iria acontecer, Jucundina não sabia. Apenas esperava que o fato se desse, e a cada crepúsculo, quando Zefa se agitava para o início das suas orações, a velha ficava à espreita, porque com certeza seria naquela hora solene do fim do dia, quando as sombras começavam a cair criando um clima de mistério, quando as velas se acendiam, os ruídos se modificavam, e a cor do mundo era outra, que o milagre sucederia. Esperava já sem susto e quase sem emoção. Mas esperava. Tanto podia ser hoje, como amanhã ou no fim da semana, porém alguma vez seria e, quando acontecesse, a velha Jucundina ver-se-ia livre de um peso que estava de há muito sobre o seu coração.

Era um momento importante no dia trabalhoso da velha Jucundina, porque sempre sucedia que juntavam-se na sua memória, ao grito do velho Jerônimo, os fatos referentes a Zefa, a expectativa dos acontecimentos milagrosos que poderiam suceder, e a recordação dos três meninos que haviam partido. Eram já rapazes quando se foram, cada um por seu caminho, cada um para uma vida diversa. Menos Nenen, cujo nome era Juvêncio, quase uma criança ainda quando fora assentar praça. Os outros dois já eram homens feitos, mas para Jucundina continuavam sendo os "meninos" e neles pensava todos os dias naquela mesma hora do fim da tarde, talvez porque tivesse sido ao cair do crepúsculo que deram por falta de Nenen (só tempos depois viriam a saber que ele assentara praça na polícia militar) e até hoje a voz desencantada do velho Jerônimo ressoa aos ouvidos de Jucundina no amargo e único comentário do acontecido:

— Num fica ninhum cum nóis, veia... Só nóis é que vai morrer nessa terra, cumo os bichos e os pé de pau...

Apontava Agostinho, criançola ainda:

— Um dia vai esse também...

Os anos tinham passado e nenhum dos três rapazes voltara. Essa era outra secreta esperança da velha Jucundina. Vê-los regressar para que ajudassem Jerônimo no trabalho da terra. E, apesar de que haviam partido em datas diversas, cada um por sua vez, cada um por um caminho, cada um para um destino, imaginava — eram poucos e pequenos quadros, formados no correr do tempo, que se sucediam inalteráveis na sua imaginação — que regressariam juntos, juntos atravessariam a cancela e juntos lhe pediriam a bênção. Onde se encontrariam nessa viagem de regresso, a velha não sabia e já refletira mesmo sobre o assunto algumas vezes. Mas não conseguira marcar um lugar que aos três servisse e desistira pois lhe dava um cansaço na cabeça, e aumentava a tristeza, já que assim tinha que pensar sobre o que poderia ser a vida atual de cada um dos meninos. Como marcar o umbuzeiro para o encontro se José não tinha pouso nem caminho certo, podia vir por qualquer estrada, sempre como um fugitivo amedrontado? E Jão por onde chegaria, se a velha Jucundina não sabia direito a cidade onde ele estava destacado? Ao demais ela não queria pensar no presente dos rapazes, no que lhes estaria sucedendo naquele dia e naquela hora. Bom era vê-los chegando, no rastro de Jerônimo e dos animais, juntos os três, os sacos de viagem cheios de coisas de outras terras, de coisas até da cidade, e a voz, áspera mas cálida, pedindo a bênção. A voz que ela ouvia, mistura das três vozes, era a de Nenen, o menor dos três, o mais querido também.

E como tudo podia acontecer — "Deus é grande" — num mesmo dia, quem sabe se, quando os meninos chegassem de regresso, não partisse para sempre o espírito que perturbava Zefa, que enchia sua boca de palavras diferentes e escabrosas, que tornava fixos e amedrontados os seus olhos, que derramava aquela tristeza pelo corpo antes alegre e robusto? Foi aos poucos, devagarinho, que a velha Jucundina juntou numa única data os dois acontecimentos. Antes pensava num ou noutro separadamente. "Pode que hoje o espírito vá embora, tenha cumprido sua pena. Pode que hoje cheguem os meninos de volta, tenham cumprido seu destino." E os dias se passavam e os crepúsculos sucediam-se, repetia-se monótono o grito melancólico de Jerônimo, Zefa rezava suas orações sem nexo e a porteira não se abria ao passo dos fugitivos. E uma e outra esperança foram-se fundindo, se misturando no passar do tempo, e agora tudo ia suceder num só dia, numa única tarde, e então — pensava a velha Jucundina — ela poderia morrer descansada. Porque tudo que desejava nesse mundo, onde se está para sofrer, teria sucedido, e não lhe restaria mais nada em que pensar, pois de há muito aprendera que desejar a posse da terra que trabalhavam era um sonho impossível e irrealizável.

3

Tonho estava com treze anos e mal ouvira o grito do Jerônimo, abandonara a companhia de Noca, a irmãzinha de sete anos. Correra para o curral, ia ajudar o avô a tirar leite. Ficava segurando o bezerrinho pela corda para que ele não se aproximasse demasiado das tetas da vaca. Depois chegaria a vez da cabra. Noca e Ernesto — o menorzinho — tomavam esse leite, Jucundina afirmava que nada melhor que leite de cabra para criar menino. Tonho gostava daquele trabalho, a vaca era a própria mansidão e por vezes ele a cavalgava, apesar dos ralhos do avô. Brincava também com o bezerrinho, imitava seus mugidos, bulia com o jumento, única das criações que tinha nome, pois se chamava Jeremias e, ao ouvir chamar-se assim, logo vinha no seu passo demorado. Com a chuva, poças de água suja enchiam a estrada e Tonho pisava em cada uma delas, diversão melhor não podia haver. Espiava para trás, Noca era uma tola que ficava na porta da casa em companhia da gata amarela, a Marisca. Não sabia o bom que era o trabalho no curral, tirar leite, bulir com Jeremias.

Noca estava com medo. Segurava a gata contra o peito magro e sujo. Tonho lhe dissera que naquela noite, que era a da festa de Ataliba, eles iam ficar sozinhos em casa, os dois e mais o pequenininho, e que o bicho viria com certeza e comeria Noca.

— Come tu também...

— M'iscondo...

E saiu rindo pros lados do curral. Noca se aperta contra Marisca, sua gata, a amiga, sua boneca, sua única ternura na casa pobre. Seus olhos amedrontados fitam com amor a gatinha amarela e remelenta. Marisca mia ao aperto da menina e Noca conversa com ela:

— Tu fica comigo... Se o bicho vier nóis bota ele pra fora...

Junto de Marisca ela não tem medo. Marisca é valente, dá nas galinhas, rosna para o cachorro de tio João Pedro quando ele vem de visita, pula na cerca, até já caçou umas preás pelo campo. E um dia Marisca matou uma cobra bem na frente da casa, cobra pequena mas venenosa e naquela noite Jucundina deu-lhe um pires de leite. Marisca é valente, junto dela Noca não tem medo, não se importa de ficar sozinha. Malvadeza dos outros, irem para a festa, deixarem ela e os três irmãos, quando existe o bicho que pega meninos, que os leva ninguém sabe para onde. Noca se encolhe ante a recordação, aperta mais a gata contra o peito. Marisca, incomodada com a pressão das mãos da criança, estira-se, solta-se, pula para o chão. Mia longamente para as sombras do crepúsculo e fica logo atenta à voz de Zefa que chega da cozinha nas suas imprecações. O dorso da gata se alteia como se ela visse um inimigo. Mas a pequena e suja mão de Noca a acaricia e ela se agacha para melhor receber o carinho, anda sob a mão da menina e rosna baixinho, docemente. Volta a saltar para o colo de Noca.

A noite vem chegando trazida pelas sombras e Noca descobre subitamente no alto dos céus a figura do bicho. Seu corpinho raquítico treme sob o vestido de bulgariana. E só em Marisca encontra consolo e coragem, alegria e ternura.

Nunca tivera uma boneca, nem mesmo uma dessas bruxas de pano que vendem na feira. Nunca tivera um brinquedo, nem mesmo um desses de madeira que os amadores fabricam. Nunca ouvira música nem assistira aos teatros de títeres, nada tivera além de Marisca. Resume para ela a boneca que viu na mão da filha de Artur, o automóvel de flandres que tanto encantara a ela e a Tonho na casa-grande, resume o mundo inteiro, as personagens das histórias que por vezes Jucundina contava, nada mais ela tem além da sua gata.

Vai ficar sozinha essa noite com os irmãos pequenos, e Tonho disse que o bicho virá. Se Agostinho estivesse ali, Noca lhe perguntaria se era verdade. Agostinho tem uma garrucha, podia dar um tiro no bicho. Ele vem numa nuvem, bufando de raiva, ele come menino. A gata salta do colo de Noca atrás de um besouro que apareceu com o crepúsculo. A pata se agita no ar mas o besouro é mais rápido, engana Marisca. Mia zangada, o besouro está pousado na parede, fora do alcance do pulo da gata. Noca vai de mansinho, tapa o besouro com a mão, derruba-o no terreiro, Marisca salta, Noca bate palmas com as mãos, mãos magras e sujas, boca suja também mas que riso mais doce!

4

A vida era difícil e ruim, metade da farinha, do milho e da batata era para a fazenda, além do dia de trabalho gratuito, obrigatório pelo contrato do meeiro. Mas, nem mesmo as crianças que morriam, as doenças que se sucediam, a falta eterna de dinheiro, nada disso era capaz de entristecer Ataliba. Nascera alegre, amigo de festas e brincadeiras, e assim estava envelhecendo. Mesmo nos anos mais difíceis, mesmo naquele ano da seca quando tudo esturricou; e ele ficou endividado até os cabelos, mesmo então Ataliba festejara o São João, que era o dia do santo de sua mulher, Joana.

Nenhuma festa porém se poderia comparar a esta de agora, do casamento de sua filha Teresa com Cosme, um trabalhador que era cego de um olho, motivo por que o conheciam como Cosme Doca. Pela cozinha as mulheres trabalham. Joana, a própria Teresa que tirou os sapatos, despiu o vestido novo com que foi ao arraial se casar, e veio ajudar no preparo do porco, das galinhas, do doce de mamão verde. Vieram moças e mulheres de outras casas, Marta e Feliciana, Mundinha e Caçula, Dinah e Gertrudes. Vai um movimento pela cozinha, e quando as mulheres, passada a chuva e limpo o céu, deram conta que a noite estava chegando, se alarmaram e redobraram o trabalho.

Ataliba corta lenha para o fogo. As mulheres conversam enquanto trabalham e até ao colono chegam suas vozes. Ataliba está feliz. Pouco importa que haja gasto nessa festa todas as economias do ano passado e que ficasse encravado no armazém. Trabalho não lhe metia medo e não ia deixar sua filha casar-se sem festejar o acontecimento e com uma festa que ficasse falada como a melhor da fazenda. Bastião viria tocar e em todas aquelas propriedades em redor, nessa noite, nenhum homem, nenhuma mulher deixaria de vir arrastar os pés e comer seu pedaço de porco, beber seu copo de cachaça à saúde da noiva. Ataliba assovia enquanto corta a lenha. Apesar das cláusulas drásticas do contrato de meeiro, ele tira sempre no fim do ano algum saldo. Comem do que a terra produz, planta seu feijão, seu aipim, sua batata-doce. Se o armazém da fazenda, onde compram o que vestir, não roubasse tanto, ele até poderia juntar algum dinheirinho para atender a uma doença ou a um ano ruim...

Mário Gomes vem vindo pelo caminho. É cedo para a festa, pensa Ataliba. As mulheres ainda estão na cozinha trabalhando. Mas repara logo que Mário não mudou sequer a roupa. Traz na mão uma garrafa e um saco, deve vir do armazém. Ataliba descansa o machado, fica esperando.

— Bas-tardes...

— Nosso Senhor Jesus Cristo lhe dê boa tarde...

Mário Gomes arria o saco onde conduz o feijão. Estende a garrafa de cachaça:

— Trouxe pra festa de vosmecê...

Ataliba agradece:

— Leve sua cachaça, seu Mário. Obrigado a vancê mas festa minha eu faço é cum meu dinheiro...

— Não é pra vosmecê se ofender...

— Num tou ofendido, tou agradecendo a vancê. Mas é que tenho essa quizília, festa minha não aceito ajuda... Sei que a tenção de vancê é boa, mas leve sua cachaça e depois, venha se adivirtir...

Mário Gomes silencia um minuto, não está ofendido com a recusa, ele conhece bem Ataliba. Antes de partir para mudar a roupa, avisa:

— Seu Artur vai vim...

Ataliba abre a boca numa admiração:

— Vai vim? Na festa?

— Inhô, sim. Ele mesmo me disse faz minutinho. Às vezes a gente se engana, faz mau juízo de um vivente... Eu não ia com esse seu Artur... Tinha ele atravessado aqui... — Botava a mão na altura da garganta. — Mas ele não é homem ruim... Botou conversa comigo agora lá no armazém... Não é homem ruim...

Ataliba ainda não acreditava:

— Vai vim?

— Me disse... Não é homem de orgulho...

Levantou o saco onde levava o feijão, completou:

— Cada qual sabe de seus pedaços... Às vez o sujeito parece uma coisa e é outra... Cada um padece suas tristezas, às vez é isso que engana a gente... Num é homem ruim, num é...

Mesmo antes do vulto de Mário Gomes desaparecer no crepúsculo, Ataliba gritava para as mulheres na cozinha:

— Sabe da novidade? Seu Artur vai vim...

Agora eram elas que se admiravam:

— Na festa?

— Pois é...

E a voz de Joana, cansada e lenta:

— Vamos trabaiar, minha gente, tá tudo ainda atrasado...

Ataliba foi espiar a meia dúzia de foguetes que comprara no arraial para soltar nessa noite. Que importa o dinheiro, comparado com a satisfação que um homem pode ter?

5

Talvez em toda a fazenda fossem Zefa e a velha Jucundina as únicas pessoas que naquele crepúsculo não pensavam na festa da noite, em casa de Ataliba. O próprio Gregório, que vinha curvado sob o peso do saco de milho, não podia deixar de se recordar que era o dia da festa, pois tinha visto quando os noivos voltavam, junto com Ataliba, Joana e mais algum, do povoado onde haviam ido se casar. Gregório não desejava ser visto e se escondeu na capoeira para deixá-los passar. Cosme, que era o noivo, cego de um olho, levava os sapatos na mão, naturalmente arrancara-os na estrada. Dava o braço a Teresa e riam os dois, felizes, enquanto atrás ia um converseiro animado sobre a festa:

— Bastião é home de palavra. Diz que vinha, vem mesmo...
— Era Ataliba que afirmava para um dos que iam com ele.

Gregório conhecia Bastião, o tocador de harmônica mais afamado daquelas cinco léguas. Não era a toda festa que ele vinha. Fazia-se de rogado, dava desculpas — doença, trabalho, cansaço — mas festa sem ele perdia metade da animação. Enquanto o grupo passava, Gregório desejou que Bastião estivesse presente. Aliás em festa em casa de Ataliba ele ia sempre e tocava a noite toda. Gregório desejava que Bastião estivesse presente não porque pretendesse ir à festa, não iria. Mas gostava de Ataliba e sabia que o velho festeiro sofreria muito com a ausência do tocador. Afinal era rara uma festa por aquelas bandas e quando havia uma não se comentava outra coisa muitos dias antes e muitos dias depois.

O bando ia longe, Gregório voltou a fazer o seu caminho, o saco às costas, furtando-se aos olhares, evitando passar pela estrada real. E ia pensando na festa, em Ataliba, em Cosme, em Teresa. Bonita cabrocha. Ele mesmo, Gregório, andara de olho nela quando chegara por ali e ela era ainda meninazinha, apenas botando os peitos mas já de sorriso fácil e interesseiro. Porém Gregório tinha outros projetos, não era tempo ainda de trazer mulher para casa. Era um caboclo forte e decidido, de rosto sombrio onde as grandes sobrancelhas fechavam-se sobre olhos pequenos. Casar só quando tivesse terra sua, com escritura passada no cartório, e era para consegui-la que trabalhava dia e noite, sem descanso. Enquanto Militão, que era seu sócio no plantio da roça, gastava o saldo com as mulheres do arraial ou comprando presentes para a noiva, em cachaça ou em festas, Gregório guardava seu dinheiro e naqueles cinco anos já havia juntado algum. Comprar um pedaço de terra era tudo o que desejava.

Gregório deu um jeito nas costas, soltou o saco de milho no terreiro em frente à casa de barro batido. Frangas se agitaram inquietas na goiabeira onde se haviam empoleirado. Gregório espiou pela porta aberta da casa, Militão não chegara ainda. Voltou-se então para a estrada e assoviou. A resposta veio entre o mandiocal e ele distinguiu o vulto de Militão que vinha andando com a foice ao ombro. Sentou-se em cima do saco de milho e esperou. Havia no seu rosto fechado um quase sorriso como alguém que houvesse regressado triunfante de uma luta difícil.

Militão era um mulato alto e sorridente, andava descansado. Colocou a foice em pé, arrimada contra a parede da casa, acocorou-se ao lado de Gregório e seu primeiro comentário foi sobre a festa:

— Tá u'a animação que nunca vi igual...

Gregório não respondeu e só então Militão reparou no saco de milho. Admirou-se:

— Arranjou, hein?

O sorriso abriu-se de todo no rosto de Gregório. Ainda assim em um sorriso pequeno que logo desapareceu:

— Não disse... Oito mil-réis mais barato... Valeu a pena...

— Ninguém viu?

— Me enfiei pela capoeira, até cortei os pés nos espinhos. Não encontrei alma vivente... E Leocádio não vai piar que ele não é besta...

Militão riu, boca sem dentes, escancarada:

— Oito mil-réis... Valeu a pena... Só que se Artur desconfiar é capaz até...

— Capaz de quê?

— De botar a gente pra fora...

As sombras do crepúsculo caíam sobre os dois homens, Gregório levantou-se de cima do saco de milho, aproximou-se de Militão. Frangas pularam da goiabeira, vieram beliscar o saco, Militão tangeu-as com um pé:

— Sai, dianho...

Gregório olhou o mandiocal que se estendia além do terreiro, em derredor da casa:

— Vou te dizer uma coisa, Militão — Agora nem um resto de sorriso em seu rosto novamente fechado e sombrio. — Nem a polícia me bota pra fora daqui...

Militão suspendeu os olhos, fitou o companheiro, viu a decisão estampada no seu rosto. Estendeu os braços como se aquela decisão pouco importasse ante o fato indiscutível:

— É só ele querer... A terra é mesmo do doutor Aureliano...

Gregório olhava o mandiocal vicejante, sobre o qual boiavam as sombras crepusculares:

— Mas a mandioca é de nós dois... Quem derrubou mata e roçou a capoeira? Isso aqui tava mesmo abandonado.

Tangeu as galinhas que teimavam junto ao saco de milho.

— E em junho vai tá um milharal de dá gosto...

Bateu com a mão sobre o saco de milho novamente, um sorriso cortou seu rosto fechado:

— Se Artur desconfiasse ficava se mordendo de raiva...

Eram obrigados a comprar no armazém da fazenda. Fora Militão nas suas andanças em busca de festa quem descobrira que poderiam comprar milho para o plantio bem mais barato se o fizessem em mãos de Leocádio. E quando contara a Gregório logo este se decidiu:

— Vou comprar na mão dele. Artur que se dane...

Gregório não era de muitas palavras mas poucos como ele para o trabalho. Chegara ali fazia cinco anos, antes fora tropeiro numa outra fazenda. Como aparecera sem parentes nem aderentes corriam diversas histórias sobre seu passado, falavam em mortes, em homens assassinados a faca num barulho, mas era tudo vago e inconsistente. Militão também andava buscando trabalho, a seca o atirara para aquelas bandas, e os dois haviam conseguido o arrendamento daquela capoeira onde existia ainda um resto de mata, terreno considerado ruim pela maioria. Estava num dos extremos da fazenda, e o coronel Inácio, quando ainda era vivo, nunca plantara por ali. Gregório entendia de terra e quando Artur lhe propôs arrendar-lhe aquela capoeira, ele silenciou o protesto de Militão e aceitou de imediato. A princípio trabalhavam quatro dias da semana para a fazenda, um de graça conforme mandava o contrato, os outros três para ter com que comprar a carne-seca, o feijão e a farinha. No resto da semana caíam de machado e foice na capoeira e na mata. Venderam lenha, plantaram mandioca, todos os anos renovavam o contrato. Agora não havia em toda a fazenda plantação mais bem cuidada e pela redondeza diziam de Gregório que "era um boi para o trabalho". Enquanto Militão ria e noivava a filha de Afonso, um trabalhador assalariado, Gregório se jogava na roça sem descanso. Para ele não existia nem festa nem dia de domingo. Nunca comprara um par de botinas, roupa nova não possuía, ia ao arraial uma vez na vida, mulher-dama não levava seu dinheiro. E aos que se admiravam de tanto trabalho, Militão explicava que Gregório queria comprar aquele pedaço de terra, aquele ou outro qualquer onde pudesse dizer que estava em terra sua.

— Ainda acaba fazendeiro... — comentavam.

E novamente aquelas histórias incompletas circulavam e aos poucos iam crescendo em detalhes, a fama de Gregório aumentando, novas valentias e malvadezas incorporando-se às narrações. O próprio Artur tinha-lhe um certo respeito e raramente discutia com ele, tratava-o nas palmas da mão e mais de uma vez lhe oferecera o lugar de ajudante de capataz.

Quando Militão fizera a descoberta do preço do milho, eles debateram longamente as vantagens e desvantagens da compra. Militão achava que não valia a pena arriscar-se, era demasiado perigoso. Existiam leis na fazenda que não estavam escritas mas que todos respeitavam religiosamente, e uma delas era a que obrigava colonos e trabalhadores a comprar ali tudo o de que necessitassem. Mas Gregório estava disposto e aos poucos foi convencendo Militão. Naquela tarde, após o almoço, partira pelos atalhos, evitando passar ante a casa-grande, esquivando-se dos encontros.

— Vi o pessoal voltando do casamento...
— Cosme?
— Ele mais Teresa e o veio Ataliba. Mas eles não me viram...
— Vai ser um festão... Tu devia de ir...
Porém Gregório já pensava noutra coisa:
— Em junho vai tá um milharal vistoso...
Militão levantou-se, arrastou o saco de milho para dentro de casa. Gregório o acompanhou:
— Nóis precisa falar com João Pedro... Combinar pra nóis fazer a farinha...
A casa de farinha tinha sido levantada por João Pedro e todos os colonos a utilizavam, pagando em farinha ou em dinheiro o uso da prensa e do forno.
Militão concordou:
— Hoje na festa eu falo com ele... Ele vai tá com a mulher.
Três pedras num canto formavam o fogão. Numa lata empretecida pelo fogo havia um resto de café da manhã. Gregório enfiou um pedaço de carne-seca num espeto, acendeu o fogo. Pela porta entreaberta entrava a noite que cobria as plantações. As labaredas cresciam no fogão sobre os gravetos. Iluminavam os rostos dos homem. Os primeiros grilos saltavam lá fora e a brisa que corria trouxe para dentro de casa um cheiro familiar de mato e terra. Militão falou:
— Faz pirão só pra tu. Vou comer carne de porco na festa... Tu devia vir...
Acendeu o fifó, uma luz vermelha se projetou sobre as paredes da casa:
— Vou lavar os pés pra botar as botinas...
Andou para os fundos da casa. A voz de Gregório o acompanhou:
— Fala com Filhinha pra ajudar na farinhada. — Filhinha era a noiva de Militão.
— Ela e a irmã. A gente pode falar também com Marta, de seu Jerônimo.
— Gertrudes pode vir também...

Houve um silêncio, depois Militão veio chegando lá dos fundos, calçado de botinas:

— Hoje vou me acabar de tanto dançar...

Parou diante de Gregório que virava a carne no espeto:

— Tu não quer vim?

— Num vou não...

— Tu precisa de vim... Vai ter cachaça à vontade e Bastião vai tocar...

— Num vou ir...

Os grilos invadiam o terreiro. A carne chiava nas brasas. Militão murmurava algo sobre a festa, ainda tentando convencer o companheiro a acompanhá-lo. Gregório tomou de uma lata, dirigiu-se para a porta. Ia buscar água para fazer o pirão de farinha. Mas na porta parou, ficou espiando as plantações mal entrevistas na noite que se completara. Voava um vaga-lume perto da goiabeira onde agora as galinhas estavam quietas. Militão ia dizendo qualquer coisa sobre a beleza que a festa prometia ser mas calou-se porque a voz de Gregório atravessava o escuro da porta, ressoava dentro da casa, amedrontadora:

— Botar a gente pra fora... Não tem homem que me bota daqui pra fora, eu te digo Militão...

A brisa soprou, a luz do fifó era vacilante, um cheiro de terra enchia a casa:

— Nem que eu me desgrace e desgrace um comigo.

Os grilos multiplicavam-se na noite recém-chegada e na lonjura da caatinga uns sons de harmônica cortaram o silêncio.

6

Os sons da harmônica silenciavam os grilos pelo atalho. No grupo — vários homens, algumas mulheres — também silenciaram as conversas, os comentários, as risadas. Bastião começara a tocar. Era antiga e passada de moda a polca, àquele fim de mundo as coisas chegavam com muito atraso, as músicas também. Se o dr. Aureliano morasse na casa-grande, talvez houvesse por lá um rádio de bateria mas o fazendeiro residia no Rio, onde se formara e tinha interesses comerciais. O coronel Inácio durante anos fizera projetos de comprar um mas ficara satisfeito com o velho gramofone de segunda mão que um sírio mascate lhe empurrara e que não tardou a quebrar a mola. Enquanto esteve funcionando sinhá Ângela passava horas inteiras, quando não estava mandando as negras na cozinha, dando corda na máquina e tocando os três únicos discos nos quais Caruso cantava trechos de ópera. Terminara pelos cantos da casa, coisa inútil de difícil conserto. "Dinheiro jogado fora", concluía o coronel Inácio olhando a máquina agora apenas decorativa na sala de móveis pesados da casa-grande.

Além do gramofone toda a música resumia-se nas harmônicas, nos violões e nos cavaquinhos dos colonos e trabalhadores. Perto da fazenda morava Pedro da Restinga, cego violeiro, afamado cantador de desafios, e nos tempos do coronel Inácio ele costumava vir à casa-grande nos dias de festa, tirar trovas na viola, para deleite do velho fazendeiro. Mas todas essas coisas eram do passado, depois que Inácio e Ângela morreram, Pedro da Restinga teve suspensa sua conta no armazém — conta que ele não pagava nunca, espécie de esmola que o coronel lhe dava. Tinha direito de comprar toda semana feijão e farinha, uma garrafa de cachaça e um pedaço de carne-seca. Era anotado no livro mas todos já sabiam que não era para pagar, ele pagava era com suas trovas, seus versos na viola, suas rimas em ão, suas tiradas que faziam Inácio rir. Aureliano nada dissera sobre a conta de Pedro da Restinga e Artur — que passou a habitar na casa-grande — a cortou no primeiro sábado. Aquilo foi a causa inicial da antipatia que lhe votavam os trabalhadores e os colonos. No entanto Artur não se sentia culpado, até lembrava que poderia ter cobrado a dívida que se tornara enorme no correr dos anos. Pedro da Restinga deixara de vir à fazenda e na feira do arraial — onde brilhava com sua viola e sua cuia de esmolas — cantara umas trovas onde dizia o que pensava sobre Aureliano e Artur:

Esmola pro pobre cego
que perdeu seu de comer...
[...]
Seu Inácio era homem bom,
Don'Ana melhor não há.
Na vida eu busco um tom
Pra sua bondade louvar.

O filho não lhe puxou
A bondade sem igual.
Em doutor já se formou
Mas aos pobres só faz mal.

Ruim que nem Satanás
Homem de mau coração,
É Artur, seu capataz
Incapaz de u'a boa ação...
[...]
Esmola pra um pobre cego
que perdeu seu de comer...

Já Bastião não perdeu seu pedaço de terra, aquele com que Inácio o presenteara em certa festa, contente de ter em sua fazenda um tocador de harmônica como ele.

Quando do inventário, Aureliano demorara-se na fazenda e ao partir dera suas ordens. Artur lhe perguntara:

— E Bastião?

— O que é que há com Bastião?

O negro estava perto, se aproximou:

— Seu coronel me deu o pedaço de terra onde tá minha rocinha... — e começou a contar a história.

Mas Aureliano, que ainda estava sob a emoção da morte quase simultânea dos pais, o interrompeu:

— Fica com tua terra, negro.

Bastião teve vontade de pedir que ele botasse a coisa no papel. Ao velho Inácio não sentira necessidade de fazer tal pedido. A palavra do coronel era uma só, não voltava atrás. Não pediu, no entanto. Teve receio de ofender o doutor, deixou para outra vez. Vez que nunca chegou, pois Aureliano deixara-se ficar pelo Rio, era Artur quem fazia e desfazia na propriedade.

Velha polca suficiente para alegrar os que iam no grupo, cercando Bastião, já no gozo da festa. Os pés do negro que levava o cavaquinho moviam-se na estrada como se ele bailasse no ritmo daquela polca antiga. O sarará conduzia um violão, mas não tocavam, nem um nem outro, porque era mestre Bastião quem estava com a harmônica e seu nome era respeitado, tocador que se lhe comparasse não havia por ali.

Sua carapinha começava a embranquecer, seus dedos já não eram tão ágeis no teclado como antigamente, mas continuava igual a sua resistência, tocando noites inteiras, quanto mais bebia melhor.

Os sons da polca rolavam sobre os matos e sobre os grilos, as estrelas enchiam o céu de lua cheia. Havia uma beleza densa pelos campos mas os homem nem reparavam nela, seus pensamentos estavam na festa e andavam depressa. Mais depressa que todos ia o negro do cavaquinho, vontade de apertar, nas voltas da dança, o corpo de Marta batendo os pés no chão de barro. Ia mais rápido que todos no seu passo de baile que tornava leve e elegante seu corpo enorme, seus disformes pés. Voltearia Marta ao som da música de Bastião, seria uma noite gloriosa, cabrocha bonita como aquela Deus não pusera outra no mundo. E os sons rolavam e, levados pela brisa vespertina, eram ouvidos, como um insistente e alegre convite, nas casas todas da fazenda. No silêncio em torno vibrava a harmônica nas mãos sábias de Bastião, anunciando a festa do casamento de Cosme e Teresa.

Era noite de alegria na fazenda. Não havia homem ou mulher, solteiro, casado ou amigado, que não estivesse contente, que não se preparasse para palmilhar os caminhos da casa de Ataliba. Só Gregório mastigava em silêncio sua carne-seca com pirão de água fria, pensando no milharal que ia plantar, enquanto Militão, de botinas rangedeiras, partia para a festa, o cabelo alisado à força de brilhantina de quinhentos réis a lata. Também Zefa, soturna em frente aos seus santos que uma lamparina iluminava, tinha o pensamento distante da festa do casamento. Não eram festas que ela enxergava com seus olhos de medo, não eram acontecimentos felizes, não eram boas notícias as que ela tinha para dar. Via coisas terríveis, enxergava desgraças indescritíveis.

Mas eram os únicos, Zefa, Jucundina e Gregório, que não tinham o pensamento na festa e não se preparavam para ela. Os demais ou já tinham partido ou estavam trocando de roupa, lavando os pés, para ser mais fácil calçar as botinas. Só os três não ouviam os sons convidativos da harmônica que chegavam do atalho e enchiam a noite da fazenda. Porque até os grilos silenciavam para escutar a música daquela polca. Era Bastião quem tocava e nenhum tocador como ele, ai nenhum!

7

Ai! nenhum tocador como ele em todas aquelas terras, nas fazendas que se sucediam por léguas e léguas no sertão do Nordeste! De dentro do quarto onde trocava de roupa, Felícia disse para Artur que, na mesa, esperava o jantar, atrasado com a decisão de ir à festa:

— Não há quem toque como ele...

Outro que não gostava dele, o negro Bastião. Longamente conversara Artur com Mário Gomes. Fora como um desabafo. Que fizera ele, por exemplo, ao negro Bastião? Não lhe fizera mal nenhum, inclusive puxara com o doutor Aureliano o assunto das terras do tocador, ajudara a feliz solução. Mas Bastião era de difícil tratamento, cheio de orgulho, e só porque era dono do seu pedaço de terra — dono só no nome, refletia Artur — queria vender sua farinha no arraial, vender seu milho a outros fazendeiros, comprar fora do armazém da fazenda. Mais de uma vez Artur discutira com ele, mas que estava fazendo com isso, se não cumprir sua obrigação?

Quando Artur viera trabalhar na fazenda, simples, alugado como os demais, já Bastião era velho por ali, já sua fama de tocador corria de boca em boca. Desde rapazinho era bom na harmônica, fazia as delícias do coronel Inácio. Quando o velho tinha visitas em casa, quando pelas férias chegavam os amigos de Aureliano que vinham em sua companhia passar uns dias no campo, Bastião, que por aquele tempo era homem-feito, não saía da casa-grande, espantando com suas músicas a monotonia das noites sem que fazer. Era a diversão das moças e rapazes da cidade que dançavam ao som das suas velhas melodias, rindo do antiquado das danças, namorando, as moças muito gentis com Bastião, dando-lhe gorjetas e presentes.

Fora noutra festa de casamento que o coronel Inácio dera a Bastião o pedaço de terra que ele cultivava. Artur ainda não chegara à fazenda quando o fato sucedera mas o conhecia em todos os seus detalhes, pois era narração sempre repetida quando o nome do coronel vinha à discussão. Quando queriam provar que ele era um homem bom logo narravam o acontecido com Bastião na festa do casamento de Julieta. Essa Julieta era filha de criação do fazendeiro. Viera para a sua companhia aos nove anos, filha de um compadre seu que morrera de febre à vista do coronel. Antes de morrer pediu-lhe que cuidasse da filha. Foi assim que Inácio chegou a casa trazendo a criança amedrontada. Aureliano já andava no colégio interno, na capital do estado, e dona Ângela, pródiga de carinhos, afeiçoou-se à órfã e em vez de criada fez dela uma pessoa da família. Para Inácio, a menina fora a filha que ele sempre desejara e nunca possuíra. Estavam, ele e Ângela, em idade de ter netos quando ela chegou e encheu a casa com o eco das suas risadas e travessuras, Aureliano só vinha pelas férias e, logo depois de acadêmico, tendo ido estudar no Rio, rareou as visitas à fazenda, escrevendo espaçadas cartas aos pais. Quando, de dois em dois anos, aparecia, era por quinze dias, numa pressa de voltar que o fazia acumular pretextos quando o verdadeiro motivo era quase sempre um par de olhos feiticeiros e de pernas bem-feitas. Assim, foi Julieta quem encheu de juventude, quem espalhou um calor de afeto na velhice dos fazendeiros. A preocupação de Inácio quando ela ficou mocinha foi casá-la bem. Temia que, com a sua morte, a moça regressasse à sua condição de filha de trabalhador. Não admitia que um colono, ou um tropeiro, olhasse para ela com olhos cobiçosos. Homem que o fizesse podia considerar-se despedido daquelas terras. E foi o próprio coronel quem lhe escolheu o noivo. Enoch possuía uma loja na cidade, bem sortida, e uma fraqueza no peito fizera-o hóspede da fazenda durante um mês. Inácio conhecia o pai de Enoch desde criança, ajudara mesmo o rapaz em certas dificuldades no início da sua vida comercial. "Bom marido para Julieta", disse ele a dona Ângela enquanto o rapaz engordava à custa de leite e do ar puro do sertão.

O casamento reuniu os fazendeiros próximos, gente da cidade, comerciantes amigos de Enoch. Veio também um deputado, político que obtinha os votos com que Inácio contava. O dote de Julieta deu que falar pela sua largueza. E o vestido de noiva veio do Rio, presente de Aureliano, era uma beleza de vestido. Bastião ainda se lembra e gosta de contar:

— Ela parecia uma boneca...

Bastião tocou até quando raiou a manhã e foi na satisfação daquele dia, daquela festa inesquecível, que o coronel Inácio, que bebia champanha com o deputado, lhe dera, de palavra, a terra que o negro trabalhava. Bastião plantava aquela roça fazia uns quatro anos, antes trabalhara a soldo na fazenda. Sua mãe fora escrava do pai do coronel e ele nascera na senzala e ali crescera. Conhecera o coronel ainda rapaz, moço bonito que derrubava as negras pelo mato e seduzia mulheres casadas na cidade, e, se bem não houvesse tocado na festa do casamento de Inácio (era ainda meninote e mal se iniciava nos segredos da harmônica), tocara já no batizado de Aureliano, outra festa de estrondo, com padre vindo da cidade, políticos na mesa de jantar, doutores e coronéis.

E desde então, em festa da casa-grande ou em festa de pobre pela fazenda e pelas fazendas vizinhas, Bastião era figura indispensável. Quando o dono da festa fazia o convite não esquecia de acrescentar:

— Bastião vai tocar...

No fim da noite, naquela festa do casamento de Julieta, o coronel, talvez um pouco tocado pelo champanha, satisfeito com o casamento da moça e triste porque ela se ia embora, vaidoso da presença do deputado, chamara Bastião quando a música cessou e os pares pararam de valsar:

— Negro, já tou perto de morrer...

— T'esconjuro... Deus guarde vosmecê, meu patrão...

— ... já tou perto de morrer e antes de ir prestar contas a Deus quero te dar um presente.

— Vosmecê diz, coronel Inacinho...

— Essa terra onde tá tua roça fica sendo tua. Não é só de boca, não. Um dia desses boto no papel...

Mas nunca botou, que não houve ocasião, o coronel pouco viveu depois da festa. Também Bastião jamais julgou necessário lembrar-lhe. Para ele bastava a palavra de Inácio. Se ele dissera que a terra era sua então não havia como discutir, o coronel não tinha duas palavras. Somente na ocasião do inventário é que ele pensou em pedir a Aureliano que lavrasse a escritura da terra. Mas não quis ofendê-lo e deixou as coisas como estavam. Não pagava aforamento nem dava metade da sua produção para a fazenda. Apenas Artur exigia que ele vendesse produtos a casa e comprasse no armazém. Daí as turras, as zangas de Bastião, os desaforos resmungados pelo negro, principalmente quando se excedia na cachaça.

— Negro besta... — dizia Artur.

Tinha certo orgulho, sem dúvida, o negro Bastião, tocador de harmônica. Mas era por ser dono do seu pedaço de terra. É só por isso que se faz de rogado quando o convidam para tocar numa festa qualquer. Ele tem a sua terra, é pessoa importante, não paga aforamento nem trabalha um dia de graça para a fazenda como mandam os contratos dos colonos. Não é por ser o melhor tocador de harmônica de toda a zona que ele trata os outros um pouco por cima. Que isso de tocar bem é um dom que ele possui, nem ele mesmo sabe como é que seus dedos são tão ágeis e seu ouvido tão fino e sensível. Tocar é para ele como comer e beber, nunca cobrou um real numa festa, porque ele, o negro Bastião, tem sua terra que lhe dá o que comer. Terra que ele trabalha com sua mulher e seus filhos desde que o sol nasce até que chega a noite com grilos e vaga-lumes. A noite, sim, é para a harmônica, para música, das velhas polcas esquecidas, alegria da fazenda, porque, em dez léguas em redor, nenhum tocador como ele, ai nenhum!

8

"Desgraçados... Desgraçados...", Zefa repetia a palavra com ódio e espiava em torno, os olhos esbugalhados. Estavam enormes, e, à medida que as sombras caíam pesadas sobre a casa de barro, mudavam de expressão como se as emoções fossem ditadas e dirigidas pelas cambiantes do crepúsculo. "Desgraçados...", disse, mas agora com a voz cheia de pena, pois os sentimentos mais diversos sucediam-se rápida e inesperadamente, desde a incontida alegria até o medo mais pânico, e o espanto, o desejo e o ódio. Era o momento da revelação cruel e terrível, sua única realidade, a que devia transmitir aos homens incrédulos, a que devia espalhar pelo vasto mundo do sertão pois de outros mundos Zefa não tinha notícia.

Sabia vagamente da cidade, distante e pecadora, irremediavelmente condenada, para a qual nenhuma salvação era possível. Inútil seria estender até a cidade as palavras que trazia dentro do peito e que, na hora do entardecer, tentava levar ao conhecimento dos que a rodeavam para que assim a nova se espalhasse e os homens estivessem preparados para o momento augusto e inadiável.

Ali, ante os quadros dos santos, sozinha na sala, observada apenas pela cunhada, Zefa se prepara mais uma vez para proclamar o segredo que lhe foi transmitido. Não é a única assim nesse sertão de imensas fazendas e de fome. Outros homens e mulheres, espalhados pela vastidão da caatinga, tiveram a mesma tremenda revelação. E fazem o mesmo idêntico esforço de

Zefa para convencer os que os rodeiam. Um dia todos se convencerão e os instrumentos de trabalho serão abandonados, as mãos largarão as foices e os machados, se elevarão para os céus, os joelhos dobrados sobre a terra, as cabeças inclinadas.

As sombras escorregam sobre as árvores, o pasto, a casa, a caatinga longínqua. E os sentimentos se precipitam no coração angustiado de Zefa. Tão alegre está ela agora, seus olhos derramados em doçura, os lábios quase sorrindo, como os de noivas em dia de bodas, as mãos apertadas uma na outra como se apertassem mãos bem-amadas, e de súbito fica terrível, transtornada, olhando com ódio, parecendo querer, a boca crispada, cuspir ou amaldiçoar, agitadas as mãos, o corpo tenso, em defensiva. E logo serão os dentes apertados, o terror nas pupilas dilatadas, o corpo jogado para trás, as mãos aparando algum invisível assassino. Para depois regressar, cansada como alguém que chega de interminável caminhada, ao doce olhar de carinho, ao aperto terno de mãos, enquanto sob o céu sertanejo as sombras variam arrastando a noite profunda.

O mugido da vaca anunciou a sua entrada no curral. Despedia-se do campo, da liberdade ao sol. Para Zefa era um sinal. Aqueles ruídos que se repetiam quase inalteráveis a cada tarde tinham para ela um valor que escapava aos demais, não eram vozes de animais e homens — o mugido da vaca, o grito de Jerônimo — eram sinais divinos, avisos daquele mundo ao qual ela estava ligada desde que tivera a revelação.

Estendeu a cabeça à espera de que o mugido se repetisse. Ficou em expectativa, na ânsia de acontecimentos que não sucederam. Começou então a mastigar palavras, arrancadas com dificuldade do seu íntimo, pronunciada cada uma delas aos pedaços, como se o fizesse a medo. Olhava em torno a si para ver se não havia ninguém, pois as pessoas da casa e os demais moradores da fazenda costumavam rir do que ela dizia, não lhe davam importância, e aquilo a irritava ao extremo. Se bem lhe importasse pouco que estivessem perto ou longe, que ouvissem ou não. As suas palavras terminariam por ser respeitadas quisessem ou não, pois eram palavras de Deus as que ela repetia.

Ficavam incrédulos e distantes quando ela falava. Jerônimo e Jucundina, Marta e Agostinho, todos os demais também. Mas um dia haviam de se convencer e talvez então já fosse tarde, já não desse tempo para o arrependimento e para a salvação. Como ventos de tempestades esses pensamentos, em confusão, atravessam o coração de Zefa, mudam as expressões dos seus olhos e alteram a sua fisionomia.

Fora, em certo tempo, moça como as outras, apenas mais calada, mais para seu canto, curvada sobre os bilros da almofada de rendas quando para isso havia vagar, carregando latas de água, ajudando o irmão no trabalho do roçado de mandioca. A mudança começou depois da Santa Missão, quando o coronel Inácio fizera vir um padre capelão para rezar missa, casar e batizar, e pregar para todos os moradores da fazenda. Zefa ouviu os sermões com os olhos abertos, guardando cada palavra — muitas não entendia — compreendendo que os homens estavam em pecado e o castigo de Deus se aproximava. Não tardou e veio a morte de Claudionor, assassinado a faca por uma questão de terras, a vinte léguas dali, noutra fazenda. Quando a notícia chegou, Zefa soltou um grito e seu corpo estremeceu no primeiro daqueles ataques que, a princípio, tanto impressionavam os parentes.

E desde então ficara assim lesa, como diziam na fazenda, andando de um lado para outro, ajudando quase nada nos trabalhos da casa e do campo, se transformando na hora do entardecer, cheia de presságios e agouros. Por vezes, nos domingos, os vizinhos chegavam para tomar uma pinga e contar uns casos e se demoravam pela cozinha, ouvindo algum tocador de violão ou de harmônica, trocando impressões sobre parentes que haviam emigrado para São Paulo e dos quais tinham vagas e otimistas notícias. "Dizque Maneca Fulô enricou de fazer medo, cumpadre." "Dizque em pouco tempo…" "Isso é que é terra, cumpadre, pra um homem de trabaio…" Zefa escutava as conversas, mas era variável na sua atenção, retinha apenas pedaços soltos de frases e por vezes os repetia, porém eles tomavam na sua boca delirante nova significação, em vez de afirmações, eram quase sarcasmos. E quando chegava a hora do recolher a criação espalhada no pasto ralo, os vizinhos sentiam-se invadidos de um indefinido respeito. Era como se Zefa não fosse aquela mesma figura de moça doente, que estava parada entre eles, ouvindo o que diziam, repetindo pedaços de conversas, rindo das coisas com seu riso demente. Naquela hora em que ela se levantava e marchava, erecta e decidida, para junto dos quadros dos santos (havia um são Jerônimo, um Senhor do Bonfim, e são Cosme e são Damião, esses dois numa só estampa), o medo atravessava por todos os presentes, alguns desejavam partir, a viola silenciava e as conversas morriam mesmo quando estavam falando dos parentes enriquecidos em São Paulo. Acompanhavam cada olhar, cada gesto, cada palavra, cada terrível aviso da moça que, subitamente, era para eles o indecifrável mistério, era o sobrenatural. Riam depois alguns, buliam com a própria Zefa, havia quem gostasse de vê-la raivosa. Mas quando as murmurações que duravam o dia inteiro se transformavam nos gritos do fim da tarde, só o respeito e o medo marcavam a fisionomia dos ouvintes casuais. E os que a ouviam pela primeira vez, levavam dias e dias pensando naquela face onde tantos sentimentos se refletiam precipitadamente, e continuavam a ouvir pela noite as palavras pronunciadas por aquela boca que ora sorria com tanto amor, ora se abria em ódio para com todos os homens e mulheres, para com todo ser vivente, inclusive as crianças, inclusive os animais de criação, e as aves do céu, os bichos da terra, todos, sem exceção de nenhum.

"Desgraçados... desgraçados...", repetia Zefa e sua voz vinha cheia de pena e de ternura. Fitava alguém em sua frente. Seus olhos refletiam então o terror, fugia com o corpo, gritava de medo. E logo era o ódio, as mesmas palavras mas agora ditas como uma praga, "desgraçados... desgraçados...".

Sabiam de antemão o que ela iria anunciar, pois a sua mensagem não se modificava, era a mesma desde há muitos anos, quotidianamente relembrada, mas como que ia ganhando força a cada tarde, ia se tornando mais impressionante a cada repetição. E os homens, passado o acesso, quando Zefa serenada se recolhia, após as preces sem nexo, bebiam mais cachaça e voltavam às conversas com certo nervosismo. E havia sem dúvida aqueles que, apesar dos risos e das graçolas, acreditavam que era a voz de Deus que falava pela boca de Zefa. Outros homens e mulheres repetiam, pelo sertão esfomeado, palavras semelhantes e alguns iam mesmo, arrimados em bordões caminheiros, transmitindo de lugar em lugar aquelas mensagens. E quando alguém, chegado de viagem, dizia aos colonos da fazenda que um beato na caatinga anunciava para breve o fim do mundo, então eles faziam o pelo-sinal e confirmavam que também ali havia certa moça, tomada de um espírito, que todas as tardes, invariavelmente, transmitia essa notícia e mandava que os homens se preparassem para o momento próximo.

Foi assim que o nome de Zefa começou a circular além dos limites da fazenda, que era uma daquelas imensas fazendas do sertão, grandes como estados, separada do resto do mundo como se em torno dela se elevassem muralhas. Alguns daqueles homens que ali trabalhavam jamais haviam saído dos limites da propriedade. Porém já o nome de Zefa atravessava as cancelas e as cercas e nas outras fazendas e pelos caminhos e estradas se falava das suas profecias. O dr. Aureliano, que era o dono daquelas terras, certa vez que viera do Rio de Janeiro (quando de uma eleição estadual), desejou ver Zefa e assistir a uma das suas manifestações. E como Zefa tivesse se recusado terminantemente a ir até a casa-grande, ele veio no fim da tarde, em companhia de um amigo que estava parando na fazenda, e ouvira os gritos terríveis e as alucinadas palavras. Depois falou em histeria, murmurou palavras científicas. O outro riu e comentou:

— Tu de médico só tens o diploma, Aureliano. Para que esse palavreado? A mulher é louca e acabou-se...

O dr. Aureliano riu-se também, disse que ainda se lembrava das aulas, deu dez mil-réis a Jerônimo e voltou para a casa-grande. Demorou-se pouco na fazenda, sua vida era no Rio, para ele aquelas terras herdadas significavam pouco diante dos interesses maiores de dinheiro que o prendiam na capital do país.

No entanto foi Zefa com suas palavras ilógicas que salvou a

fazenda do saque no dia em que o bando de Lucas Arvoredo aparecera por ali. Já se dispunham os cangaceiros a levar o que houvesse nas casas dos colonos e trabalhadores, a saquear a casa-grande, quando Zefa começou a anunciar o fim do mundo. Para ela o dia era chegado. Aqueles jagunços armados, dando tiros para o ar, modificando tão totalmente o seu inalterável quotidiano, deram-lhe a sensação de que enfim chegara o momento em que os pecadores iam pagar a sua culpa. Atirou-se pela porta da casa, ante o espanto da velha Jucundina, e saudou os cangaceiros como enviados de Deus. Lucas Arvoredo, ao vê-la, gritou:

— Que demônio é isso?

Mas logo silenciou e ordenou a seus homens que calassem a boca porque Zefa começara a anunciar o fim do mundo, repetindo as trôpegas palavras de cada crepúsculo. Lucas Arvoredo fitou a moça mais parecida com um bicho, os cabelos há anos sem pentear, onde andavam soltos os piolhos, as mãos de grandes unhas, a boca profética. Então dobraram-se os joelhos do cangaceiro, fez o sinal da cruz, curvou a cabeça e os seus homens o imitaram em silêncio. Bico Doce que já apontara a repetição para o peito de Zefa, baixou a arma e também ele ajoelhou-se. Zefa gritou sua mensagem, esperou qualquer coisa que não aconteceu, voltou para casa. Lucas mandou restituir o dinheiro que já havia arrebanhado, não quis levar nada da fazenda. Tudo que aceitou foi um café com aipim em casa do velho Jerônimo. E partiu.

Uma única coisa ele levou. Foi José que naquela noite fugiu para se juntar ao bando de jagunços.

Durante certo tempo Zefa ficou ainda mais atrapalhada, como se houvesse sido roubada, e levou alguns dias a voltar à regularidade de sua vida, a atender às variantes do crepúsculo, a iniciar sua revelação ao grito de boiadeiro de Jerônimo.

"Os homens já pecou demais", gritou ela, "o mundo vai se acabar." Estende as mãos e avisa:

— O castigo de Deus tá perto, ninguém vai se salvar...

E repete as palavras como um refrão:

— Desgraçados... Desgraçados...

9

Felícia saiu do quarto já pronta, as faces pintadas de papel vermelho, os cabelos esticados, o melhor vestido. Artur a olhou com carinho. Os meninos já estavam deitados, após o jantar o capataz e a esposa iriam para a festa. Foi então que Artur lembrou-se do moleque que mandara ao correio, no arraial, buscar correspondência. O telegrama do dr. Aureliano chegara por um portador, avisava que a carta tratava de assunto importante. O telegrafista, que devia o lugar à proteção do doutor, enviara o telegrama com um recado. E na quarta-feira, dia de correio, Artur mandara o moleque ao arraial. Que notícia seria essa tão importante? Aureliano não era homem de escrever muitas cartas. Artur enviava-lhe relatórios, na sua escrita atrapalhada, dizendo das coisas da fazenda. Ele respondia em bilhetes curtos, ordens sucintas. Não ligava muito para a fazenda, fora feliz em outros negócios do Rio, soubera empregar o dinheiro herdado, acumulado nos bancos pelo coronel Inácio. O velho não conhecia outro emprego de capital que terras e quando achara que sua fazenda atingira o tamanho desejado, começara a deixar os lucros nos bancos para render. Aureliano empregara esse dinheiro logo que o encontrou à sua disposição. E hoje bem mais importantes para ele eram seus negócios no Rio que a fazenda do sertão, distante e quase esquecida.

Felícia serve a janta pouco melhor que a dos trabalhadores. Aipim cozido, feijão, carne-seca, batata-doce, farinha de mandioca. Senta-se ao lado do marido, não tem quase apetite, seu pensamento está na festa e por isso não compreende a princípio a pergunta de Artur:

— Que será que ele quer?

— Ataliba? É um vivente alegre, nunca vi gostar assim de uma festa…

Artur esclarece:

— Tou falando é do doutor Aureliano. A tal de carta muito importante…

Felícia reflete, com o garfo suspenso no ar:

— Isso é coisa que ele vem por aí com uma rencada de amigos... — suspira. — Trabalheira pra gente...
— Será?
Artur fica pensando mas Felícia quer falar é sobre a festa:
— A gente devia levar um presente pra noiva...
— Pra Teresa?
— É. A gente não pode ir de mão vazia...
— Só vendo uma coisa no armazém...
— Que é que pode ser?
— Um corte de chita?
— Podia ser uma coisa miozinha...
— Quê? Aqui não tem mesmo nada que preste...
— Podia ser aquele espelho cum pente e escova...
— Só se for...
Artur se recorda do estojo. O coronel comprara a um árabe para dar de presente a dona Ângela mas ela não chegara a usar. Ficara no armazém, estranha mercadoria entre a carne-seca, a chita, a bulgariana, a cachaça e o feijão.
— Até que um dia isso houvera de ter serventia...
— Ela vai ficar babosa...
Artur está alegre. Essa ideia de dar o estojo a Teresa vale para ele como uma completa reconciliação com os colonos. Não sabe mesmo por que durante todo o fim da tarde e nesse começo de noite aquela ideia o inquietou: os colonos não gostavam dele. Ia à festa, daria o estojo a Teresa, beberia com os homens, dançaria com as mulheres. E talvez então as suas relações não continuassem tão tirantes, não lhe voltassem mais o rosto, não falassem mal dele pelas costas. Afinal que é que ele lhes fazia? Cumpria a sua obrigação de capataz quando os apertava no trabalho, quando puxava para a fazenda na hora dos preços, quando discutia com os homens seus débitos e seus saldos. Mas não lhes queria mal e gostaria de viver em boa harmonia com eles, ter amigos entre os colonos e trabalhadores, poder conversar à tarde na hora do armazém, fazer visitas.

Agora tudo marcharia melhor. Ele o sentia desde a conversa com Mário. Sua ida à festa, o presente que Felícia levaria, seriam a marca definitiva de nova etapa nas suas relações com os colonos e trabalhadores. E isso o alegra. Diz para Felícia, como se respondesse à sua frase inicial:

— É boa pessoa esse Ataliba. Festeiro mas trabalhador...

Felícia se espanta mais do ar do marido que mesmo das suas palavras:

— Tu dizia que ele era um disperdiçado...

— Isso é coisa dele... Cada um é de um jeito... Ganha seu dinheiro, é dele, gasta lá como entender... A gente não tem nada com isso...

— Não tou dizendo nada... Era tu quem dizia...

Lá fora alguém grita:

— Seu Artur! Seu Artur!

— Quem é?

— É Militão...

— Que é que quer?

— Não vai à festa?

— Vamos, sim.

— Entonces não demore que tão esperando vancê pra soltar os foguetes... É na hora do senhor chegar...

Artur volta-se risonho para Felícia:

— Tá vendo?

Grita para fora:

— Vou já, Militão. Tou só acabando de fazer uma boquinha...

— Entonces até logo...

Perde-se a voz na noite e Artur sorri. Vão esperá-lo com foguetes, soltarão na hora que ele chegue. Talvez algumas vezes ele os tenha tratado mal, brutalmente, aos gritos. Talvez tenha mesmo feito contas atrapalhadas para pagar menos do valor das safras aos colonos, talvez tenha vendido mais caro do que o valor das mercadorias do armazém. Mas para isso era o capataz. Isso não deve importar nas suas relações com os homens. Vai tratá-los melhor de agora em diante, vai procurar agradar a cada um, fazer amigos...

Levantam-se da mesa.

— Você lava os pratos quando a gente vier... — diz Artur

para Felícia que já se dirigia para a cozinha. Está com pressa, os foguetes subirão aos ares quando ele chegar à casa de Ataliba. Boa pessoa, esse Ataliba...
— Vou buscar o presente...
O moleque vem chegando, antes mesmo de dar boas-noites vai se desculpando:
— O correio chegou atrasado, o caminhão que encrencou no caminho...
Artur recebe a carta volumosa:
— Felícia, traz o candeeiro...
A luz vermelha ilumina a carta datilografada. Lá na última página está a assinatura do doutor Aureliano, primeira coisa que Artur foi espiar. Começa a ler, a boca pronunciando as palavras em surdina. E seus olhos vão se abrindo, sua face vai se alterando. Felícia se alarma:
— Que foi, Artur? Alguma desgraça? Que sucedeu ao doutor?
A voz de Artur é pesada:
— Vendeu a fazenda...
— Vendeu?
— E diz que é pra despachar todos os colonos. Liquidar as contas de todos, até de Bastião, e mandar embora antes do novo dono chegar...
O mesmo pensamento, triste e sombrio, atravessa o coração de Felícia:
— E agora, meu Deus, como vai ser?
Artur guarda a carta:
— Nem vale a pena levar o presente...
Os passos no caminho são de Jerônimo com a mulher e a irmã louca. Zefa vai resmungando suas profecias. Artur ouve o murmúrio em frente à casa-grande. Felícia suspira:
— Tão indo pra festa... É melhor eu nem ir...
— É melhor mesmo... Deixa que eu vou só, dou a notícia...
A voz de Zefa corta o silêncio. Ninguém entende direito o que ela vai dizendo mas Felícia sente um peso no coração. Aquelas palavras são pragas e as pragas de Zefa têm um terrível poder. Artur se levanta:

— Seja o que Deus quiser...

A voz de Zefa ressoa na estrada:

— Desgraçados... Desgraçados...

10

A música da harmônica é agora acompanhada pelo violão e pelo cavaquinho. Bastião está sentado, parece um rei no seu trono, um largo sorriso corta-lhe o rosto negro. Ali estão, na festa de Ataliba, no casamento de Teresa, todos os colonos da fazenda, todos os meeiros e trabalhadores. Esse é um dia de festa, acontecimento raro na triste monotonia daquelas vidas. Falou-se nela durante muito tempo antes, muito tempo depois se falará ainda. São homens e mulheres que trabalham dia e noite, mourejam na enxada, cavoucam a terra, plantam e colhem, são semiescravizados à fazenda, à qual têm que vender sua colheita e onde têm que comprar seus mantimentos, mas nessa noite não pensam em nada disso, em nenhuma tristeza, em nenhuma desgraça. Nem mesmo Jerônimo que vem entrando com Jucundina, trazendo Zefa que é louca, nem mesmo ele pensa na loucura da irmã nem nos filhos, que partiram com rumo ignorado. Hoje só pensam é na festa, na alegria de dançar, de beber, de rir, de conversar, de ouvir o negro Bastião na harmônica.

Ataliba grita para Jerônimo:

— Cumpadre, teja em sua casa.

Zefa senta-se no banco, seus olhos alucinados sorriem, sua face está quase tranquila ao som da música. Ataliba quer saber:

— Cumpadre, tu que veio das bandas da casa-grande não sabe se seu Artur já saiu?

— Parece que tá vindo. Quando travessei vi movimento de gente se preparando...

Dançam na sala. Os pés desacostumados das botinas ainda assim não param nos passos do baile. Cosme dança com Teresa, Militão com sua noiva, dança Marta e dança Agostinho, negros, brancos e mulatos. Ataliba serve cachaça, há com fartura, Deus seja louvado.

— Um trago, cumpadre...
— À saúde da noiva...

Joana larga o par para ir à cozinha dar uma espiada nas comidas. Está tudo pronto, no meio da noite os quitutes serão distribuídos. O melhor prato será para Artur que é capataz e vem à festa apesar disso. Será que ele vai trazer um presente? É bem capaz, uns metros de fazenda ou um frasco de cheiro. A música enche a sala pequena, o suor escorre dos rostos dos homens, há um cheiro penetrante que vem das mulheres suadas, dos negros risonhos. Trocam-se ditos, risadas soltas, e mais que tudo alegram os homens os pés nos passos do baile, a harmônica, o violão, o cavaquinho. Ninguém pensa em tristezas, a noite é de festa.

Artur vem pela estrada. Vem devagar, como vai dizer aos colonos, dar-lhes a notícia? Vem armado, quem sabe o que pode acontecer? O que lhe dói são os foguetes. Vem de dentes trancados, como anunciar as novidades?

A festa vai num crescendo de animação. É a dança do peru, ruidosa e divertida. Todos os pares estão completos, menos um ao qual falta a mulher, o cavalheiro sem dama segurando um bordão. Quando a música para todos soltam suas damas, o do bordão toma de uma e é a correria em busca do par, ninguém quer ficar dançando com o bordão. E riem e bebem, cachaça correndo, a catinga aumentando, bodum de mulato, a alegria crescendo. Ataliba sorri: festa assim, de tanta animação, nunca houve por ali. Só falta mesmo a chegada de Artur para soltarem os foguetes.

Alguém, de ouvido mais fino, ouve os passos na estrada:
— Lá vem seu Artur...

Ataliba se precipita para a porta. Leva o fifó, aproxima a chama, os foguetes sobem para o céu. Espocam no alto, todos vieram para ver, a música silenciou mas não a alegria.

Artur olha para o céu, sobem os foguetes, é em sua homenagem. Como transmitir as notícias que traz? A voz de Ataliba gritando por ele:

— Se aproxime, seu Artur...

Artur para na estrada, meu Deus, que fazer? Espocam os foguetes, um grito de festa:

— Viva seu Artur!

Meu Deus, que fazer?

＃ Livro primeiro
OS CAMINHOS DA FOME

A CAATINGA

1

Agreste e inóspita estende-se a caatinga. Os arbustos ralos elevam-se por léguas e léguas no sertão seco e bravio, como um deserto de espinhos. Cobras e lagartos arrastam-se por entre as pedras, sob o sol escaldante do meio-dia. São lagartos enormes, parecem sobrados do princípio do mundo, parados, sem expressão nos olhos fixos, como se fossem esculturas primitivas. São as cobras mais venenosas, a cascavel e a jararacuçu, a jararaca e a coral. Silvam ao bulir dos galhos, ao saltar dos lagartos, ao calor do sol. Os espinhos se cruzam na caatinga, é o intransponível deserto, o coração inviolável do Nordeste, a seca, o espinho e o veneno, a carência de tudo, do mais rudimentar caminho, de qualquer árvore de boa sombra e de sugosa fruta. Apenas as umburanas se levantam, de quando em quando, quebrando a monotonia dos arbustos com a sua presença amiga e acolhedora. No mais são as palmatórias, as favelas, os mandacarus, os columbis, as quixabas, os croás, os xiquexiques, as coroas-de-padre, em meio a cuja rispidez surge, como uma visão de toda beleza, a flor de uma orquídea. Um emaranhado de espinhos, impossível de transpor. Por léguas e léguas, através de todo o Nordeste, o deserto da caatinga. Impossível de varar, sem estradas, sem caminho, sem picadas, sem comida e sem água, sem sombra e sem regatos. A caatinga nordestina.

E através da caatinga, cortando-a de todos os lados, viaja uma inumerável multidão de camponeses. São homens jogados fora da terra pelo latifúndio e pela seca, expulsos de suas casas, sem trabalho nas fazendas, que descem em busca de São Paulo, Eldorado daquelas imaginações. Vêm de todas as partes do Nordeste na viagem de espantos, cortam a caatinga abrindo passo pelos espinhos, vencendo as cobras traiçoeiras, vencendo a sede e a fome, os pés calçados nas alpargatas de couro, as mãos rasgadas, os rostos feridos, os corações em desespero. São milhares e milhares se sucedendo sem parar. É uma viagem que há muito começou e ninguém sabe quando vai terminar porque todos os anos os colonos que perderam a terra, os trabalhadores explorados, as vítimas da seca e dos coronéis juntam seus trapos, seus filhos e suas últimas forças e iniciam a jornada. E enquanto eles descem em busca de Juazeiro ou de Montes Claros, sobem os que voltam, desiludidos, de São Paulo, e é difícil, se não impossível, descobrir qual a maior miséria, se a dos que partem ou a dos que voltam. É a fome e a doença, os cadáveres vão ficando pelo caminho, estrumando a terra da caatinga, e mais viçosos nascem os mandacarus, maiores os espinhos para rasgar novas carnes dos sertanejos fugidos. Famílias numerosas iniciam a viagem e quando atingem Pirapora a doença e a fome as reduziram a menos de metade. Ouvem-se, nessas cidades que bordejam a caatinga, as mais incríveis histórias, sabe-se das desgraças mais tremendas, aquelas que nenhum romance poderia conter sem parecer absurdo. É a viagem que jamais termina, recomeçada sempre por homens que se assemelham aos que os precederam como a água de um copo à água de outro copo. São os mesmos rostos de indefinida cor, os pés gigantescos, de dedos abertos, sobrando das alpargatas, o cabelo ralo, o corpo magro e resistente. As mesmas mulheres sem beleza nas faces cansadas. Enchendo o deserto da caatinga com suas vidas desesperadas, com seus ais de dor, seu passo abrindo picadas que logo se fecham em espinhos.

Aqui, na caatinga, habitam os cangaceiros. Os soldados da vingança, os donos do sertão. Não têm paz nem descanso, não têm quartel nem bivaques, não têm lar nem transporte. Sua casa é seu quartel, sua cama e sua mesa são a caatinga, para eles bem-amada. Os soldados da polícia que os perseguem não se atrevem a penetrar por entre os arbustos de espinhos, os pés de xiquexiques e croás. Ao lado das serpentes e dos lagartos, vivem os cangaceiros na caatinga, e também eles, por vezes, liquidam no tiro das suas repetições os sertanejos que descem e que sobem na contínua migração.

E aqui surgem, no coração seco da caatinga, os beatos mais famosos, aqueles que arrastam multidões dramáticas no seu passo, enchendo o sertão de orações estranhas, de ritos supersticiosos, anunciando pela boca repleta de profecias o fim do mundo e do sofrimento dos camponeses. Na caatinga habitaram Lucas da Feira, Antônio Silvino, Corisco e Lampião, hoje habita Lucas Arvoredo com seus jagunços. Na caatinga surgiram Antônio Conselheiro e o beato Lourenço. Do mais distante do deserto surge agora, com as mesmas alucinadas palavras de profecias, o beato Estêvão.

Só os imigrantes são os mesmos, os nomes podem mudar, mas são idênticos rostos, a mesma fome, o mesmo fatalismo, a mesma decisão no caminhar. Atravessando a caatinga, sobre as pedras, os espinhos, as cobras, os lagartos, para frente, indo para São Paulo onde dizem que existe terra de graça, e dinheiro farto, voltando de São Paulo onde não existe nem terra nem dinheiro.

Lá vão eles, são centenas, são milhares, na viagem de espantos. Durante meses atravessam a caatinga. Os cadáveres vão ficando pelos caminhos improvisados e nem mesmo eles modificam a paisagem desolada onde, ao sol causticante, dormem indiferentes lagartos. Água só lá embaixo, onde termina a miséria da caatinga e começa a miséria do rio São Francisco.

2

Na madrugada úmida de orvalho a voz de Jerônimo comandou, rouca e cortada:

— Vam'bora, gentes...

Estavam ele e seu irmão João Pedro, as duas famílias tinham se reunido para a viagem. Militão fora o único que viera se despedir. Chegara de fifó na mão, a luz vermelha fazendo fosca a claridade matutina:

— Nosso Sinhô Jesus Cristo acompanhe a vosmecê e a sua famia...

E deu notícias:

— Bastião seguiu ontem com a famia dele... Dizque se Gregório não atirasse quem atirava era ele...

— Num tem notícia?

— Nenhuma. Caiu no mato, quem é que pega ele?

Jucundina fez uma promessa:

— Já prometi duas velas a Nosso Senhor do Bonfim se ninguém pegar ele...

— Tu não vai memo? — perguntou Jerônimo a Militão.

— Num vou não. Fico de trabaiador. O dinheirinho da terra vou guardar que é pro casamento...

Militão fora o único dos colonos a ficar na fazenda após a entrega das terras. Gregório atirara em Artur mas não matara o capataz. A bala penetrara no ombro esquerdo. Artur já estava de pé, e o tiro servira para liquidar o sentimentalismo com que ele recebera a notícia. O novo proprietário, ao saber da violência de Gregório, louvou-se de haver exigido a entrega da fazenda sem colonos. Só veio tomar posse depois que o último tinha partido e que novos trabalhadores lavravam toda a terra. Conservou Artur como capataz e só muitos anos depois veio a permitir novamente colonos e meeiros na fazenda.

Gregório sumira no mundo após atirar, e havia quem dissesse que se incorporara ao bando de Lucas Arvoredo. O crime se dera quando Artur voltara da festa de Ataliba, onde comunicara aos colonos as novas trazidas pela carta do doutor Aureliano. A festa se acabou em seguida, num rosário de lamentações. Bastião afirmava que ia matar Artur enquanto João Pedro contemporizava:

— Cachorro mandado não tem culpa...

Ouviram o tiro, ninguém sabe como a notícia chegara aos ouvidos de Gregório se ele não havia saído de sua casa, não viera à festa, não estivera com Artur. Conheceram que tinha sido Gregório porque ele desapareceu levando uma repetição da fazenda. Nunca mais ouviram falar nele e dois dias depois eram chamados todos à casa-grande para o acerto de contas. Artur tinha o ombro enfaixado, viera um médico do arraial, retirara a bala, dissera que aquilo não tinha maior importância. A polícia deu batidas no rastro do colono desaparecido, o rastro se perdia na caatinga.

Jerônimo vendeu o mandiocal, os pés de milho, a criação. Desta só ficou o jumento que ia servir para a viagem. Pela casa Artur não quis dar nada. Por nenhuma das casas dos colonos. E quando reclamaram ele contentou-se em dizer:

— Levem as casas nas costas, se puder...

Só deu mesmo algum dinheiro pela casa de farinha de João Pedro. Também esse devia muito à fazenda e se não fosse a casa de farinha nem poderia se retirar com a família, teria que ficar trabalhando na enxada até pagar. Foi o que sucedeu com Ataliba que estava em débito. Tomaram-lhe terras, casa, galinhas e porcos e ainda estava ele obrigado a trabalhar com mulher, filhos e genro, até que pagasse os seiscentos mil-réis do seu débito.

Militão se despede:

— Até outra vez, seu Jerônimo...

O jumento já está pronto, carregado com o que eles levam. O menino pequeno vai no colo de Jucundina, os dois outros vão andando. Agostinho leva um saco de mantimentos. Marta está com o mesmo vestido novo com que fora à festa de Ataliba:

— Até quando Deus quiser...

A madrugada irrompe nos céus, Jerônimo dá voz de partida:

— Vam'bora, minha gente...

Militão fica sozinho, olhando, suspenso o fifó da mão direita, acenando com a esquerda um adeus que ninguém responde. Os vultos somem-se na luz da manhã ainda difusa. Militão apaga o candeeiro, a fumaça escura fica boiando no ar.

3

Noca aperta a gata contra o peito. Feriu o pé num espinho logo no começo da viagem mas não chorou nem se queixou, deseja que ninguém preste atenção à sua pequena pessoa. Basta com o que já sofreu, com as lágrimas que derramou nesta manhã por causa de Marisca. Quando já estavam prontos para partir, as trouxas arrumadas, os caçuás cheios nas cangalhas sobre Jeremias, Militão chegando para as despedidas, surgiu a discussão sobre Marisca. Foi Marta quem alertou os pais. Noca ia saindo silenciosamente, a gatinha sob o braço. Tapava-lhe a boca para ela não miar. A vaca, a cabra, as galinhas, tinham sido vendidas a Artur. A gata sobrara pela casa, em verdade ninguém pensara nela até a hora da partida. Marta perguntou:

— Tu tá querendo levar essa gata, Noca?

Antes mesmo que ela respondesse a velha Jucundina reclamou:

— Solta essa gata, menina. Que diabo se vai fazer com uma gata nesses caminhos?

Tonho, agitado com a partida desde a noite da véspera, como se aquilo fosse para ele uma festa, começou a saltar em frente da irmã:

— Solta a gata, deixa a gata, solta a gata...

As lágrimas encheram os olhos de Noca. Chegou a baixar a mão que segurava a gata no gesto de largá-la no chão. Mas revoltou-se e deixou escapar um grito, mais pungente não podia haver:

— Deixa eu levar ela...

— Quer apanhar? Solta a gata, já disse... — Jucundina olhou Noca com olhos que anunciavam chineladas.

Mas Noca apertou a gata contra o peito e repetiu seu pedido numa voz de choro, misturada com as lágrimas.

— Eu tomo conta dela, deixa eu levar ela...

Agostinho se meteu:

— Deixa ela levar... o que é que tem?...

Noca engoliu um soluço, correu para junto do tio, sentindo-se protegida ao lado do rapaz. Porém a voz de Jucundina voltou a amedrontá-la:

— Que é que a gente vai fazer com esse trambolho?

Noca, com a mão livre, segurou nas calças do tio:

— Não deixe vovó soltar ela...

— Deixa a menina levar a gata, mãe... não tem mal...
— Para que serve? — perguntou Jucundina.
— Quem haverá de saber? Até pra comer se a fome apertar no caminho e se acabar o mantimento...

Noca apertou ainda mais Marisca contra o peito. Sentia-se num mundo de ameaças e de perigos. Seus olhos estavam esbugalhados de susto e as lágrimas não paravam de correr. A discussão continuou e em breve todos tomavam parte nela enquanto Noca soluçava, sem, no entanto, soltar a gata que rosnava no seu colo, indiferente ao barulho em torno. Finalmente Jerônimo, com sua autoridade de chefe de família, decidiu a favor de Noca:

— Deixe ela levar... Se der trabalho, a gente solta na estrada...

Em que estrada?, pensa Noca, nesse fim do primeiro dia da viagem. A estrada verdadeira ficou para trás, agora é um atalho entre os matos que deve conduzi-los à fazenda Primavera onde planejaram dormir nessa noite. O pé cortado dói, a gata tenta saltar e ir correr pelos matos. Isso é o mais perigoso de tudo. Noca já a soltou uma vez e teve muito trabalho para conseguir pegá-la. Foi preciso que Agostinho a ajudasse e ainda assim tiveram que parar todos e Jucundina aproveitou para dizer:

— Tá vendo... Pra que trazer a gata?... Só serve pra atrapalhar...

Mas como Noca começasse novamente a chorar não disse mais nada e até largou a trouxa que trazia e também ela correu atrás de Marisca cujos instintos caçadores despertavam ao contato com a caatinga.

Não soltou mais a gata. Dava mais trabalho do que ela pensava. Tinha que prendê-la contra o peito e Marisca arranhava, procurava fugir. Noca não podia prestar atenção aos tocos e barrancos do caminho estreito, espinhento e difícil. Enquanto Tonho corria, se divertia puxando o cabresto de Jeremias, parando para ver os passarinhos, Noca cerrava a fila ao lado de Zefa que repetia suas incompreensíveis palavras e que parecia não ver a criança cujo pé ferido a obrigava a capengar levemente.

Certa hora que Agostinho se aproximou, Noca perguntou-lhe com a voz tremente:

— Ainda está longe, tio?

Então Agostinho tomou-a nos braços, a ela e à gata, e Noca sorriu, do alto via os pés dos demais afundando na lama do caminho.

4

Os colonos despedidos da fazenda estavam espalhados pelas estradas da caatinga. Iam todos no rumo do sul, em busca do país de São Paulo. Muitos outros haviam ido antes, os contratantes de trabalhadores apareciam pelas fazendas, contavam histórias, diziam coisas de assombrar. Não havia gente pobre naquela terra paulista, onde se plantava e colhia café. Cada trabalhador que chegava era fazendeiro em poucos anos, virava coronel, homem influente na política. Assim diziam e sempre havia quem acreditasse apesar dos que voltavam mais pobres ainda do que quando haviam partido.

Eram esses mesmos caminhos, essas trilhas abertas na caatinga, que Jerônimo e seu irmão João Pedro trilhavam agora com suas famílias. Dinah, mulher de João Pedro, que era muito supersticiosa, contara as pessoas e os bichos da pobre comitiva:

— T'esconjuro... Treze vivente...

Ela, o marido e a filha, Gertrudes, de quinze para dezesseis anos, mulata bem escura, de nariz chato. Puxara à mãe, era um touro no trabalho, apesar da pouca idade. Parecia mais um homem do que mesmo uma criança. E a família de Jerônimo. Ele, Jucundina, os dois filhos e os três netos, os órfãos da filha mais velha. Faziam onze mas Dinah contava também Jeremias e Marisca.

Jeremias ia na frente, Jerônimo puxava do cabresto, às vezes entregava a Tonho. Ia carregado com dois caçuás, onde levavam quase tudo o que possuíam. O resto estava nas trouxas que mulheres e homens conduziam, a pouca roupa, a quase nenhuma comida. Jeremias marchava no seu passo tardo, sem pressa, arrancando de quando em vez uma folha, parando nas poças maiores de água para beber.

Naquele primeiro dia eles fizeram cinco léguas compridas, que eram quantas os separavam da fazenda Primavera. Chegaram com a noite quando Jeremias começava a empacar pelo caminho. Noca ia atrás de todos, quase não se aguentava de cansada, a gata apertada contra o peito.

Chegaram por detrás do curral. Mal despontaram no terreiro da casa-grande, uma voz forte gritou:

— Quem vem lá...

— É de boa paz... — respondeu Jerônimo.

Um homem apareceu, trazia uma lanterna na mão. Vestia calças de montar, calçava umas botas altas, revólver na cintura. Parou em frente a eles. João Pedro cumprimentou:

— B'as-tardes...

— Donde vêm?...

Jerônimo adiantou-se:

— Nós tá vindo da fazenda do doutor Aureliano...

— Pra onde vão?...

— No rumo de São Paulo...

— São imigrantes?

— Inhô, sim.

O homem não alterou a voz para dizer:

— Não podem pousar aqui... É proibido... Toquem pra frente...

Noca já estava sentada no chão, coçando o pé machucado enquanto Marisca miava ao lado.

— Por essa noite só, meu senhor...

— Não pode... É ordem...

— E pra onde a gente vai?

O homem encolheu os ombros. Ficou um instante parado, esperando. Vendo que os outros não partiam, disse:

— Mais para diante. Tem um roçado, é da fazenda do seu Moura. Podem dormir lá, ele não se importa. Mas cuidado com o fogo pra não queimar o roçado...

— Vamos, minha gente...

Noca levantou-se num gemido:

— Por que nós não fica aqui?...

Jerônimo não respondeu. Puxava Jeremias que não queria andar. A noite dos viajantes cobria os caminhos da caatinga próxima.

5

Em meio à clareira elevava-se um oitizeiro e foi para lá que Jerônimo dirigiu os passos lerdos do jumento:

— Anda, Jeremias... Anda, Jeremias... Vam'bora, bicho desgraçado...

Mas não falava com raiva, ao contrário, havia certo acento carinhoso na sua voz. Jerônimo ouvia os gemidos abafados de Noca, não compreendia por que a criança não gemia em voz alta, não ligava aquela sua atitude ao incidente em torno à gata. Agostinho andara um longo pedaço de estrada com a menina às costas. Dinah também a carregara durante algum tempo e Jerônimo a pusera nas cangalhas sobre o jumento nos trechos mais difíceis do caminho. Agora ouvia os seus gemidos abafados, e sentia raiva do homem que não os deixara pousar na fazenda Primavera, obrigando-os a andar mais meia légua, meia légua das grandes, de quatro quilômetros pelo menos. Igual a Artur, aquele outro capataz. Pensando em Artur, pensou em Gregório fugido nos matos, talvez no bando de Lucas Arvoredo. Talvez naquela noite conversando com José, o segundo dos seus filhos que havia partido e que, segundo todos diziam, era cangaceiro de Lucas Arvoredo. Fugira de casa no dia em que o bando atacou a fazenda e nunca mais voltaram a ter notícias concretas sobre ele. Um nome novo, porém, surgiu no bando de Lucas, a polícia falava de um jagunço apelidado de Zé Trevoada, de pontaria certeira e coragem a toda prova. Conhecidos diziam que Zé Trevoada, era o mesmo José, filho de Jerônimo e Jucundina. Bem que podia ser, José sempre fora esquisito, arredio, gostando de se afundar nos matos para caçar, falando em ir embora.

Bateu com as mãos nas ancas do jumento para animá-lo. Jeremias manteve o mesmo passo vagaroso, ainda assim estavam distanciados dos demais, os gemidos de Noca haviam desaparecido. A noite caíra completamente e Jerônimo pouco enxergava da picada recente. Gravetos e espinhos furavam-lhe os pés mas ele nem os sentia. Pensou que a viagem estava apenas começando e que muita terra teriam que atravessar antes de chegar à cidade de Juazeiro, no estado da Bahia, onde tomariam o navio para descer o rio. Esse São Paulo era distante, era no fim do mundo. Em Juazeiro venderia o jumento, ia sentir falta de Jeremias, fazia seis anos que o possuía e muito ele o ajudara.

Em meio às trevas ele via o brilho das brasas. Um cheiro apetitoso de resto de comida encheu-lhe as narinas. Havia gente por perto, com certeza. Parou, esperando que os outros, que vinham muito atrasados, se aproximassem. Ouvia os passos quebrando os gravetos no caminho e a voz de Jucundina ralhando com Noca:

— Cala a boca, menina...

Ela não devia brigar com a menina, devia compreender que a pobrezinha estava cansada, a caminhada era de extenuar um homem quanto mais uma criança. Jerônimo sentiu vontade de dar um grito na mulher mas se recordou que ela também devia estar mais morta que viva, o dia todo com o pequeno no braço, descansara apenas na hora de almoçar. Marta e Gertrudes ajudaram a levar a criança mas Jucundina confiava pouco na filha e na sobrinha para deixar com elas, durante muito tempo, o neto mais querido.

Eram as três crianças órfãs de Ernestina, a filha mais velha de Jerônimo e Jucundina. Casara com um trabalhador, Pedro Ribeiro, e morrera de parto. O marido não demorou na fazenda, ganhou o mundo deixando com os avós as três crianças. A última, de cujo parto morrera Ernestina, foi, desde o primeiro dia, criada por Jucundina. Tinha agora seis meses e toda capacidade de carinho da velha parecia se concentrar no pequeno órfão. Não ligava muito para Tonho e Noca, em compensação não largava o pequenino no qual haviam posto o nome de Ernesto em lembrança da mãe morta.

As vozes e os passos se aproximam. Zefa está agitada. Aquele primeiro dia foi terrível para ela. Durante as primeiras horas estivera alegre, cantara velhas modas que há mais de quinze anos aprendera, quando moça, em meio às outras moças da fazenda. Catava flores do campo, arrancava-lhes as pétalas, jogava-as na estrada. Mas, à proporção que a tarde foi caindo, quando a hora do crepúsculo se aproximou e não se repetiram aqueles movimentos quotidianos aos quais ela estava habituada e que dirigiam sua loucura, começou a ficar impaciente, parando no caminho, ouvido à escuta, os lábios tremendo, as mãos para o alto. Silenciosa, com um silêncio mais terrível que mesmo suas palavras agoniadas e ameaçadoras. Os olhos fixos nos parentes como a acusá-los daquela transformação em sua vida. Era preciso trabalho para convencê-la a andar e Agostinho e João Pedro desesperavam-se por vezes:

— Vamo' Zefa, vamo' que tá ficando tarde...

E ela parada, silenciosa e brusca, as mãos para o céu, os olhos nas primeiras sombras da noite. O ouvido à espera do grito de boiadeiro que Jerônimo não soltava naquele crepúsculo. João Pedro teve de empurrá-la certa hora e ela o fitou com tais olhos que o colono estremeceu, um medo súbito da irmã.

Os passos estão mais próximos e Jerônimo já distingue a sombra dos caminhantes. Agostinho vem na frente e leva Zefa por um braço. Ela vem se estremecendo, vai ter um dos seus ataques com certeza. Tonho vem ao lado deles, já perdeu a alegria com que iniciou a jornada, agora só o cansaço aparece nos seus pequenos olhos aventureiros. Marta carrega Noca, e vem arfando com o peso da menina. Não é forte nem resistente essa moça que é a preferida do pai. Moça bonita, na fazenda não havia nenhuma que se comparasse com Marta, de pernas bem-feitas, mulata bem clara, de cabelos quase lisos, os peitos empinados. Pouca ajuda dava ela no trabalho na roça, que sempre fora doentinha quando menina. Tem dezoito anos mas aparenta menos que Gertrudes, se bem sinta-se nela a mulher já feita, nos olhos derramados, nos seios pontiagudos.

Jucundina, Dinah e João Pedro fecham a marcha. Param todos junto a Jerônimo. Ele aponta para diante:

— Ali teve fogo... Ainda tão as brasas...

E tange Jeremias naquela direção. O grupo segue atrás dele, há um pesado silêncio de cansaço e Jerônimo volta a recordar-se de Artur. Para Jerônimo tudo se resumia numa questão de homens: o coronel Inácio era um homem bom, consentia que eles lavrassem as terras da fazenda. O doutor Aureliano era homem ruim, mandara-os expulsar. E pior que todos era Artur, que antes fora trabalhador como eles, e que roubara a todos eles na hora do acerto de contas. A única coisa que o consola é que Gregório não tenha sido preso.

Vão se aproximando do fogo mas de repente param porque um homem se levantou adiante com uma repetição na mão:

— Quem vem lá?

— É de paz... — a voz de Jerônimo está cheia de cansaço.

6

O homem não baixou a repetição mas abrandou a voz:

— Flagelados?

— Nóis vai pra São Paulo... Na fazenda Primavera dissero que a gente podia pousar aqui essa noite...

João Pedro e Agostinho haviam se juntado a Jerônimo e estavam os três homens em torno ao jumento. O homem da repetição ainda perguntou:

— Vosmecês vêm de longe?

— Inhô, não. Nós tá vindo de pertim, cuma seis léguas daqui.

O homem baixou a repetição murmurando:

— Entonces ainda tem mantimento...

E completou, como numa explicação, ao abrir caminho:

— Nós quase não tem mais...

Era uma família que estava acampada sob o oitizeiro. Além do homem que os recebera havia mais dois rapazes e quatro mulheres, sendo que duas delas eram mocinhas e ficaram espiando de longe Marta e Gertrudes. Jerônimo foi tocando o jumento até o oitizeiro onde o amarrou. Agostinho baixou os caçuás, tirou a cangalha. Estavam todos silenciosos. Noca, que Marta soltara no chão, correu, num último esforço, para junto das grandes raízes onde sentou-se. Pôs Marisca ao seu lado. A gata miou longamente. Havia um silêncio de parte a parte, as duas famílias estavam separadas pelo tronco da árvore e estudavam-se pelo rabo dos olhos. Desarrumadas as coisas soltaram Jeremias. O jumento, livre do cabresto, zurrou alegremente e saiu pastando nas proximidades. Havia ainda algum capim, esturricado pelo sol, mas para Jeremias bastava. João Pedro, que desamarrava um saco de estopa onde traziam a carne-seca, a farinha, o café e a rapadura, dirigiu-se ao homem que antes sustentava a repetição:

— Vosmecê permite que use o fogo?

Referia-se ao braseiro que ainda ardia no lado onde estava a família chegada antes. Ali com certeza haviam preparado o jantar. O homem disse que sim e falou para as moças:

— Que é que vocês faz aí que não vão ajudar as donas?

As duas moças levantaram-se pouco dispostas. Jucundina adiantou-se:

— Não faz falta. Obrigado a vosmecê mas a gente mesmo se arranja.

João Pedro avivava o fogo. Agostinho, com uma lata na mão, perguntou onde havia água. Um dos rapazes respondeu:

— Descendo aí essa ribanceira tem um poço...

As duas moças estavam paradas ante Jucundina que cortava a carne-seca e separava farinha noutra lata.

— Num precisa vancês se incomodá. Vão descansar que deve tá precisando se é que andaro tanto cuma gente hoje...

Agostinho voltava com a água. Jucundina pediu-lhe que preparasse um espeto para a carne. As moças não se moviam e Jucundina levantou os olhos para espiá-las. E notou que os das moças elas os tinham fitos no pedaço de carne que a velha lavava para tirar o sal. "Estão com fome", pensou.

Pôs o espeto com a carne sobre as brasas. Isso a levou ao outro lado, para perto da outra família. Eles estavam todos próximos ao fogo e quase a rodearam quando ela acocorou-se ao lado do braseiro para tomar conta do espeto. Marta veio também com uma lata pequena cheia de água que pôs para ferver. As duas moças acompanharam Jucundina e agora olhavam a carne chiar sobre as brasas, os olhos acendidos de desejo. O menino pequeno começou a chorar nos braços de Dinah, separada deles pelo tronco da árvore. Jucundina gritou:

— Tonho, traz a farinha...

Preparou o mingau de farinha de mandioca para a criança. Era um mingau ralo, sem substância, escuro e sem gosto. Mas não havia outra coisa, tinha sido impossível trazer a cabra. A criança parou de chorar, agora era Marta sozinha que via os olhos das moças e de todo o resto da família pousados sobre a carne que assava e sobre o saco onde estava a farinha. Aquilo a incomodava, ficava sem jeito, sem palavras para puxar conversa. Jucundina voltou, acabara de dar de comer à criança que acomodara na rede armada por Jerônimo nos galhos da árvore. Disse para Marta:

— Vai tomar conta do menino. Depois tu come...

Para Marta foi um alívio. Sentia aqueles olhos todos acompanhando seus gestos ao virar a carne no fogo, eram olhos cheios de pedidos, ávidos e tristes.

O jantar não tardou a ficar pronto. Além da carne-seca, tudo que havia era um pirão de farinha. No resto da água posta a ferver, Jucundina colocou um pedaço de rapadura que era para o café. Vieram todos acocorar-se nas raízes da árvore, próximo ao fogo, e ficaram lado a lado com a outra família. Nem deram por falta de Noca já que Marisca miava em torno a eles, esfomeada.

Jerônimo convidou:

— Vosmecês são servidos?

Houve um gesto impreciso de uma das moças. Como se

quisesse marchar para diante e aceitar. Jucundina teve medo. Tinha ainda muito caminho pela frente e pouco mantimento. O dinheiro era contado para as passagens no navio até Pirapora. Podiam dispor de pouco e o que levavam mal daria se fizessem a viagem com a rapidez que pretendiam. Ficou olhando a moça que não chegou a sair do lugar, apenas o pescoço estendeu-se para logo se recolher.

Foi o homem que antes empunhava a repetição quem respondeu:

— Obrigado. Nós já comeu vai pra mais de meia hora...

Jucundina dividiu a carne. Deu pedaços maiores aos três homens. Zefa silenciara e mastigava num canto, benzendo-se de quando em vez. Dinah deu um pedaço de sua carne a Gertrudes e pediu a João Pedro que armasse a rede. Jucundina começou a coar o café.

As latas eram poucas e só havia dois canecos. Serviu primeiro a Jerônimo e João Pedro. As moças olhando, os rapazes olhando também. O homem da repetição havia baixado a cabeça, talvez para não olhar ele também, talvez para não ver as filhas e os filhos de olhos puxados para o café. Mas não resistiu até o fim. Quando Jucundina estava servindo a Zefa e a Marta, ele falou:

— Se vosmecê pode dar, eu aceito um pingo de café pras duas meninas...

E antes mesmo que Jucundina respondesse, ele explicou, as mãos balançando, a voz distante:

— É que faz muito tempo que a gente tá viajando. Nós vem do Ceará e já acabou tudo que a gente trouxe. Faz três dias que não tem café. Só tem mesmo rapadura e farinha...

Todos tomaram café. E Jucundina ainda deu um pedaço de carne. Pequeno mas que foi recebido num silêncio que valia mais que qualquer ruidosa manifestação de alegria.

— Deus ajude vosmecê...

Começaram a lavar as latas. E, de repente, Marta deu por falta de Noca:

— Cadê Noca? Ela num cumeu?

Saíram procurando, a menina dormia junto à raiz da árvore, no outro lado.

— É melhor não acordar... — disse Jerônimo.

Marta sentou-se ao lado da sobrinha que respirava docemente. Tomou da gata que corria ali perto, colocou-a no calor da menina. Noca semiacordou, puxou Marisca com a mão, apertou-a contra si. No outro lado conversavam. O homem da repetição contava.

— Ficaro com tudo que era de nóis. Só pro mode nóis não podê pagar o arrendamento... Ninharia de dinheiro, foi uma mesquinhez. Nóis arresolveu vir também pra São Paulo. Só que nóis vai por Montes Claros que lá tem um contratante esperando a gente... Faz dois mês que nóis viaja...

— Nóis saiu hoje, tamo começando... — era a voz de João Pedro.

Alguém jogou um resto de água fora. Marta tinha as pernas cansadas e as mãos doíam. E aquela noite no mato derramava-lhe uma desconhecida moleza pelo corpo. As brasas morriam aos poucos enquanto o homem contava:

— Nóis já passou tanta desgraça que nem merecia...

Marta ouvia de olhos cerrados. Lembrava-se do doutor Aureliano. Era um moço bonito, alto e bem penteado, com o cabelo cheiroso. Por que ele os botara para fora? Quando estivera na fazenda, há dois anos, Marta era quase menina ainda e fora ajudar Felícia na casa-grande. O doutor pegara-lhe nos peitos que nasciam, dera-lhe um dinheiro de presente. Por que os botara para fora? Parecia tão bom moço, dizia que ela era mais bonita que as mulheres da cidade. Marta recorda a carícia do doutor. Ficara com medo naquele dia mas nessa noite no mato ela se estremece ao recordar.

O homem contava no outro lado:

— Dizque é o fim do mundo... Toda essa desgraceira que tá sucedendo... Não sou eu quem dizque, é um homem santo, um beato que apareceu pras bandas do sertão. O nome dele é Estêvão e dizque faz milagres, cura doente que nem padre Cícero... Apareceu num faz muito tempo, vem andando pro lado do mar. Dizque já tem mais de quinhentos homens atrás dele... Ele tá avisando que o mundo vai se acabar, convidando os homens pra fazer penitência...

Marta viu a sombra passar ao seu lado. Era Zefa que se levantava ao ouvir o nome de Estêvão e a relação dos seus feitos. Marta pensava no doutor Aureliano. Era risonho e afável, suas camisas tinham um perfume fino, Marta gostava de cheirá-las quando as levava para lavar. A voz do homem chega no escuro:

— Dizque ele tá procurando Lucas Arvoredo pra obrigar ele fazer penitência... Dizque o fim do mundo tá chegando.

E o grito de Zefa cortou a noite, mais uma vez. Às palavras do homem ela se reencontrava e começava a transmitir sua mensagem que não era outra senão a que o beato Estêvão proclamava pelo sertão de flagelados e imigrantes, de jagunços e crianças morrendo.

Noca acordou com o grito, estranhou o lugar onde estava. Marta se levantou, as brasas estavam apagadas e o homem da repetição espiava Zefa, amedrontado. João Pedro explicava:

— É lesa, coitada...

7

Bem que eles desejaram viajar junto com Jerônimo e os seus. Porém Jucundina estava atenta e desde a noite anterior imaginara que eles proporiam que fizessem a viagem num só grupo enquanto o seu caminho fosse o mesmo. Não só imaginara como avisara Jerônimo. Eles não tinham mais comida, a carne-seca acabara, o café também, não possuíam um caroço de feijão, tudo que levavam era um resto de farinha e rapadura. Que vantagem havia então em juntarem-se com eles num grupo só? Não é que Jucundina não tivesse pena. Tinha pena e na véspera dera-lhes até um pedaço de carne se bem soubesse que ia lhe fazer falta. O que não podia era tirar, como ela disse a Jerônimo, da boca dos filhos e netos para dar a estranhos.

Pela madrugada, antes mesmo do sol nascer, quando Jerônimo botava a cangalha em Jeremias, o homem propôs.
— Nóis vai em rumo diferente... — disse Jerônimo.
Mas o homem insistiu. Grande trecho de caminho podiam fazer em companhia, e quanto maior o grupo melhor seria, maiores as garantias contra os jagunços, mais gente para rasgar picadas na caatinga cuja aproximação sentiam com pavor. Jerônimo estava sem resposta que dar quando Jucundina se interpôs:
— Nóis tem pouca manutenção. Se nóis vai só, pode que dê pra gente se arranjar... Nóis não pode com mais nenhum...
Sua voz era severa se bem não houvesse nela nem o mais longínquo traço de rispidez. Dizia quase como quem pedisse desculpas de ser tão pobre, tão incapaz de ajudar, mas, ao mesmo tempo, com absoluta firmeza, era para cortar a conversa.
Marcharam antes. Da volta do caminho Jucundina não pôde deixar de espiar. E viu que o homem falava com a mulher enquanto as moças espiavam os que partiam. Jucundina quase se arrependeu. Mas olhou para a frente e viu os seus que andavam, acompanhando o passo demorado do jumento, e seu coração trancou-se a qualquer piedade. Seu passo foi mais firme e logo ela alcançou Marta e Zefa que iam atrás dos outros.

8

Cinco dias depois estavam em plena caatinga, buscando entre o intrincado dos espinhos o rastro das picadas que outros viandantes haviam aberto antes. Já estavam acostumados a dormir ao relento, debaixo das árvores, pois só existiam duas redes, numa das quais ficava Jucundina com o neto mais moço e na outra repousava Dinah. Mas naquela primeira noite da caatinga não havia árvores onde prender as redes, a muito custo conseguiram um pequeno descampado onde arriar as trouxas e jogar o corpo. Haviam feito pouco caminho naquele dia. Os homens iam de facão na mão, cortando o mato, alargando a quase invisível picada. Estavam tão cansados que não sentiam fome. Dinah se encarregou do jantar, ajudada por Marta.

Jucundina fez uma cama com a rede, no chão, para o menorzinho e sentou-se ao seu lado. Estirou as pernas, também ela estava terrivelmente cansada. Se bem o menino pesasse cada vez menos, estava emagrecendo a olhos vistos. Na roça Jucundina o alimentava com leite de cabra e ele ia se criando sem maiores novidades. Gordo nunca fora mas quem já viu filho de colono que fosse gordo? Agora, porém, emagrecia nesse regime de angu de farinha de mandioca, tomado quase a pulso, chorando, batendo as mãozinhas em sinal de protesto. "Devia ter trazido a cabra", pensa Jucundina, "por maior que fosse o sacrifício." Ficou olhando a face pálida da criança. Os ossos estavam à mostra, os olhos saltados, podiam-se contar as costelas nas costas finas. "Devia ter trazido a cabra." Jucundina espiava com medo para o neto. Achava impossível que ele pudesse resistir à viagem. Todos os dias quando a criança defecava, ela examinava os detritos com medo de que ele obrasse verde. Ansiava pelo dia em que chegassem a Juazeiro da Bahia, onde conseguiria leite para a criança. No lenço de flores vermelhas ela conduzia um dinheirinho amarrado num nó, numa das pontas, e ninguém sabia daquele dinheiro, estava reservado para comprar leite durante a viagem. Só que na caatinga não encontravam nem rastro de gado. Talvez quando chegassem à cidade e descessem o rio... Devia haver fartura por aquelas bandas já que sobrava água, não era uma terra seca como aquela por onde caminhavam. A criança dorme ao seu lado e Jucundina pensa que é uma injustiça que o neto, tão inocente ainda, já sofra tanto. Que sofram ela e Jerônimo, João Pedro e Dinah, ainda se aceita. Estão velhos e acostumados às desgraças da vida. Mas por que sofrer uma criança de poucos meses que ainda não fez mal a ninguém? Que pecados ela está pagando, por que Deus não tem piedade?

Os seus pensamentos são subitamente cortados pelos gemidos que chegam até ela. A princípio são medrosos, em surdina, um choro aflito e monótono. Mas logo se elevam, são gritos de dor. Jucundina reconhece a voz de Noca. Há dias que ela vinha capengando, se queixando do pé, de onde Marta arrancara um pedaço de espinho. Choramingava o caminho todo, viajava a maior parte do tempo no braço de um ou de outro, ou então na cangalha do jumento, sem largar a gata amarela. "Diabo de gata, devido a ela é que Noca se ferira." Jucundina está tão cansada que se demora a levantar para buscar a neta que soluça. "Em vez da gata podiam ter trazido a cabra, o trabalho não seria muito maior." Ouviu a voz de Jerônimo ralhando com Noca:

— Cala essa boca, dianho... Não para de chorar... Se não calar eu te dou uma coça...

Mas Noca desobedeceu e Jucundina estranhou o acontecimento. Noca era medrosa, de fácil obediência, silenciava ante qualquer ralho ou ameaça. Levantou-se ao mesmo tempo que a chamava:

— Noca, vem cá...

Ela veio, capengando, os olhos em lágrimas, a gata contra o peito, espiando com medo para a avó.

— Larga essa gata no chão...

Soltou a gata que logo correu para os matos. Jucundina tomou a menina nos braços, colocou no colo:

— Que é que tu tem?

— Meu pé tá doendo.

O fifó iluminava mal. Jucundina via à sua luz a face magra de Ernesto que dormia. Chamou Marta:

— Chega aqui...

— Tou assando a carne...

— Gertrudes! Gertrudes!

Veio a sobrinha e segurou o fifó. Jucundina tomou do pé doente com a mão, passou o dedo sobre a ferida. Estava inchado, todo o pé, uma cor escura, feia. Buliu na casca que cobria a ferida e o pus se espalhou. Noca segurava-se no pescoço da avó com os dois braços, soluçando baixinho. Jucundina sentou-se, ajeitou Noca no seu colo, mandou que Gertrudes se acocorasse para iluminar melhor. Começou a espremer o pus que era muito.

— Vai buscar um pano... Anda depressa...

Gertrudes voltou com um trapo, pedaço de um velho vestido. Apesar de lavado conservava uma indefinida cor de sujeiras antigas. Dividiu-o em dois pedaços, com um limpou o pus, espremeu mais, a criança gemia.

— Diz a João Pedro ou a Agostinho pra procurar um pé de mastruz por aí...

Enquanto esperava começou a alisar de manso a cabeça de Noca, a quem o tratamento aliviara. Também ela sofria, coitadinha, que mal fizera nesse mundo? Jucundina sente um estranho desânimo, de repente não compreende por que está naquele caminho estreito da caatinga, com os pés cortados de espinhos, as mãos cansadas, o corpo moído como se houvesse levado uma surra. Por que saíram da sua terra, por que deixaram sua casa, o curral, a vaca mansa, os pés de mandioca e milho? Por que botaram eles para fora? Alisa a cabeça da criança até que os passos de Agostinho, que volta acompanhado por Gertrudes, se fazem ouvir bem próximos.

Machuca o mastruço numa pedra. Coloca-o sobre o pé da criança, amarra com o pano. Jerônimo vem chegando:

— Que é que tem?

— Tá uma ferida feia... Postumou...

Marta grita que a carne está assada e eles veem o alto vulto de Zefa atravessando o mato para os lados do fogo. Seus cabelos estão soltos, enormes, e agora, na viagem, ela fala o tempo todo, já não há hora para repetir que o mundo vai acabar e os homens devem fazer penitência dos seu pecados.

Jucundina pensa, enquanto deita Noca ao lado do irmãozinho, que maior penitência eles não podiam fazer. Nasce a lua cheia no céu.

9

Zefa cada vez dava mais trabalho. Antes, quando estava na fazenda, ela se habituara a fazer no mato as suas necessidades, e, à exceção da hora do crepúsculo quando inevitavelmente se entregava ao estranho ritual, passava o dia quase normalmente, até ainda ajudava no trabalho da roça, se bem pequeno fosse o seu auxílio. Mas, desde o segundo dia de viagem, mudara seus hábitos, era necessário exercer constante vigilância sobre ela pois sumia pelos caminhos, falando em voz alta, acenando para árvores e pássaros, amedrontando as pessoas que casualmente encontrava, com suas palavras inexplicáveis e seus gestos atemorizadores. E já não se preocupava de ir ao mato fazer suas necessidades, defecava e mijava no vestido, e era Marta, paciente e boa, quem a limpava, mudava sua roupa de baixo quase sempre suja. E como era quase impossível fazê-la banhar-se (inclusive a água era difícil naqueles caminhos), um odor fétido desprendia-se das roupas e do corpo de Zefa, completando o extravagante da sua figura e o indecifrável das suas palavras loucas. Apenas Marta e Jucundina tinham paciência com ela. Tonho passava o dia bulindo com Zefa, puxando-lhe os vestidos, mostrando-lhe a língua, dizendo-lhe nomes. Jerônimo lhe dera umas bofetadas mas o menino não se corrigia, cansara-se de puxar o jumento e de correr pelos caminhos, não tinha outra diversão senão atenazar a vida da tia lesa. Também João Pedro e Agostinho, Dinah, Gertrudes e o próprio Jerônimo por vezes perdiam a paciência, davam-lhe gritos, ameaçavam-na.

— Só dá trabalho.

Apenas Jucundina e Marta cuidavam da pobre. Marta parecia-se cada vez mais com a mãe, na boniteza que recordava aquela moça Jucundina de outros tempos quando conhecera Jerônimo, que era tropeiro por aquele sertão, e na coragem para o trabalho, em certo fatalismo ao encarar os fatos, em não se desesperar. Era ela quem conduzia Zefa durante quase toda a viagem, tomando sentido para a louca não desaparecer, dizendo-lhe palavras carinhosas, limpando as sujeiras do vestido dela, lavando-lhe os pés quando havia água de sobra, tocando Tonho para longe.

Jerônimo espia a filha naquele trabalho paciente e todo o seu coração se comove. Ama aquela filha sobre todas as coisas.

Ao contrário de Jucundina ele não pensa demasiado nos filhos que partiram. Era o destino deles, destino não é coisa que se mude na terra, cada qual nasce com sua sina, tem de cumpri--la. Admira-se até de Agostinho não ter partido, de ter ficado com ele. Concentrou toda a sua ternura na filha, para ela ele trabalhava o pedaço de terra que arrendara do coronel Inácio, para que pudesse fazer um bom casamento, com um rapaz de respeito, ter sua casa em ordem, não precisar talvez lavrar a terra. De outras ele sabia que até com rapazes do comércio tinham casado. Marta era bonita, e mais que bonita era boa, obediente e trabalhadora, bem merecia ser feliz. Lá vai ela ao lado da tia, guiando-lhe os passos incertos, como se conduzisse uma criança ou um cego. E Jerônimo se arrepende do modo brusco com que, por vezes, trata Zefa. Recorda as palavras definidoras de Jucundina quando ele gritou com a irmã, impaciente:

— É uma inocente...

Os últimos soluços de Noca confundem-se com o seu ressonar. As palavras mágicas de Zefa espantam as cobras e os lagartos da caatinga. A lua se derrama cor de oiro sobre os mandacarus. Jerônimo, após mastigar seu pedaço de carne, vai cuidar de Jeremias que arranca cascas de arbustos, quanto mato verde encontra, quanta folha passa à altura da sua boca. Ao seu lado Jerônimo sente-se seguro e confiante. O jumento é o que há de mais sólido e inalterável nessa viagem. Parece incapaz de sentir cansaço, é o único que sabe descobrir água nas folhas e evita toda erva venenosa como se houvesse nascido e se criado em plena caatinga. Jerônimo está lhe tomando cada vez mais amizade, faz-lhe agrados no focinho. A lua ilumina a caatinga, ao longe silvam as cobras venenosas.

10

Os gemidos de Noca acordam Jucundina que dormia ao lado dos dois netos. Semilevantou-se, pôs a mão na testa da criança. A febre era alta. Olhou em redor, à luz da lua. Devia ser quase meia-noite, calculou. A criança movia-se inquieta no leito improvisado, queimava de febre. Jucundina incorporou-se totalmente, pensava em que trouxa estariam as folhas de erva-cidreira que trouxera. Ainda haveria por acaso alguma brasa acesa?

Levantou-se procurando não fazer ruído. Mas ainda assim Marta acordou. Dormia junto com Gertrudes e Dinah, Tonho entre elas. Apoiou-se no cotovelo, viu o vulto de Jucundina movendo-se entre os arbustos. Primeiro pensou que a velha estivesse procurando um lugar no mato onde fazer as suas necessidades. Mas ela se dirigia para as trouxas, acumuladas junto aos homens que dormiam. A lua iluminava todo o pequeno descampado e Marta observou, durante um momento, a velha Jucundina desatando as cordas que prendiam uma das trouxas. E ouviu o gemido de Noca. Compreendeu de imediato o que se passava. Saiu, ainda mais silenciosa e levemente, de entre as companheiras de sono, e encaminhou-se para junto de Jucundina:

— Mãe...

A velha assustou-se:

— É tu?

Falava em voz apenas ciciada:

— Não faz barulho pra não acordar os outros.

— Que é que vosmecê tá fazendo?

— Noca tá com febre... É da ferida no pé...

— Que é que vosmecê tá procurando?

— Erva-cidreira... Pra fazer um chá... Vá avivar o fogo.

Já não havia brasas, foi preciso buscar gravetos, os fósforos estavam com os homens. Marta andou de mansinho, tocou no braço de Agostinho. Os três homens dormiam próximos uns dos outros, e a repetição descansava ao lado de João Pedro. Estavam largados, pareciam mortos. Agostinho se moveu, Marta segurou-o pelo braço, falou-lhe ao ouvido:

— Não faz barulho pra não acordar pai e tio João Pedro...

Agostinho esfregava os olhos.

— Os fósforo...

— Pra que é?

— Noca tá com febre... Mãe vai fazer chá...

— Se precisar tu me chama... — Deu os fósforos, deitou de novo, mas não dormiu. Ficou espiando para os lados onde dormiam as mulheres. Dinah estava na frente mas ainda assim ele distinguia o vulto de Gertrudes, grande para os seus quinze anos, era uma mulher-feita, se Agostinho a pegasse a sós... Era sua prima mas que importava isso? Podia até casar com ela, o difícil era esperar que aparecesse um padre ou um juiz. Levantou meio corpo, assim podia ver as coxas da moça que sobravam do vestido curto, grossas e escuras. Voltou a deitar, esperaria que chegasse a ocasião.

Ferveram as folhas numa lata d'água. Noca continuava a gemer, Zefa havia acordado e estava em pé ao lado da criança. Olhava-a com seus olhos de desvario, nada sabia da ferida nem da febre mas tinha um sorriso tal nos lábios que amedrontou as duas mulheres.

— Vá dormir, tia Zefa... — disse Marta.

Zefa apontou a criança com seu dedo de unha enorme e negra:

— Vai morrer!

— T'esconjuro... Deus não seja servido...

A criança gemia. Jucundina levantou-a nos braços, começou a dar-lhe o chá. Noca sorvia a bebida doce — Jucundina pusera um pedaço de rapadura — em grandes sorvos. A febre aumentara os seus olhos que pareciam não pertencer àquele rosto chupado e assustado.

— Tou cum frio, vó...

— Vai buscar o paletó de teu pai...

Marta voltou com o velho paletó de casimira. Nele Jucundina embrulhou a criança. Deitou-a novamente:

— Dorme...

Zefa continuava de pé, ao lado. O luar batia sobre seu rosto sorridente. Doce sorriso com que ela acompanhava as palavras cheias de definitiva certeza:

— Vai morrer...

Marta a tomou pelo braço:

— Vem dormir...

Zefa a acompanhou obedientemente. Ia repetindo pelo caminho, a cabeça voltada para trás espiando a criança:

— Vai morrer... Vai morrer...

E Jucundina que a ouvia deixou-se encher por aquela certeza. Noca ia morrer... E talvez o pequeno, e Tonho também, e Gertrudes, e Marta, e Dinah, depois os homens, todos eles nesses caminhos desgraçados. Recordou-se de que os mantimentos diminuíam rapidamente, não chegariam nem para a metade da viagem. Sentiu um nó na garganta mas não chorou. Atendeu à menina que gemia.

11

Na frente iam João Pedro e Agostinho aparando os galhos mais agressivos dos arbustos. Quem visse a estreiteza do caminho diria que há muito não passava gente por ali. É que os espinheiros logo se entrecruzavam, fechando a picada quase imediatamente depois da passagem dos homens. Havia rastros pelo chão, muitos pés haviam pousado sobre as pedras e o pó daquela estrada. Por ali cortavam caminho. Jerônimo, no tempo que trabalhava de boiadeiro, acostumara-se a percorrer todos esses atalhos da caatinga e os conhecia passo a passo durante grande extensão. Caminhava logo após o irmão e o filho, tocando o jumento. As mulheres iam atrás, em fila, porque a picada não dava para mais de um. Dinah, que conduzia a criança pequena, defendia-a com o braço contra os espinhos.

Noca viajava agora num dos caçuás que Jeremias levava sobre a cangalha. Haviam-no esvaziado e ali Jucundina colocara a menina doente, sentada, o pé cada vez mais inchado, a febre cada vez mais alta. Parara de gemer, numa indiferença por tudo, e era Gertrudes quem conduzia a gata. Nos primeiros dias de febre Noca ainda sorria ao ver Marisca e gostava de levá-la consigo, de acariciar seu dorso sedoso, de ouvir os seus miados.

Mas, com o suceder do tempo, foi caindo num torpor que amedrontava Jucundina. Ao demais, desde a primeira noite de febre, Zefa não cessara de repetir aquelas palavras como uma praga:

— Vai morrer...

Parecia ter esquecido todos os demais termos do seu pequeno vocabulário de maldições e ameaças. Reduzira-se a essa previsão da morte de Noca e a princípio foi intolerável para os viajantes o constante ressoar daquelas palavras, era um agouro que todos desejavam afastar. Mas foram se habituando e se convencendo. Desde a noite em que os gemidos de Noca acordaram Jucundina, a menina só fizera piorar. Não havia mastruço nem chá que desse jeito, a "ferida arruinara", como dizia Jerônimo. Dentro de cada um deles as palavras de Zefa foram se transformando numa certeza indiscutível: vai morrer. E ficaram à espera de que a hora chegasse, quando Noca fechasse os olhos e deixasse de sofrer. Dois dias passaram parados junto a um poço numa agonia diante da criança doente. E como ela nem melhorasse nem morresse, resolveram no terceiro dia continuar a viagem pois não podiam gastar mantimento inutilmente. E agora fazem por não se lembrar de Noca que vai no caçuá. Apenas Jucundina e Marta chegam de vez em quando e dão uma espiada no rosto amarelo da doente, de olhos semicerrados, a respiração arfante.

Zefa repete, não pensando mais sequer em Noca, maquinalmente, as palavras agourentas. E os demais, depois de todos esses dias de espera, já estão, cada um para si, achando que era melhor que ela morresse logo porque está atrasando a viagem, têm que andar no passo mais lento, o sofrimento se arrasta e a comida se acaba.

12

E naquele dia não houve água em todo o percurso. O sol escaldava, as pedras da estrada mais pareciam brasas acendidas, as cobras moviam-se entre os arbustos, João Pedro matou uma cascavel com o seu bordão e Tonho apareceu correndo, branco de susto, certa hora, porque encontrara um jararacuçu na estrada. Andavam com cuidado e a sede ia aumentando. A pouca água que levavam, um moringue pela metade, Jucundina a reservava toda para Noca.

Em determinado momento foi necessário colocar Tonho em cima da cangalha. O menino já não aguentava andar. E a marcha se fez mais vagarosa, os olhos de Noca mais fechados, e o cansaço de todos cada vez maior.

Pelas três horas da tarde Dinah arriou:

— Não aguento mais...

Pararam todos, João Pedro e Agostinho baixaram os facões. Nenhuma árvore nas proximidades, nenhuma casa à vista, nem uma clareira, nem um descampado. Somente a caatinga, agressiva e inóspita. Até mesmo Zefa, a quem o delírio sustentava, se deixou sentar e pediu de beber. Os homens se espalharam em busca de água.

Agostinho aproximou-se do jumento, olhou a sobrinha no caçuá:

— Não passa dessa noite...

E dizia com um alívio na voz.

13

Porém na noite daquele mesmo dia, na continuação da viagem, eles encontraram, numa clareira de onde partia uma larga estrada — em busca da qual andava Jerônimo — um grupo grande de imigrantes, aos quais se haviam juntado trabalhadores da fazenda a que pertenciam aqueles terrenos. Eram umas vinte pessoas, entre homens, mulheres e crianças, e estavam improvisando uma festa. Havia um tocador de violão — imigrante ele também — e bebiam cachaça. Os trabalhadores da fazenda tinham vindo não tanto pelos caminheiros pois diariamente passavam flagelados pela fazenda, que iam e vinham de São Paulo. É que na fazenda aparecera um mágico, sobrado de uma pequena companhia de teatro que falira na cidade próxima. O mágico se jogara para as fazendas na esperança de conseguir com os fazendeiros, em paga das suas exibições, o dinheiro com que viajar novamente para o Rio de Janeiro. Nas grandes cidades, nos anúncios espalhafatosos, costumava intitular-se professor Flúvio, o Grande. Mas ali, de roupas sujas (havia vendido o guarda-roupa para pagar a pensão, conservando apenas o terno que vestia, o baralho para as mágicas e um que outro instrumento dos mais baratos), de cabelo comprido e barba por fazer, voltara a ser simplesmente José Duarte. Chegara à mais extrema miséria e ia de fazenda em fazenda, exibindo-se primeiro para os coronéis, depois para os trabalhadores e colonos, catando magros níqueis, sem nunca poder juntar o suficiente para um percurso maior que mais rápido o pusesse na capital. Há mais de dois meses que vai assim, atravessando a caatinga, nem mesmo ele sabe da alegria que tem espalhado por estas fazendas de homens que desconhecem o cinema e o teatro.

Já se exibira ante o proprietário e o capataz. Ante os trabalhadores também. Preparava-se para tocar para diante quando soube que um grupo de imigrantes parara em terras da fazenda e resolveu buscar ali mais alguns níqueis.

Quando Jerônimo chegou com a família, o mágico ia iniciar o espetáculo. Mas como todos se voltassem para observar os viajantes, ele também parou e resolveu repetir o discurso com que iniciava seus trabalhos. Jerônimo cumprimentava:

— B'as-tardes...

Havia umas quantas árvores, viam-se as pastagens que se estendiam ao longe, o criatório de gado. Distantes estavam a casa-grande, os currais, casas de trabalhadores. Porém o simples encontro com aquele grupo de gente revigorou o coração dos que chegavam.

Jerônimo pediu licença para pousarem ali. Um trabalhador explicou que era preciso ir lá em cima falar com o coronel. Mas outro disse que não era necessário, o coronel já permitira aos que haviam chegado de tarde, a ordem podia valer também para a família de Jerônimo. Começaram a descarregar o jumento e todos viram a criança doente quando foi retirada do caçuá. Jucundina a deitou junto ao tronco de uma árvore, a gata veio miar perto, rondando a dona, querendo brincar com ela. O menorzinho iniciou o choro reclamando comida.

Uma mulher separou-se de entre os que cercavam o mágico e veio perguntar o que a menina tinha. Então todos se movimentaram, interessados, e o próprio mágico, baixando novamente as mangas da camisa, aproximou-se. A conversa logo estendeu-se a todos, Jucundina e Dinah dando explicações, enquanto Marta e Gertrudes aproveitavam o fogo onde os imigrantes haviam preparado o seu jantar para assar a carne-seca. Agostinho comprou uma penca de bananas de um homem. Enquanto Jucundina dava de comer ao pequeno, Dinah descrevia para as mulheres reunidas a doença de Noca. Deram conselhos e uma trouxe um remédio, pomada que um médico receitara para um caso assim acontecido com um filho dela. Dinah aplicou a pomada mas Noca nem parecia sentir, o corpo mole, os olhos cerrados. O mágico esperava pacientemente que o movimento acalmasse para iniciar o seu espetáculo. Não deixava de estar comovido com a visão da criança doente mas o sentimento que predominava nele era o medo de que a atenção dos imigrantes se desviasse inteiramente para os recém-chegados. Homens se haviam oferecido para ir buscar água, outros ajudavam Jerônimo a retirar os caçuás e a cangalha do jumento, as mulheres buscavam encontrar qualquer coisa que fosse útil a Noca, uma delas conversava muito animadamente com Zefa que a ouvia silenciosa, os olhos fixos nos lábios da mulher. Foi preciso que Agostinho avisasse que Zefa era lesa. Outra narrava para Jucundina que já havia perdido dois filhos pequenos naquela viagem, ambos levados pela febre contraída no caminho. O mágico se afastara um pouco e olhava desconfiado toda aquela agitação. Viu a família se reunir para comer, assistiu a Jucundina adormecer Ernesto e deitá-lo na rede que voltaram a armar naquela noite. Na outra ficou Noca, e Marta a balançava levemente.

Finalmente foram todos se juntando em torno do mágico.

Ele batia palmas com a mão, a noite ia se fazendo escura, a lua caminhava para o quarto minguante. Se demorasse a começar o espetáculo, grande parte das mágicas perderia o efeito e os níqueis seriam poucos.

— Atenção! Atenção! Vai começar!

Agostinho havia conseguido chegar até à primeira fila, levando Gertrudes com ele. Também os outros estavam misturados com os demais imigrantes na curiosidade de assistir ao trabalho do mágico. Apenas Jucundina estava sentada ao lado de Ernesto. Marta, que balançava a rede onde Noca agonizava, disse:

— Vá vosmecê também, mãe. Vá se distrair... Eu tomo conta dos meninos...

Jucundina estava com vontade de ver. Ernesto dormia tranquilamente, na outra rede Noca parecia calma. A velha foi andando, como que indecisa, colocou-se ao lado de Jerônimo. Marta ficou em pé e de cima das raízes via as mãos do mágico segurando o baralho, o seu rosto barbado, seu sorriso vitorioso.

Fez um baralho diminuir de vários tamanhos. As mulheres riam, os homens comentavam. Fez desaparecer um ovo da sua mão e foi buscá-lo atrás da orelha de Gertrudes. Os risos aumentavam. Fez mais outra mágica, a do dinheiro rasgado dentro do lenço, aparecendo inteiro depois. Parou, anunciou que ia fazer um intervalo de poucos minutos para percorrer o distinto público em busca do agradecimento. Não foram muitas as moedas recolhidas mas o professor Flúvio já estava acostumado, sabia que eles davam o que podiam dispor na sua miséria, e sentia também certo prazer ao proporcionar-lhes aquela alegria. Retornou ao centro da roda, perguntou quem possuía um relógio. Um dos homens lhe entregou um grande e velho relógio que emitia um tique-taque alto que todos ouviam. O mágico tomou do lenço, botou o relógio dentro, mandou que os da primeira fila pegassem no lenço, para constatar que o relógio ali estava. Logo depois deu um nó, enrolou o lenço, bateu com ele repetidas vezes numa pedra. O dono do relógio não pôde conter um grito de medo. Mas o mágico sorria e pilheriava.

Anunciou que o relógio estava todo quebrado mas que ele ia fazê-lo aparecer inteiro. Estavam todos de olhos presos nele, inclusive Zefa que o mirava como a um deus, inclusive Marta que esticava o pescoço para ver melhor. Havia ficado na ponta dos pés sobre a raiz da árvore e equilibrava-se segurando o cabo da rede onde dormia Noca. Seus olhos estavam pregados no mágico mas sentiu na mão os estremeções da rede e voltou o olhar. E então viu que Noca estava morrendo, convulsa na rede, batendo os pés e as mãos, parecia um pequeno animal ferido. No mesmo momento em que o mágico fazia aparecer o relógio ante as vistas atônitas dos camponeses, Marta gritou, sua voz estrangulada:

— Mãe, tá morrendo...

E Jucundina veio numa carreira e os demais ficaram suspensos até que a mulher repetiu:

— Já perdi dois nessa viagem...

Então andaram para a rede e Jerônimo sustentou Jucundina que soluçava. O corpo de Noca estava de costas, no estertor da morte ela se virara. Marta a retirou da rede e colocou no chão. Era um fiapo de gente, os ossos quase rasgando a pele de tão magra. Tonho chegou, sentou ao lado da irmãzinha morta, pôs-se a chorar.

14

Não houve muito tempo para a memória de Noca. Só tiveram o resto da noite para chorar e rezar por ela. Velaram o pequeno cadáver numa sentinela entremeada de conversas tristes, casos acontecidos com aquela gente, cada qual contando suas desventuras, histórias de secas, de terras tomadas, de lutas com coronéis poderosos, de crianças morrendo, de doenças e remédios do mato.

Foi naquela noite que eles voltaram a ouvir falar no beato Estêvão. Diziam que o beato andava por perto, vinha vindo no caminho da cidade, muitos sertanejos armados o acompanhavam, homens sem terra, trabalhadores despedidos de fazendas, outros batidos pela seca, fugitivos da justiça e mais aqueles que fugiam para não pagar dívidas aos armazéns. Vinham todos fazendo penitência, rezando salmos e padre-nossos, também outras orações que o beato inventava, e anunciavam o fim do mundo. Zefa ouvia atentamente todas as histórias do beato, naquele momento nem parecia louca, desinteressada até do cadáver de Noca que tanto a intrigara a princípio. Logo depois que haviam estendido a criança morta no chão, Zefa se apossara do cadáver e o comprimira contra o peito, começara a niná-lo, cantando-lhe cantigas que os parentes não julgavam possível que ela soubesse. Como se acalentasse o filho que nunca tivera, como se o adormecesse ao som de uma voz doce e carinhosa. Jucundina retirou a criança dos seus braços:

— Rogou tanta praga, agora é que vem agradar a bichinha...

Mas Zefa não entendia as palavras, era indiferente ao seu significado, e estendeu as mãos pedindo o corpo:

— Dá ele pra mim...

Foi preciso que Agostinho a levasse dali, com o auxílio de Marta. Ela teve então um dos seus ataques, gritou e xingou, ameaçou a todos, aos parentes e aos desconhecidos que a espiavam de longe. Só serenou quando a conversa recaiu no beato Estêvão. Do beato passou para Lucas Arvoredo que era personagem obrigatória de todas as histórias daquele pedaço de sertão, contaram dos seus feitos, das suas valentias e malvadezas. Tinham-lhe medo, sem dúvida, mas não lhe tinham ódio, era um camponês como eles, saíra também das fazendas, das terras tomadas, do trabalho de sol a sol. E alguém citou Zé Trevoada.

— Dizque tem um jagunço que é o mais valente de todos. Um de nome Zé Trevoada, dizque porque não para de atirar, é o mesmo que um trovão...

Jucundina aguçou os ouvidos. Chegou a esquecer o cadáver de Noca ao seu lado porque ouvira falar do filho. Durante todo esse caminho que já haviam feito, ela muito se recordara dos três meninos. Ah! se eles estivessem ali muita coisa seria mais fácil, muito trabalho tirariam das costas de Jerônimo e João Pedro. Principalmente Nenen que sabia remediar tudo, que tinha um jeito especial para conseguir as coisas, amigueiro como ele só, capaz de resolver qualquer situação. Tinham ido os três embora e ela não se esquecia deles um só minuto. Para os demais é como se eles já não existissem, era preciso que alguém falasse, como esse homem que agora fala em José, num deles, para se recordarem. Fazia anos que tinham partido, um após o outro, desaparecendo de noite. Um estava com Lucas Arvoredo, os outros dois eram soldados, um da polícia, outro do exército, mas Jucundina não estabelecia diferença entre os três, não achava que José fosse um bandido e Jão e Nenen fossem pessoas direitas. Direitos eram os três, cada um seguiu seu caminho, seu destino diferente. Tudo que ela desejava era poder vê-los novamente, novamente tê-los em torno de si. Tudo isso se tornara muito mais difícil desde que haviam sido postos fora da terra de onde os rapazes tinham partido. A Jão ela fizera Dinah — a única que escrevia melhorzinho na família — escrever uma carta, contando-lhe o sucedido e avisando que iam partir para São Paulo, de lá escreveriam novamente. A José como avisar, se ele era Zé Trevoada do bando de Lucas Arvoredo, sem rumo nem pouso certo, vivendo pela caatinga, matando gente, saqueando povoados? De Nenen tampouco sabia o endereço. Uns tempos estivera em São Paulo brigando numa guerra, depois parece que fora para o Amazonas, nunca mais nenhuma notícia. Era o mais querido dos três, o mais distante também, aquele do qual nada se sabia. Um conhecido fazia tempos falara dele, que já era cabo, ganhara a divisa na tal guerra em São Paulo. O homem o encontrara na cidade, ia passando num navio com destino a Manaus. Disse que ia pra dentro, pra zona dos índios, patrulhar a fronteira. Jucundina esperou inutilmente uma carta que jamais chegara.

Jerônimo puxa pelo homem que fala sobre Zé Trevoada. Mas o homem pouco sabe, apenas que se trata de um cabra valente, dizem que foi ele quem matou o tenente Anselmo num tiroteio. E mais nada soube dizer. O coração magoado de Jucundina não se satisfaz com tão poucas notícias. Deixa Marta ao lado do cadáver, aproxima-se do homem:

— Que é que vosmecê sabe mais desse Zé Trevoada...

O homem está um pouco encabulado de não ter mais notícias, ante tanto interesse demonstrado. Busca na memória, pensa em atribuir a Zé Trevoada um crime que houve em sua terra, mas silencia ante a confissão de Jucundina:

— Ele é meu filho, sabe? Por isso quero saber...

— Num sei mais nada, siá dona, só o que contei. Dizque é um homem valente, não tem medo de nada...

Ela então voltou ao cadáver mas agora estava em companhia dos três filhos, já não se sentia tão desesperada. Tonho, silenciados os soluços pelo cansaço, dormia sentado. Jucundina o deitou, cobriu-o com os trapos que antes serviam para Noca. E foi ver Ernesto que dormia na rede.

O mágico estava lá, espiando a criança. Quando viu Jucundina se aproximar não a reconheceu. Apontou para o menino dormindo.

— Esse também não dura...

Estranhou a falta de resposta, olhou para o rosto próximo da mulher. E quando viu que era Jucundina ficou sem jeito, procurando uma palavra com que se desculpar, sem encontrá--la, a mão parada no ar num gesto incompleto.

— Se Deus quiser ele não morre...

O mágico abriu os braços, murmurou:

— É isso mesmo... É capaz de ficar bom... Tomara...

E se afastou, seguido pelo olhar de Jucundina. Misturou-se entre os homens que lhe pediam explicações das mágicas. A velha espiou a criança. Cada vez mais magra. Ali porém eles tinham conseguido leite, e Jucundina enchera o moringue com leite fervido, dava para todo o dia seguinte. O angu de farinha estava comendo as carnes da criança. Mas Deus não ia permitir que os filhos de sua filha, que ela tomara para criar quando a mãe morrera, morressem todos em sua mão. Não, Deus não havia de permitir...

15

E os dias rolam sobre os viajantes cujos pés chagaram, as feridas criaram casca e secaram, novas chagas se abriram e o caminho não terminava. Jerônimo havia anotado o dia da partida e todas as noites fazia a conta de há quanto tempo estavam viajando. Fazia porém mais de uma semana que deixara de contar, como quem abandona uma tarefa por inútil e cansativa. Não sabiam mais há quanto tempo viajavam, rasgando a caatinga, parando de quando em vez em fazendas, mas devia ser bem mais de mês porque o mantimento que tinham calculado para trinta dias se acabara totalmente. E eles haviam feito economia, diminuído a ração de carne distribuída a cada um, nos últimos dias tinham suprimido o jantar, apenas tomavam um pouco de café antes de dormir. Estavam magros e rotos, quando partiram pareciam camponeses pobres, agora se assemelhavam a bandidos ou mendigos, os cabelos caindo pelas orelhas, as barbas enormes.

Quando acontecia darem-lhes pousada numa fazenda sempre podiam comprar o que comer e alguma coisa para a continuação da viagem. Isso era raro, porém. Quase sempre os atalhos levavam para longe das casas-grandes e eles não desejavam dar voltas.

Certa tarde, no entanto, desembocaram no terreiro de uma fazenda, bem distante da casa de moradia do proprietário. Foram atendidos por uma velhinha que consentiu que eles pousassem numa casa de trabalhadores que estava vazia. Os agregados ainda estavam pelas plantações trabalhando e eles conseguiram, antes que o sol caísse, comprar carne-seca, café, feijão, farinha e rapadura no armazém. A velhinha deu-lhes também um pouco de leite. E os trabalhadores quando chegaram pela noitinha trouxeram notícias do beato Estêvão. Constava que ele, com seus penitentes — quase mil no dizer dos trabalhadores — chegara a menos de uma légua dali e acampara numa fazenda vizinha onde começara a predicar. Mas que soldados de polícia o perseguiam, pois os seus homens já estavam saqueando e depredando as propriedades por onde passavam.

Naquela noite Jucundina fez um verdadeiro jantar. Feijão com carne-seca, pirão de farinha, bastante café. Achava que os homens bem mereciam comer melhor naquele dia. Vinham de meia ração há mais de uma semana, e nos últimos dois dias mal tinham provado carne, quase que se sustentaram de café. Depois de terem comido, deitaram pelo chão da casa, de mistura homens e mulheres. Agostinho deitou-se próximo de Gertrudes na intenção de convidá-la a sair para os matos com ele mas o sono o venceu e ele dormiu antes mesmo do movimento da casa terminar.

Jerônimo avisara que deviam partir pela manhã bem cedinho, desejava evitar um encontro com os homens do beato Estêvão. E realmente acordou ainda com a noite e tratou de ir buscar Jeremias que pastava o gordo capim da fazenda. Alisou o focinho do jumento, pilheriou, tratava-o como a um semelhante, com carinho e estima:

— Tá tirando a barriga da miséria, hein, Jeremias...

O jantar da véspera, a dormida sob um teto e as provisões conseguidas haviam-no posto de bom humor, confiante e resoluto. Pôs o cabresto e a cangalha no jumento, tocou-o para frente da casa. Entrou para acordar os outros. Faltavam João Pedro e Zefa. Imaginou que estivessem pelo mato fazendo as suas necessidades. Mas logo depois encontrou João Pedro em frente à casa metendo uns aipins num dos caçuás. As mãos estavam sujas de terra e Jerônimo compreendeu que ele fora roubar a mandioca na roça. Aquilo doeu-lhe. Considerava-se um homem de bem, incapaz de um roubo. Quis reclamar com o irmão mas pensou na fome que tinham passado, no caminho que ainda restava pela frente, e não disse nada. Perguntou por Zefa:

— Tu viu Zefa?

— Não... — João Pedro observava o rosto do irmão mais velho e sentiu-se obrigado a uma explicação sobre o caso do aipim. — Tu num vê que farturão de macaxeira... Ontem falei de comprar umas raiz, o capataz disse que só falando com a veia que é a dona da fazenda mas ela já tava drumindo...

Levantou a cabeça:

— A gente tem mulhé e filho, se não fizer assim vai morrer tudo pela estrada... — Num chega ninhum...
— Não disse nada...
E para mudar de assunto voltou a perguntar:
— Tu não viu Zefa?
— Quando saí ela não tava mais...
Agostinho foi procurá-la. Bateu inutilmente as roças em torno, foi até os fundos da casa-grande, andou perguntando aos agregados que se preparavam para partir no rumo das roças onde trabalhavam. Foi tudo inútil. Quando ele voltou sem notícias, Jerônimo quis partir:
— Senão a gente perde o dia...
Mas Jucundina não consentiu e obrigou a que voltassem os três e dessem uma batida completa pelas proximidades. E depois ela mesma foi à casa-grande, relatou o caso à senhora que era proprietária e conseguiu ordem para demorar mais um dia na fazenda. Porém todas as buscas foram infrutíferas. Pela noite os homens estavam derreados e não traziam sequer uma informação. Tudo o que puderam saber não se referia a Zefa e, sim, ao beato Estêvão que partira pela manhã da fazenda onde estava e novamente se internara na caatinga. E segundo contavam, fizera milagres e adivinhara o futuro.

16

Jucundina não dizia nada mas bem reparava que entre Agostinho e Gertrudes havia algum segredo. Dinah também parecia desconfiada e dera para vigiar a filha. Era descuidar-se um pouco e lá estavam os dois caminhando juntos lado a lado, numa conversa comprida. Quando paravam para almoçar ou dormir, sempre encontravam, o rapaz e a moça, algum jeito de escapulir da vista dos demais e, quando voltavam, Gertrudes tinha um ar entre espantado e satisfeito, ficava cheia de risinhos sem propósito, enquanto Agostinho ia deitar-se no seu canto, calado, procurando evitar conversas. Jucundina não estava gostando daquilo. Agostinho não tinha idade para se casar e quanto a Gertrudes era ainda menina. Ao demais casar como, se não tinham sequer um pouso onde descansar, nem de que viver, nem mesmo trabalho? Se ainda estivessem na roça ela não diria nada, a não ser que Gertrudes precisava esperar ainda uns dois anos para pensar em cuidar de filho e de casa. Compreendia porém que era difícil de evitar o desenvolvimento do caso. Agostinho, apesar de rapazola, já dera suas fugidas ao arraial em busca de mulher. Naquela caminhada havia de sentir falta e a proximidade da prima, com suas risadas largas, as coxas aparecendo sob os vestidos curtos, era uma tentação permanente.

Jucundina ficava pensando no que diriam Jerônimo e João Pedro se desconfiassem do que se estava passando. Não tinham nem tempo de notar, o dia todo ocupados nos trabalhos da viagem, à noite mortos de cansaço, querendo apenas dormir. Não escapava, isso sim, às mulheres. Dinah estava de orelha em pé. Marta já sorria quando via o irmão e a prima se afastarem. Jerônimo era um homem pacato e bom mas fazia medo quando se enraivecia. Por um caso semelhante Jão partira de casa para nunca mais voltar. Começara um namoro com a filha de um compadre deles, o velho Maneca, e ia conversar com ela na margem do rio, todas as tardes. Maneca interrogara Jerônimo sobre o assunto. Se o rapaz queria casar, estava certo, ele não tinha o que dizer. Mas não queria a sua filha falada, sua honra servindo de pasto para os maldizentes. Jerônimo ouviu em silêncio, disse que ia tomar uma providência. Jão não completara ainda os vinte anos, o buço apenas assomava sobre seus lábios.

Em casa, à noite, Jerônimo o interrogou:

— Tu não pode casar, ainda não tem meio de vida...

O rapaz respondeu que não tinha satisfações a dar, era muito dono da sua vida, trabalho não lhe faltava se quisesse ir embora. Jerônimo se enraiveceu, tomou de uma tábua, correu em cima de Jão. Jucundina olhava a cena sem coragem de intervir. Marta amedrontada num canto, era uma menina de treze anos. Jão gritara para o pai!

— Não me bata, pai, pelo amor de Deus...

E como Jerônimo continuasse a persegui-lo, acrescentou:
— Se vosmecê me tocar eu vou embora desta casa...
Jerônimo não ouvia nada. Perdera a cabeça e rebentou a tábua nas costas de Jão. O rapaz não reagiu. Olhava para Jucundina até que ela sentiu-se tontear e avançou em cima do marido:
— Larga meu filho, desgraçado...
Só então Jerônimo parou, ofegante. Soltou a tábua, saiu calado para os fundos da casa. Jucundina apalpou os braços, a cabeça, as costas do filho. Jão disse:
— Mãe, vou embora...
— Não faça isso, Jão... Seu pai tava com raiva, ele tinha razão, você respondeu a ele... Filho não responde a pai...
— Vou embora, mãe, não fico aqui... Vou tratar de minha vida... Quero sua bênção...
Ficou diante dela, decidido. Ela compreendeu que ele não ficaria de jeito algum. Então foi buscar os cem mil-réis que tinha guardado para o caso de uma doença ou de uma necessidade inadiável e os entregou ao filho:
— Quando esfriar a cabeça tu volta...
— Não volto mais, mãe.
Andou para a porta. Não levara nada nas mãos, só o dinheiro, uma nota rasgada pelo meio, os pedaços colados com sabão. Antes de atravessar o umbral, voltou-se e falou:
— Diga a pai que me adisculpe...
Os olhos de Jucundina estavam cheios de lágrimas. Dirigiu-se também para a porta a tempo de ver a sombra de Jão perder-se no escuro. Foi o primeiro que partiu. O outro foi com Lucas Arvoredo e Nenen desapareceu uma noite, sem motivo, sem deixar um recado, sem que, durante muito tempo, soubessem o que tinha sido dele. Ficara apenas Agostinho, o mais moço dos quatro. E agora estava ele metido com Gertrudes, nas conversas, nos escondidos, com encontros pela mata. Aquilo não ia terminar bem. Jucundina murmurava para si mesma:
— É melhor casar antes que ela se perca...
O que não faria Jerônimo se isso acontecesse? Nem queria pensar...

17

E foi assim, entre a inquietação e os tremores de Jucundina e Dinah, que o amor se processou na caatinga. A comida faltara de todo e eles perdiam uma parte do dia para buscar o que comer. Um tatu, de quando em vez uma paca, uma preá. Mas na caatinga era difícil caçar. Tinham que gastar horas no rastro do bicho e a viagem arrastava-se. Agostinho chegava a pensar que o pai perdera o rumo e só quando encontravam gente que lhes informava que seguiam na rota certa, ele ficava mais descansado e confiante.

Tudo que desejava era chegar quanto antes a uma cidade, ou a uma fazenda, onde conseguisse trabalho e fosse viver com Gertrudes. A fome o fazia irritadiço e mesmo com a prima ele brigava, já que ela começara a se recusar a acompanhá-lo ao mato. No prolongamento da caminhada e com o aumentar das intimidades com o corpo jovem de Gertrudes — os apertos, os encostamentos, as carícias com a mão — ele foi se tornando cada vez mais exigente, disposto a possuir a moça ali mesmo pelas estradas, apesar de que antes lhe prometera só tomar dela depois que encontrassem um padre que os casasse e um lugar onde ficar. Agostinho já não pensava em viajar até São Paulo. Em fazendas por onde passavam ofereciam-lhe trabalho, muito mal pago, é verdade, mas ele estava por tudo desde que pudesse ficar com Gertrudes.

Certa tarde a moça apareceu com o lábio partido. Não parecia ferimento produzido por espinho, como ela disse. Dinah a pôs em confissão e ela terminou contando que fora Agostinho que lhe dera um soco. Quisera pegá-la a pulso, ela resistira, ele então lhe batera. Dinah ficou como louca. Parecia Zefa nos seus piores dias. Jerônimo e João Pedro tinham partido no rastro de um tatu e Agostinho sumira. Estavam apenas as mulheres e Tonho. Quando Jerônimo e João Pedro saíram atrás da caça — ainda não haviam comido naquele dia — Agostinho deixara-se ficar a pretexto de velar pelas mulheres. Já estava de plano feito, seu sangue fervia.

Dinah, depois da confissão de Gertrudes, foi diretamente a Jucundina. Davam-se bem as duas, e se tratavam de comadre, se bem fossem apenas concunhadas, sem que nenhum parentesco de sangue as ligasse realmente. Porém, João Pedro e os seus sempre haviam vivido um pouco na dependência de Jerônimo que os ajudara nos anos mais difíceis, que era o irmão mais velho, aconselhava, dava a última palavra nos negócios e nos casos complicados. Dinah chegou ainda cheia de raiva, a fome os tornava a todos agressivos e impetuosos. Estavam magros, todos eles, parecendo figuras imaginadas, os cabelos pedindo corte, os piolhos pulando, os corpos sujos, os vestidos e as roupas em farrapos, como se fossem restos de uma população batida pela guerra. Qualquer coisa os irritava. A própria Jucundina sentia-se doente e de fácil raiva, resmungando o tempo todo, reclamando contra tudo, trocando ásperas palavras com o marido. Apenas Marta conservava-se mais calma, era ela quem aparava os choques, quem ainda tinha cabeça para atender os meninos — o pequenininho cada vez mais fraco, Tonho com uma tosse seca, "tosse de cachorro", como classificava Jucundina.

Dinah veio gritando do outro lado:

— Comadre! Comadre! Chega aqui...

Mas foi ela mesma quem andou até onde estavam Jucundina e Marta tentando dar um pouco de angu a Ernesto. Tonho tomava conta do jumento que arrancava cascas dos arbustos, aqueles que seu instinto lhe apontava como os que mais continham água. O menino já se habituara a mastigar e engolir, nos dias de mais fome, pedaços de cascas de árvores arrancados por Jeremias.

— Que é, comadre?

Jucundina pôs-se de pé, tal o estado de Dinah. Teria sido mordida por uma cobra? Um dos receios maiores de Jucundina: que uma cascavel ou uma jararaca mordesse algum deles. Era morte certa e vivia recomendando aos homens que tomassem cuidado. Muitas cobras já haviam matado no decorrer da viagem e uma delas quase mordeu Tonho, se o menino não pulasse rapidamente o bote o teria alcançado.

Às primeiras palavras de Dinah compreendeu o que se passava. Tinha que suceder, até já estava demorando. Dinah ameaçava:

— Se ele fizer mal na menina, João Pedro mete bala nele e é bem feito...

— Cala a boca, mulher sem juízo...

Esquecia-se que ela também se entregara a João Pedro nos matos, que vivera amigada com ele muitos anos, que só muito depois casara, quando um padre fora celebrar Santa Missão na fazenda?

O grito de Jucundina teve um bom efeito sobre os nervos de Dinah. Calou-se e as lágrimas começaram a correr pelos seus olhos. Jucundina continuava com raiva, falando agressivamente:

— Tu acha que meu filho não é bom pra tua filha? Ele é até bom demais... Que marido melhor tu pode encontrar...

A voz de Dinah veio baixa e calma:

— Num tou dizendo que ele é ruim... Se ele quer casar com a menina num vou dizer não... O que não quero é ver a menina se desgraçar pelos matos, ficar uma perdida por aí...

O resto da conversa decorreu tranquila. Combinaram que Jucundina falaria com Agostinho, acertaria que o casamento seria feito na igreja da primeira cidade onde passassem.

— É mais mió, assim.

Os homens voltaram pela noitinha, não tinham caçado nada. Agostinho só chegou mais tarde, pelo olhar dos demais compreendeu que não havia o que comer. Procurou enxergar Gertrudes na escuridão que o fogo não conseguia romper e a viu num canto encorujada, o lábio inchado. A criança pequena chorava e a gata miava, havia crescido durante a viagem, estava magra e bravia, era uma dificuldade para pegá-la mas os acompanhava pela estrada como se fosse um cão. Mais de uma vez trouxera preás caçadas e as atirara aos pés de Marta que, após a morte de Noca, ficara cuidando dela. É verdade que quando trazia uma preá é que já havia comido outra, estava de barriga cheia. Ainda assim aquele seu instinto de caçadora impedira que eles a abandonassem pelo caminho.

Agostinho sentia fome. Nada comera durante todo o dia, a última refeição que havia tomado fora um pirão de farinha e um pedaço de rapadura comidos no meio-dia da véspera. O que ainda restava de farinha Jucundina guardava avaramente para Ernesto. Dera uma sova tremenda em Tonho porque o encontrara roubando um pouco de farinha que restava no fundo do saco.

Jucundina chamou o filho:

— Agostinho, senta aqui...

Antes de sentar, espiou a face de Ernesto. Nem assemelhava-se mais a uma criança. O próprio Agostinho não sabia como o menino ainda resistia. Os ossos quase furavam a pele, era um molambo envolto em trapos. Agostinho respeitava Jucundina mas tinha medo desta conversa de agora. Eram todos eles de poucas palavras, de curto vocabulário, e não sabiam se expressar bem, as palavras não revelavam quase nunca a verdadeira extensão dos seus sentimentos.

Acocorou-se em frente a Jucundina e ficou esperando. Ela não sabia como começar, não era fácil, não sabia jogar com os vocábulos e tinha medo de que o filho se irritasse como acontecera com Jão. Decidiu-se finalmente, quando o silêncio já se tornava pesado e desagradável, a ir diretamente ao assunto:

— Tu quer casar com Gertrudes?

Agostinho fechou o rosto, rugas cortaram sua testa. Baixou os olhos, com um graveto remexia a terra seca da caatinga:

— Casar, amigar, juntar com ela... Qualquer coisa...

— Tu não pode esperar até a gente chegar em São Paulo, tá com a vida arrumada? É mió pra todo mundo... A gente pode fazer um casamento direito, com padre e juiz... Num pode tá longe de Juazeiro, Jerônimo diz que mais uns dias nós chega lá... Depois é de navio e trem de ferro, num demora...

Agostinho sacudiu a cabeça:

— Num vou pra São Paulo... Vou ficar na primeira fazenda que encontrar e quiser trabalhador.

— Dizque em São Paulo um homem ganha dinheiro, trabalhador é gente, por aqui trabalhador não vale nada, tá sobrando, eles só quer pagar porcaria...

Agostinho coçou a cara, impaciente:

— Num tem nada, mãe. Vosmecês vão, pai já tá na tenção de São Paulo. Pode ser que chegue lá e seja feliz. Pode ser também que morra tudo pelo caminho, é o mais certo... Mas eu não quero morrer, tenho meus braços, vou trabaiar onde houver trabaio. E levo Gertrudes comigo...

Jucundina sentiu que era uma decisão definitiva, tão definitiva quanto a de Jerônimo de alcançar São Paulo e ganhar a dinheirama que havia por lá. Conhecia os seus filhos, eram todos assim, haviam saído ao pai. Não adiantava discutir, nem pedir, nem rogar, muito menos ameaçar. Era o último que ia embora, que os abandonava, que ia cumprir seu destino. E esse levava mulher, menina que ainda não servia para nada, quando tivessem filhos como iria ser? Pensou nos três que haviam partido antes, José, Jão e Juvêncio. Estariam casados? Teriam mulher e filhos? José ela sabia que não, cangaceiro não pode se casar, não tem o direito de pensar em filhos. Sua vida é uma corrida sem fim, e agora, que está viajando pela caatinga, ela sofre ainda mais pelo filho cujo quotidiano é esse, além dos tiroteios e dos assaltos.

Agostinho espera que ela fale. Tem receio das súplicas, dos pedidos que ela possa lhe fazer. Armou-se contra tudo isso com uma decisão inabalável. E se começarem a aborrecê-lo ele os largará ali mesmo. Tomará de Gertrudes e irão os dois em busca de uma fazenda. Jucundina fala mansamente, Agostinho não se recorda de ter ouvido sua mãe tão terna e carinhosa:

— Se tu quer casar com ela que case... Ninguém tem direito de impedir... Mas tu também não tem direito de largar a gente assim, no mato, de mochila nas costas, feito penado, pra ir embora, só cuidar de tu mesmo. Eu posso falar assim porque fui eu quem te pariu e te deu de mamar nos meus peitos... Se tu quer ir embora então tu vai esperar que a gente chegue em Juazeiro e tome o vapor... É mais uns dias só, que é que te custa? Tu não vai ter coração tão ruim que largue mãe e pai na estrada como uns bichos do mato...

Agostinho concordou:

— Só tava querendo ir embora se me aborrecessem, se

começasse todo mundo a se meter na minha vida... Já tou homem, posso procurar minha melhora... Vosmecês vai pra São Paulo, eu não quero ir...

— Tu tá de cabeça virada... Eu num tou dizendo que tu vá cum nóis pra São Paulo. Só que vá até Juazeiro...

— Tá bom. Até Juazeiro...

Jucundina ainda não estava satisfeita:

— Tem outro porquê...

— Que é?

— Tu vai deixar a menina em paz até chegar lá... Quando chegar tu casa ou faz o que quiser... Mas não vai fazer mal a ela no caminho que é para evitar uma desgraça...

E completa:

— Se acontecesse eu não guentava... Era capaz de morrer só do desgosto...

Ele levantou-se sem dizer nada. Mas ela leu nos seus olhos e no seu gesto com a mão que concordava e sabia que em Agostinho podia confiar. Ainda assim ficou esperando uma palavra e só sorriu quando ele disse:

— Tá combinado, mãe. Vosmecê pode ficar descansada...

Andou para onde estavam os homens, ela o acompanhou com o olhar. O estômago doía com fome.

18

João Pedro foi devagarinho, na ponta dos pés, mas a gata fugiu a tempo. Agostinho compreendeu o que ele queria e gritou para o pai, enquanto tomava posição em frente a Marisca:

— Cerca do lado de lá, pai.

A gata vigiava cada movimento. Estava parada, os olhos indo de um para outro homem, esperando a ocasião para o salto. Jerônimo se colocara num dos ângulos do terreno e, entre os três, apertaram o cerco. A gata também parecia ter compreendido a intenção deles. Não haviam trocado palavras, o gesto de João Pedro fora suficiente para que os dois outros se lançassem à caça da gata. Mais de uma vez haviam planejado comê-la. Nos dias de maior fome olhavam para ela com olhos cúpidos, apesar de sua magreza. Mas encontravam sempre a resistência de Marta e, como durante a viagem a moça fora adquirindo uma certa influência sobre todos eles, os projetos não passavam dos olhares e da intenção.

Naquele dia, porém, a fome estava por demais. E Marta não se encontrava perto, andava cuidando de Tonho e de Ernesto, era a ocasião mais propícia. Não falavam, colocavam um pé adiante do outro, paravam observando a reação da gata. Estava magra e ainda não completara o crescimento, seria um pobre jantar mas era melhor que nada, era melhor que aquela dor no estômago que parecia ratos roendo e dava uma tontura na cabeça, um amargor na boca. Como o fumo de corda tinha acabado antes dos mantimentos não podiam, fumando, enganar a fome. De tudo o que faltava o que mais desesperava João Pedro era o fumo. Gostava de amassar seu cigarro de palha e nos primeiros dias em que não teve o que fumar parecia que ia sair doido. Aos poucos, porém, a fome foi superando a falta do fumo e agora ele só pensa na gata em sua frente. Tão próximos estão uns dos outros que podiam se dar as mãos e fazer uma roda. Agostinho vai se curvando sobre a gata, as mãos estendidas. Marisca está atenta e salta no momento exato em que ele a ia pegar. Salta para o lado. Jerônimo se adianta, ela passa entre suas pernas, se esconde atrás dos arbustos. Para ela agora é uma brincadeira, quando Noca era viva gostava de correr com ela, tentar pegá-la, Marisca a enganá-la com seus saltos.

A corrida entre os arbustos atrai as mulheres. Percebem o que está se passando e não dizem nada. Antes mesmo de Marta abrir a boca, Jerônimo atalha:

— Não tem outro jeito... Nóis não vai morrer de fome...
— E ordena que vão botar água para ferver...

Vêm conduzindo água com grande sacrifício. Conseguiram um barril numa fazenda e o enchem em quanto poço encontram, trazem-no num dos caçuás nas costas do jumento. Enquanto perseguem a gata, de arbusto em arbusto, ouvem como

Dinah enche a lata, a põe a ferver sobre as brasas antes inúteis. Aquilo os anima, faz com que prossigam com mais coragem aquela ridícula caçada, a gata a escapar-lhes das mãos, passando entre as suas pernas. O tempo decorre e os homens não conseguem pegá-la. Tonho veio se juntar a eles e se feriu todo nos espinhos. Foi chorar junto de Marta que espia, sem palavras, a corrida dos parentes e os saltos da gata.

Quem primeiro desiste é Jerônimo. Passou o dia atrás de caça, no mato, é muita coisa para um velho com fome. Diz um palavrão e fica quieto, vendo os outros dois que ainda persistem. Afinal a gata se cansa da brincadeira, foge pela caatinga. Agostinho ainda tenta acompanhá-la, olha com raiva para o lado de Marta como se a considerasse responsável pelo fracasso. Também João Pedro a olha mas seu olhar tem outro significado. Bem que ela poderia pegar a gata, sem nenhum esforço, se assim o desejasse. Marisca confia nela, dorme ao seu lado, no calor do seu seio. Marta entende o olhar do tio. Será que lhe irão pedir? Mas nenhum tem coragem de pronunciar palavra. Apenas a fome está presente em cada face, na do menino que chora, de Dinah que ferve a água inútil, de Jucundina que atende ao menino pequeno. Os homens estão na dependência do seu gesto. Esperam e ela sabe que não pode suportar durante muito tempo aqueles olhos parados, insistentes, suplicantes.

A gata mia entre os arbustos. Marta se decide. Vai andando lentamente para o lado onde ela está, chamando-a com sua voz amiga:

— Marisca... Psiu... psiu... Marisca...

A gata sai de seu esconderijo. E corre confiante para Marta.

19

E, em meio à fome, à sede e ao cansaço, Dinah caiu doente. A febre veio à tardinha, quatro dias depois de haverem comido a gata. Jantar insuficiente. Marisca estava quase tão magra quanto eles, e mastigaram os ossos, apenas Marta se recusara a comer apesar de todos os rogos de Jucundina e de todas as palavras duras de Jerônimo. O velho não gostava de brigar com a filha, a cada hora se acarinhava mais com ela, sentia todo o auxílio que ela lhes estava dando. Dinah não podia mais ajudar, queixando-se de dores, no trabalho com os dois meninos, não conduzia mais nenhuma das trouxas, ia quase se arrastando pelo caminho. E Marta tomara para si a sua parte no trabalho.

Quando a febre chegou, anunciada pelos arrepios, Dinah se esforçou para continuar a andar. Faziam poucas léguas por dia, o passo era lento, faltavam as forças para uma caminhada mais longa. Dinah não disse nada nem mesmo a Gertrudes que ia a seu lado (desde que descobrira o namoro da filha com Agostinho não a deixara afastar-se de si, trazia-a vigiada, não lhe bastavam as promessas de Jucundina). Continuou a andar. Foi naquela tarde que Agostinho matou a jiboia na picada. A cobra digeria qualquer volumoso animal que comera horas antes, estava adormecida e foi fácil matá-la. Pararam para cozinhar um pedaço de carne, levaram outro para comer depois.

— Isso não é comida de cristão... — disse Jucundina, mas não podia discutir. Se não fosse a jiboia não sabia como poderia ter continuado.

Após terem comido levantaram-se para continuar a jornada. Jerônimo achava que, tendo matado a fome, bem podiam fazer um pedaço de caminho, até que a noite se cerrasse completamente. Tangeu Jeremias, gritou para os parentes:

— Toca, gente...

Dinah não conseguiu pôr-se de pé. Foram os chamados de Gertrudes que fizeram a caravana parar. João Pedro veio correndo saber o que era.

— Febre ruim...

Na bagagem ainda tinham umas pílulas com que João Pedro se tratara de uma febre assim. Não sabia que febre era, o médico falara em paratifo. E agora era Dinah quem a febre pegava e derrubava na estrada. Aquela febre que não perdoava, que eles temiam sobre todas as coisas. Dinah tremia de frio apesar do calor que reinava em torno, no fim da tarde.

Juntaram todos os trapos em cima dela. E ali ficaram seis dias comendo o resto da jiboia, caçando umas preás, descansando também. Ficaram seis dias que foi o tempo que a febre durou. Dinah morreu pela manhãzinha, justo no dia em que novamente havia acabado o que comer e já não havia sequer uma gota de água. Enterraram-na quase à flor da terra, não tinham forças para cavar fundo. Os urubus voavam agora em grandes grupos sobre eles, eram sua única companhia na viagem. Jucundina os olhava como um agouro.

— Tão esperando que a gente não possa mais enterrar defunto...

20

Os urubus ficaram para trás. Não custou muito trabalho remover a pouca terra que cobria o corpo de Dinah. Também eles não encontravam muito que comer no desolado da caatinga. Juntaram-se num bando irrequieto e barulhento, trocando bicadas entre si, sobre o cadáver. Adiante Jerônimo, que não os via no céu a persegui-los, imaginava o que se estava passando. Também João Pedro sabia que eles estavam devorando o cadáver de sua mulher. Mas não tinha coragem de voltar, de perder mais tempo, como não tinha mais forças para sofrer, nem lágrimas para chorar. Aos poucos iam se compenetrando de que não chegaria nenhum ao fim da viagem, a nenhum seria dado ver a fartura que existia por São Paulo. Mas marchavam para diante que pior seria voltar. E voltar para onde se já não tinham terra, nem casa, nem mandiocal, nem milharal?

Pelo meio da tarde novamente os urubus os alcançaram e voavam em círculos sobre eles.

21

Só não morreram todos de sede porque João Pedro, batendo as redondezas, encontrou um resto de água num poço que secara. Beberam quanto puderam mas o que restou não deu sequer para encher o barril. Agora, que não tinham de parar para almoçar e jantar, comiam quando conseguiam encontrar frutas do mato ou algum animal, agora paravam várias vezes pelo caminho. Andavam dois e três quilômetros e tinham de descansar, as forças faltavam. Apenas Jeremias mostrava ainda disposição para continuar. Jerônimo costumava dizer que abaixo de Deus eles deviam ao jumento ainda estarem vivos. Não era apenas Tonho que fazia atualmente parte do caminho no lombo de Jeremias, montado na cangalha. Também Jucundina, quando as pernas se negavam a caminhar, era encarapitada entre os caçuás e o jumento a conduzia. Jerônimo chegou a estimá-lo como a qualquer dos parentes que iam com ele. Nas longas horas do percurso, sob o sol ardente, as costas cansadas como se levasse um peso de quatro arrobas, gostava de falar para Jeremias, dizer-lhe palavras animadoras. Segurava no focinho do jumento, dava-lhe tapinhas, prometia-lhe um pasto gordo quando chegassem. Se bem soubesse que mal avistassem Juazeiro o que lhe restava fazer era vender o jumento que daí em diante seria inútil. Apesar de magro ainda daria algum dinheiro para ajudar o resto da viagem. Se Jerônimo pudesse o levaria consigo para São Paulo, soltava-o no pasto e o deixaria livre para o resto da vida. Já trabalhara demais, bem merecia descansar os anos que lhe restassem, com bom capim, éguas bonitas para ele se divertir, nada para fazer.

Mas nem sequer o pôde vender em Juazeiro porque, quando a sede apertou de novo, o pouco de água que restava sendo apenas para Ernesto, dada gota a gota, quando eles pensaram que já não poderiam suportar e sentiam inveja de Jeremias que mastigava cascas de arbustos onde a água se conservava, o jumento comeu erva venenosa, no desespero de nada encontrar com que matar a sede e a fome. Seu instinto lhe advertia mas não adiantou. Durante toda a viagem, enquanto encontrou casca de árvore, espinho de mandacaru e xiquexique, Jeremias se guardara de comer tingui, a erva verde e convidativa. Mas — assim sucede com todos os da sua raça na caatinga — chega um momento em que a fome e a sede superam tudo. Zurrou longamente, seus olhos muito abertos como que se despedindo da paisagem seca.

Viram os urubus que voavam sobre ele. Mesmo antes do animal cair já o picavam. Aliás os urubus estavam ficando cada vez mais atrevidos, pousavam ao lado dos caminhantes, rondando, e era preciso tangê-los com paus e pedras para que alçassem voo. A sombra que eles projetavam sobre a terra era a única naquele solo de vegetação rala e miúda, sem animais e sem verdura.

Viram os urubus voando com pedaços do animal no bico, nem tinha morrido de todo. Os soluços de Jucundina estremeceram os arbustos.

22

O que doía a Jerônimo como uma injustiça é que se Jeremias houvesse resistido mais um dia não teria morrido. Porque no dia seguinte chegaram a uma fazenda que era uma beleza. Tinha um açude e parecia muito pouco afetada pela seca. Estavam em plena colheita e necessitavam de trabalhadores. Todos eles trabalharam alguns dias para assim poderem comprar mantimento suficiente para o resto da viagem. Foi ali que Jerônimo soube que errara o caminho, que já poderia estar em Juazeiro se tivesse seguido direito. Agora tinha que varar para o leste, andar como umas trinta léguas que era a distância que o separava da cidade. Por outro lado, porém, ia viajar em terras férteis, não necessitava se embrenhar novamente na caatinga. Cruzaria um ou outro trecho mas quase toda a viagem seria por estradas largas onde passavam até caminhões.

Quando voltava do trabalho na lavoura (tinham lhes dado uma casa onde dormir) sentiu a picada nas costas. Uma dor fina e aguda. Empinou o corpo mas a dor não passou, era como se alguém lhe enfiasse uma agulha entre as costelas. Sentiu um amargor na boca, cuspiu vermelho. Seu rosto tornou-se sombrio mas não disse nada em casa, no outro dia voltou para o trabalho. A dor se renovava de quando em vez e ele se sentia febril nos fins das tardes. Era aquela caminhada sem comida.

Passaram uma semana na fazenda, trabalhando. No sábado fizeram as contas, com o saldo ganho compraram mantimentos. Não queriam bulir no dinheiro contado que levavam, era para as passagens no navio. Com a estada na fazenda Ernesto melhorara e, se a viagem não fosse ruim dali para diante, não haveria perigo de ele morrer. Jucundina encontrava-se quase alegre na véspera da partida. Apesar de que Jerônimo parecia mais cansado e magro do que nunca, uma tristeza nova em sua face.

Naquela noite reuniram-se todos na casa para o jantar. Gertrudes estava de olhos baixos e não quis comer.

— O que é que tu tem, menina? — perguntou Jucundina...

— Nada, não, sinhora...

João Pedro falou áspero:

— Tá doente?

— Inhô, não...

Jucundina procurou com os olhos a Agostinho. Ele respondeu ao seu olhar com um gesto. Ela ficou à espera do que sucedesse. O filho comia seu pirão com carne-seca, sem falar, procurava um jeito de começar. Jerônimo tossiu.

— Pai...

— Que é que tu quer...

— Vosmecês já tão perto de chegar... De Juazeiro pra lá é de navio e de trem...

Jerônimo esperava que ele completasse. Gertrudes foi saindo às escondidas para a frente da casa. João Pedro ouvia atento as palavras de Agostinho.

— Eu vou ficar por aqui... Peguei uma empreitada pra colher uma roça, não vou com vosmecês...

— Tu vai ficar?

Se não se sentisse doente e fraco, Jerônimo teria sido capaz de rebentar Agostinho de pancada. Onde já se viu largar a família assim quando estão todos viajando para longe? Mas a viagem mudou em muito o velho Jerônimo. Sua família está desmantelada. Morreu gente pelo caminho, outros estão doentes, ele mesmo com aquela dor nas costas e aquele calor no rosto...

— Tu quer ficar, pode ficar... Eu te deito minha bênção pra Deus te ajudar. Nóis vai pra frente, isso aqui não tem futuro...

— Quem sabe depois eu não vou encontrar com vosmecês? Se não me der bem por aqui...

— Vamos dormir... — completou Jerônimo.

— Pere aí, pai...

— Que é?

— Gertrudes quer ficar cum eu...

— Hein?

— Nóis vai casar logo que o padre apareça por aqui. Dizque vem pra uma festa...

Jerônimo olhou para João Pedro. Não havia nenhum protesto no rosto do outro que levantava as mãos:

— Antes seja com ele que com outro qualquer... só quero é que case, não quero ter filha perdida por aí... É uma vergonha que a finada não desejava...

— Nóis vai casar...

— Tu já fez mal a ela?

— Não. Prometi a mãe arrespeitá e arrespeitei. Mas agora nós vai ficar...

Jucundina falou pela primeira vez:

— Tu me garante que casa? Pela alma da mãe dela?

— Juro pra vosmecê... É logo o padre chegar...

No outro dia partiram sem eles. Gertrudes não chorou. Parecia contente na sua casa. Agostinho ia para o campo, levava uma foice. Jerônimo se perguntava como iriam se arranjar em São Paulo, ele doente, o irmão com pouca iniciativa, Jucundina, Marta e as crianças? Se vivesse até vê-los assentados num pedaço de terra onde João Pedro fosse colono, pelo menos morria satisfeito. E novamente lembrou-se de Artur e do doutor Aureliano mas já nem tinha ódio de tão cansado estava, de tão desanimado.

23

Os imigrantes acampavam por detrás da igreja. Sempre havia muitos, a cidade era passagem obrigatória de todos os que iam para Pirapora de onde partia o trem para São Paulo. Em frente, do outro lado do rio, ficava a cidade de Petrolina, era o estado de Pernambuco. Mas, mesmo os que chegavam daquele lado, logo atravessavam nas canoas para Juazeiro, onde estavam as agências de navios, onde podiam comprar passagens. E seu interesse era embarcar quanto antes, deixar para trás a lembrança da viagem pela caatinga, a saudade dos mortos, a recordação de tanto sofrimento. Não havia entre tantas famílias acampadas na praça quase nenhuma que contasse com o mesmo número de pessoas com que partira. Todos tinham histórias que narrar e nenhuma delas era alegre. Por tudo isso o que desejavam era embarcar quanto antes. Os navios partiam com as terceiras classes abarrotadas e por vezes os imigrantes tinham que esperar vaga porque eram muitos e os vapores comportavam pouca gente apesar de que na terceira classe os sertanejos seguiam amontoados quase que uns por cima dos outros.

Era uma tarde quente de verão. O sol levantava a poeira nas ruas e as janelas da maioria das casas estavam fechadas. Homens passavam em manga de camisa e no acampamento dos imigrantes a vida fervia apesar das doenças, do cansaço e das dificuldades em conseguir passagem.

Junto ao mercado havia sempre uma pequena multidão que comprava e vendia. Montes de alpargatas, compra obrigatória dos imigrantes que chegavam com os sapatos em ruínas, roupas de mescla, vestidos baratos para as mulheres, carne de boi, alguma hortaliça. Foi bem na porta central que o jumento veio se bater. Quem primeiro o enxergou foi um moleque que pensou que ele pertencesse a algum sitiante das proximidades. Tangeu-o mas o jumento estava com sede e pretendia beber água numa tina que estava na frente do mercado. Por pura curiosidade, gratuitamente, o moleque espiou para dentro do caçuá, a ver o que o jumento conduzia. Viu a primeira criança morta, ficou apavorado, sem fala. Tocou no braço do cego que pedia esmola na porta.

— Que é?

Viu que era cego, afastou-se, chamou a mulher que vendia inhame e puba. Logo juntou gente, havia uma criança morta em cada um dos caçuás. Foram em busca do delegado. Não existia mistério que resolver. Tratava-se de alguma família de imigrantes que tinha se acabado pelo caminho. Era fácil saírem doze ou vinte do alto sertão e ficarem todos pela estrada. O jumento resistira e andara até a cidade.

Formaram uma caravana para voltar sobre o rastro do jumento e ver o que tinha acontecido. Iam uns sete homens, levavam armas, remédios e leite. Com hora e meia de caminho encontraram a família de Jerônimo que descansava sob uma árvore. O velho tinha vomitado sangue e estava exangue. Foram eles que deram notícia dos mortos mais adiante, os donos do jumento. Haviam deparado com um casal morto à fome uns quilômetros para frente. E eles estavam também próximos a morrer. Os homens deitaram Jerônimo na rede, apenas dois continuaram o caminho em busca dos cadáveres. Iam fazer a caridade de enterrá-los, era fato comum nas proximidades de Juazeiro a morte de flagelados.

Conduziam a rede nos ombros. Jucundina levava Ernesto nos braços, um homem teve pena, tomou a criança, ficou admirado que vivesse ainda, tão magra estava. João Pedro e Marta mais se arrastavam do que mesmo andavam. O mais animado de todos eles, o que ainda podia andar, era Tonho. Um dos homens que estavam com as mãos livres o colocou nos seus ombros:

— Pobrezinho...

E assim entraram na cidade. Jucundina olhava a rede onde ia Jerônimo. No sertão de onde chegavam era assim que enterravam os mortos. Levavam nas redes, balançando, léguas e léguas em busca do cemitério. Seu coração se apertava ao ver o marido sem forças, botando sangue pela boca, sendo levado como um defunto. Só faltavam as velas e as orações.

Foram diretamente para o hospital. Uma enfermeira os atendeu, um dos homens explicou, Jucundina ouvia as palavras:

— Tuberculose… Tá ruim…

Houve uma discussão da qual ela nada percebeu. Tinham vindo homens lá de dentro, vestidos com uma bata branca, eram médicos, conversaram na porta. O hospital estava superlotado, João Pedro que acompanhava a conversa veio explicar. Ainda assim tinham consentido em deixar Jerônimo ficar para o examinarem e verem o que podiam fazer por ele. Jucundina assistiu a rede ser levada para dentro. Um dos homens que viera com eles explicava como chegar ao acampamento dos imigrantes e onde era o mercado para se abastecerem. Podiam vir visitar Jerônimo no outro dia, naquele era impossível. Não era permitido.

Não havia nada no mundo de que Jucundina tivesse tanto medo como de hospital. Pobre quando entra em hospital não sai mais a não ser para o cemitério. Aprendera isso ainda menina e a longa experiência da sua vida só fizera que essa convicção se arraigasse em seu espírito. Quando finalmente desceu as escadas do hospital foi como se estivesse se despedindo de Jerônimo para sempre. Tinha certeza de que não mais o voltaria a ver.

Mas, contra toda a sua expectativa, três dias depois ele saía. Menos por ter melhorado do que pela dificuldade de leitos na casa de saúde. Passada a crise, os médicos constataram que a doença ainda estava na fase inicial. Deram uns poucos remédios e muitos conselhos. Descansar, dormir após o almoço, não se dedicar a trabalhos pesados, alimentar-se muito e bem. Tudo o que ele não podia fazer ou tudo o que ele não podia deixar de fazer.

O RIO

1

O homem das passagens lhe havia explicado que a viagem no rio demorava em média uma semana. Que não podia, no entanto, afirmar com certeza porque às vezes os navios encalhavam e levavam dias parados, os marinheiros ocupados no trabalho de arrancá-los do banco de terra. Deu todas essas explicações de má vontade, passava o dia atendendo a imigrantes que queriam passagem e não encontrava nada de agradável naquela tarefa.

Quando Jerônimo, acompanhado de João Pedro, chegou para adquirir os bilhetes, o guichê estava ocupado por outro imigrante. Ouviu o final do diálogo:

— Vosmecê não pode fazer um abatimento?

Aquele pedido devia ser muito familiar ao vendedor de passagens:

— Aqui não é loja de turco... O preço é fixo...

— Nem uma diferençazinha?... — gemeu o homem.

Nem obteve resposta. Mas não largava da frente do guichê, esperando que o coração do empregado se abrandasse.

— Desocupa o lugar para outro, meu velho... Tenha paciência...

— Pelo amor de Deus, meu sinhô, me venda as passagens... Só falta onze mil-réis pra completar... Depois eu venho e pago...

— Já lhe disse que não posso... Eu não sou o dono disso...

Pensava que, se fosse o dono, nem em Juazeiro habitaria e assim estaria livre de ouvir os absurdos pedidos dos flagelados.

— E onde está o dono? Quero falar com ele, ele deve ser bom, vai ter pena...

— O dono é o estado da Bahia...

E como o velho não saísse, o vendedor levantou a cabeça no guichê, chamou Jerônimo:

— Você aí... Sai, meu velho, vai arranjar os onze mil-réis e volte...

O velho ainda murmurou algumas palavras mas desocupou o lugar. Enquanto Jerônimo contava o dinheiro para pagar as passagens, ele explicava aos que esperavam:

— Dissero que era um preço, agora tá outro... como vou fazer pra arranjar o que falta? Aqui num há mesmo trabaio onde se ganhar... Só se pedir esmola...

A ideia o horrorizou e ao mesmo tempo se apegou a ela:

— Um homem veio dessa idade, de vergonha na cara, pedindo esmola que nem aleijado...

Os outros não respondiam. Não que faltasse solidariedade. Mas é que tinham medo de que o velho lhes pedisse e eles tinham o dinheiro contado, alguns estavam em idêntica situação, mas ainda assim, apesar de haverem ouvido as respostas do moço da bilheteria, queriam tentar.

Jerônimo possuía o dinheiro necessário. Até sobrava algum, pois trouxera um pouco mais do que o preço da passagem de todos, inclusive a passagem inteira de Dinah e a meia passagem de Noca. Gastaram algum pelo caminho, mais do que esperavam, ainda assim não necessitara rogar ao homem um abatimento como o velho que o precedera. Por isso, após pagar, o dinheiro tirado da ponta do lenço, sentiu-se no direito de fazer várias perguntas. O dia certo da saída do navio o vendedor de passagens não sabia. Estava marcado para a próxima terça-feira, mas ia depender da data em que o vapor chegasse, da descarga e da carga. O homem explicou, as primeiras perguntas respondera mesmo com paciência, ainda estava sob a impressão do velho a quem faltavam onze mil-réis para completar as passagens. Mas Jerônimo queria saber muita coisa e acabou por impacientar o vendedor:

— Uma semana, dez dias ou mês, depende do rio... A gente sabe quando sai, não sabe quando chega...

Agradeceu e saiu. A dor nas costas desaparecera quase por completo com os remédios e a febre cessara. No acampamento cozinhavam, havia carne bastante para comprar, leite para a criança, como que renasciam nos dias que passavam ali.

Ao voltar para o acampamento Jerônimo ia fazendo cálculos, contas que exigiam esforço para não errar. "Se Agostinho e Gertrudes tivessem vindo, o dinheiro não ia dar para as passagens." É verdade que deixara cento e vinte mil-réis com eles, mandara Jucundina entregar. Não devia ter dado, eles estavam trabalhando, muito mais precisavam os que iam continuar viagem. Mas não queria deixar o filho e a sobrinha sem dinheiro nenhum, dependendo só do saldo do fim do mês, saldo difícil, já que o salário era muito baixo e Agostinho tivera que comprar os instrumentos de trabalho. O dinheiro não chegaria para todos se os quatro que faltavam tivessem vindo também. Pelo caminho haviam gasto mais do que imaginaram. Tudo estava pela hora da morte e teriam que fazer muita economia nesta semana que eram obrigados a demorar em Juazeiro. Senão, chegariam sem um tostão a Pirapora e Jerônimo já soubera que muitas vezes levavam mais de mês esperando condução — a passagem de trem era paga pelo estado de São Paulo — pois eram centenas e centenas os que aportavam ali para viajar.

Alcançou o acampamento, andou para o canto onde os seus haviam arriado as trouxas no dia da chegada. Passava entre homens e mulheres, junto a fogões improvisados com pedras, tropeçava em crianças que corriam. Quantas pessoas estariam ali? Talvez trezentas, talvez mais. Jerônimo contava com dificuldade, seus cálculos eram sempre exagerados para mais ou para menos.

Jucundina levantou-se quando o viu. Tinha o menino nos braços e ele recordou-se de certa tarde na fazenda, a tarde que precedeu a festa de Ataliba e a notícia de que tinham de entregar suas terras. Também naquela tarde desde o curral ele a vira assim, de pé, com a criança nos braços, enquanto Zefa rezava suas orações. Não distava ainda três meses desse dia e no entanto parecia que muitos anos se haviam passado, sentia aquele tempo tão distante que o recordava com a mesma saudade com que na roça se lembrava dos dias de sua juventude, quando era boiadeiro pelos caminhos e conhecera Jucundina, moça bonita e faceira.

Acocorou-se, deu as passagens para Jucundina guardar. Era o que de mais precioso possuíam e ela as colocou dentro do seio. Sentou-se depois ao lado dele:

— Tá mais mió?

— Hum! Hum! A dor passou de todo...

— Isso foi a canseira do caminho...

— É, sim...

Tirou o resto do dinheiro que trazia no lenço. Dava um nó na ponta, o dinheiro ficava amarrado dentro. Pediu a Jucundina:

— Conta pra ver quanto sobrou...

Começou a picar fumo para um cigarro. E atrapalhou a lenta contagem de Jucundina, perguntando:

— Onde tá João Pedro?

— Foi no mercado comprar que comer...

— E Marta?

— Tá por aí, ajudando um e outro... Não sabe ficar de braços cruzados...

Jerônimo sorriu. "Marta tinha um coração de ouro, até nisso saíra a Jucundina." Esperava que ela fosse feliz em São Paulo, casasse com um rapaz direito, que tivesse alguma coisa de seu, que a merecesse.

— E Tonho?

— Foi com João Pedro...

Levantou a vista do dinheiro:

— Tu me trapaiou de novo...

Ele, porém, pensava noutra coisa:

— A famía ficou pequena...

Ela não disse nada, baixou os olhos para o chão. O crepúsculo da cidade era curto porque as lâmpadas elétricas chamavam a noite mais rapidamente. Houve um minuto de silêncio.

Ajuda a contar o dinheiro... — pediu Jucundina.

Contaram cento e trinta e oito mil e quatrocentos.

2

Havia qualquer coisa de inexplicável que os atraía à noite para a beira do rio. Viam as luzes de Petrolina defronte, a sombra da catedral majestosa, único prédio grande e rico da cidade pernambucana. Ali havia um bispo, alguém explicara, e por isso a catedral era tão bonita, vitrais vindos da França, fazendo inveja a Juazeiro, maior, mais progressista e movimentada, mas sem uma catedral sequer parecida. Alguns imigrantes perdiam o amor a um níquel de quatrocentos réis e tomavam a canoa para ir ao outro lado admirar de perto a catedral. Porém o sacristão não os deixava entrar com medo de que fossem roubar os objetos de ouro que sobravam pela igreja. Em torno eram as casas pobres, caindo de velhas, choupanas arruinadas.

Mais que a igreja, porém, o rio os atraía. Era o São Francisco, ouviam falar dele em suas terras de sol e seca. Nunca tinham visto tanta água e associavam a visão da água à ideia de fartura, imaginavam que aquelas terras próximas seriam de uma fertilidade assombrosa. E se admiravam que os camponeses chegados da beira do rio fossem andrajosos e fracos, os rostos amarelos de sezão, piolhentos e sujos. Com aquele farturão de água era de esperar que toda gente por ali estivesse nadando em dinheiro. Não tardaram, no entanto, em descobrir que todas aquelas terras ubérrimas pertenciam a uns poucos donos e que aqueles homens magros e paludados trabalhavam em terras dos outros, na enxada de sol a sol, nos campos de ouricuri, nos carnaubais e nas plantações de arroz e algodão, ganhando salários ainda inferiores àqueles que pagavam pelo sertão.

A maioria dos imigrantes vinha do Ceará, da Paraíba e do Rio Grande do Norte, de regiões desoladas pela seca, e seus rostos resplandeciam ao enxergar o rio sem medidas, a água sobrando por todos os lados. Ficavam na balaustrada do cais, onde os pequenos navios de roda dormiam à espera da hora de partir, e ouviam embevecidos o barulho que o rio fazia no seu caminhar sem descanso.

— Tá andando pro mar... — disse alguém.

E ficavam imaginando como seria o mar. Se o rio São Francisco já tinha tanta água que até parecia mentira, o mar então quanta água não teria? Os mais viajados, que haviam estado em cidades próximas à costa, contavam casos sobre o mar. Que era de perder de vista, ninguém enxergava o outro lado. Assim afirmava um mulato baixote que garantia já ter estado em Fortaleza.

— E quando bate na terra fica branco cor de leite que até dá vontade de beber...

Outro queria saber se era verdade que a água tinha gosto de sal. Diziam isso mas como que podia ser?

— Salgada de não suportar...

— E serve para temperar? — indagou uma mulher velhusca.

Não, não servia. Ficaram pensando naquele mistério. Por que seria que, sendo tão salgada, não servia a água do mar para temperar?

— Bem que era uma economia...

Raros ficavam no acampamento quando a noite caía. Iam saindo aos grupos — as famílias e mais as relações feitas na convivência daqueles dias — e a direção era sempre a mesma: o balaústre do cais. Os habitantes os viam passar sem curiosidade, pois aquele era um espetáculo habitual da vida da cidade, renovava-se todos os anos. Por vezes no acampamento havia dois grupos bem distintos: os que desciam para São Paulo, tendo chegado da caminhada através da caatinga, e os que voltavam de São Paulo e se preparavam para atravessar o sertão. Esses quase sempre seguiam logo viagem, dormiam uma noite em Juazeiro para ganhar forças e se atiravam para dentro do sertão. Os outros, os que iam, é que demoravam mais à espera do navio. Havia alguns, sem sorte, que ficavam um mês ou mais, antes que a embarcação, encalhada em qualquer ponto do rio, chegasse. Terminavam muitos por tomar passagens nas grandes barcas que demoravam semanas na viagem entre Juazeiro e Pirapora.

Mais talvez que os navios, com suas rodas, seu casco de ferro, sua chaminé e seu apito, as barcas de madeira, com esculturas primitivas na proa — cabeças de mulher ou de animais — parecendo imensos animais fantasmagóricos, impressionavam os sertanejos. Muitas chegavam pela noite, enquanto eles estavam debruçados na amurada, uma luz vermelha junto ao leme, os gritos estranhos dos patrões, parecendo outra língua de outra gente em outro país.

Desconfiados e amedrontados, os imigrantes não faziam relações na cidade. Muito menos com os embarcadiços, que mantinham um certo ar de superioridade como se a existência sobre as águas do rio fosse uma aventura tão heroica que os colocasse acima daqueles magros e doentes sertanejos ansiosos por água. Admiravam os negros e caboclos que iam de pé, o peito nu, nos costados das embarcações. Levavam compridas varas que afundavam no rio, até atingir o leito, ajudando as barcas a se arrastarem sobre os bancos de terra lodosa. A ponta da vara encostada no peito que virava um calo sempre sangrante. Aquele serviço espantoso enchia os sertanejos de incontida admiração:

— Trabalho de macho... — diziam.

E ouviam os risos, as canções, a música dos embarcadiços. Era uma raça diferente da deles, com certeza. No entanto eram tão parecidos, tinham a mesma palidez no rosto, as mesmas faces encovadas, os mesmos pés enormes de se assentarem sobre a terra!

A barca parava finalmente e o vozerio aumentava, eram ordens gritadas pelo mestre, homens caíam na água com a âncora, outros com as varas, depois a barca ficava imóvel como uma enorme ave adormecida sobre o rio.

— Parece um pato... — disse um homem.

Mas a escultura na proa representava a cabeça de uma mulher, de loiros cabelos rolando para as águas, de olhos azuis de conta, de lábios vermelhos e carnudos, bons para um beijo, de rosadas faces. A luz vacilante do barco iluminava a escultura e mais de um coração de flagelado bateu rápido, com súbito e intenso amor por aquela mulher feita de madeira e que só possuía a cabeça e o pescoço, mas que era tão linda, tão linda que parecia viva e capaz de falar.

A barca ficou próxima à amurada, e o rapaz que estava ao lado de Marta, um sertanejo alto de nome Vicente, lhe disse:

— É sua xará...

— O quê?

— Essa moça da barca...

Marta não entendia e ele soletrou o nome da embarcação:

— M... a... r... Mar... t... a... tá... Marta.

Ela espiou mas agora a embarcação bordejava e saía do círculo de luz da lâmpada elétrica e já não se podia ler. Mas ficou contente. O rapaz fitou seu rosto moreno, emagrecido da viagem, os olhos fundos, os seios saltados. Não era tão bonita quanto a moça loira da barca, mas ainda assim era uma beleza, cabrocha que valia bem um casamento. Vicente dirigia-se também para São Paulo, seu pai estava em Fernando de Noronha cumprindo pena porque matara um senhor de terras que tomara sua lavoura, sua casa e suas terras, inventando umas coisas no cartório. A família se dispersou, a mãe ficara com os irmãos mais velhos que estavam de trabalhadores numa fazenda. Vicente preferiu vir para São Paulo, lá podia ganhar dinheiro, botar um bom advogado para tirar seu pai da cadeia. Assim lhe havia dito o padre do lugar e ele partira e andara léguas e léguas, com fome e com sede, trabalhando aqui e ali para continuar a viagem, quase fica com o beato Estêvão a quem encontrara e em cujas palavras também acreditara. Mas mais forte que tudo era o desejo de ganhar o suficiente para pagar um advogado que defendesse o velho e o libertasse. O padre dissera que com uns dois contos ele poderia contratar o melhor advogado da Paraíba. Dois contos é muito dinheiro mas com alguns anos de trabalho um homem econômico e com sorte pode reuni-los. Se esse São Paulo for mesmo assim, tão farto de trabalho e de pagamento, ele não tem dúvidas de que cumprirá o prometido. O velho estava condenado a trinta anos.

A barca, no balanço das águas, colocou-se de novo com a proa sob a luz. O nome estava escrito com letras vermelhas, mal desenhadas. Mas era bem legível, até mesmo para Marta que estivera na escola apenas seis meses.

— É mesmo — disse ela e bateu palmas.

— Vosmecê é mais bonita que ela — falou Vicente.

— Que coisa... Isso é conversa de vosmecê...

Não se fartavam de admirar o rio, as águas rolando sem cansaço, aquele barulho contínuo que era tão doce aos ouvidos. Marta e Vicente, os outros todos também, vindos de onde não havia água, onde a terra era seca e agreste, onde só os animais mais bravos resistiam, e o homem, que era o mais bravio de todos. O rio seguia indiferente e das barcas paradas chegavam as músicas marinheiras, falando em amor e separação, em ciúme e saudade, em engano e morte. Ficavam em silêncio, escutando.

3

Na balaustrada conversavam pouco. Demoravam olhando o rio, tomando o fresco da noite, espiando o profundo das águas escuras e barrentas. Tudo era novidade e quase mistério, daí o silêncio apenas cortado por uma ou outra frase, de admiração ou de assombro. Raros eram os diálogos e logo morriam superados pelo interesse das mínimas coisas sucedidas no rio. E quando, por acaso, um navio largava, a terceira classe atestada de imigrantes, eles se debruçavam todos no balaústre, uma inveja dos que, mais felizes, já partiam naquele navio, as mãos acenando tímidos adeuses, os olhos espichados na esteira do vapor, na espuma que as rodas faziam de cada lado do rio. Era uma coisa de ver-se, grandiosa para eles, que os enchia de respeito, de certo temor. Esse distante São Paulo devia de ser terra de muita riqueza realmente para exigir tanto sacrifício dos que para lá viajavam.

No acampamento — que era onde conversavam largamente — não havia melhor motivo para as prosas do que fazer projetos sobre São Paulo. Quando apareciam, rotos, e ainda mais pobres que eles, os que voltavam da terra que idealizavam de toda fartura, e contavam das dificuldades que havia por lá, eles se encolhiam, com pouca vontade de ouvir, e quase sempre davam razão ao comentário fatal de um mais otimista:

— Isso é homem que não guenta o trabaio... Quer é vagabundar, ganhar dinheiro fácil...

Nenhum esperava que o dinheiro de São Paulo fosse fácil, esperavam é que houvesse e que a terra não fosse tão árida e, principalmente, tão difícil de conseguir quanto aquela de onde chegavam.

— Dizque um chega, logo dão terra pra ele cultivar... É lavoura de café... Dão muda já crescida, dizque dão de um tudo... Ferramenta e animais...

Eis o que alimentava a esperança naqueles corações cansados. A promessa de terra para cada um, livre de dificuldades, de processos posteriores revelando donos antes desconhecidos, quando já a terra estava lavrada, as benfeitorias levantadas. No acampamento estabeleciam-se relações à base de troca de imprecisas informações sobre São Paulo.

Nos primeiros dias cada família que chegava apenas queria contar o que havia sofrido na viagem, a fome e a sede que havia passado, as doenças e os mortos. Mas logo depois era o interesse por saber do navio, do trem de ferro em Pirapora, de São Paulo finalmente. Mortos e sofrimentos todos tinham para lamentar. Mas era coisa que ficava para trás, ninguém pode levantar os mortos dos seus túmulos, muitos deles nem túmulos tinham, estavam no papo dos urubus, feito carniça. Como que o rio, com suas águas rumorosas, cor de barro, punha uma fronteira entre o passado e o futuro. Se tinham sofrido tanto, penado pelas picadas da caatinga, bem mereciam a fartura e o sossego que estavam a esperá-los em São Paulo.

Por vezes desconfiavam dessa fartura e dessa paz. Havia sorrisos irônicos nos lábios dos que regressavam de lá:

— Vão pra lá ver como é...

As mulheres eram de fácil desânimo. Em geral, porém, durava pouco esse pessimismo, e às provas apresentadas pelos que voltavam, eles contrapunham as conversas no acampamento. Sempre existia alguém que possuía um parente que enriquecera em São Paulo. Um até tinha um tio que emigrara há doze anos e estava tão rico que possuía casa na capital e ganhara o título de coronel.

— Só tratam ele de coronel... Foi ele que mandou dinheiro

pra gente vim... Vamos trabaiá em terra dele... Dizque só pé de café tem tanto que nem se pode contar...

Então riam e afastavam para longe, como improcedentes e falsas, as afirmações dos que voltavam. Também nem todo mundo pode se dar bem e ser feliz, prosperar e enricar. Alguns hão de ser pobres a vida toda. Esse era o raciocínio das mulheres mas cada uma se colocava entre os prováveis ricos e felizes. Era assim que esperavam o navio em Juazeiro.

Aquelas vidas que pareciam se extinguir pela caatinga, quando em determinado momento toda esperança parecia perdida, voltavam a florescer no acampamento. Era um miserável acampamento mas havia o que comer, água não faltava, não estavam rodeados de cobras venenosas, novamente a esperança surgia. No entanto ainda morria gente por ali. Os que haviam chegado mais quebrados pelo impaludismo, mais fracos do peito, crianças principalmente. Mas essas mortes não conservavam aquele ar de agouro, de mais um antes de outro. Para eles os que morriam eram ainda vítimas da caatinga.

Dormiam pelo chão, os que tinham algum dinheiro ajudavam os mais pobres, cedendo-lhes pedaços de carne, punhados de feijão, um pouco de farinha. O mercado era farto em Juazeiro mas todos eles chegavam com o dinheiro contado quando não o traziam insuficiente para as passagens. Compravam apenas o essencial e escolhiam a carne mais barata, feijão pior, a farinha menos fina. Ainda assim, apesar de toda a economia, que diferença para a fome da caatinga! Ali havia leite para as crianças, pelo menos para aqueles cujos pais podiam comprar. Jucundina apertava na boia dos demais, porém, tinha leite diariamente — meio litro — para Ernesto. Ele se refazia, ficara barrigudo de angu de farinha, mas já não estava com os ossos tão à mostra e, se bem entanguido, chorava pouco, gatinhando pela sujeira do acampamento. Tonho é que continuava magro, avaro de toda comida, roubando pelas barracas vizinhas, levando surras de João e Jerônimo. Parecia um rato, o rosto fino, os olhos atentos, as mãos rápidas. Juntavam-se em grupo as crianças maiores e não havia quem as suportasse, até nas vendas iam roubar, apareciam com abóboras, quiabos e chuchus tirados do mercado.

Assim iam crescendo e aprendendo. Aprendendo coisas desconhecidas no sertão de onde vinham, sabedorias de moleques da cidade, coisas referentes à vida sexual, palavrões e respostas agressivas. Corriam atrás dos árabes que vinham mascatear no acampamento, tentando as mulheres com colares de vidro colorido, com pentes altos para o cabelo, com xales floridos, perfumes baratos.

As mulheres olhavam os baús mágicos dos árabes, onde tanta coisa bela e desejada se acumulava numa tentação. Contavam o dinheirinho que quase sempre tinham escondido para alguma necessidade e ouviam, como se fosse tentadora melodia, as palavras na meia-língua atrapalhada dos sírios:

— Baratinha... Baratinha... Ouro verdadeiro...

Eram anéis, ai que anéis mais lindos! Eram colares, azuis, vermelhos, cor-de-rosa! Eram pentes, com enfeites de estalactite, fulgindo ao sol que nem diamante! Eram quadros de santos, dos santos de maior devoção, Nossa Senhora do Bom Parto, Senhor do Bonfim, santa Bárbara, são Cosme e são Damião e do santo padre Cícero da outra cidade de Juazeiro, a do Ceará! Eram perfumes, ai, daqueles capazes de afastar essa catinga, esse bodum que está pegado nos seus corpos e que nem mesmo os banhos, agora possíveis no rio, podem liquidar! Eram cortes de fazenda, de todas as cores, fazendas de São Paulo, diziam os árabes, mais baratas que em São Paulo! Tinham de um tudo nos seus baús de mascate que abriam ante os olhos das mulheres.

— Num tem dinheiro...

Mas os sírios sabiam todos os segredos.

— Freguesa tem na ponta do lenço... Vá buscar que é barateza... — E exibiam as formosuras que levavam. Berliques e berloques nos baús abertos.

Os meninos rondando por perto, as mãos ávidas de levar alguma daquelas coisas, dar à mãe ou à irmã, vender por um cruzado a um flagelado qualquer. O sírio manejando o metro, batendo com ele nas pernas ágeis dos moleques:

— Sai, moleque...
Mas sem perder o sorriso tentador para a freguesa:
— Compra, freguesa, é dado de graça...
Apareciam de dia e de noite, não tinham hora para comerciar. Até de noite era melhor, estavam os imigrantes em geral reunidos, os árabes sabiam conversar, davam notícias de Pirapora, viviam indo e vindo nos navios. Não se furtavam a contar como era a vida naquelas bandas e só interrompiam para fazer o elogio das mercadorias que vendiam. Pediam um preço, deixavam pela metade, contavam o dinheiro miúdo dos sertanejos, metiam no bolso. Com todo aquele sol, aquele calor do sertão, vestiam escuras roupas de casimira e não dispensavam um colete em cujos bolsos colocavam mil coisas.

E não vendiam apenas. Também compravam, perguntando por moedas raras, aqueles dois mil-réis antigos, de prata, que eram comuns na mão dos sertanejos. Pagavam três mil-réis por cada moeda, adquiriam brincos de ouro, objetos diversos, certas coisas que aos sertanejos pareciam sem valor e que traziam consigo apenas porque as haviam herdado de mães e avós, eram de estimação.

Os sertanejos iam-se relacionando no acampamento. As conversas noturnas, os empréstimos de lata e mantimento, o bisbilhotar das velhas, e aos poucos sabiam o nome uns dos outros, de onde vinham, o motivo por que resolveram emigrar. Entre as muitas notícias que Jucundina ouvira no acampamento, uma sobretudo a impressionou. Falavam, certa tarde, numa roda, no nome do beato Estêvão. Ela ia passando em busca de água, a lata na cabeça. Parou para prestar atenção, pois o que falava estava contando que, ao lado do beato surgira, nos últimos tempos, uma santa:

— Dizque milagreira que nem o beato... Ninguém sabe cuma chegou, apareceu num dia, só ela é que entende tudo que o beato diz...

— Entonces é nova por lá... — interrompeu outro. E declarou que ele também, há coisa de três meses, havia se encontrado com o beato que descia pelo sertão. Andou uns dias com ele, depois separou-se porque eles subiam para o norte e seu caminho era para o sul.

— Num tinha ninhuma santa... Muita mulhé mas tudo de trabalhador, rezando e fazendo penitência...

— Essa que tou falando faz pouco tempo. Quando ela apareceu o beato disse que foi Nossa Senhora que mandou ela pra alertar as mulhé... Dizque tem tamanha força com os espírito que eles faz tudo que ela pede...

Jucundina retomou seu caminho mas ainda ouviu o homem contando:

— É Zefa de nome... Ela mesmo foi quem disse quando chegou: "Eu sou Zefa, mandada por Deus Nosso Senhor...".

Bem que podia ser, pensava Jucundina enquanto ia em busca da água. Às vezes tinha a gente uma santa em casa e nem sabia, tratava como a um qualquer, como uma doida, por exemplo. Bem que podia ser, ela passava o dia falando aquelas coisas atrapalhadas sobre o fim do mundo. Jucundina sempre achara que era um espírito que encostara na cunhada. Mas por que não o espírito de um santo, por que não o espírito de Deus Todo-Poderoso, capaz de milagres, alertando os homens sobre o fim do mundo. Desde menina Jucundina ouve falar no fim do mundo. Um dia tem mesmo que acabar, assim como começou, todas as coisas têm seu começo e o seu fim. E os tempos andavam tão ruins, cheios de tanta desgraça, que não era de admirar que o mundo fosse acabar, que estivessem chegando aqueles tempos de que falavam os mais velhos. E como acabaria, com fogo ou com água? Ali, perto do rio imenso, Jucundina pensa que será a água que se alastrará sobre a superfície da terra e matará homens e animais, árvores e ervas. E talvez então todos eles sejam salvos por Zefa que virou uma santa no grupo do beato Estêvão.

Quando voltou, contou à família a conversa que ouvira. Jerônimo naquele dia não estava passando muito bem, a dor nas costas voltara e lhe dava aquela moleza, vontade de ficar estirado sem fazer nada. Não teve ânimo nem para um comentário, mas João Pedro saiu à procura do homem que contara o caso para colher maiores informações e saber se era mesmo Zefa, a parenta deles que sumira na caatinga. No fim da tarde o mormaço pesava e Jucundina contava nos dedos os dias que faltavam para o navio sair. Chegaria naquela noite, demoraria três dias descarregando e carregando, no quinto sairia e a bordo não teriam que fazer despesas, a não ser o leite para Ernesto, comida e casa de graça. Em Pirapora, segundo diziam, era só tomar o trem para São Paulo. Havia trem dia sim, dia não. Jucundina calculava que, quando muito, teriam que passar dois dias na outra cidade. Isso no máximo, se chegassem no dia da saída do trem, sem tempo para ir buscar o passe com o homem da imigração. Porque se desembarcassem cedo, a tempo de preencher aquelas formalidades, podiam seguir até no mesmo dia, o que ainda era melhor. Tudo o que almejava era chegar quanto antes, terminar aquela viagem, ver seu homem numa casa sua, tinha certeza de que ele ficaria logo bom. Aquela tosse e a dor nas costas eram da viagem, quando estivessem novamente parados, com a vida assentada, a doença iria embora e eles voltariam a ter dias como os de antigamente. Agora é que Jucundina compreende que antes havia sido feliz, na sua terra, com sua casa, seus filhos, seus netos e seu marido.

Jerônimo está deitado, os olhos perdidos no céu azul. Faz um calor pesado e irritante. Aquele moço Vicente já vem vindo para o lado onde eles se encontram. Anda arrastando a asa a Marta. Jucundina bem que percebe. Parece ser um moço direito mas nada tem de seu, não pode casar. Ai quem dera que já estivessem em São Paulo, lavrando uma terra, plantando café. Ai quem dera! O suspiro se perde nos ruídos do acampamento. Jerônimo espia com o olho triste de doente.

4

Também Marta contava os dias que faltavam para o navio sair. Mas era para saber quantos dias ainda demorariam no acampamento, em Juazeiro. Vicente não seguiria no mesmo vapor que eles, quando chegara para tirar passagem a lotação já estava completa. Só conseguiu para o outro navio.

Ficavam lado a lado na balaustrada junto ao rio. Falavam pouco, não sabiam o que dizer, os sorrisos tímidos substituindo as palavras. Olhavam as barcas, ouviam as cantigas dos marinheiros, Marta estirava o pescoço, baixava a cabeça para ver a cor do rio de noite. Sentia o ombro dele junto ao seu e a mão que vinha devagar e tomava da sua para logo soltá-la, rápido, quando ouvia passos. Jerônimo e Jucundina sentavam-se num banco atrás, Tonho corria com outros meninos pela rua, João Pedro é que ficava perto deles.

Numa rua paralela a gente da cidade fazia footing. Passavam moças e rapazes, as senhoritas da sociedade local, os moços do comércio, em conversas animadas e compridas, os namoros e os noivados. Na balaustrada Marta e Vicente não achavam palavras, era aquele silêncio respeitoso perante o rio, mas tão cheio de doçura e de calor que podiam ficar assim a vida toda sem sentir.

Uma palavra apenas, de vez em quando. Apontando um peixe que pulava nas águas:

— Ali...

— Donde?

— Lá tá ele pulando...

— E é mesmo...

Riam. Ficavam esperando que o peixe pulasse de novo.

— Aquele é grandão...

— O outro era mais grande...

— Hum! Acho esse...

Nenhuma palavra de amor, nenhum galanteio, só o calor dos ombros se encontrando, a mão calosa sobre a outra mão. E os olhos da moça que baixavam, o rosto quente de vergonha. E depois, quando deitada, aquela mesma angústia dos dias em que se recordava do doutor Aureliano e das suas ousadias. Um arfar dos seios, a respiração mais rápida. Recordava então os olhos de Gertrudes na caatinga, fugindo para os escondidos com Agostinho.

Corria uma aragem pelo cais sobre os barcos e os imigrantes. O navio apitava lá embaixo, podiam-se ver as luzes brilhando. João Pedro falou em voz alta:

— Lá vem o bicho...

Voltou-se para Jucundina e Jerônimo:

— Lá vem ele... É o nosso...

Jucundina levantou-se, estava com Ernesto no colo. Jerônimo a acompanhou, recostaram-se na balaustrada. A mão de Vicente fugiu, Marta sentiu-se abandonada, encostou mais o ombro. Era o navio, sim, e agora havia um movimento e um ruído de vozes entre os sertanejos. Muitos embarcariam nele e se alegravam de vê-lo, haviam passado dias e dias a esperá-lo. Jucundina, num gesto instintivo, meteu a mão pelo decote do vestido para constatar que as passagens continuavam ali, junto ao seio onde as tinha colocado.

O navio aumentava de tamanho, as luzes brilhando, apitou novamente. Vicente falou:

— É o navio de vosmecê...

— Dizque sai depois de amanhã...

O silêncio agora era triste, estavam sem jeito, faltavam as palavras.

— Vou sentir falta...

— Logo se esquece...

— Não sou desses...

Achavam o navio enorme se bem fosse um pequeno vapor fluvial, antigo e de casco remendado, vagaroso e sujo. Para eles era uma beleza, uma coisa de conto de fadas, com as suas luzes acesas e os sons de piano que a brisa trazia. Marta, apesar de que tinha o coração cheio de saudade, não pôde deixar de sentir certa vaidade à vista do navio em que viajaria.

— É bonito...

Vicente não respondeu. Seus olhos se encontraram e logo se desviaram.

— Se num encontrar vancê mais em Pirapora vou bater São Paulo de fio a pavio precurando...

— Nós viaja logo que chegue em Pirapora.

— Pode não. Tem muita complicação, tive sabendo. Tem exame médico, tem que esperar o passe e o trem dos imigrantes. Dizque demora... É capais que eu alcance vancês...

— Tumara...

— Tem vontade?...

— Tenho sim...

O navio passava em frente. Viam os passageiros de primeira debruçados, a moça que tocava piano com um rapaz ao lado. E, no alto, o comandante com seu boné branco bem visível.

— Eu queria ser comandante... Levava vancê rio acima e rio abaixo, levava vancê até o mar...

Ela sorriu. Os imigrantes movimentavam-se em direção ao ponto onde o navio manobrava para atracar. Jucundina e Jerônimo iam também. Ao passar junto a eles, Jucundina disse:

— Marta, vam'bora...

João Pedro já estava na frente, Marta enxergou Tonho num grupo de moleques que se ofereciam para carregar as bagagens dos viajantes. Vicente saiu andando ao seu lado.

— Vou sentir tanta falta...

— Eu também...

— No navio tem muita animação, vancê se esquece...

O olhar dela dizia que não era das que se esquecem. Ele segurou-lhe a mão, enfiou os dedos entre seus dedos. Os velhos caminhavam adiante, Marta baixou os olhos para o chão. No cais havia abraços e boas-vindas. Um homem gordo saltava e beijava a mulher que o esperava:

— Os meninos, como vão?

— Tudo com saúde, graças a Deus...

Passaram sob um poste, depois era mais escuro, havia uma árvore que fazia sombra. Vicente virou a cabeça de lado, estendeu os lábios mas não chegou a beijá-la, que já saíam novamente para a luz.

Viram o comandante saudando sua esposa, acenando com a mão. Ela era uma moça frágil e bonita, sorria no cais. Marta disse:

— Comandante não pode levar a mulher no vapor...

— Se fosse eu levava vancê e levava até chegar nas águas do mar... Juro que levava...

Tonho passou depressa, conduzia um baú na cabeça. Uma mulher de preto o seguia e gritava:

— Por aqui, menino! Por aqui, menino!

5

Na véspera da saída do navio chegou uma grande leva de imigrantes. Superlotou o acampamento, foi necessário intervenção das autoridades pois iam saindo brigas. Homens e mulheres que ocupavam lugares onde já outros estavam desde semanas, uma balbúrdia. O delegado esteve no acampamento, reclamou contra a sujeira, vinha acompanhado de dois soldados de polícia.

— Vocês só com muita bainha de facão... — declarou para os homens que o cercavam pedindo providências.

Mas estava preocupado. A chegada de grandes levas de flagelados representava sempre perigo de propagação de doenças. Sem falar no impaludismo que era endêmico por ali, havia a varíola muito comum entre os que chegavam da caatinga. O alastrim, forma branda da varíola, assolava o sertão e o delegado mandou chamar o médico da prefeitura e o prefeito também.

Da conferência que mantiveram no próprio acampamento, enquanto o médico fazia um exame superficial nos recém-chegados, ficou decidido que conseguiriam da Companhia de Navegação que fossem dormir no navio aqueles que iam partir no dia seguinte. A discussão nos escritórios da Companhia se prolongou por mais de uma hora e só à tardinha veio ordem para arrumarem as trouxas e embarcarem. Foi preciso mandar João Pedro em busca de Tonho, andava sumido pelas ruas da cidade, não havia mais quem o contivesse, quando aparecia para dormir trazia sempre alguns níqueis e coisas roubadas no mercado. Jucundina e Marta tratavam das arrumações, Jerônimo as ajudava. Nesse dia fora novamente ao hospital em busca de outros vidros de remédio, pois os que lhe haviam dado já os tomara. Sentia-se melhor, se bem ainda corressem os arrepios de frio pelo seu corpo no fim da tarde. Esperava que aquilo passasse com a viagem calma no rio, e a chegada a São Paulo. Não pensava muito em Pirapora, era apenas um lugar onde trocariam de condução.

Um soldado de polícia mandou que se colocassem em fila. Eram mais de cento e cinquenta, se bem a lotação da terceira classe do navio fosse para cem pessoas. Seguravam malas de madeira, baús de flandres, trouxas. Uma família levava um papagaio, alguns tinham cachorros. Mas, como havia uma taxa para animais, naquele último momento ofereciam, aos que ficavam à espera de navio, os bichos que ainda possuíam:

— Trate dele... — dizia a mulher que dava um cachorro a um cearense. — Pobrezinho...

O soldado de polícia mostrou interesse em comprar o papagaio. Ofereceu cinco mil-réis. O dono disse que era barato, o papagaio era falador, sabia tudo quanto existia em matéria de nome feio.

— Foi criado em casa de rapariga, é por isso... — explicava. — Aprendeu tudo que era porcaria...

E animava o papagaio repetindo ele mesmo grossos palavrões até que o bicho mastigou as esperadas palavras de xingamento. Foi um sucesso e o soldado se decidiu a dar seis mil-réis.

Saíram em fila do acampamento. Foi tão rápido que nem deu para despedida. Veio uma ordem, o soldado gritou:

— Em frente! Marche!

Marta voltou-se para ver mais uma vez a Vicente. Ele estava de pé, o cigarro apagado no canto do lábio. Depois foi a entrada no vapor onde um homem conferia as passagens. Da cozinha chegava um cheiro de comida, de peixe fervendo.

— Donde a gente fica? — perguntou Jerônimo.

O homem fez um gesto com a mão mostrando o chão cheio de rolos de corda, de ferros, de objetos variados:

— Por aí mesmo... Vão se arranjando...

E foram se arranjando, arrumando as trouxas pelos cantos

vazios, procurando saber onde ficava a latrina, qual era a hora da comida.

— Hoje vocês não têm direito a jantar aqui. Só depois que o navio sair.

— Nós pode cozinhar?

— Aqui a bordo, não...

— E cuma é?

— Eu sei lá... Vocês deviam ter vindo amanhã que é o dia de saída do navio... Ideia desse prefeito... Isso é burro como uma porta.

Ficaram olhando uns para os outros. Se não davam jantar e eles não podiam cozinhar, como ia ser naquele dia? Voltaram a discutir com o homem. Estava proibido saírem de bordo mas conseguiram permissão para que as crianças pudessem ir ao mercado comprar banana e pão. Um homem contou os meninos que saíram. Depois de muito pedido consentiu que um homem — um só — os acompanhasse para fazer os pagamentos. Foi escolhido um mulato forte que sabia ler e escrever e que, durante a estada no acampamento, se relacionara com todos eles. Os que tinham dado dinheiro para trocar ficaram ansiosos, com receio de serem prejudicados no troco. O mulato fizera uma lista com os nomes, as quantias que lhe davam e as compras que desejavam.

Foi até alegre a volta dos meninos, carregados de cachos de banana, cestas com pão, algumas melancias. O mulato prestou contas direitinho, o que o fez subir de muito no conceito geral. Comeram por ali mesmo, as cascas jogadas no rio. Tonho conseguira furtar dois pães, levou umas bordoadas de João Pedro. A mulher a quem ele roubara reclamava aos berros e Marta foi levar-lhe os pães.

— Adisculpe, moça...

— Não sabe dar educação, não tenha filho...

Mas eram raivas passageiras, não havia menino que não roubasse, a não ser os de peito, como Ernesto. Xingavam na hora, depois sabiam desculpar. Naquela primeira noite estavam amáveis e confiantes. Ofereciam uns aos outros bananas e pães, aqueles que tinham comprado melancias repartiam, distribuíam talhadas.

Jucundina armou seu rancho junto a um enrolado de cordas. Colocou uma rede sobre as cordas dobradas, fez a cama de Ernesto. O navio balançava suavemente e a criança dormia. Tonho metia os pés na água, levava descomposturas do marinheiro que pescava na popa e cujo silêncio ele interrompera:

— Sai, corneta!

A noite caiu e do navio apagado eles viam os outros sertanejos chegando para o cais, no passeio costumeiro. Marta forcejava por enxergar Vicente mas não o descobria entre os homens. Alguns vinham para o lado do navio, em breve estabeleceram-se conversas entre os embarcados e os que estavam em terra. Marta já perdera as esperanças, quando ouviu o seu nome, murmurado:

— Marta! Marta!

Jucundina ouviu também. Marta ficou parada, esperando que a mãe reclamasse. Mas, em vez disso, Jucundina falou:

— Vai conversar com o moço...

Procurou entre os que estavam no cais. Ele sentara-se no cimento, sob a escada que subia da rua para a primeira classe:

— Tou aqui...

— Pensei que vancê não viesse...

— Cumo não havia de vir?

E depois, numa voz triste:

— Dizque meu barco vai demorar, nem chegou ainda em Pirapora, tá encaiado pelo caminho, depois ainda tem que voltar...

— Cumo soube?

— Fui hoje na Companhia... Mas se vancê não tiver em Pirapora vou bater São Paulo todo pra lhe encontrar...

Agora as músicas dos imigrantes embarcados misturam-se com as dos homens das barcas e as vozes se perdem todas em meio ao ruído do rio. O soldado de polícia que ronda nas imediações já pensou duas vezes em botar Vicente para fora do lugar onde ele está sentado. Se ele quiser, é só um pulo e misturar-se com os que partem. Mas tem pena, acha que ele está se

129

despedindo da noiva, para que atrapalhar? Ele também foi moço e sabe o que são essas coisas.

Ri uma risada gostosa, se pudesse ia ao botequim tomar uma pinga. Em vez disso, vai ter que estar ali até de madrugada.

6

SENTIAM MAIS QUE ASSISTIAM AO EMBARQUE DOS PASSA-
GEIROS DE PRIMEIRA CLASSE. A saída do navio estava marcada para as nove horas da manhã e desde cedo começara o movimento. Haviam dormido profundamente, apesar do ruído que faziam os carregadores trazendo fardos para o navio, o balanço do barco ajudava o sono. Não lhes deram café pela manhã, comeram o resto de pão e de banana que sobrara da véspera. Porém, coisa de sete horas, um marinheiro avisou que o cozinheiro estava vendendo café a duzentos réis a caneca. Quase todos quiseram, levaram a caneca e os níqueis, o cozinheiro pedia:

— Dinheiro trocado! Dinheiro trocado!

Debaixo viam chegar os passageiros de primeira e seus parentes e amigos que vinham despedir-se. Famílias com crianças, gente bem cuidada, lágrimas e risos. Logo depois do café houve o embarque dos porcos. Um homem vestido de cáqui, um rebenque na mão, comandava as operações. Eram uns vinte porcos, grandes, de alguma raça pouco conhecida por ali. Iam para São Francisco, para um fazendeiro de lá. Deu trabalho metê-los a bordo. Os imigrantes riam vendo as peripécias do embarque e riram mais ainda quando um porco caiu na água e foi preciso que dois homens se jogassem para comboiá-lo até o navio. O do rebenque gritava:

— Salvem o bicho que é do coronel Juvenal!

Foram amontoados na popa do barco, fizeram uma espécie de cercado. Mas ali já estavam várias famílias arrumadas. Foi uma gritaria, protestos, xingamentos. Um marinheiro perguntava:

— Quer que os bichos vão soltos junto com vocês?

Outro, com um rosto moço e bom, acalmava:

— É mesmo pro bem de vocês... Pra não ir misturado...

Mas os que se tinham alojado na popa não se conformavam. Procuravam novos lugares na terceira superlotada onde ainda, no entanto, embarcavam novos passageiros e engradados com galinhas, malas e caixões.

— Meu Deus, onde a gente vai dormir?

Dormiriam por cima dos caixões, de mistura com os bichos e as malas grandes do pessoal de primeira que não cabiam nos camarotes. Alguns haviam armado redes, utilizando as vigas do navio, era necessário andar com a cabeça baixa. Mulheres lavavam roupa suja aproveitando a água do rio.

Às nove horas o vapor apitou. Mas só foi sair às dez e meia, fazendo a volta no rio com cuidado; não fosse encalhar logo na saída, como por vezes sucedia. Correram todos para a balaustrada de bordo, empurravam-se, lutavam por um lugar. Queriam ver as casas da cidade que iam ficando para trás, que pareciam andar, queriam ver conhecidos, outros imigrantes que estavam no cais.

Marta esticava os olhos para o vulto de Vicente, já não o podia reconhecer, era apenas um ponto perdido ao longe.

Os meninos admiravam o movimento das rodas. Ia uma algazarra pela terceira que só se acalmou na hora que a sineta anunciou o almoço.

De falta de comida não se podiam queixar. Haviam distribuído um prato de flandres para cada um e mais uma caneca e uma colher. Formavam fila em frente à cozinha onde os ajudantes de cozinheiro, ao lado de enormes panelões, distribuíam o peixe, pirarucu cozido com pouco sal, e o arroz. Davam farinha também e com o caldo grosso e gorduroso do peixe faziam um pirão amarelado, gostoso. Muitos abandonavam a colher, prefeririam comer com a mão e se atolavam no peixe. A graxa escorria entre os dedos, achavam saboroso.

Enquanto o barco corria não sentiam calor. A viração soprava e era agradável, depois do almoço muitos se estiraram para dormir. Jerônimo estava satisfeito. A dor das costas não o apoquentava, a brisa dava-lhe sono, o almoço fora bom. Jucundina levara os pratos para lavar. Várias outras mulheres já o faziam. Metiam os pratos na água do rio, passavam a mão em cima para tirar os grãos de farinha, viam os peixes pequenos saltando em torno. Tudo servia de diversão naquele primeiro dia de viagem. Outras mulheres traziam roupa suja, metiam na água, botavam para secar por cima dos rolos de corda, ficavam tomando conta. As crianças corriam, iam bulir com os porcos, enfrentando as iras do homem de rebenque.

— Puxa, moleque descarado... Vai-te embora, senão te arrebento...

O problema para Jucundina era leite. Na véspera, com a confusão do embarque apressado, não pudera comprar leite para Ernesto. O que restava era pouco, mal dera para aquela noite, se bem ela tivesse misturado água. Pela manhã conseguira um pouco do cozinheiro, na hora em que comprara o café. Mas já tinha acabado e ele não lhe queria ceder mais. Senão ia faltar para a primeira classe e só na cidade próxima o navio se reabasteceria de leite. Aconselhou:

— Dê um caldo de peixe...

E forneceu, tirando do caldeirão com uma concha, aquele caldo grosso e amarelo. A criança o recebeu bem, estava esfomeada. Tomava avaramente, às colheradas, Jucundina ria. Disse para Jerônimo:

— Talvez não precise mais comprar leite...
— A comida é boa... E muita...

Até Tonho, que parecia insaciável, que comia tudo o que estivesse ao alcance de sua mão, até ele parecia farto após o almoço. Tivera direito a repetir o prato, um dos ajudantes de cozinheiro simpatizara com o menino, com sua cara de rato, seu olhar ousado, seus gritos ásperos. E lhe dera um bolachão que ele, como não conseguisse comê-lo todo, levou para Marta.

João Pedro veio vindo para onde estavam Jucundina e Jerônimo. Sentou-se em cima das cordas, comentou:

— Se a finada tivesse viva ia gostar desta viagem... Tinha vontade de conhecer um navio...

Falava sobre Dinah e então recordaram os mortos e os distantes. Gertrudes e Agostinho. Noca e Dinah, os três rapazes que haviam ido embora. Zefa que virara santa, e também o jumento Jeremias que se envenenara e a gata Marisca que eles tinham comido.

7

O mais bonito de tudo era o reflexo das luzes sobre a água. Marta ficava espiando, o pensamento distante, no moço Vicente. Será que ela ainda vai encontrá-lo algum dia? Tudo é possível no mundo, mas bem que era difícil. Nem sabiam que destino haviam de tomar em São Paulo, um homem contara que ficariam na Hospedaria dos Imigrantes até que algum fazendeiro os contratasse. Talvez ali ela fosse revê-lo, quem sabe? As luzes brilham sobre a água.

Os jogadores não têm olhos para a beleza dos reflexos das lâmpadas na superfície do rio. A terceira classe é mal iluminada e eles precisam estar atentos aos manejos do marinheiro para não serem roubados na volta da carta. Marinheiro é bicho sabido, o baralho é velho e seboso, e ronda é um jogo pra ladrão. Apostam os paus de fósforos, cada um vale vinte réis, mas é muito caro para o bolso deles.

O marinheiro vira as cartas, as conversas se prolongam nos grupos, agora, que estão reunidos no navio, é como se fossem uma só família, o mulato que saíra para comprar mantimentos adquirindo uma autoridade de chefe. É ele quem soluciona as brigas por causa de lugar, quem vai tratar com o cozinheiro e o comissário. Chama-se Aristóteles e nem parece imigrante. Diz-que em São Paulo vai ficar é na capital, é fácil ser condutor de bonde. Alguns não sabem o que é isso e ele explica, ajudando as palavras com gestos largos.

— É um trem pequeno que corre nas ruas, levando gente de uma banda pra outra...

— Oxente... que coisa...

— Já se viu... Esse mundo...

O mulato ria da ignorância deles. Ele já viajou, conhece um pedaço de mundo, sabe palavras desconhecidas. Vão se reunindo em torno dele, as discussões estalam, as histórias vão surgindo:

— Num sei cuma foi, quando vi tava em cima do homem, o punhal nas costela dele... O júri disse que eu num tava nos meus sentido e é bem verdade...

Da primeira classe chegam sons de piano, vozes e risos. Marta sente que sobre a sua cabeça, no passadiço de cima, um casal conversa. São noivos talvez, ele a beija repetidamente, diz palavras de amor em voz cariciosa. Marta espia o brilho da luz sobre a água corrente. Será que vai encontrá-lo ainda? E quando será? Surge uma briga no grupo de jogadores. Correm homens e mulheres, um marinheiro grita, seguram o que está com a faca na mão:

— Tá doido, rapaz?

Vem gente da primeira classe espiar. Mas os noivos não se movem de onde estão, os beijos estalam, alguns são longos, os lábios dentro dos lábios. Marta vê as sombras, que estará fazendo Vicente nessa hora? Estará no balaústre do cais, espiando o rio, as barcas, aquela que tem o nome de Marta. Nunca mais o verá, tem quase certeza. Um dia ele a ia beijar, estavam na sombra da árvore, não deu tempo. Por que não a beijou? Sente-se como se tivesse sido roubada. A voz de Jucundina a procura:

— Marta! Marta!

— Já vou, mãe...

É só o tempo de espiar mais uma vez as luzes na água, de ouvir o som de mais um beijo e a voz do homem dizendo à noiva:

— Querida! Querida! Como te amo...

Marta anda devagar, tem vontade de chorar.

8

Do rio eles quase só viam a água por onde o navio seguia, em marcha que lhes parecia rapidíssima e aos viajantes de primeira classe se afigurava das mais lentas. Viam também a vegetação nas margens, os camponeses de rosto amarelo, e as pequenas cidades onde tocavam. Escapava-lhes o mistério do rio, seus dramas, sua trágica geografia humana. Nem prestavam atenção à vida que os rodeava e só mostraram mesmo um interesse mais vivo quando o navio encalhou e os barqueiros do São Francisco empunharam as longas varas, as encostaram nos peitos e lutaram durante horas e horas contra o barco, a areia e o rio. Como nada sabiam de terras do outro lado do mar — a não ser precárias e falhas observações ouvidas ao acaso — não compreenderam a observação literária feita por um caixeiro-viajante que ia na primeira classe e que, com ela, pensava impressionar os companheiros de viagem e principalmente a filha do coronel Menandro que viajava para a cidade da Barra.

— Parecem os barqueiros do Volga...

Talvez parecessem, talvez não, o próprio caixeiro-viajante sabia pouco acerca do Volga, a não ser através da música e da letra da canção e de que por lá houvera uma revolução sangrenta e os barqueiros não mais empurravam os barcos com os ombros. Isso tudo ele explicou a Clarice na sua língua cheia de gíria, entremeada de anedotas:

— Foi um fuzuê brabo... Os barqueiros eram comunistas, mataram o rei e agora são o governo...

Ela, que estudava numa faculdade, sabia mais que ele e riu. Não chegava a se emocionar com o espetáculo dos homens com a vara contra o peito, levantando o navio do leito traiçoeiro do rio. Aquela era uma cena à qual se acostumara desde a infância. Os colegas de faculdade vindos de outras regiões gostavam de ouvi-la narrar aquelas coisas e falavam da sua vocação literária. Por isso sorria do caixeiro-viajante e sentia-se ligeiramente incomodada com sua insistente presença.

Os imigrantes ouviram a comparação, pois o rapaz falava

sempre em voz muito alta, e não compreenderam. Mas estavam todos presos pela visão daqueles homens de peito nu, enterrados no rio, manejando as varas entre gritos, ouvindo as ordens que o comandante transmitia do alto. Aquele era um trabalho duro, tão duro ou mais que o de lavrar a terra, de abrir-lhe sulcos profundos, de plantar e colher. Jucundina apontou um dos homens:

— Já tem um calo no peito...

Todos o tinham, uma deformação no lugar onde apoiavam as varas. Viam quando mergulhavam, segurando logo depois os enormes varapaus, voltando a enfiá-los sob o casco do navio. Uma luta de horas inteiras, sem descanso.

O navio safava-se lentamente, e isso era o que mais os assombrava, pois não imaginavam possível que ele se movesse sequer. Observavam os negros e os mulatos em torno ao barco. Eram homens como eles, da mesma estatura, de parecida cor, mas aos sertanejos afiguravam-se gigantes donos da força e do poder, senhores do rio, capazes de tudo. Quando, finalmente, após quase uma tarde de trabalho, o navio retomou sua marcha e os barqueiros pularam para bordo, os imigrantes os cercaram, faziam perguntas, e vinham os meninos e tocavam nos calos que eles tinham no peito. Os barqueiros sorriam, aquele era o seu ganha-pão, que de alguma coisa tem o homem de viver.

9

Ernesto não foi o primeiro menino a morrer. Outros morreram antes e até adultos ficaram nas águas do rio com a disenteria. Após a seca e a racionada comida da caatinga, charque assado e pirão de farinha, após a economia de Juazeiro, os tostões contados — a comida de bordo, peixe abundante e gorduroso, parecia um sonho. Era à vontade. Homens comiam dois e três pratos de pirarucu, lambiam os beiços, esticavam-se na madeira do navio de barriga para cima, calentando o sol como as jiboias no sertão depois de devorarem um bezerro ou um cabrito.

Mesmo antes que a disenteria se declarasse, já a latrina se tornara inútil. Era uma só em toda a terceira classe e, já no segundo dia, a descarga não funcionava e o mau cheiro se alastrara. Os homens foram sujando por todo o espaço do pequeno quarto onde estava o aparelho e logo ficou inteiramente inservível, não era possível sequer transpor a porta. Aprenderam então a equilibrar-se nas bordas do navio, a bunda para fora, as calças arriadas. Defecavam no rio.

Todas as manhãs os marinheiros limpavam a latrina. Pelas dez horas já ninguém podia se servir. A descarga estava definitivamente rebentada e o único jeito era esperar a noite, com suas sombras, para fazer o serviço no rio. Ou então a chegada a qualquer porto com a consequente corrida para os matos próximos. A princípio as mulheres recusavam-se a acocorarem-se nas bordas do barco, ante os olhares curiosos dos rapazes e as pilhérias sem gosto dos meninos. Mas quando começou a disenteria perderam todo o resto de vergonha e já não esperavam a noite, os passageiros de primeira classe evitando olhar para baixo.

As crianças sentiram primeiro a mudança e a fartura da alimentação. Os detritos eram verdes, moles e malcheirosos. Quando o primeiro morreu foi um deus me acuda no navio. Não havia médico a bordo, se bem um esquecido decreto do governo exigisse sua existência. Apareceu um enfermeiro, um caboclo de cara feia e maus modos. Em todos os vapores onde iam imigrantes era sempre a mesma coisa: chegavam esfomeados, enterravam-se no peixe, morriam uns quantos de disenteria. Olhou o menino morto, espiou outros, perguntou se tinham dor de barriga. Cuspiu:

— Começou a caganeira...

Não deu remédios nem explicações.

— O único jeito é comer menos... Quanto menos... melhor...

Impossível seguir o conselho. O peixe os tentava, era bem preparado com azeite de dendê, o seu cheiro atravessava o navio. Mas em breve foi dominado pelo mau cheiro que vinha de todos os cantos, pois os mais doentes nem podiam se aguentar de cócoras para defecar na água do rio e o faziam ali mesmo pelo barco, sujando calças e vestidos, uma porcaria.

Morreu outra criança, depois foi a vez de Ernesto, a quem Jucundina, à falta de leite, dava o caldo de peixe. Quando estavam próximo a um porto, os cadáveres eram conservados para serem enterrados no cemitério. A família ficava em torno, chorando, não havia caixão nem flores. No porto entregavam à polícia, o vapor não podia esperar. E quando estavam longe de uma parada, então o jeito era atirar no rio, deixar que as piranhas comessem. Assim aconteceu com Ernesto e eles viram o pequeno corpo ser arrastado pelas águas, a suja camisola esvoaçando como uma bandeira ou um lenço dando adeus.

Aquele foi um rude golpe para Jucundina. No começo da viagem, nos dias iniciais da caatinga, esperava vê-lo morrer a qualquer momento. A falta de leite, de um alimento mais substancioso que o angu de farinha, a apavorava. Mas a criança resistira, atravessara a viagem, emagrecendo dia a dia mas sem doenças, e aos poucos ela foi se convencendo de que ele não morreria. E agora, quando tudo parecia próximo do fim, quando seus sofrimentos estavam — no seu pensar — para terminar, quando era a fartura de comida, quando ela já se convencera de que ele se criaria e seria um dia um moço tão simpático quanto Nenen, então é que ele morria e o seu corpo nem enterrado era, ia ao sabor do rio servir de pasto para as piranhas. Se fosse na caatinga, pelo menos eles o enterrariam, poriam uma cruz por cima, passariam uma noite velando o pequeno cadáver, rezando suas orações. Mesmo que os urubus viessem depois e cavassem o lugar, eles já estariam distante, não assistiriam. Mas agora veem o corpo indo pelo rio, junto com os galhos de árvores, as folhas secas, a sujeira que jogam do barco. As folhas aderem ao cadáver e por vezes as águas o cobrem, só conseguem ver os pés, os magros pés tão pequenos!

Mas sua dor não é a única a bordo. Sucedem-se as mortes e até cadáveres de homens vão para as águas desse cemitério estranho. Quando a hora da comida se aproxima trava-se um drama dentro de cada imigrante: a fome, o desejo de comer o peixe gostoso, e o medo da disenteria. Num dos portos onde pararam, o comandante mandou comprar um boi e abatê-lo. Durante dois dias serviram carne e foi assim que os efeitos da disenteria diminuíram. Mas dos olhos de Jucundina não desapareceu jamais a visão do cadáver do neto sobre as águas do rio. Muito tinha que contar aos três meninos, a Nenen principalmente, quando os voltasse a encontrar. Muita tristeza que lhes narrar, muitas lágrimas que derramar sobre os ombros dos filhos. Por que se recordava deles a cada desgraça? Agora quase que só eles lhe restavam na vida, sua família estava acabando depressa e ela já não lastimava que os três houvessem partido mesmo para serem soldado e cangaceiro, que pior era morrer naquela viagem para São Paulo.

Ia tomando ódio a essa terra de São Paulo, não sabia mesmo por que ainda marchavam para lá. Podiam ter ficado pelo caminho, numa fazenda qualquer, como agregados. Que importava que o salário não desse, que a terra não fosse deles, que lavrassem para um coronel e para ele colhessem? De qualquer maneira iriam vivendo e estariam todos vivos e juntos e ela os veria vir pelo fim das tardes com seus instrumentos de trabalho. Agora os via partir, um a um, cada qual mais triste na sua morte. Foi bom que Agostinho e Gertrudes houvessem decidido ficar naquela fazenda. A essa hora estariam casados, dentro de um ano teriam um filho, seria talvez parecido com Ernesto, esse se criaria, com seu saldo Agostinho compraria uma cabra, leite de cabra sustenta criança, cria forte, ainda mais que leite de vaca. Deviam ter trazido a cabra... Por maior que fosse o sacrifício...

Vai um rumor de choros e gemidos pelo barco. Na primeira classe tocam piano e riem. Lá não servem apenas peixe. Há carne, pão com fartura, café com leite, ninguém adoeceu. Vida de pobre é assim mesmo e Jucundina não sabe para que nasce gente pobre se é para sofrer tanto. Sejam eles naquela viagem, sejam os barqueiros com as varas nos peitos sangrantes, aleijados de calos. Esse mundo é malfeito, tem muita injustiça, deve mesmo acabar. E vai acabar com certeza, está perto do fim, o beato está dizendo, a santa está dizendo, e suas vozes são ouvidas em todo o sertão onde cegos violeiros, os cangaceiros mais valentes e as mulheres mais desgraçadas repetem que o fim do mundo está perto, o sofrimento vai se acabar.

"Tumara que acabe logo", é o que deseja Jucundina. Que acabe antes de Jerônimo morrer, ela tudo que deseja agora, além de rever os três filhos, é não assistir à morte do marido. Já viu morrer gente demais, gente que ela pariu ou que ela criou. Por que Deus não tem pena e não a leva de uma vez? Por que a deixa vivendo se é apenas para sofrer? Morreria satisfeita se antes abraçasse os filhos. Jão, que é soldado de polícia, José que é cangaceiro, e Nenen que é cabo do Exército. Se eles chegassem, os três juntos, e lhe pedissem a bênção... Mas chegar para onde se já não têm casa, nem terra, se já não têm quase parentes, se nem sabem onde vão parar?

As águas do rio correm para o mar, assim lhe explicaram, sabem para onde vão, qual o seu destino. Jucundina não sabe para onde vai, onde arrumará suas trouxas e descansará seu corpo. Quando chegarem a São Paulo que destino tomarão? Dizem que faz frio, que no inverno é tão gelado que racham as orelhas e os lábios. Morrerão todos de frio, os poucos que restam. Procura, com o olhar que já não enxerga o corpo de Ernesto, o resto da família. Jerônimo está deitado, Marta seca as lágrimas com as costas da mão, João Pedro fuma na balaustrada, Tonho corre com os meninos que não adoeceram. Quando partiram eram treze, contando com o jumento e a gata, foi Dinah quem contou. Agora são apenas cinco, quantos chegarão?

10

A disenteria cedeu, porém alguns homens e mulheres continuaram arriados, com febre. Era o impaludismo. Aqueles que já não o traziam no corpo, do alto sertão, o adquiriram ali nas águas do rio das sezões. Uma catinga insuportável fizera-se habitual na terceira classe. Às sujeiras dos doentes misturavam-se outros fétidos odores, provindo do chiqueiro improvisado dos porcos, dos engradados de galinhas, da latrina sempre cheia. E os gemidos e as palavras soltas na febre, e as queixas tornaram-se também tão comuns que já ninguém ligava. Os passageiros de primeira iam apavorados, alguns ameaçavam até saltar com medo do impaludismo. Um caixeiro-viajante aparecera com febre e os passageiros exigiram providências do comandante. Foi feita larga distribuição de quinino entre os imigrantes.

Apesar de tudo a vida continuava entre os que não caíam com febre e haviam escapado da disenteria. Jogavam baralho, perdiam dinheiro, tocavam violão, faziam projetos para São Paulo. Mais uns dias e chegariam a Pirapora, era quase o fim da viagem. Dali era só tomar o trem, com passagem de graça, e viajar dois dias para chegar aonde havia abundância e trabalho, dinheiro e alegria. Eram muitos os sacrifícios mas valia a pena porque contavam tanta coisa desse São Paulo que mesmo se apenas a metade fosse verdade, ainda assim compensava.

Quando atiravam mais um corpo nas águas do rio e viam as piranhas se aproximarem vorazes, apenas lamentavam que aquele não tivesse aguentado um pouco mais. O impaludismo matava menos que a disenteria, apenas amarelava os homens e fazia as mulheres parecidas com fantasmas. O que acontecia era nunca mais largar o que adoecia. Ia embora para voltar no outro ano, quando chegasse o inverno com suas chuvas. Porém, como diziam que em São Paulo era tudo diferente, que não chovia no inverno, era um frio seco com geada e neblina, as chuvas caindo apenas no verão, podia ser que lá nem houvesse impaludismo.

O pior era que estava correndo a notícia, espalhada ninguém sabe como nem saída de que boca, que em Pirapora não permitiam o embarque de doentes. Que os impaludados não podiam seguir viagem para São Paulo, o governo não dava passagem. Se quisessem ir teriam que pagar o bilhete de trem e não levariam nenhuma garantia de trabalho. Que havia um médico do governo a examinar cada um e só os que conseguissem passar no exame, que era rigoroso, tinham direito à passagem.

O desânimo invadiu o navio e era ainda mais concreto que o mau cheiro e os gemidos, e as lágrimas e a febre. Vinham de percorrer os caminhos da fome e da doença, tão próximos da fartura será que não poderiam dar o último passo e alcançá-la, prendê-la nas ávidas mãos cansadas?

— Mato um... — dizia o mulato que fizera as compras em Juazeiro e que estava caído de impaludismo.

Jucundina ouviu a notícia, pouco se comoveu. Agora tinha fé nas palavras do beato, que ouvira repetir. O mundo ia acabar, estava perto do fim. Seria bom se acabasse logo, antes de eles chegarem a Pirapora. Assim nenhum mal podia mais acontecer.

11

O rio rugia na cascata, um barulho de ensurdecer. Ficaram vendo os passageiros de primeira desembarcarem. O caixeiro-viajante impaludado desceu carregado, diretamente para a casa de saúde. Na terceira todos se tinham posto de pé, mesmo os que ainda tinham febre, nenhum queria aparecer como doente, era o medo de não ganhar a passagem para São Paulo. Pediam notícia a toda gente que aparecia a bordo, como deviam fazer para conseguir os passes, aonde se deviam dirigir, que tal era o médico que fazia os exames, quando saíam os trens que levavam imigrantes.

Estavam novamente animados e, se bem ali fossem se separar para diferentes pensões, não faziam despedidas, esperando todos encontrarem-se no primeiro trem que saísse para São Paulo.

O mulato das compras, que era conversador e bem-falante, conseguia informações do carregador. Ficou sabendo onde poderiam se hospedar. Havia umas pensões baratas, nas ruas de canto, que aceitavam flagelados, desde que o pagamento fosse adiantado. Mas soube outras notícias também. Que havia na cidade de Pirapora mais de trezentos imigrantes à espera de condução para São Paulo. Isso sem falar nos doentes, nos que não tinham conseguido o visto do médico. Esses não se contavam mais, tinham virado mendigos pelas ruas, ou trabalhavam em paga da comida nas fazendas da vizinhança. Sempre na esperança de conseguir o visto, renovando o exame médico de quando em quando.

— Vocês passam aqui uns dois meses quando nada...

Finalmente desembarcaram. Levavam suas trouxas na cabeça ou nos braços. Ficaram parados na ribanceira onde as canoas os deixavam, sem saber para onde se dirigirem. Carregadores mais caritativos indicavam os caminhos.

O sol era vermelho e queimava. Uma poeira cor de sangue subia pelas ruas, enchia os pulmões. A cidade de Pirapora dormia a sesta quando eles chegaram. Apenas os mendigos enchiam as ruas, dezenas e dezenas, pediam esmolas aos raros passantes. E aquela poeira densa que avermelhava as coisas e dava uma cor carregada ao cuspo. Adiante, a cascata rugia sob uma ponte abandonada. Eles foram marchando, aos grupos, no caminho das pensões baratas.

O TREM DE FERRO

1

Quando o cliente saiu, o doutor Epaminondas Leite ficou um momento sentado, antes de chamar a enfermeira. Sentia-se exausto. Olhou o bico do sapato sujo de poeira vermelha. Não adiantava engraxar, era dinheiro posto fora. Bocejou longamente, batendo na boca com as costas da mão. Sentia o calor que entrava pelas janelas do consultório, estava com a camisa empapada de suor... Terra desgraçada... Que jeito tinha senão levantar-se e continuar? Ali, em cima da mesa, estavam as papeletas. Um monte, diminuía devagar. Nessa tarde ele já examinara vinte imigrantes e apenas nove tinham saído com as papeletas que afiançavam a sua saúde e lhes garantiam o passe para São Paulo na outra parte do prédio, onde funcionava a repartição do Serviço de Imigração do estado de São Paulo. Quase todos com impaludismo, outros com verminose, uns tísicos, até um caso de lepra aparecera naquele dia. Por mais superficial que fosse o exame — e um ano antes, quando chegara, Epaminondas demorava-se a examinar cada um, conversando, perguntando antecedentes, querendo saber dos pais e avós — as marcas das doenças estavam estampadas em cada face. Muitos ainda queimavam de febre, a maleita aparecendo na palidez acentuada do rosto, no tremor das mãos, no fundo das pupilas. Bastava olhar para o infeliz, para que demorar-se mais a examinar? Noutros era o abaulado das costas, os rostos covados, aquele ruído característico na respiração. Havia um aparelho de raios X mas estava quebrado e, apesar de suas reclamações, nunca o haviam mandado consertar. Também não era preciso. Longe estava o tempo em que ia buscar as raízes, as causas de cada doença, de cada tuberculose. Também já conhecia de cor e salteado essas coisas: a viagem, a fome, o trabalho excessivo. Nos primeiros meses, os imigrantes, quando saíam da pequena sala do consultório, diziam:

— O doutor parece mais um padre confessor que um médico... Pregunta a vida toda da gente...

Sentia-se esgotado. Não particularmente nessa tarde. Era um cansaço que vinha de longe, de semanas e meses, um ódio contra tudo aquilo que o rodeava: o calor de Pirapora com sua poeira entrando pelo nariz, pelas orelhas e pela boca, as conversas das comadres nas casas pacatas, o ruído do rio, as doenças dos imigrantes, os pedidos, as lágrimas, as histórias dramáticas. Cansado da enfermeira, cansado até de Filó, a rapariga com quem dormia a maioria das noites e que o esperava no cabaré. Só uma coisa desejava: ir embora, largar a cidade, o consultório, as papeletas quase inúteis, não ver mais a cara dos outros funcionários, não ouvir mais a voz da enfermeira Amélia comandando os imigrantes:

— O próximo...

Besteira... O próximo... Eles lá sabiam o que queria dizer o próximo... Em nenhuma das suas significações. A Bíblia (seria mesmo a Bíblia?) falava que não se devia fazer mal ao próximo. O difícil é estabelecer exatamente o conceito do bem e do mal. Ai daquele que o tentasse a sério: ficaria louco... Ele, Epaminondas, teve esse problema nos primeiros meses. Ficou sem dormir, foi um tempo terrível. O melhor era não ligar, deixar que as coisas corressem. Esse mundo é mesmo errado, não seria ele, o doutor Epaminondas Leite, com dois anos de formado e um ordenado de um conto e quinhentos, quem iria conseguir consertá-lo... Não fora outra a conclusão a que chegara o doutor Diógenes. Apenas, em vez de se conformar, entregara-se à bebida, estava inutilizado para sempre. Epaminondas bem que tem sido tentado. Há noites que seu único desejo é beber até ficar inconsciente, sem pensar em nada, largado por aí, e limpo pelo álcool de toda a sujeira que o rodeia. Mas se guarda de fazê-lo, o que vira do doutor Diógenes valera como uma boa lição. O importante era aguentar até que os seus amigos de São

Paulo conseguissem sua transferência. Mandava cartas, uma atrás da outra, seu pai não tinha descanso, largava a tesoura e a agulha, ia em busca dos amigos influentes, ouvia as promessas, tornava a voltar. A Epaminondas pouco importava que o chamassem de chato. Não sabiam o que era aquilo ali, aquele consultório, os imigrantes, as suas histórias, e os rogos, as súplicas; que depois continuavam a ressoar nos ouvidos pela noite adentro, impossibilitando o sono... Se eles soubessem, não o chamariam de chato...

Se pelo menos ainda aparecesse alguma imigrante que fosse bonitinha... Coisa rara... Uma que outra, levando meses a examinar velhas de peitos moles e homens magros como uma vara... Já sabia que era uma baixeza, uma quebra de toda a ética profissional, mas não resistia: quando aparecia uma cabocla bonita mandava que ela se desnudasse, a pretexto de exame, e apalpava nádegas e seios. Via as faces coradas de vergonha, os olhos baixos, as mãos cerradas sobre o peito. Depois lhe dava um remorso, um asco de si mesmo, mas aquela terra e aquele trabalho rebaixavam qualquer um, amesquinhavam o caráter de quem quer que fosse. Recordava-se sempre da frase de um imigrante, logo nos primeiros tempos da sua chegada. O homem batia violentamente numa criança com um tamanco, o sangue escorria no lábio ferido do menino. Segurou o braço do imigrante, censurou-o:

— Pare com isso. Que barbaridade...

O homem o olhou com maus olhos mas logo que soube que ele era o médico mudou de modos, ficou humilde, largou da criança que nem saiu do lugar, choramingenta e suja.

— Seu doutor, nós semo pobre e tamo viajando pra São Paulo. Tamo sem comer que nóis não tem mais um tostão. Pois esse desgraçado ainda acha de ir roubar pão só pra me criar embaraço...

E desfiou sua história, ali mesmo, nos degraus da porta. Naquele tempo Epaminondas ainda ouvia com paciência os relatos espantosos. Quando o homem terminou, deu conselho e fez uma pergunta.

— Como é que você, depois de ter sofrido tanto, você e sua família, ainda tem coragem de bater na criança? Não tem pena?

O homem levantou os olhos, falou com sua voz humilde:

— O sofrimento não faz ninguém ficar bom, seu doutor... O sofrimento só piora a gente, só faz ficar ruim...

Agora ele gostava de repetir para si mesmo a frase do imigrante e até a escrevera numa das cartas semanais (antes haviam sido diárias) para Marieta, sua noiva que estava em São Paulo. Ele também ficara ruim, mas de uma ruindade pequena, covarde, incapaz de uma maldade grande, perdendo-se nessas torpezas de mandar as moças se despirem, de negar licenças aos funcionários que estavam sob seu controle e que sonhavam fugir por uns dias do posto de imigração.

Imigrante bonita era raridade. Deitara com algumas, andavam com fome, eram presa fácil. Umas casadas, outras amigadas, havia viúvas cujos maridos tinham ficado pelo caminho. Dava-lhes cinco mil-réis, para elas era uma fortuna. Muitas sobravam pelas ruas de rameiras; ele por vezes reconhecia algumas que haviam passado no seu gabinete em busca da papeleta. Estavam doentes, não serviam mesmo para nada, ele lhes barrara o caminho para São Paulo, acabavam nas casas de prostituição onde morriam mais depressa. Era tudo muito nojento e ele sentia-se cansado.

Podia não vir ao consultório, se quisesse. Já o fizera algumas vezes, deixando-se ficar na pequena casa que alugara e onde residia só (durante o dia vinha uma negra arrumar as coisas). Comia no hotel e em certas tardes de maior calor e agonia em vez de dirigir-se, às duas horas, para o consultório, caminhava para casa, atirava-se na cama. Mas se não pegasse logo no sono (aquele sono pesado do qual acordava suado e com dor de cabeça), então ficava inquieto, pensando na fila de homens e mulheres que o esperavam, sentados ou de pé na sala, os olhos aflitos para a porta por onde ele entrava. Alguns já tinham vindo duas e três vezes, sempre calados, os olhos tímidos como os de um cão que ele tivera quando estudante. Revolvia-se na cama, terminava indo, e naqueles dias era ainda mais ríspido, mais fechado e soturno. E para isso se formara...

Que jeito tinha senão levantar-se e continuar? A sala estava superlotada, quando ele chegara quase não pudera passar e depois não parou de entrar gente. Já atendera a uns vinte, rapidamente, era fácil ver logo os enfermos.

— Por ora é impossível... Se você ainda está com febre do impaludismo...

Dava caixas com cápsulas de quinino:

— Tome isso e, quando a febre passar, volte pra gente ver o que fazer...

Que mórbida fascinação o levava a fitá-los quando já sabia de antemão que ia ver os mesmos olhos de espanto, a mesma boca torcida num pedido, o mesmo desespero?

— Não adianta... Não posso fazer nada...

Ouvia ainda as lamentações lá fora. E a voz de Amélia mandando a família embora, aos gritos, brutal e feia Amélia! Ele fazia o mesmo ou quase o mesmo, fazia coisas piores como pôr nuas as moças bonitas, mas tomara raiva da enfermeira devido àqueles seus modos, sua estupidez para com os imigrantes. Ela parecia não sentir toda aquela desgraça que a rodeava, ria e trocava pilhérias com os outros funcionários.

— Que gente... que asco...

Pensa que ele não é muito melhor. Também era bruto, ruim muitas vezes, usando palavras iguais ou muito semelhantes às de Amélia. Mas lhe tinha raiva e não a escondia.

Espia pela janela. Com o cair da tarde a poeira diminui um pouco. Nos caixilhos amontoa-se o pó vermelho. Alguém passa na rua e o cumprimenta.

— Boa tarde...

Como se pudesse haver uma boa tarde nessa cidade a examinar imigrantes... Olha o relógio. Felizmente está próximo o fim. Mais alguns e acabou-se por hoje. Depois é o jantar e a noite nos braços de Filó. Nem mesmo essa lembrança o entusiasmava. Estava cansado da cabrocha, só não a largara ainda porque não aparecera outra com uma cara razoável que a substituísse... E aquilo ali sem mulher...

Grita:

— Amélia!

— Já vou...

Quando a enfermeira abre a porta que dá para a sala de espera Epaminondas ouve o rumor de conversas.

— Tem ainda muita gente?...

— Muita. Hoje chegou navio...

— Quais são os primeiros?...

— Uma família, veio nesse vapor... Dois homens, a mãe, uma filha — sorriu — bonitona, um menino...

— Mande entrar um dos homens...

Quando ela se dirigia para a porta, resolveu:

— Mande entrar todos de uma vez... E os demais podem ir embora... Que voltem amanhã... Esses serão os últimos...

Todos de uma vez, seria mais rápido. Afinal tratava-se de um exame superficial, o navio trouxera uma carga ruim. Quase tudo impaludado, fora um surto a bordo, ele já constatara.

Está de costas, olhando pela janela, quando Jerônimo entra com sua família. Ouve os passos, a porta que a enfermeira fecha, o silêncio respeitoso. Desce a cortina sobre a janela, volta-se. A moça era bonita, Amélia tinha razão. Como aquela poucas ele tinha visto entre as imigrantes...

2

Quando Epaminondas Leite chegara a Pirapora, pouco mais de um ano antes, vinha disposto a grandes realizações, otimista e feliz. Aquele emprego custara-lhe muito trabalho e a viagem de trem, desde São Paulo, ele a realizara com uma sensação de verdadeira euforia. De Belo Horizonte telegrafara a Marieta: "Viagem ótima. Breve estarei aí de volta. Será para sempre".

Pensava em passar uns seis meses, assim tinham-lhe prometido os amigos. E o chefe da repartição, um velho pernóstico que escrevera um livro sobre os bandeirantes e estava muito orgulhoso de si mesmo, dissera que ia se interessar para que "aquele exílio em Pirapora não demorasse demais". Depois lhe dissera, com seu jeito de falar como se estivesse fazendo discurso:

— O meu jovem amigo, no entanto, não deve afligir-se. Vai se colocar em contato com dois dos maiores problemas do nosso país: a imigração nordestina e o rio São Francisco. Esse último, em especial, é profundamente tentador. Eu o aconselho a aproveitar o tempo estudando os problemas da região. Há um, sobretudo, que é fascinante. Por que, numa terra tão fértil e rica, é o homem tão indolente e incapaz? Tenho para mim que é a mestiçagem... Mas o senhor vai ter oportunidade de examinar o problema, *in loco*...

Prometeu que estudaria o problema e enviaria suas observações ao chefe em cartas que seriam o início de "uma larga estima epistolar", como definiu o historiador dos bandeirantes. E quando prometera não o fizera por uma simples gentileza, para atender e ganhar a boa vontade daquele homem de quem tanto dependia de ali em diante. É que levava todo um plano de estudos, de trabalhos, de realizações. "Lá poderei me especializar em doenças tropicais, estudar muito, é uma especialidade que dá." Quando conseguisse remoção para São Paulo poderia abrir um consultório. Via-se com dinheiro e fama, casa bem montada. Marieta feita uma grande dama, o pai largando o ofício deprimente de alfaiate.

Mas ficou na primeira carta, que, aliás, nem pôs no correio. Suas observações, dois meses depois de ter chegado, levavam a resultados que certamente não agradariam ao chefe e achou melhor deixar o assunto de lado. Que diria o historiador dos bandeirantes se soubesse que a indolência e a incapacidade queriam dizer apenas fome na terra rica e fértil?

No largo percurso de trem fizera toda sorte de projetos. Não vinha no ar, sem saber para onde ia, como acontecia com os imigrantes ao atravessarem a caatinga e o rio São Francisco. Aquele emprego, que devia sem dúvida à intervenção de Floriano — chegara da Europa, da viagem de estudos, na hora em que ele já desanimara — representava o fruto de um ano de pedidos, de esperas em salas frias de repartições, levando cartas, apresentações, humilhado, os sapatos rotos, o terno azul da formatura adquirindo uma cor fosca, as calças perdendo o vinco. Chegando a casa, à tarde, desanimado, sem palavras para a expectativa dos pais, indo noivar à noite com receio da invariável pergunta de dona Isolina:

— Conseguiu alguma coisa?...

Fazia um gesto negativo. Marieta o arrastava para a rua, sabia que, se ficassem ali, dona Isolina começaria a se lastimar, a dizer que noivado longo não serve, que um anel de doutor abre todas as portas se a pessoa que o possui é tenaz e trabalhadora. Os nervos de Epaminondas ficavam fervendo, mais de uma vez respondera asperamente. Era melhor passear em frente de casa, cumprimentando as vizinhas, dando dois dedos de prosa com uns e outros.

O sonho do velho Leite havia sido formar aquele filho. Já seu pai exercera a profissão de alfaiate e ele ainda era menino quando lhe puseram a agulha na mão. No entanto seu desejo era ser médico e já que não o pudera realizar jurou que formaria seu filho. Para isso fez os maiores sacrifícios, trabalhando à noite até alta madrugada, em serviços para fregueses roubados à alfaiataria. Durante o dia trabalhava para a grande casa de modas masculinas, à noite para a sua freguesia. Tinha até etiquetas da casa, que pregava na gola dos paletós, os fregueses sabiam que o corte dos ternos era o mesmo, aquele que fizera a fama da alfaiataria. E o dinheiro para as despesas era no contado, comprando apenas o necessário para que não passassem fome, mas o filho no ginásio, possuindo todos os livros, com uma boa pasta, a farda sempre limpa.

Quando fez o vestibular — teve uma boa nota, plenamente 8 — a alegria do alfaiate foi enorme. Saiu dizendo à vizinhança toda, convidou os mais íntimos para uma cerveja; já olhava Epaminondas como a um doutor. E de doutor começou a chamá-lo logo, meio em brincadeira, meio a sério.

— É para acostumar... — dizia.

Começou a juntar o dinheiro para o anel:

— Quero um anel com esmeralda verdadeira e brilhante de fato... Não imitação como usam por aí... — e ria satisfeito.

Cedo Epaminondas encontrou tudo aquilo um pouco ridículo. Mas tinha suficiente bom coração para compreender o sacrifício dos pais e a ingênua alegria do alfaiate que chegava a esconder sua paternidade aos fregueses da casa de modas que eram colegas do filho. Quando descobria, entre a freguesia, um estudante de medicina, arrastava a conversa de tal maneira que terminava falando em Epaminondas.

— Conhece? É meu freguês...

O rapaz conhecia.

— Inteligente, não é? Vai ser um médico e tanto... Tem talento e vocação... Também é um burro em cima dos livros.

Epaminondas não escondia dos colegas a profissão do pai. E foi isso que o aproximou de Floriano, rapaz rico, filho de um senador, tratado com inveja e mimo por alunos e professores. Seu pai era trunfo na política, empregava gente, mandava um bocado, todos procuravam agradar o filho. Epaminondas nunca tivera intimidade com ele, que possuía roda sua, rapazes com automóvel e amantes, que iam a festas elegantes e jogavam nos cassinos, estudando pouco, os professores sem coragem de reprovar, contentes de receber o cartão do senador pedindo benevolência para com o filho.

Certa manhã de aula prática Floriano puxou conversa:

— Ontem conheci um seu admirador entusiasta...

— Meu? — admirou-se.

— É, sim. Um alfaite. Faço roupas no Magazin Robles. — É quem melhor corta em São Paulo. E ontem, quando o alfaiate descobriu que eu era estudante de medicina, foi logo falando em você, contando sua vida, fazendo elogios. Disse que o conhecia.

Olhou bem nos olhos do outro, não tinha simpatia por Floriano, tudo o que lhe custava esforço desesperado era fácil a ele:

— É meu pai...

— Seu pai? — Era a sua vez de admirar-se.

Não falaram durante o resto da aula. Mas a franqueza de

Epaminondas agradara ao rapaz rico, parecia-lhe uma coisa nobre e digna. Quando saíam da sala, aproximou-se novamente:

— Vai para o centro?

— Vou, sim.

— Entre. Eu o levo.

Entraram juntos na barata de Floriano, um Packard marrom que deixava as moças doidas. Foram conversando, ficaram amigos. Epaminondas ingressou na roda de Floriano. Não o deixavam fazer despesas e aquilo a princípio o humilhava um pouco. Mas o que lhe ofereciam em troca daquela sensação de inferioridade era muito e ele não resistiu. Já namorava com Marieta naquele tempo, no terceiro ano ficou noivo. Floriano garantia-lhe que, mal se formassem, lhe conseguiria um bom emprego público.

— E vamos montar consultório juntos... Eu não sei nada, você é bom estudante... Vou fazer nome às suas custas...

O alfaiate sentia-se feliz com aquela amizade. Agora conversava longamente com Floriano quando ele ia renovar os trajes, esmerava-se no trabalho para o estudante. Epaminondas jantava em casa do senador, acompanhava Floriano aos cassinos, às festas, às recepções. Até em Palácio já estivera, num baile. O próprio senador, de certa feita, indo provar uma roupa na alfaiataria, quisera apertar a mão do pai de Epaminondas e aquilo para o velho representou uma honra que ele nunca esperava merecer.

— Quando ele se formar, eu cuidarei do futuro do seu rapaz...

O proprietário da casa acompanhava o senador e desse dia em diante tratou o alfaiate com mais amabilidade.

— O filho é estudante de medicina, protegido do senador Nogueira... Está feito na vida... Falam que é o senador quem lhe custeia os estudos...

Marieta também vivia aquelas esperanças, por vezes acompanhava Epaminondas no automóvel de Floriano que levava ao seu lado a namorada acidental. Iam beber uísque em Santo Amaro ou dançar em Guarujá. Tudo isso aumentava os sacrifícios do alfaiate, aquela vida custava dinheiro e ele não desejava que a Epaminondas faltasse nada.

No dia da formatura, quando viu o filho com a beca sobre a roupa azul que ele mesmo cosera à noite em casa, com todo o carinho, não pôde conter as lágrimas. Ouviu, com desmesurada atenção, o discurso do paraninfo e do orador da turma. Quando o nome de Epaminondas foi lido, bateu palmas ruidosas. Também quando o velho diretor pronunciou o de Floriano Nogueira. O senador estava no camarote de honra e saudara com a cabeça ao alfaiate sentado na plateia do Municipal, onde se realizara o ato da formatura.

Marieta fizera um vestido novo para ir ao baile. Foram de táxi, parecia um sonho, em casa o alfaiate não tinha sono, comentava com a esposa todos os detalhes do ato:

— Agora está dançando...

Dera-lhe o anel e mais um relógio de ouro. E a caneta-tinteiro para assinar as receitas. Floriano havia presenteado o amigo com um rico termômetro.

Seis meses depois tudo aquilo estava no prego. Não quisera apressar Floriano na questão do emprego. Esperava que o amigo se lembrasse, falasse com o senador. Mas, quinze dias depois de formado, Floriano, acompanhado de seus pais, embarcara para a Europa. Três meses depois o senador voltara para os trabalhos legislativos, Floriano ficara fazendo um vago curso de especialização. O senador esteve apenas dois dias em São Paulo, Epaminondas não pôde sequer avistá-lo, voltou para o Rio que a política estava complicada.

E começou aquele tempo de angústia. Conseguia uma carta de apresentação, ouvia promessas de pessoas importantes, pensava que não era justo que o pai continuasse a sustentá-lo agora que ele já estava formado. Via o alfaiate sobre a agulha até de madrugada, tinha desejos de arregaçar as mangas da camisa, tomar da tesoura, ajudá-lo. Notava também os olhares de dona Isolina quando ele chegava para noivar. Por vezes não tinha sequer o dinheiro para o bonde, uma vergonha de pedir ao pai, era sua mãe quem lhe dava cinco mil-réis para os cigarros e as despesas miúdas. Demorou nas antessalas das secretarias, as solas dos sapatos iam se gastando, eram longas aquelas horas de espera para ser atendido e foi ficando humilde e revoltado.

Durou um ano. Quando já estava completamente desiludido, Floriano chegou da Europa com um novo automóvel, um Fiat de corrida, uma francesa que era um amor de pequena e o atestado de que havia frequentado certas clínicas famosas. Epaminondas estava tentando clinicar no consultório, que um colega lhe emprestara, duas vezes por semana, durante três horas, mas sabia que aquilo não resolvia. Era só para tapear, dizer que estava fazendo alguma coisa. A roupa azul estava no fio e dava-lhe raiva ver que seu pai preparava-se para lhe cortar outro terno, diminuindo as despesas com a casa.

Foi o próprio Floriano quem o procurou. Quando soube que ele ainda estava desempregado, aborreceu-se:

— Será possível? Recomendei tanto ao velho... É o diabo da política, não lhe deixa tempo livre... Mas vamos tratar disso em seguida... E um emprego que valha a pena. Coisa boa de fato...

E traçou o programa daquela noite. Iriam a Santos, o cassino... Epaminondas mostrou a roupa.

— Vestes uma das minhas... E ficas com ela... Não vais agora bancar orgulho besta, não é? Afinal, a culpa é minha...

Quando voltaram, Epaminondas lhe disse:

— Quanto ao emprego, qualquer coisa serve, contanto que não demore...

Não demorou realmente. Floriano lhe explicou que, com mais tempo, poderia conseguir coisa melhor. Mas, com aquela pressa, pegara a primeira vaga. Era de médico do posto de imigrantes em Pirapora.

— Coisa para pouco tempo. Arranjo logo tua transferência para aqui ou outra coisa melhor... Dessa vez não vai acontecer como da outra...

Mas Epaminondas bastava com o emprego. Um conto e quinhentos já servia. Não disse nada em casa, nem a dona Isolina nem a Marieta, até que a nomeação foi assinada. Naquele dia levou queijo e vinho para casa, flores para a noiva. Floriano lhe emprestara dinheiro para tirar o anel, o relógio, a caneta e o termômetro do prego e mais para as despesas de viagem. Entrou em casa com o *Diário Oficial* na mão. A alegria do alfaiate foi tanta que Epaminondas temeu que ele tivesse alguma coisa. Abraçou o filho:

— Não disse?... Mais dia menos dia...

A alegria de Marieta não foi menor. Dona Isolina perguntou para quando podia marcar o casamento.

— Logo que eu seja transferido para aqui. Coisa de alguns meses, cinco ou seis, no máximo...

Ia substituir um tal de doutor Diógenes, funcionário há muito tempo, que passara quatro anos em Pirapora e agora conseguira ser removido para Santos. Ouviu dizer dele que era homem muito capaz, médico de muito boa reputação.

Durante a viagem fez projetos. Como seria essa cidade de Pirapora, tão distante, na margem do São Francisco? Recordava as palavras do chefe da repartição sobre os problemas do grande rio. Não conhecia cidades do interior a não ser Campinas e Jundiaí. Santos não podia ser considerada como tal. Mas essa cidade mineira devia ser diferente. Apesar de que passaria ali poucos meses, pretendia montar consultório para clinicar nas horas vagas e estudar o mais possível.

Admirou-se de que o doutor Diógenes não o estivesse esperando na estação. Telegrafara de São Paulo e de Belo Horizonte anunciando a sua chegada. Um carregador arrebatou suas malas.

— Onde é que mora o doutor Diógenes Mendes? Você sabe?

— Doutor Dioges? Mora no Hotel Internacional...

— É longe?

— Pertim...

— Leve minhas malas pra lá. Eu o acompanho para saber o caminho...

— É ali... — Esticava o beiço. — Só andar essa rua, sai em cima.

Deixou o carregador para trás. O calor era insuportável, havia uma poeira que atacava os olhos. Precisava comprar óculos escuros. Mas achava a cidade simpática com suas casas brancas e se entusiasmou com a cachoeira rolando sob a ponte. Parou olhando o São Francisco. Um pobre lhe pediu esmola. Meteu a mão no bolso, buscando o níquel, espiou o homem. Firmou o olhar espantado. Não havia dúvidas, era leproso.

O hotel estava silencioso como se não houvesse ninguém. Bateu umas palmas inúteis. Foi o negro das malas quem foi acordar o proprietário que dormia a sesta. Outros hóspedes, chegados no mesmo trem, iam se juntando na sala.

— Seu Juca, tem hospe...

Seu Juca não alterou seu passo vagaroso. Calçava chinelas e passava as costas dos dedos nos olhos sonolentos. Epaminondas adiantou-se:

— O doutor Diógenes mora aqui?

O hoteleiro o examinou detalhadamente:

— O senhor é o médico que vem pro posto?

— Sou eu, sim...

— Seu quarto está reservado... É o 19...

O negro foi indo com as malas. Mas Epaminondas queria era encontrar logo com o colega, conversar com ele. Talvez não tivesse ido esperá-lo devido a algum doente grave, talvez uma operação. Valia a pena indagar.

— E o doutor Diógenes, onde está? Na Casa de Saúde ou no consultório? Ou visitando os clientes?

Seu Juca levantou um olho, era um gesto indefinido.

— Quem? Doutor Diógenes?

— Sim... — disse Epaminondas já irritado.

— Ahn! Doutor Diógenes... Visitando doente... Qual...

Estendeu a mão, apontou o botequim do outro lado da praça:

— Tá ali... Naquela mesa, de roupa branca... Bebendo cachaça...

3

Era uma desconsideração. Pediu ao dono do hotel que avisasse ao doutor Diógenes que ele havia chegado e foi para o seu quarto. Tomou um banho, mudou de roupa, esperou encontrar o doutor na sala à sua espera. Com o banho limpara-se da poeira, do cansaço da viagem. E foi lépido e curioso que se dirigiu à sala onde Diógenes devia estar. Não encontrou ninguém. Olhou para o botequim defronte, lá estava o médico, na mesma mesa e parecia-lhe que até na mesma posição. Chamou seu Juca. O hoteleiro veio sem pressa, ficou esperando o que ele dissesse com aquela cara inexpressiva que enervava:

— Mandou avisar ao doutor?

— Não, senhor...

— Mas eu não disse que avisasse...? Tenho que falar com ele, é coisa importante...

— Não mandei, fui eu mesmo... Empregado aqui é saco de preguiça, tive que ir eu mesmo...

— Avisou?

Balançou a cabeça dizendo que sim.

— E ele que foi que disse?

— Que já sabia... E me mandou à merda...

Completou:

— É costume dele, manda tudo à merda... Tudo, menos a cachaça. Diz que é a única coisa que presta nesse mundo, se tivesse uma filha botava o nome de Parati... — Riu e era um riso frouxo, sem forças, "como seria o riso de uma lesma se ela risse", pensou Epaminondas.

Encaminhou-se para a porta, ia dizer umas verdades àquele cachaceiro. Então era essa a maneira de receber um colega? Tinha a obrigação de ir esperá-lo, de mostrar-lhe a repartição, transmitir-lhe o cargo, apresentá-lo aos demais. Conversaria com ele e diria o que pensava da sua atitude.

Voltou para buscar o chapéu, o sol era de arrebentar. Trazia o hábito de andar sem chapéu, ali ia ser impossível conservá-lo. E tinha que comprar uns óculos escuros, sem falta. Que sol...

Admirou ainda uma vez o espetáculo das águas sobre as pedras nas cascatas, a espuma branca subindo como franjas. Aquilo valia a pena. Mandaria contar a Marieta na longa carta que pretendia lhe escrever nessa noite. Mas nessa noite não escreveu a Marieta, só o fez na manhã seguinte, pois passou a noite no cabaré com o doutor Diógenes, "conhecendo as meninas", como dizia o outro.

Não imaginava que isso aconteceria quando cruzava a praça em direção ao botequim. Sua disposição era dizer uns desaforos ao doutor, arranjar-se sozinho, informar depois a repartição. E mandar um recado confidencial a Floriano sobre o tal médico. Pensava que ele não valia nada, não tinha suas relações? Talvez soubesse que era filho de um alfaiate e por isso...

O doutor Diógenes levantou uns olhos baços. Devia estar com barba de uma semana pelo menos, pensou Epaminondas. Era uma barba avermelhada e rala que dava ao doutor um ar de louco. Os cabelos por pentear, onde ele metia as mãos que tremiam. "Delírio alcoólico", murmurou para si Epaminondas, concedendo no entanto que podia estar em começo. A roupa suja, queimada em vários lugares pelos cigarros, a cinza do charuto que o doutor fumava espalhando-se pela gola do paletó e sobre o peito cheio de manchas da camisa.

— Boas tardes...

Os olhos mortos o fitavam:

— É o meu substituto? Muito bem. Sente-se...

Puxou a cadeira com gesto brusco, sentou-se um pouco afastado da mesa. Diógenes era um homem de seus cinquenta e muitos anos, ao que parecia, gordo com umas mãos redondas que tremiam levemente. Epaminondas ia falar, começar sua catilinária, mas o outro nem o olhava mais, batia palmas chamando o garçom. Na mesa estava uma garrafa de cachaça, mais da metade consumida.

— Traz outro cálice... E depressa, seu merda...

O garçom riu, devia estar acostumado aos modos do doutor.

— É pra já...

— Veja se passa pelo menos uma água no cálice.

Tinha, no entanto, uma voz cheia e quente, voz de quem houvesse sido cantor em algum tempo. Epaminondas esperava que ele lhe oferecesse bebida, para recusar. O garçom pousou o cálice, ia tomando da garrafa, um gesto do doutor Diógenes o interrompeu:

— Dá o fora, seu merda...

Encheu o outro copo. Levantou o seu:

— Saúde...

— Não bebo...

Os olhos baços o fitavam novamente e pareciam sorrir sob a moleza que os envolvia, um resto de ironia naqueles olhos.

— Não bebe... Ahn... É bom que comece logo...

— Que comece logo? Por quê?

— Vai saber depois... É tudo o que resta aqui... — mostrava a garrafa. — Santa Cachaça, a melhor santa de Pirapora. Mais milagrosa que o padre Cícero ou esse beato novo que anda pelo sertão, o tal de Estêvão...

Aproximou o cálice do outro, concluiu:

— Deixe de orgulho, vire a cachacinha... Não presta, é uma merda, mas é a melhor que há por aqui... É de Januária. Mas não se compara com a pernambucana...

E como Epaminondas ainda vacilasse, repetiu:

— Deixe de orgulho, jovem. Aqui se perde todo o orgulho...

Sua voz modulada tinha um acento profundo nesse momento:

— E toda a decência também...

Epaminondas suspendeu o cálice.

— À sua saúde...

— Obrigado — esvaziou o seu de um gole, cuspiu, encheu novamente.

A cachaça era forte, Epaminondas sentiu queimar-lhe o peito. O suor corria-lhe na testa, o sol terrível fazia fechar os olhos. Tirou um lenço do bolso (recordou-se que as iniciais haviam sido bordadas por Marieta), limpou o rosto:

— Que calor...

— Tem coisa pior... Ora, se tem... — os olhos de Diógenes abriram-se novamente naquela expressão irônica. — A cachaça é bom pro calor... — diagnosticou com meio sorriso nos lábios moles.

E, sem propósito, fez uma pergunta inesperada, apontando com o indicador o peito de Epaminondas:

— Que idade você me dá? — aprumava-se na cadeira para o outro poder examinar.

Epaminondas calculou. Devia ter entre cinquenta e oito e sessenta anos. Diria cinquenta e cinco.

— Anda aí pelos cinquenta e cinco... Pouco mais ou menos...

Diógenes riu:

— Tá aí o que é Pirapora e o lugar de inspetor médico do Posto de Imigração do estado de São Paulo.

Virou o cálice de cachaça, novamente o encheu e também o de Epaminondas.

— Faz quatro anos e pouco que cheguei aqui... Quando desembarquei na merda dessa estação tinha trinta e oito anos... Devia estar agora com quarenta e dois se ainda sei fazer contas de somar. Estou com cinquenta e cinco, é isso mesmo... Dezessete anos e não quatro... E ainda acho pouco, a mim parece que foram trinta...

Coçou a barba vermelha, Epaminondas estava preso da sua voz.

— Trinta anos, é a pena máxima dos códigos dessa merda de país, não é? Cumpri trinta anos nos quatro que levo aqui...

Epaminondas disse que se admirava um pouco daquelas afirmações. Quase não pudera ver nada da cidade e sofria o calor. Mas do pouco que vira não chegara à conclusão de que fosse assim tão ruim. Para cidade do interior até não era das piores ao que parecia.

— Hum! A cidade... Tem um aeroporto, tem um clube de dança onde jogam gamão, boas casas de comércio, em resumo é uma merda. Mas não falo da cidade em si, não é ela quem liquida a gente, apesar do calor e dos chatos...

Seus olhos agora estavam perdidos para além da praça. Epaminondas não sabia o que ele fitava por mais que acompanhasse seu olhar. Na praça deserta não havia ninguém. Na outra rua, em frente a uma loja, um árabe de colete bocejava. Talvez fosse para ele que o médico olhasse e Epaminondas comentou num sorriso:

— De colete de casimira nesse calor... Que cavalo!

Mas Diógenes nem o ouvia. Pensava noutra coisa, com certeza, pois quando falou foi para dizer:

— Espere até ver seus clientes, os imigrantes... Quantos anos você tem?

— Vinte e sete...

— Menino... Na sua idade eu estava no Rio de Janeiro, boas mulheres, não eram essa merda daqui...

Coçou a barba novamente:

— Jurei que não fazia a barba até você chegar... Ficou muito brabo porque não fui à estação?

— Bom. Esperava...

— Eu ia... Mas logo de manhã...

Calou-se. Emborcou o cálice de cachaça, voltou a fazer o elogio da bebida:

— Esquenta o coração da gente... — E sem solução de continuidade contou: — Eles tinham vindo do Crato, tinham andado mais de seis meses para chegar aqui. Pelo caminho tinha morrido quase tudo e os que restaram...

— Imigrantes?

— Os nossos clientes... Há uma papeleta para encher. Só se enche quando o cidadão está são, é com ela que ele vai buscar o passe na sala que fica do outro lado do prédio. Quando tem alguma coisa não leva a papeleta. Você tem revólver?

— Não. Que lembrança...

— Era melhor que tivesse, para defender as papeletas... Ou pelo menos que tivesse um coração de ferro... Boto cachaça em cima do meu para resistir, o meu é uma merda...

— São violentos?

— Violentos? — admirava-se do termo... — Que violentos... O difícil são os olhos, um olhar de bicho acuado... Quando botam aqueles olhos eu só tenho pena é de não ter um revólver para atirar neles... Estou aqui e estou vendo os olhos do homem quando eu disse que ele estava com os pulmões arrebentados. Pôs-se a chorar...

Ficou em silêncio uns segundos, perguntou:

— Já viu homem velho chorando?

Epaminondas lembrava-se do seu pai no dia da sua formatura. Mas disse que não.

— Se prepare pra ver... É a maior das merdas... Como é que podia ir à estação? Hoje de tarde não vou lá, sua chegada serviu de pretexto e amanhã pela manhã lhe entrego o cargo, arribo no primeiro trem... Minha pena terminou, vai começar a sua...

— Mas é assim tão terrível? — Epaminondas custava a se convencer que o lugar fosse aquela desgraça de que o outro falava. Afinal era examinar os imigrantes, encher a papeleta para os sãos, despachar os doentes.

— O que é que acontece aos doentes?

— O que acontece? Pois nada... Não podem seguir, só isso... Depois morrem, quem é que não morre na merda desse mundo? — Apontava a praça. — Ficam mendigos por aí... É o que sobra em Pirapora: mendigos. E voltam ao consultório todos os dias para novos exames, garantindo que já estão curados...

— E o colega os examina novamente?

Diógenes pousou nele os olhos baços:

— Que importância tem? Tuberculose e lepra não se curam assim. Ainda quando é impaludismo...

Estendia agora os dois braços num gesto que seria teatral em qualquer outro mas que nele era apenas triste:

— Nunca vi tanta fome... É o que mata essa gente: fome...

E logo riu para contar:

— Tem um poetastro por aqui, faz uns versos merdosos, num deles, mais passavelzinho, diz que eles percorrem — os imigrantes... — os caminhos da fome até chegar aqui... Foi a única coisa que presta que ele escreveu... Os caminhos da fome levam direto ao cemitério.

— E o pessoal da repartição?

— Uns merdas... — Mas achou a palavra inexpressiva e quase elogiosa e logo emendou. — Não, uns miseráveis, uns filhos da puta... Negociam com os passes, fazem toda classe de bandalheira... Não me dou com nenhum...

Resumia tudo numa palavra:

— Uns pústulas...

Esclareceu a Epaminondas:

— Não adianta escrever à repartição em São Paulo, reclamando. Cada um tem um padrinho, não ligam para isso aqui. Há dois anos que peço a minha remoção. Na última carta mandei dizer que, se não me removessem, largaria o posto e mandava tudo à merda... Dei um prazo a mim mesmo: até o fim do mês que está correndo... Afinal vi sua nomeação, chegou um ofício. E se não larguei antes, foi porque tive pena dos desgraçados que, sem médico aqui, não viajava nenhum. Nem os poucos que chegam em estado de seguir...

— Foi transferido para Santos...

— Já sei... Mas foi tarde demais, não me levanto mais... Isso aqui me liquidou de uma vez... Pensa que eu bebia antes de vir para aqui? Bem, não era abstêmio, tomava um trago uma vez que outra, um aperitivo antes do almoço. Como outro qualquer...

Chamava o garçom:

— Bote na conta, seu merda...

Jogou uma prata na mesa, o garçom murmurou um agradecimento.

— Estou lhe chateando com essas conversas. Mas é melhor você saber logo como é a coisa por aqui... Não entrar naquele consultório com ilusões, como me aconteceu... Pensava em realizar uma obra de fundo social de assistência médica aos imigrantes... — Balançou as mãos — ... planos... tudo deu em droga...

Levantaram-se. O sol brilhava sobre a cascata, andaram para aqueles lados. Epaminondas admirava-se de que Diógenes não fosse aos tropeções. Tinha bebido muito e ainda assim caminhava direito, apenas tinha o corpo curvado e as mãos tremiam. Mas notou que o outro o examinava com o rabo dos olhos:

— Não tenho ainda a minha dose... — riu. — De noite é que estou cheio.

Riu ainda mais:

— Não há outro jeito de conseguir dormir senão bêbado...

— O calor...

— Que calor... São eles e suas histórias... E os olhos... Dá vontade de matar...

E à noite Epaminondas viu o médico bêbado, dançando no cabaré. Conhecia todo o mundo, pareciam gostar dele, homens rudes do porto, rapazes do comércio, o tal poeta que era um mulatinho franzino, os marinheiros dos navios. Mostrou as mulheres a Epaminondas:

— Não vá com nenhuma sem me falar. Sei as que têm gonorreia e as que estão sãs. São minhas únicas clientes, fora dos imigrantes...

Pela tarde haviam estado no consultório, Diógenes a lhe explicar as coisas, fazendo uma apresentação humorística de Amélia:

— Esse hipopótamo é a enfermeira. O bicho mais bruto que Deus pôs no mundo...

Depois Epaminondas fora com Amélia ao outro lado da repartição, falar com os demais funcionários. Trataram-no muito bem, ele era a maior autoridade, recebeu convites para almoços, e puseram-se às suas ordens. Ninguém disse nada sobre Diógenes, tampouco ele estava disposto a tolerar que falassem do médico.

Comeram juntos no hotel, Diógenes o arrastou para o cabaré. Lá apontava mulheres, cabrochas sem beleza:

— Aquela eu examinei! Tava sã mas o resto da família não podia viajar. Andam aí pedindo esmola, ela caiu na vida... Agora é tão doente quanto os outros...

Sabia a história de cada uma. E até ali os imigrantes vinham procurá-lo e foi no cabaré que Epaminondas teve o primeiro contato com aqueles que iam, do dia seguinte em diante, desfilar no seu consultório em busca da papeleta de saúde. Chegou um homem, vinha com dois rapazes, aproximou-se da mesa do doutor. Diógenes o fitava com os olhos baços, sua voz agora estava pesada da cachaça:

— Que é que você quer, Cardoso?...

— Que vosmecê me examinasse amanhã de novo... Já tou bom, não sinto mais nada...

— Tu pensas que caverna no pulmão fecha de um dia pra outro?

— Num tenho mais tosse... Nem febre...

Ali mesmo Diógenes botou o ouvido nas costas do homem. Bateu nas costelas com as juntas dos dedos. Voltou-se para Epaminondas:

— Veja você...

Examinou também:

— Os dois pulmões...

Diógenes falava para o imigrante:

— Ainda não, Cardoso, mas não demora... Passe amanhã no consultório para eu lhe dar um remédio...

— Amanhã o senhor examina mais melhó, seu doutor...

O homem se afastava.

— Não demora a morrer...

Estendia novamente os dois braços no mesmo gesto da tarde, resumia tudo na sua palavra predileta:

— Uma merda...

E virava o cálice de cachaça. Epaminondas também bebeu, daquela vez a cachaça não lhe pareceu tão forte.

4

Por que diabo ordenara que entrassem todos de uma vez? Aquilo de mandar que as moças bonitas se despissem, examiná-las detidamente, tornara-se um hábito poderoso. Não passava do tímido manuseio mas à noite, quando deitava-se com Filó, a imagem da moça vista no consultório voltava-lhe à imaginação e ele parecia um animal em cio. Filó dizia:

— Tu hoje tá com o cão...

A família de Jerônimo estava em sua frente. Ouviu a tosse do homem, diagnosticou para si mesmo:

— Tísico...

O plano se formou quase instantaneamente no seu cérebro. Amélia ainda estava parada ali, ele fez um gesto, ela saiu fechando a porta. Epaminondas sentou-se na cadeira, começou a fazer perguntas, os olhos indo de um a outro membro da família. Anotou os nomes, as idades, de onde vinham.

— Chegaram hoje?

— Inhô, sim... Nóis veio logo, dizque tem muita gente com passagem esperando o trem, nós quer ver se vai logo...

Balançou a cabeça num assentimento.

— Pois vamos fazer esses exames... Se todos estiverem com saúde ficarão livres de mim hoje mesmo... E receberão seus passes amanhã... Agora, quanto a embarcar, têm que esperar ocasião. É em ordem... Os que receberam passe antes viajam primeiro...

Fitou Marta:

— Em todo caso pode ser que se arranje um jeito de meter vocês antes de outros...

Foi Jucundina quem respondeu:

— Se vosmecê conseguir isso, que Deus lhe abençoe... Nós precisa chegar logo, já tá no fim do dinheirinho que trazemo...

— Vamos começar o exame...

Do seu plano fazia parte examinar a criança na vista de todos eles. Depois examinaria os demais, um a um, assim poderia espiar e apalpar o corpo da moça que estava de olhos baixos, mãos cruzadas sobre os joelhos.

— Primeiro o pequeno aí... Como é mesmo o nome? — Espiou suas notas, estava amável e bondoso. — Antônio...

— Nós chama ele de Tonho... — explicou Jucundina.

— Muito bem, seu Tonho. Vamos ver. Tire a roupa toda...

Tonho encolhia-se num canto, agarrado às calças do avô. Quando o médico se aproximou, começou a choramingar:

— Não tenha medo, rapaz... Onde já se viu homem chorar? Não vai lhe acontecer nada de ruim...

Mas foi preciso que João Pedro o arrastasse para o meio da sala, à força, e que Jucundina o despisse em meio a ralhos e ameaças. Tonho chorava como um desesperado.

Deitou o menino na mesa de curativos.

— Magrinho, hein?

— Foi o único que sobrou... — a voz de Jucundina tinha um acento triste que Epaminondas não pôde deixar de sentir.

— Era três, dois meninos e uma menina, de nome Noca... Só restou esse... Era o mais velhinho, aguentou mais...

Aquelas histórias... Repetidas a todo momento... Quem tinha razão era Diógenes, aquele trabalho liquidava qualquer um, ali se perdia todo o orgulho, toda a decência também.

— De que morreram os outros dois?... — Suspendeu a cabeça, retirando o ouvido das costas da criança a quem auscultava.

— Noca foi de um pé postumado. Rasgou no caminho, apodreceu, a febre matou. O outro foi no navio...

— Disenteria ou impaludismo?

— A tal de disenteria... Era de peito, não aguentou o caldo de peixe... Se sujava o dia todo...

Balançou a cabeça de novo. Continuou o exame meticuloso. Tonho ainda choramingava, movendo o corpinho sujo sob as mãos do médico. Epaminondas via os piolhos andando na cabeça do menino. Magro mas são. Aquele não tinha nada...

Deu-lhe um tapa na bunda:

— Pode mudar a roupa, seu rapaz...

Falou para Jucundina:

— Não tem nada... Precisa é comer muito... Talvez tenha vermes... — voltou a chamar Tonho, examinou-lhe os olhos. — Tem, sim. Quando chegarem a São Paulo dê um bom purgante para vermes... E mande raspar o cabelo dele aqui mesmo para acabar com esses piolhos...

— Inhô, sim.

Encheu a papeleta:

— Esse já tem direito ao passe. Agora vamos ver os outros... Saiam todos, basta ficar um... — apontou ao acaso João Pedro.

— Você, por obséquio...

Abriu a porta, os outros saíram. João Pedro sentia tanto medo quanto Tonho.

— Sente-se aí na mesa... — Foi buscar outros instrumentos.

— Tire o paletó...

João Pedro botou o paletó em cima da cadeira.

— A camisa também.

O torso nu do sertanejo tinha pouca carne e era de uma cor bronzeada. Impaludismo ele não tinha, pelo menos não era época de ataque.

— Diga trinta e três...

Nada nos pulmões. Mas queria demorar o exame para que não se surpreendessem quando ele estivesse com a moça.

— Diga de novo... Vá dizendo até eu dizer que basta...

A voz de João repetia medrosa:

— Trinta e três... Trinta e três...

— Basta...

Levantava-se, examinava o coração do imigrante. Fez uma cara feia, João Pedro assustou:

— Que é, doutor?

— Nada... — sorriu. — Não tenha medo... Você pode viajar...

Enquanto enchia a papeleta ordenou:

— Pode se vestir...

Entregava o atestado:

— Manda entrar a senhora...

Jucundina ficou junto à porta. Epaminondas reparou nos pés, de sapatos furados, os dedos aparecendo.

— Tire o vestido... Pode ficar de combinação... Voltou as costas para esperar.

— Está pronta?

— Inda não...

Na realidade nem havia começado, uma vergonha que lhe queimava o rosto. Já lhe tinham dito que os médicos modernos punham a pessoa nua.

— Vamos, dona, depressa... Não precisa tirar a combinação...

Mandou que ela sentasse na cama de curativos. Depois, que se deitasse. Via o corpo velho e flácido. Quantos anos ainda podia durar? Fazia daqueles cálculos muitas vezes por dia...

— Seu marido é o mais velho, não é? O que está tossindo?

— Inhô, sim...

— O outro é seu cunhado? E a moça, sua filha?

— Inhô, sim. O menino é neto...

— Muito bem...

Examinava lentamente para o tempo passar. O plano ia crescendo na sua cabeça. O velho estava tuberculoso, com certeza. Eles não iam poder viajar...

— Diga trinta e três...

Escutava com o ouvido encostado ao peito da velha. Depois bateu com os dedos nas suas costelas.

— Temos que fazer um exame de escarro... A senhora tem que voltar amanhã, vou falar com a enfermeira...

— O que é, doutor? Diga, pelo amor de Deus...

— Não é nada... Só para garantir que a senhora não tem nada...

Parecia aniquilada. Epaminondas procurou tranquilizá-la:

— Não fique aflita. É só uma exigência, amanhã ou depois, no máximo, já está tudo resolvido...

Perguntava:

— Seu marido tem aquela tosse há muito tempo?...

— Faz uns dois mês... A gente parou numa fazenda, ele começou a se queixar de uma dor nas costas...

— Nunca cuspiu sangue?

— Quando nóis tava chegando em Juazeiro... Mas os médicos de lá dero remédio a ele, ficou bom...

— Está bem... — chamou enquanto ela botava apressadamente o vestido: — Amélia! Amélia!

A enfermeira entrou.

— Exame de escarro amanhã. Acerte com ela, lá fora. — E para Jucundina: — Mande entrar seu marido...

Bastava olhar para Jerônimo. Mandou que ele tirasse o paletó e a camisa. O peito fundo apareceu. Aquele não tinha jeito. Examinou, mas sabendo de antemão o diagnóstico.

— O senhor tem que voltar amanhã para fazer exame de escarro. A enfermeira lhe explica lá fora... É coisa tola, não se impressione...

— Não vai me dar o papel, doutor?...

— Ainda não. Depois do exame...

Viu o homem pálido como um defunto, parecia alguém que tivesse recebido a notícia da morte do parente mais querido.

— Ânimo... É questão de comprovar apenas que você não tem nada... Amanhã você leva a sua papeleta...

Nos primeiros tempos fazia assim. Levava dias enganando, só dava a notícia terrível quando não tinha mais jeito. Depois fora perdendo o sentimentalismo, dizia brutalmente. Mas a presença, na outra sala, da moça o impedia dessa vez. Fez como quem não se lembrava:

— Falta algum?

— Farta minha filha... — a voz era sumida.

— Mande entrar.

Foi com ele até a porta:

— Esse também, Amélia. Exame amanhã...

Marta entrou, Epaminondas sorriu:

— Tire a roupa e deite-se ali... — apontava a cama de curativos.

Voltou-se para a janela para deixá-la à vontade.

— Quando estiver pronta avise...

O crepúsculo caía, não tardariam a se acender as luzes da rua. A sala, com a cortina cerrada, estava envolta em penumbra. Virou o comutador:

— Pronta?

Nenhuma resposta, voltou-se, ela o olhava com o vestido na mão, sem coragem de tirar a combinação.

— Vamos, tire tudo... Não tenha medo, é só para o exame... E pode se cobrir com aquele lençol, quando deitar...

Primeiro a examinou de fato. Não tinha nada. Depois então começou sua ignóbil tarefa. O desejo o enchia e suas mãos tremiam iguais às do doutor Diógenes quando estava bêbado. "Cada um tem sua miséria", pensava. Virou a moça de frente, baixou o lençol até a barriga. Os seios eram altos e duros, lindos de ver. Encostou a cabeça, o ouvido tocava na carne macia. Era um prazer angustioso.

E assim tocou e viu, conheceu e desejou o corpo de Marta. Quando disse: "Pode se vestir...", estava com os olhos injetados e os dentes apertados.

Marta encolhia-se botando as roupas, não olhava para ele.

— Sente-se aí, vamos conversar um pouco...

Ela sentou-se, o rosto baixo, as mãos sobre os joelhos num gesto de proteção.

— Não quis falar com sua mãe, não quis dar-lhe um desgosto. Mas você é uma moça e vou lhe dizer a verdade...

A confiança renascia agora, com certeza ele tivera mesmo necessidade de tocar tanto nela para o exame... Fitou-o pela primeira vez, era um moço bonito, de olhos bondosos.

— Seu pai está muito doente...
— Que é que ele tem?
— Tuberculose...
— É doença do peito?
— É, sim... Como está não pode viajar...
— Não pode... E o que é que a gente faz?
— Tem que se tratar primeiro... Depois, vamos ver... E sua mãe, não sei... Pode ser que não tenha nada, pode ser que tenha... Vai depender do exame... E você precisa de umas injeções...

Era muita responsabilidade para ela. É verdade que aos poucos fora se transformando na pessoa que mais trabalhava e resolvia na família. Mas agora está idiotizada, sem saber o que fazer.

— Vou ajudar vocês no que puder... Volte amanhã com seu pai e sua mãe, vamos ver os exames... E você tomará sua injeção...

Fazia uma última recomendação:

— Nenhum de vocês deve beber na mesma vasilha que seu pai... Nem comer no mesmo prato, está entendendo?

Pegou no queixo dela num gesto amigo:

— Vou ajudar por sua causa... Gostei de você...

Naquela noite tomou um porre no cabaré, acabou dando umas pancadas em Filó que estava cheia de luxos, negaceando o corpo, fazendo-se de rogada.

5

Os mendigos enchiam a cidade. Assaltavam os passageiros chegados de primeira classe, faziam ponto na estação e em frente aos hotéis, era uma espantosa multidão chagada e imunda. Um museu de doenças, dissera alguém, certa vez, ao desembarcar de Belo Horizonte. Eram as sobras dos imigrantes, os que não tinham podido seguir para São Paulo nem voltar para o sertão. Ficavam por ali, os menos enfermos acabavam trabalhando nos sítios e fazendas próximos, tendo, como única paga, a comida e a casa, esperando a morte. Os outros incorporavam-se à legião de mendigos, juntando dinheiro para a passagem paga para São Paulo. Nem ali perdiam a ilusão do estado rico e farto. Mal se encontravam com o dinheiro necessário tomavam o trem, iam morrer na capital de São Paulo. Outros voltavam para Juazeiro e retomavam os caminhos da caatinga, iam morrer no sertão.

Alguns ficavam para sempre em Pirapora. Dormiam na margem do rio, pelos matos, construíam choupanas no outro lado da ponte, roubavam e até assaltavam.

Não era fácil, no entanto, a não ser pelos pedidos gritados numa voz suplicante, distinguir os mendigos dos demais flagelados. A cidade lembrava uma visão apocalíptica, com aquelas centenas de homens rotos e esfomeados, os que esperavam o trem, os que ainda não haviam perdido a esperança de conseguir a papeleta de saúde, os que voltavam de São Paulo, os que faziam fila em frente ao posto de imigração. As crianças soltavam-se pelas ruas, aderiam aos mendigos, as vozes finas misturando-se à voz grave dos velhos.

O tal poeta que falara nos caminhos da fome e que era um cético — pobre funcionário de uma das companhias de navegação, amargo porque jamais conseguira que seus versos fossem publicados pelos jornais da capital — dissera que em Pirapora podia-se fazer uma classificação de cem diversos tipos de mendigos. Havia os permanentes, aqueles que há anos perambulavam pelas ruas, as caras já conhecidas, as doenças também. Cegos e aleijados que demoravam a morrer e tinham freguesia certa para as esmolas. E havia os provisórios, nessa divisão inicial. Porém, os provisórios subdividiam-se em vários grupos. Primeiro as crianças. Todas pediam esmola, mesmo aquelas cujos pais ainda tinham algum dinheiro. Quando chegavam, encontravam as outras estendendo a mão aos transeuntes e começavam a fazê-lo também como uma rendosa diversão. Em seguida as mulheres com filhos pequenos nos braços, vestidas de molambos, cujos maridos haviam morrido na viagem de navio ou após a chegada a Pirapora e que não sabiam mais o caminho a tomar, se seguir para São Paulo, se voltar para o sertão. Iam ficando em Pirapora, as menos velhas dividindo-se entre a prostituição e a mendicância, as mais gastas sem poder sequer cair nas ruas de mulheres da vida. E os homens, por fim, em grupos diferentes. Os definitivamente doentes, aos quais Epaminondas roubara todas as esperanças de viajar e que procuravam esconder moedas para juntar com que pagar a passagem no trem que seguia ou no navio que voltava. Os que estavam com impaludismo e tomavam quinino, ainda confiavam em conseguir a papeleta e o passe. E os que chegavam de São Paulo, sem dinheiro para o navio. Roubando-se uns aos outros, empurrando-se na estação, no cais, nas portas dos hotéis. Tomando sol na praça, comendo restos de comida, catando coisas nas latas de lixo. No verão ainda se arrastavam melhor sob o sol inclemente. Mas, quando chegava o inverno com suas chuvas, que duravam dias e noites, então fugiam para as cabanas levantadas às pressas, escondiam-se nas fazendas em torno, morriam às dezenas.

Era como uma cidade de mendigos e, se o poeta tivesse algum talento e menos amargura, talvez pudesse escrever um poema imortal. Mas ele, nos últimos tempos, preferia fazer sonetos de amor para as prostitutas, assim dormia de graça com as menos feias.

Na pensão, onde pagavam três mil-réis por dia, cada um, para dormir e comer (feijão e um naco de carne-seca), eles contaram o dinheiro novamente. João Pedro saiu em busca de trabalho, havia dezenas de homens procurando serviço. Tonho já estava entre os moleques, pedindo esmola. Jerônimo dera-lhe uma surra, nunca pensara numa pessoa sua estendendo a mão à caridade pública. Mas agora via que talvez não tivesse outro jeito. Interrogavam-se uns aos outros sobre o que dissera o doutor. Apenas João Pedro e Tonho tinham as papeletas.

Marta contou a Jucundina da doença do pai:

— Dizque vosmecê parece não tem nada... Mas pai está mesmo doente... Mas que vai ajudar...

No seu desespero, Jucundina ainda encontrava palavras de elogio para o médico:

— É um homem bom...

— Nóis vai terminar pedindo esmola...

E recordava os três rapazes, se eles estivessem ali seria diferente. Seria mesmo? Talvez fosse até melhor assim, como estava acontecendo. Pelo menos aqueles três não teriam de mendigar pelas ruas. Jucundina lembrou-se também de Gregório, o que tinha atirado em Artur:

— Tumara que não tenha sido preso... Tumara... Foi bem feito o que ele fez... Pena que não tivesse sido no doutor Aureliano...

Marta pensava em Aureliano que a apalpara como o fizera esse outro médico no consultório. Sentia um arrepio no peito que afastava para longe a fome e a tristeza, deixava ver as luzes da cidade. E Vicente, onde andaria? Ele nunca a havia tocado, ele de quem Marta gostava.

175

6

Voltaram todos ao consultório. Amélia mandou que esperassem. Ficaram na sala cheia, vendo a porta abrir e fechar, entrar e sair gente. Uns alegres, com a papeleta que possibilitava a obtenção da passagem gratuita, outros com ar de desânimo, mulheres com os olhos vermelhos de chorar. Afinal Jucundina e Jerônimo foram chamados para os exames. Epaminondas disse que eles teriam de voltar no dia seguinte, para resposta. Prometeu:

— Faço o exame hoje mesmo...

— Doutor, lhe peço pelo amor de sua mãe que ande depressa... Nóis já tá sem dinheiro nenhum. Amanhã vamos ter que sair da pensão, o dinheiro só dá para pagar o dia de hoje...

— Amanhã mesmo terão o resultado... Agora mande a moça para tomar a injeção. Está muito anêmica mas com umas injeções ela se fortalece e eu poderei dar o atestado...

Esperou impaciente que Marta entrasse. Fervia a seringa e a agulha, afinal a injeção só lhe faria mesmo bem. Ela deu boas-tardes e sorriu timidamente.

— Amanhã terei o resultado dos exames de escarro dos seus pais... Desejo que tudo saia bem... Mas quero lhe avisar que duvido de que o velho não esteja afetado do pulmão...

— Se tiver, não pode viajar?

— Pelo menos por conta do estado não pode... E se for por conta própria não terá nenhuma das facilidades para trabalho, hospedagem até ser contratado, ajuda, nada disso. Praticamente não resolve ele ir por conta dele, mesmo que tivesse dinheiro.

— Se o senhor pudesse ajudar ele...

— O que eu puder fazer, minha filha, farei... Você merece...

Sorria, ela baixou os olhos. Não entendia bem o que ele desejava mas percebia que as palavras e os olhares implicavam uma segunda intenção cujo significado mais profundo lhe escapava. Agradeceu.

— Prepare-se para a injeção...

Não sabia o que tinha que fazer. Ele explicou:

— Tire as calças e suspenda o vestido. A injeção é nas nádegas...

— Onde?

— Na bunda.

Passou o algodão com álcool, apertou a carne dura, enfiou a agulha. Ela gemeu levemente.

— É uma pena machucar uma coisa tão linda...

Marta não disse nada, sentiu a picada da agulha sendo retirada mas as mãos dele continuavam dando massagem:

— Para não formar abscesso... tumor...

E as mãos escorregaram por suas coxas, subiram novamente pelas nádegas, abraçaram a barriga, tocavam no centro mesmo dela. Estremeceu, um calor subiu pelo seu rosto, movimentou o corpo desvencilhando-lhe dele.

Epaminondas levantou-se com medo de a ter espantado e logo levou a conversa para outro lado, enquanto ela se compunha sem o olhar:

— Sua mãe me disse que vocês estão sem dinheiro para a pensão. Que só têm para o dia de hoje...

— Tio João Pedro tá procurando trabaio...

Epaminondas remexia na carteira, puxava uma nota de cinquenta mil-réis, estendia para ela:

— Isso é para ajudar vocês se tiverem de demorar... Não precisa dizer a sua mãe que fui eu quem deu...

Ela queria recusar. Mas sabia que o dinheiro ia acabar e não tinham onde dormir nem o que comer. E com o pai naquele estado. Aceitou...

— Vosmecê é muito bom...

Ele arriscou:

— Você pode ter muito mais...

Mas Marta já estendia a ponta tímida dos dedos numa despedida.

Na pensão contou a Jucundina que o médico lhe dera aquele dinheiro. Mas silenciou sobre as mãos passadas nas coxas e na barriga. Jucundina comoveu-se:

— Deus que lhe dê sorte... Que moço bom...

— Dizque não tem esperança em pai...
— Como vai ser, minha filha?
Jerônimo tossia aflitivamente. João Pedro não encontrava trabalho. Nem mesmo em troca de comida. Sobravam imigrantes na cidade e as fazendas da circunvizinhança estavam abarrotadas.

7

Apesar de que estava acostumado àquele espetáculo, Epaminondas o temia sempre.
— Vosmecê já fez os exames?
— Já. A senhora não tem nada... — dirigia-se a Jucundina.
— Agora você, meu velho, está com o pulmão afetado. Nesse estado não pode viajar...
— O senhor não vai me dar o papel?
Achou que não era de boa política cortar todas as esperanças:
— Pelo menos imediatamente, é impossível... Vamos fazer um tratamento rápido e rigoroso: injeções diárias, descanso e alimentação. Com algum tempo, talvez possa lhe dar o atestado...
— E cumo a gente vai viver até lá?
Jerônimo levantou a cabeça...
— Seu doutor, seja franco comigo... Se não há jeito me diga, porque assim eles — mostrava a família — vão embora, eu fico sozinho. Depois que eles tiver lá, João Pedro trabaiando, elas duas também, me mandam o dinheiro e eu embarco...
Naquele momento esteve a pique de desistir de Marta, dizer ao velho que nunca ele poderia lhe dar a papeleta, arranjar na repartição que João Pedro e as mulheres viajassem no primeiro trem, dar algum dinheiro para ajudar a passagem de Jerônimo. Mas sentia nas mãos o calor das nádegas de Marta:
— Talvez você possa ir, com um bom tratamento que eu

faço de graça... E, quanto a trabalho, posso arranjar para Marta. Se ela sabe cozinhar pode, durante o tempo que estiver aqui, ficar cozinhando lá em casa... Já é uma ajuda. E posso ver se arranjo um lugar onde vocês ficarem. Penso que o melhor é esperar... Logo que você esteja melhor eu consigo que embarque no primeiro trem... Que acha?

— Vosmecê é bom demais... Foi Deus quem botou vosmecê no nosso caminho pra ajudar nóis...

As palavras doíam-lhe como se o xingassem e esbofeteassem. Mas era a hora de aplicar a injeção em Marta e a cobiça encheu seus olhos novamente. "Toda a decência...", era Diógenes quem dizia.

8

Havia uns pretos num canto de rua que lhe deviam uns obséquios. Em realidade ele salvara a preta quando ela tivera tifo. Moravam num velho barracão e foi ali que Epaminondas alojou Jerônimo e sua família. Os pretos estavam encantados de lhe fazer um favor e nem queriam receber os vinte mil-réis que ele lhes deu.

— É uma gente que me foi recomendada por um amigo...

Os pretos não pediam grandes explicações. E Marta agora ia todas as manhãs para a moradia do doutor, preparar a comida, arrumar a casa. A negra que vinha antes ficara espantada com as férias que o médico lhe dera, férias era coisa que os domésticos dali não conheciam. E, com o correr dos dias, Marta compreendeu os motivos por que Epaminondas os ajudava. Ele não perdia ocasião de pegá-la, apertar-lhe os seios e as coxas. Ela negaceava o corpo mas não podia se furtar sempre, e, ao demais, havia a hora da injeção que ele passara a lhe aplicar em casa. Estava cada vez mais doido pela cabrocha, disposto a possuí-la custasse o que custasse. Aquele interesse por Marta fez com que Filó ciumasse e ele aproveitou para romper com a rapariga.

Passava em casa todo o tempo livre, rondando da sala para a cozinha, chamando Marta a pretexto de qualquer insignificância, ficando em torno dela enquanto a moça varria a sala, puxando-a pela mão.

Ela compreendia e a princípio quisera fugir, largar tudo, contar a Jucundina. Mas refletiu e viu que então nada mais restaria aos seus, nem a casa onde viver, nem aqueles quarenta mil-réis que o médico ia lhe pagar por mês e mais o que ele dava a Tonho para fazer recados.

E, pior que tudo, desapareceria qualquer possibilidade do pai viajar e, se o pai não fosse, como iriam eles se arranjar em São Paulo?

Marta refletiu sobre tudo isso. Percebia que era impossível escapar ao médico. Aos poucos ia gostando daquelas apalpadelas, Epaminondas era um moço bonito, sabia que não resistiria por muito tempo. Resolveu então tirar todo o proveito do caso. Sabia que, se Jerônimo descobrisse, não havia de querer mais nada com ela e não se enganava quanto a Epaminondas: ele não tardaria a soltá-la por aí, não iam nem casar nem mesmo amigar. Era um doutor, estava noivo em São Paulo, a fotografia de Marieta ao lado da cama, com uma dedicatória carinhosa que Marta soletrara: "Ao meu amado Epaminondas com toda a imensa saudade da tua noivinha, Marieta".

Resolveu então, quase friamente, entregar-se contra a autorização para o pai viajar e os passes para todos. Exceto ela, naturalmente. Mas a escolher entre ela e o pai, era melhor que viajasse ele.

Seu instinto de mulher ensinava-lhe que a melhor maneira era excitá-lo ao máximo. Foi o que fez. Tornou-se arisca e difícil, sorrindo de longe, deitando-lhe prometedores olhares, o corpo sempre distante, Epaminondas ficando cada vez mais louco.

Afinal uma tarde ele a agarrou, machucou seus lábios com beijos. Conseguiu livrar-se a custo, teve que vencer a sensação de calor e abandono que lhe invadia o corpo. Começou então a caçada. Ele a persegui-la a todos os instantes, ela a fugir, os dois sem falar, Marta compreendia que o momento se aproximava. Por vezes chorava à noite, em casa, quando via o pai e a mãe, o sobrinho e o tio, e lembrava que não os acompanharia. Sabia seu destino: as ruas de mulheres, o cabaré que funcionava à noite. Mas estava decidida. Só tinha pena que Vicente não a houvesse possuído em Juazeiro. Assim para o doutor ficariam apenas as sobras, ele não merecia mais.

9

Tonho entrou em casa correndo:
— Vó! Vó!
Jucundina apareceu, estava cuidando de Jerônimo, segundo as recomendações do doutor. Tonho vestia farrapos, os olhos irrequietos, os pés vermelhos da poeira da cidade.
— O que é?
Riu um riso moleque:
— Vi o doutor beijando tia Marta...
Ela o levou dali, que Jerônimo não ouvisse. E o fez contar a cena toda, recomendando-lhe, depois, silêncio.
— Eu tava chegando, ia pedir um tostão à tia, o doutor estava agarrado com ela, beijando na boca... Saí correndo, eles não me viu.
Quando Marta apareceu naquela noite, tinha um ar cansado, andava como se sentisse dores, mas sorria. Na mão trazia a papeleta que dizia ser Jerônimo homem de perfeita saúde, apto para embarcar. Jucundina pensava em conversar com ela, saber aquela história dos beijos, mas, quando viu a papeleta, compreendeu o que tinha acontecido e estremeceu, o coração partido de dor. Marta percebeu que a mãe compreendera e ficaram as duas silenciosas enquanto os homens comentavam.
— Agora a gente já pode ir...
— Tem muita gente na frente...
— O doutor arranja pra gente ir antes...
Deitaram-se afinal. Dormiam todos na mesma sala cheia de

goteiras, em esteiras. Jucundina esperou que todos estivessem dormindo. Tocou então no ombro de Marta, a moça soluçava.

Saíram as duas para a frente da casa. Marta baixava os olhos, não precisava sequer falar. Mas Jucundina disse:

— Conta!

E como ela não respondesse, perguntou:

— Ele fez mal a tu?...

Balançou a cabeça.

— Só deu a papeleta depois?

Olhou a mãe com os olhos molhados. Ficou esperando as palavras de recriminação, preparara-se para aquilo. Mas Jucundina não disse nada. Ficou acocorada, as mãos soltas, pensando. Depois tomou a mão da filha, puxou-a para seu lado, fez uma coisa que há anos não fazia: beijou-a na testa. E as lágrimas se confundiram.

Depois é que falou:

— Se seu pai chegar a saber é capaz de matar o doutor... E bota tu pra fora...

— Acaba sabendo...

Não tinham dúvidas:

— Se a gente pudesse ir logo... — disse Jucundina. — Peça isso a ele.

Não sentia sequer ódio de Epaminondas. Aquilo tinha que acontecer, era o destino. Ainda bem que os três meninos não estavam ali. Com o gênio que possuíam eram capazes de uma desgraça.

— Vai dormir, minha filha...

E ela ficou por ali. Ouvia o ruído do rio, o céu estrelado deixava cair uma luz prateada sobre seu cabelo que embranquecera de todo na viagem.

10

Epaminondas queria retê-los o mais que pudesse. Não saciara ainda seu desejo. Marcou o passe deles para o segundo trem de imigrantes, dali a vinte e três dias. Agora que fizera a besteira de dar o atestado, então era aproveitar o mais possível da cabrocha. Era a primeira vez que ele dava um atestado de saúde a imigrante doente. Resistira a todas as súplicas, que moral poderia ter junto aos demais empregados da repartição? Amélia sabia do resultado do exame, os funcionários comentavam, não era mais segredo. E logo chegou ao conhecimento dos imigrantes, e um deles, que teve um bate-boca com João Pedro, atirou-lhe o acontecimento ao rosto:

— Vosmecê não vale nada... Dero a honra da menina pelo atestado pro velho...

Jerônimo teve um acesso de raiva quando soube. Se Jucundina não estivesse perto dele era capaz de matar a filha. Caiu em cima dela com um pedaço de tábua:

— Puxa daqui, puta sem-vergonha! Desgraçada! Desgraçada! Eu, um homem velho, e essa desgraçada sujando minha velhice...

Marta saiu ferida no rosto, correndo pela rua. Era pela noitinha, havia imigrantes espalhados pelas proximidades. Os gritos de Jerônimo continuavam lá dentro, Jucundina procurava acalmá-lo. Afinal ele teve um acesso de tosse, foi obrigado a deitar-se. Então Jucundina tentou defender Marta. Mas Jerônimo não quis ouvir nada, declarou que nunca mais a desejava ver e proibiu qualquer contato da família com ela.

Logo que melhorou da ânsia que o tomara, com a tosse, mandou que arrumassem tudo para irem embora daquela casa. Não demoraria ali nem mais um minuto, naquela casa que fora arranjada pelo médico, pelo amante da filha. Ficaram sob umas árvores próximas, onde outros imigrantes já estavam acampados. Os negros olhavam tudo aquilo sem compreender. Os imigrantes espiavam sem palavras.

11

Marta não pôde ficar muitos dias em casa de Epaminondas. O caso era muito comentado na repartição e mesmo fora dela (até o poetastro já falara ao médico sobre o assunto) e corria que ele pusera casa para a cabrocha. Por outro lado, seu entusiasmo passara. Ela era de todo ignorante das coisas sexuais e Epaminondas acostumara-se às mulheres da vida, sábias de todos os vícios. Chegara uma rameira nova de Januária, uma que viera da Bahia com um sargento e o largara para fazer a vida; Epaminondas andava de olho nela.

E Marta tomou o caminho do cabaré e da rua de prostitutas. Como era nova por ali apareceu uma freguesia grande. Dias depois estava doente mas custou a sabê-lo, nada entendia daquilo. Foi Epaminondas quem a tratou (herdara aquela clientela de Diógenes), mas tão distante e frio que nem parecia o homem ansioso de quinze dias passados. Marta emagrecera e agora pintava a cara e os lábios, fizera dois vestidos e comprara uns sapatos.

12

E era ela quem sustentava a família. Jerônimo e Tonho pediam esmolas mas os mendigos eram muitos. Continuavam a viver sob a árvore, na promiscuidade de dezenas de outros imigrantes, todos à espera do trem ou do passe. Jerônimo jamais voltara a falar na filha, mas cedo percebeu que o dinheiro com que Jucundina comprava farinha e feijão, café e carne-seca provinha dela, dos homens que dormiam com ela. Naquela viagem nada o ferira tanto, nada o magoara de tal maneira. Amava aquela filha e mesmo agora, quando a repudiara, era a sua imagem que levava no coração.

Quando percebeu que o dinheiro era fornecido por Marta, teve uma cena violenta com Jucundina. Mas depois deixou de protestar. Iria deixar que todos morressem de fome? A comida amargava em sua boca, estava com o peito cada vez mais cavado, a tosse aumentando.

Via quando Jucundina saía para encontrar-se com a filha. E quando voltava, com mantimentos, os olhos vermelhos de chorar. Não dizia nada, aquilo tudo o matava mais rapidamente.

13

Afinal o trem chegou, iriam no outro dia. Pela noite Jucundina foi despedir-se de Marta na rua onde ela morava. Pela primeira vez a viu com os vestidos noturnos, aqueles com que frequentava o cabaré, as faces pintadas e um perfume agressivo no cangote.

— Nóis vai amanhã...

Abraçaram-se chorando. Jucundina tinha trazido Tonho e João Pedro a acompanhara. Convidara também a Jerônimo:

— Não quer se despedir da pobre?

Mas ele nem respondera. Ficara de coração sangrando, a cabeça baixa, uma vontade de morrer logo, de que aquilo tudo acabasse.

Conversaram longo tempo. Marta contou que Vicente chegara no vapor da véspera e estivera no cabaré. Mas não contou que, mal a avistou bebendo com uns homens, retirara-se, sem querer sequer falar com ela.

Deu-lhes todo o dinheiro que tinha. Jucundina soluçava. Marta avisou:

— Amanhã vou na estação. Quero ver pai...

14

Olhavam o trem que botava fumaça. Os imigrantes chegavam aos grupos, os três últimos vagões lhes estavam reservados, carros de terceira. Não saltariam até São Paulo. Finalmente chegariam lá, naquela terra da fartura e da riqueza. Estavam todos contentes, pareciam esquecidos de tudo o que haviam passado. Os que não podiam viajar olhavam com inveja, estendiam a mão mendiga aos viajantes de primeira.

Jerônimo sentara-se no banco de madeira ao lado de Jucundina. Ela estava junto à janela e o velho compreendia que a ânsia dela era para levantar-se. Marta devia andar pela estação mas Jucundina não tinha coragem de espiar, temia o marido. João Pedro e Tonho, no banco em frente, tinham o mesmo ar conspirativo e receoso. O menino já tentara levantar-se umas duas vezes, mas Jerônimo o obrigara a sentar-se.

— Fica aí, senão te quebro todo, fio da mãe...

Imigrantes armavam redes pelo trem, outros, que já tinham feito aquela viagem, ensinavam. O vagão estava superlotado. Passava gente, saía gente, pessoas gritavam nomes, palavrões, havia conversas. E foi no meio dessa confusão que João Pedro (cujos olhos procuravam Marta) descobriu Gregório entre os que andavam pela estação:

— Olha quem está ali! Gregório!

— Quem? — Jucundina quis levantar-se mas a mão de Jerônimo, pousada em seu ombro, a impediu.

João Pedro chamava aos berros:

— Gregório! Gregório!

Gregório os reconheceu, apertou-se entre os imigrantes, fez força, penetrou no trem.

— Cheguei ontem no navio. Não sabia que vosmecês tava por aqui... Senão tinha procurado.

Observava o rosto magro de Jerônimo, notava que faltava muita gente da família. Jucundina perguntava:

— Não lhe sucedeu nada?

— Capei o gato, enfiei no mato, dei uma volta grande, até chegar em Juazeiro. Tinha um dinheirim...

Contava que já tinha feito o exame:

— Já tou de passe, vou daqui um mês...

— Procure a gente por lá.

O trem apitava. Antes de sair, Gregório perguntou a Jerônimo:

— E o resto da famia?

A tosse quase impede a resposta:

— A fome comeu pelo caminho...

O trem resfolegava. A máquina começou a andar, vagarosa

ainda. Aumentou a velocidade, Gregório saltara. Jucundina levantou-se então, afastou a mão de Jerônimo que a segurava, jogou-se para a janela. Jerônimo levantou-se também para obrigá-la a sentar-se. Mas em vez de fazê-lo debruçou-se sobre ela a tempo de ver ainda, no canto da estação, de vestido vermelho, a figura de Marta acenando com a mão. O trem apitava na curva.

Livro segundo
AS ESTRADAS DA ESPERANÇA

JOSÉ

1

José, a quem chamavam Zé Trevoada, jogou-se no chão. A bala passou zunindo, na altura de onde estaria sua cabeça se ele não tivesse sido ligeiro. Havia deitado sobre espinheiros mas a roupa de couro protegia seu corpo e, ao demais, já estava acostumado. Fez pontaria através dos arbustos, não atirou logo, ficou de olho na mira do fuzil. Quando, finalmente, puxou o gatilho, soltou ao mesmo tempo um grito agudo de animal em fúria. Outros gritos partiam através da caatinga, bárbaros e estranhos. Zé Trevoada viu o homem estender-se, as mãos agitando-se no ar, soltando a arma. Avisou a Lucas Arvoredo que se encontrava perto, deitado ele também...

— Liquidei um...

Lucas Arvoredo sorriu. Estava preocupado com a arma, não queria errar o tiro, muito menos agora que Zé Trevoada acertara num dos macacos desgraçados.

— Lá vou eu... — bradou e sua voz foi conhecida do outro lado, onde estavam os soldados de polícia. O tiro partiu, o tenente escapou por milagre. Os soldados sentiram durante um segundo o desejo de largar as armas e correr. Mas foi um instante somente. A voz do tenente comandou:

— Fogo!

E a fuzilaria recomeçou, as balas penetrando por entre os espinheiros, assustando as cobras e os lagartos. Os soldados novamente animaram-se na esperança de liquidar Lucas Arvoredo e o seu bando de jagunços.

O ferido gemia surdamente, a bala penetrara na barriga, apareciam, sobre a farda, o sangue e pedaços de vísceras. Um soldado velho, chamado Cândido, deu-lhe água. O tenente não queria olhar para aquele lado, era quase um menino, o espetáculo do homem morrendo dava-lhe náuseas. Saíra não fazia muito da Escola de Cadetes da Polícia Militar do seu estado e como casara e nascera o primeiro filho, o comandante, que gostava dele pelo seu bom comportamento e sua aplicação aos estudos, arranjou aquele jeito de comissioná-lo como tenente: mandando-o para uma cidade do interior com uma pequena guarnição. Os soldados voltaram a atirar, os cangaceiros não respondiam.

— Será que fugiram? — pensou o tenente. Aquele era o seu primeiro combate, nada sabia dos métodos de luta dos jagunços e foi o soldado velho quem lhe avisou que a coisa apenas começara. O tenente pretendia cercá-los, mandou que alguns soldados dessem a volta por uma picada que havia à direita, para atacar Lucas por detrás. Cândido balançou a cabeça, mas não disse nada, acostumara-se a obedecer. Largou o ferido que agonizava para comandar a patrulha que seguia pela picada.

O tenente não sabia se tinha tido sorte ou azar. Na tarde da véspera (chegara apenas há uma semana na cidade e ajudava a mulher na arrumação da casa, orgulhoso do filho pequenino), um caminhão carregado de cimento trouxera a notícia. O chofer contava que encontrara o bando de Lucas a umas quatro léguas dali. Tinham-no feito parar, ameaçaram-no com as armas, o tal de Zé Trevoada botara o punhal no seu cangote. Queriam informações sobre a cidade, o número de soldados de polícia, as armas que tinham. Ele contou, quem não contaria? Tomaram-lhe então o dinheiro que ele levava, examinaram a carga do caminhão, quando viram que era cimento mandaram que ele fosse embora. Não podiam estar longe, quando o caminhão partiu o chofer ainda espiou, viu que eles se internavam na caatinga.

O tenente não disse nada à esposa, foi conversar com o prefeito. Achava que o melhor era ir ao encontro de Lucas, atacá-lo na caatinga, matá-lo ou prendê-lo, pelo menos dar-lhe uma corrida que lhe tirasse a vontade de andar por aquelas bandas. O prefeito concordou. O bando de Lucas em geral evitava uma cidade bem guarnecida. Se o tenente fosse com os soldados, Lucas pensaria que aqueles eram apenas a vanguarda da tropa acampada na cidade. E, mesmo que o tenente não prendesse nem matasse, ele com certeza fugiria. E, enquanto isso, o prefeito reuniria os homens da cidade, os mais corajosos se armariam e, se por acaso Lucas viesse, eles o enfrentariam. Sugeriu também que mandassem gente com um recado à cidade vizinha pedindo que viesse a patrulha de lá. Só que, entre ida e volta, demoraria mais de um dia já que a estrada de rodagem estava interceptada por Lucas e o homem teria de ir a pé, pela caatinga. O tenente achou que não era preciso. Tinha dezoito homens, bastaria com eles. O prefeito poderia armar uns trinta na cidade. O bando de Lucas não tinha, era voz geral, mais de vinte homens...

— Menos... — disse o prefeito. — Quando ele entrou em Graúna tava só com onze jagunços...

— E então...

Só na hora de partir é que disse à esposa. Viu-a empalidecer. Quando o comandante propusera sua transferência e promoção, ela não quisera aceitar. Aquela cidade distante, perdida no sertão, encontrava-se nos limites das terras dominadas por Lucas Arvoredo. O próprio Lucas se intitulara "governador do sertão" e há mais de dez anos atravessava pela caatinga, roubando, matando, estuprando. Sua fama corria mundo, nunca o haviam conseguido pegar. Uma única vez uma bala o acertou, ferindo-o na coxa, mas agora ele se sentia invulnerável depois que o beato Estêvão fechara seu corpo. Voltara ainda mais feroz desse encontro com o beato, em cuja companhia passara quatro dias. Deixara-o há menos de dois meses e marchava pela caatinga.

O tenente não sabia se tinha sorte ou azar. Podia ser a promoção a capitão, por merecimento, o retrato nos jornais, falado até no Rio de Janeiro, se prendesse ou matasse Lucas Arvoredo. Podia ser a morte também, os cangaceiros de Lucas não costumavam errar a pontaria. O tenente era jovem, tinha um fio de bigode sobre o lábio, amava a farda que vestia e sonhava com a glória. Seu nome era Ezequiel da Silveira. Os soldados gostavam dele e achavam que aquilo fora um azar.

Quando o tiroteio começou, o tenente pensou no filho. Quando crescesse poderia se orgulhar do pai, o tenente que abatera Lucas Arvoredo. Ficou de pé entre os arbustos, desatendendo o velho soldado que o tratava como filho e que lhe suplicava que se deitasse. Mas ele não respondia e de pé, aprumado e sorridente, dirigia o combate.

Saíra na véspera pela noitinha e de manhã encontrara o rastro de Lucas na estrada de rodagem. Afundaram-se na caatinga, os homens sabiam procurar ali as pegadas dos cangaceiros. Iam assim, estudando os galhos quebrados, as folhas amassadas, quando partiram os primeiros tiros. Nem puderam ver em seguida de onde provinham.

— É eles... — disse o velho soldado.

Entrincheiraram-se atrás das moitas, localizaram os cangaceiros mais adiante no cerrado dos arbustos. De onde estavam partia uma picada que ia dar na estrada de rodagem, por detrás de onde entrincheiravam-se os cangaceiros. Foi por ali que o velho soldado partiu com seis homens.

— Quando chegar lá dê três tiros seguidos, avisando. Depois espere cinco minutos e avance... — foram as ordens do tenente.

O velho soldado fez continência e seguiu. Considerava-se um homem perdido mas tinha pena era do tenente, tão bom rapaz, tão jovem ainda. Aquela tentativa de cerco era uma besteira, Lucas conhecia a caatinga como a palma de sua mão, ninguém ia cercá-lo ali e com tão poucos homens. Se fosse o tenente Miranda nunca faria isso. Apenas procuraria assustar os cangaceiros, botá-los para longe.

Os homens de Lucas viram os soldados se movimentarem. Avisaram ao chefe. Lucas compreendeu o que o tenente queria:

— Ele vai querer cercar nóis.

Fez seu plano de combate:

— Primeiro nóis acaba com os daqui, quando os outros tiver na curva da picada. Dali não adianta vir socorrer... Depois nóis pega os outros, liquida esses macaco todo...

Os tiros vinham de onde estava o tenente, as balas passando

alto, os homens de Lucas não respondiam. Haviam tomado posição e esperavam o aviso de que os soldados comandados pelo velho Cândido estavam no mais distante da picada. Ouviu-se um assovio, parecia um pássaro chamando a companheira, era o aviso. Dispararam então e começaram a pular e gritar como demônios. Atiravam e jogavam-se no chão urrando como condenados, num barulho de causar pânico aos mais corajosos. E assim iam avançando para onde estava o tenente. Três soldados já haviam caído e os demais fugiriam a qualquer momento. O tenente percebeu o medo nos seus comandados e ainda teve uma leve esperança de que Cândido chegasse e atacasse Lucas pelas costas. Mas sabia que o tempo não era suficiente nem para ele chegar nem para voltar em socorro. Os soldados o olhavam, um disse:

— Seu tenente, vam'bora, senão nóis morre tudo...

Os gritos dos cangaceiros estavam próximos, os tiros eram quase à queima-roupa. O tenente replicou:

— Fujam vocês se quiserem, seus covardes. Eu fico, não vou abandonar Cândido e os soldados que foram com ele...

Um se adiantou:

— Eu fico com meu tenente...

Outro coçou a cabeça, levantou a arma. Mas os demais já corriam, embrenhavam-se na caatinga, largando os fuzis.

Lucas Arvoredo teve tempo de fazer a pontaria com toda a segurança. A bala rasgou o peito do tenente. Os dois soldados, quando o viram cair, soltaram as armas e sumiram.

Zé Trevoada foi o primeiro a chegar junto aos feridos vivos. Acabou-os a punhal. Revistaram os homens. Lucas examinava os fuzis:

— Boas armas...

Arrecadaram a munição abandonada, era assim que se municiavam. Assim e através de certos coiteiros espalhados no sertão que compravam balas para Lucas e seu bando.

— Agora vamos acabar com os outros.

A picada estava ali mas eles entraram pela caatinga. Qualquer outro não atravessaria. Mas os homens de Lucas estavam acostumados a romper entre os espinhos. Vestiam-se todos como vaqueiros, calçados de alpargatas, as cartucheiras sobre os paletós de couro. Iam silenciosos, pareciam onças no seu passo sem ruído.

Acontece, porém, que Cândido era um velho soldado e, quando ouviu o tiroteio, concluiu que Lucas soubera da sua partida e conhecera o plano do tenente. Ainda assim continuou a andar porque voltar não podia. Se tivesse sorte ainda poderia atacar o bando antes que a resistência do tenente terminasse. Ia chegando ao ponto fixado quando o tiroteio silenciou. Adivinhava o que se tinha passado, ouviu um último tiro:

— Tão acabando de matar um...

E marchou com seus homens para a estrada de rodagem. Ali Lucas não o atacaria. Andava o mais depressa que podia, gritava com os outros soldados. Se pudesse, voltaria para onde estava o tenente, iria ver o seu corpo.

Quando chegou à estrada já os cangaceiros de Lucas apontavam na caatinga. Mas, como ele previa, não atravessaram. Atiravam de lá, Cândido tocou para frente. E então Lucas mandou que os seus homens os acompanhassem, paralelamente, por dentro da caatinga. Ainda derrubaram um soldado. Mas Cândido teve sorte, encontrou um caminhão que vinha, fê-lo voltar, levando-os a todos.

A notícia de que Lucas marchava para a cidade chegou antes deles. Os soldados que haviam abandonado o tenente já estavam na cidade e contavam os fatos. A população começava a fugir.

Cândido foi direto à casa do tenente. A mulher era uma jovem de olhos grandes, delgada e com certo triste encanto.

— O tenente não chegou?

— Aconteceu alguma coisa?

Cândido ia mentir mas o prefeito apareceu em sua busca e, na certeza de que a senhora já sabia da notícia, adiantou-se para dar os pêsames. Ela desmaiou e o prefeito correu a socorrê-la. Dizia, atrapalhado:

— E ainda mais essa...

Deitaram-na na cama, deixaram-na aos cuidados da empregada. O prefeito avisou:

— O melhor é ir pros matos... Sair da cidade...
E para Cândido:
— Reúna os soldados que restam, vá me esperar na prefeitura...
Gente corria pelas ruas, os comerciantes fechavam as portas, pessoas transportavam seus haveres para o campo que circundava a cidade. Os poucos automóveis existentes praticamente não serviam de nada pois ninguém tinha coragem de seguir pela estrada de rodagem. Uns homens passavam armados em direção à prefeitura.

2

Lucas Arvoredo jogou a fotografia para um lado, após olhar o rosto da mulher e a figura da criança enrolada em cueiros. Zé Trevoada interessou-se, espiou a cara da mulher, depois limpou o retrato com o braço, guardou no bolso. A fotografia fora arrancada da carteira do tenente.
— Boa égua... — comentou Zé Trevoada.
Entraram na cidade dando tiros para o ar. As ruas estavam desertas, os homens armados, reunidos pelo prefeito e pelo pretor, haviam sumido como por encanto. Em realidade eles não acreditavam muito na vinda de Lucas, pensavam que o cangaceiro, após o tiroteio, houvesse tomado outro rumo. Os soldados que restavam resistiram um pouco. Uns dois conseguiram fugir, os outros foram logo mortos. Mesmo os três que se renderam. Para não gastar munição (não tinham de sobra) Lucas mandou que os matassem a punhal. Ficaram estirados na rua, o sangue correndo das feridas. Cortaram a língua de Cândido, arrancaram-lhe os olhos. Há muito que Lucas o procurava.
Um comerciante atrasado fechava as portas às pressas. Lucas meteu o fuzil.
— Abra essa bosta...
O homem tremia atrás do balcão.
Lucas exigia:

— Abra todas as portas...

A luz invadiu a casa. Lá fora era uma dessas tardes sertanejas de sol claro e límpido céu azul.

— Tá mais mió assim... A gente pode ver as coisas...

Antes de tudo foram pelos perfumes. Não havia muitos, uns quantos vidros, nem chegou para os que estavam dentro da loja, menos ainda para os que montavam guarda na porta. Desarrolhavam os vidros de água-de-colônia, de extratos, de óleo para cabelo, e os derramavam sobre a cabeça e pelo corpo. Raramente tomavam banho, embrenhados pela caatinga sem rios, e desprendiam um cheiro azedo que se sentia ao longe. De mistura com o perfume ficava ainda mais terrível, porém eles gostavam:

— Tou cheirando que nem muié-dama...

Abriu a gaveta onde o homem guardava dinheiro. Nem um tostão. Fez um sinal a Zé Trevoada, ele puxou o punhal. Cutucava a barriga do comerciante:

— Solta o arame...

O homem tirou o dinheiro do bolso, um maço de notas, por cima uma de quinhentos mil-réis.

— Pelo amor de Deus não me mate.

Zé Trevoada recebeu o dinheiro, entregou a Lucas. Saíram da loja, dirigiram-se para a prefeitura. Estava vazia, nem uma pessoa. Lucas Arvoredo sentou-se na alta cadeira do prefeito, riu uma gostosa gargalhada. Os outros riram também. Mas voltaram a sair e na rua prenderam umas quatro ou cinco pessoas.

— Mato tudo se o prefeito não aparecer...

Através das venezianas cerradas olhos espiavam apavorados. Lucas deu uns tiros para o ar. Um dos presos se comprometeu a trazer o prefeito.

— E não vá fugir porque senão é pior...

O prefeito veio com o juiz municipal — o pretor, como chamavam ali — quase arrastado, fora encontrado debaixo da cama. Cumprimentou Lucas humildemente, apertou a mão de Zé Trevoada.

— Por que vosmecê fugiu? Tava com medo?

Explicou que não, preparava-se para vir quando o homem o encontrou:

— Sei que o senhor não é malvado...

— Num é cum palavra de agrado que vosmecê me compra... Se não quiser ver muita desgraça na cidade então trate de levantar trinta conto e me entregar até seis horas. Se não, não arrespondo pelo que acontecer...

O prefeito achou que era muito dinheiro, o comércio da cidade era pequeno, gente de poucas posses, onde ia arranjar trinta contos? Choramingava, numa voz de falsete, e se recordava da mulher do tenente. Ele a deixara desmaiada, teria fugido para o mato?

Lucas exigia:

— Num quero saber de conversa, nem de choradeira... É trinta conto se quiser... Se não, nóis vai percurar... E na passagem avise os comerciantes pra abrir as lojas que eu quero fazer compras. Eu e minha gente. Se abrir nóis compra e paga. Se não abrir nóis arromba e não paga...

O prefeito foi se retirando. O juiz ia com ele, mantinha uns restos de pose no andar. Lucas chamou:

— Seu doutor!

O juiz voltou-se:

— O senhor fala comigo?

— É com vosmecê mesmo... Pode ser doutor e saber muito mas pra mim não vale nada, é capaz de nem saber dar um tiro... Faça um favor a Lucas se quiser viver: passe no hotel, diga pra preparar boia pra mim e meus homens que nóis tá com fome, vai comer lá...

Distribuíram-se então pelas lojas. O grupo maior acompanhava Lucas, os outros iam com Zé Trevoada que era uma espécie de lugar-tenente. Zé Trevoada havia esquecido do retrato, só se recordou na hora do jantar.

Entravam nas lojas, compravam os objetos mais disparatados. Colares, terços, anéis falsos, cortes de seda, presentes para amásias que tinham nos coitos distantes e em arraiais onde entravam de vez em quando.

Chico Gogó mostrava um broche com muito vidro:

— Vou levar pra Nair, ela vai se babar...

Pagavam com dinheiro velho e sujo. Numa loja, Zé Trevoada achou que o turco queria roubá-lo e tinha razão. Zangou-se:

— Rebenta com isso e ninguém paga nada...

O turco pedia pelo amor de Deus em sua língua arrevesada. Mas os homens já tinham começado a beber e se divertiam rasgando peças de pano, rebentando brinquedos, apunhalando chapéus.

3

Havia um pato de molas, pequeno, dava-se corda, ele andava, movia o bico e grasnava. Foi o que salvou o turco da morte. O brinquedo devia estar com um resto de corda porque ao bater no chão começou a funcionar. O pato deu uns passos, abrindo e fechando o bico, dando seu grito pequeno e engraçado. Zé Trevoada fitou-o arrebatado:

— Que graça!

Mas o mecanismo logo parou, o bicho ficou de bico aberto. O árabe havia se metido debaixo do balcão. Zé Trevoada cutucou-o com o punhal:

— Sai daí, gringo fio da puta...

O árabe apareceu, verde de medo.

— Bote isso pra andar...

Procurou a chave da corda entre os destroços. Zé Trevoada estava ansioso, os outros reunidos em torno:

— Vocês vai ver que beleza...

O árabe não encontrava a chave, de rastros no chão, procurando. Via o pano rasgado, os objetos quebrados, tinha vontade de chorar. Zé Trevoada dava-lhe pressa:

— Anda depressa, gringo, senão te mato...

Afinal encontrou. Deu corda no pato, ensinou ao cangaceiro. O brinquedo funcionou, eles riam em torno. Zé Trevoada meteu a mão no bolso, tirou cem mil-réis:

— Isso é pelo patinho, o resto a gente não paga, gringo ladrão. E se dê por feliz...

Encontrou Lucas que vinha pela rua, os homens carregados de coisas compradas. Deu corda no pato, botou para andar no passeio. Lucas ria, batia palmas...

— Parece vivinho...

Ali, em torno ao pequeno pato de molas, não recordavam os cangaceiros terríveis, bandidos sem alma do sertão, jagunços que matavam e roubavam. Eram novamente os ingênuos camponeses, puros como crianças, crédulos e confiantes. A corda parou, Lucas explodiu com raiva:

— Rebentou...

— Que coisa... É só dar corda...

Saiu andando de novo. Os cangaceiros iam atrás, cutucavam-se com o cotovelo, chamando a atenção para os passos do pato, o bico que abria e fechava, o grito rouco. Vestidos de couro, armados até os dentes, revólveres, fuzis e punhais, os rostos ferozes, as barbas crescidas, um odor fétido, mas inocentes e puros, rindo admirados, felizes como crianças ante o esperado brinquedo...

4

O pato de molas — agora na bolsa de Zé Trevoada — pusera Lucas Arvoredo de bom humor. Quem ganhou com isso foi a cidade, pois o prefeito apenas conseguiu arrecadar dezoito contos. Lucas e os seus homens jantavam (dois guardavam as portas do hotel, armados e vigilantes), quando o prefeito apareceu.

Os hóspedes haviam tomado sumiço, só um caixeiro-viajante, cuja curiosidade e desejo de brilhar na capital foram superiores ao medo, se deixara ficar e agora compartia do jantar de Lucas, regado a cerveja e vinho, fazendo perguntas, puxando pelo cangaceiro que contava bravatas e grandezas. A conversa ia cordial e animada quando o prefeito entrou. O dono do hotel, seu Clemente, servia ele mesmo porque o garçom — um mulato efeminado — se escondera no quintal e não houvera quem o conseguisse trazer para a sala. O prefeito ouvia ainda no corredor a pergunta do caixeiro-viajante:

— Por que o senhor não junta o dinheiro que tem, não ruma para oeste, atravessa a fronteira, vai ser fazendeiro na Bolívia?

Já estava na sala quando Lucas respondeu:

— Pra quê, seu moço?... Tou nessa vida de bandido porque tomaro as terras de meu pai. E não se contentaro, ainda mataro o pobre veio que nunca tinha feito mal a ninguém. E era uma porquera de terra, num chegava a dois arqueire... Lá quero terra pra me tomarem de novo... Sou bandido já vai pra mais de onze anos, vou morrer nessa vida. De morte matada porque nenhum macaco vai me pegar com vida, se Deus me ajudar...

O prefeito ficara parado junto à cadeira de Lucas que estava na cabeceira da longa mesa do hotel, com o caixeiro-viajante a seu lado. Esperava que ele terminasse para falar:

— Boa noite, seu Lucas...

Voltou-se na cadeira, sorriu, estava alegre naquela noite. E a cachaça que bebera pelas vendas à tarde, o vinho que emborcava agora não tinham dessa vez trazido para diante dos seus olhos a imagem do pai assassinado pelos capangas do coronel, visão que o fazia raivoso e odiento. O pato andando no passeio, a conversa com o viajante, a amabilidade medrosa de Clemente, tudo o dispunha a ter boa vontade. Os seus homens o acompanhavam nos seus sentimentos e mais alegre que todos estava Zé Trevoada que levava o pato em sua bolsa. Quando terminasse o jantar daria corda no bicho, botaria para andar em cima da mesa. E ia levá-lo para Maricota, uma cabrocha desdentada que era seu amor e que vivia na fazenda de um dos coiteiros de Lucas: um senador estadual. Lucas tinha coiteiros graúdos. Um era o coronel João Batista, pai do governador de um estado.

— É vosmecê? Tome assento, venha fazer uma boquinha...

— Muito obrigado, já jantei... — era mentira mas o prefeito queria resolver o assunto o mais rapidamente possível.

— Então tome um copo de vinho. Ou quer cerveja?

Aceitou a cerveja, seria perigoso recusar, ele bem sabia. Lucas iria se ofender e sua vida não valeria um real. Sentou-se ao lado do cangaceiro, bebeu a cerveja. Felizmente tivera tempo de mandar sua mulher e sua filha para a fazenda de um amigo. Senão Lucas era capaz de querer ser apresentado a elas. Já ouvira falar no ferro que o jagunço trazia consigo e com o qual marcava as mulheres que forçava, como quem marcasse gado.

— As minhas vaca... — dizia.

O caixeiro-viajante silenciara, à espera de que o prefeito falasse. Estava a par do dinheiro conseguido, ele mesmo concorrera com duzentos mil-réis. Pensava se devia intervir no caso de Lucas se aborrecer. A conversa na mesa teria lhe dado suficiente prestígio para isso?

O prefeito pousou o copo. O difícil era começar. Lucas afastou o prato (tanto ele como os seus homens comiam com a mão, os talheres desprezados), chamou o dono do hotel:

— Traga doce... De tudo que tiver... Esses de lata é que eu gosto...

Olhou então o prefeito:

— Trouxe os pacote?

Foi colocando o dinheiro na mesa. Estava separado em notas de conto de réis.

— Só consegui dezoito... A gente daqui é pobre, não pode dar mais. O senhor vai ter paciência e fazer a caridade de se contentar com isso...

Lucas olhou os homens na mesa, demorou o olhar no caixeiro-viajante, antes de responder deu uma ordem:

— Borboleta e João Tainha!

Dois cangaceiros voltaram as cabeças para o seu lado.

— Vocês come o doce, vão tomar conta das porta, manda Arueira e Rubem vim comer...

Seu Clemente retirava os pratos, colocava os de sobremesa. Suas mãos tremiam e os jagunços sorriam do seu medo...

— Tá cum medo, meu tio? — perguntou Zé Trevoada. — Nóis não é bicho, é gente feito qualquer um...

Seu Clemente empalideceu, deixou cair um prato que se partiu em cacos. Lucas riu largamente:

— Num assuste o home, Zé. Se não ele é capaz de se cagar aqui mesmo na vista de seu intendente.

Riram às gargalhadas. Batiam com as mãos na mesa, jogavam as garrafas vazias pelo chão. Um gritou:

— Mais vinho...

Lucas dirigiu-se ao prefeito:

— Conte vosmecê... Aqui tá dezessete homem, tem dois na porta, faz dezenove... Um conto pra cada um e mais seis pra mim são vinte e cinco... Arranje os sete que falta e eu não mexo com ninguém. Palavra de Lucas Arvoredo...

O prefeito suplicou:

— É impossível. Não tenho onde ir buscar mais sete contos. Talvez uns dois, ainda pode ser... Faça por vinte, seu Lucas, que nós somos pobres. É uma caridade...

O caixeiro-viajante interveio, pediu ele também. A gente dali era toda ela sem recursos maiores. Os fazendeiros, que podiam dar uma boa ajuda, viviam longe.

— Desses eu tomo conta... — disse Lucas. — Como o senhor pediu, vou deixar pelos vinte... — guardou o dinheiro na bolsa. — Vá buscar o que falta, eu espero aqui...

Mas antes que o prefeito saísse, perguntou:

— Quem é o dono do cinema?

— É o doutor Gentil, da farmácia.

— Diga a ele que quero assistir cinema hoje. Uma fita bonita cum home dando tiro nos índio...

Os cangaceiros bateram palmas. Lucas começou a comer o doce de pêssegos, lambeu o caldo que ficara no prato:

—Tem mais?

Seu Clemente serviu. Lucas coçou a cabeça. Os piolhos andavam até pelo pescoço, enormes e negros. Interrogou o viajante enquanto comia:

— Vosmecê gosta de dançar?

— Aprecio...

— Num gosto muito mas os meus home gosta demais... — volta-se para Zé Trevoada. — Vamos fazer uma dancinha, Zé?

— Hum! Hum!

Foi então que Zé Trevoada lembrou-se do retrato. Meteu a mão na bolsa, apalpou o pato, buscou a fotografia. Tirou do bolso, exibiu aos presentes:

— Vou dançar com essa loura...

O caixeiro-viajante reconheceu a mulher do tenente, haviam estado hospedados no hotel enquanto não encontravam casa. Sentiu-se incomodado. Zé Trevoada continuava:

— Mulher de macaco graduado... Ela hoje vai ver o que é um macho de verdade...

— Onde pode ser? — Lucas queria saber do viajante a melhor sala da cidade.

— Boa mesmo, merecedora do senhor, não há nenhuma. — O viajante tentava impedir o baile: — Nenhuma que preste...

— Qualquer uma serve pra gente arrastar o pé...

— O senhor não disse que queria sair cedo da cidade?

— Seu moço, os rapaz precisa se adivirtir... A vida da gente é nos matos, escondido, andando na caatinga, se rasgando nos espinhos. A gente precisa aliviar o corpo, vamos aproveitar o dia de hoje...

Seu Clemente servia café. Lucas continuava:

— Vosmecê vai se divertir com nóis... Vai ver como nóis sabe dançar que nem os rapaz da cidade...

— E as mulheres? Onde vão arranjar...

Viera outra ideia e conduzia a conversa:

— Tem poucas mulheres da vida mas são aproveitáveis...

— Nóis não quer muié-dama... Nós hoje vai dançar com as moças e as dona da cidade. Tem que ir todo mundo... Nós vai buscar...

Zé Trevoada perguntava:

— Onde mora essa dona?

O caixeiro-viajante calou-se. Foi seu Clemente quem informou com uma voz gaguejante, como se alguém apertasse sua garganta.

5

O viajante esperava ter tempo para avisar, durante a sessão do cinema. O prefeito voltara com os dois contos que faltavam, disse que o cinema poderia funcionar daí a meia hora. O caixeiro-viajante fazia planos. A exibição demoraria pelo menos hora e meia. Poderia avisar, os maridos e pais que tratassem de esconder as filhas, de levar para os matos. Ele iria buscar a senhora do tenente, sabia de um lugar onde os cangaceiros nunca a encontrariam.

Mas não contava que Lucas resolvesse levar todo mundo para o cinema. Assim que o prefeito deu a notícia, ele disse aos homens:

— Vão reunir o pessoal da cidade para o cinema. Tudo, sem faltar nenhum... E vosmecê — ordenava ao prefeito — vá dizer à banda de música pra se preparar que Lucas Arvoredo quer dançar hoje.

O prefeito tremeu, perguntou:

— Mas o senhor não disse que com os vinte contos ia embora?

— Disse que não matava ninguém e não vou matar. Mas não disse que não ia me adivirtir... Já tão querendo me ver pelas costas?... — E um brilho de raiva passou no seu olhar.

Alguns homens já estavam bêbados, aos demais faltava pouco. O prefeito olhava para o caixeiro-viajante mas esse estava acabrunhado com a impossibilidade de realizar seu plano. Falou sem convicção:

— Não é isso...

— Seu moço, cale a boca... Não se meta onde não é chamado. E me responda a pergunta que lhe fiz: qual é o mió lugar pra se dançar aqui?...

— O salão da Filarmônica...

— Pois é nesse o baile... Vá avisar, seu intendente...

O prefeito vacilava ainda mas um homem se aproximou dele. Saiu cambaleando como um bêbado. Lucas chamou-o:

— E leve sua famía...

— Não está aqui. Estão fora, em casa de um amigo...

— Fugiro?

— Não. Já tinham ido há mais de mês...

— Pode ir e ande depressa...

Já não estava de bom humor. Restavam apenas dois cangaceiros na sala, os demais tinham partido. Ficaram somente aqueles que haviam estado de guarda. Lucas esperou que eles terminassem de comer.

— Quanto lhe devo? — perguntou a Clemente.

Botou uma nota de quinhentos mil-réis na mesa.

— O que o senhor quiser pagar...

— Chega?

— Tá até demais...

— Vá botar o paletó pra ir pra festa. E sua mulhé, cadê ela?

— Tá doente... — Clemente tremia.

— Tava aqui quando nóis chegou... Fale a verdade.

Clemente se ajoelhou, estendeu as mãos:

— Seu Lucas, leve seu dinheiro, o jantar eu lhe ofereço... Mas dispense minha mulhé, a pobre é doente, é capaz de morrer só de saber...

Lucas guardou o dinheiro, empurrou o hoteleiro com o pé, Clemente perdeu o equilíbrio e caiu.

— Some de minha vista... O que te vale é que tua mulher é um couro que nem macaco quer...

Ainda restavam no armário umas garrafas. De cachaça e vinho. Lucas mandou que os homens as recolhessem:

— Pra alegrar a festa...

Voltou-se para o caixeiro-viajante:

— Vamos, seu moço. Vosmecê é meu convidado... Não precisa ter medo, vosmecê é solteiro... Pode escolher a mulher que quiser...

O viajante imaginava o que estaria sucedendo à viúva do

tenente. Os músculos do seu rosto doíam quando ele fazia força para rir das pilhérias que Lucas Arvoredo ia dizendo no caminho para o cinema. Arrependia-se agora de não ter fugido como os demais hóspedes. Na rua viam-se passar, sob a guarda do fuzil dos cangaceiros, as famílias assustadas, mulheres desgrenhadas, homens alarmados, em direção ao cinema. Um dos cangaceiros cantava uma velha moda do sertão que falava nos feitos de Lucas Arvoredo:

> *Lá vem Lucas Arvoredo,*
> *armado com seu punhal.*
> *Nos homem ele mete medo*
> *Pras mulhé é um rosedal...*

> *Lá vem Lucas Arvoredo,*
> *armado com seu punhal.*
> *Menina, não tenha medo*
> *que eu não vou lhe fazer mal...*

6

As mulheres e os homens eram empurrados para dentro do cinema. Além da plateia havia uns camarotes laterais e foi no primeiro deles que Lucas se aboletou com um jagunço e o caixeiro-viajante. Na plateia umas cinquenta pessoas se encolhiam nas cadeiras. Lucas assinalou o juiz que, ao lado da mulher e das filhas, perdera todo o resto da pose. Gritou por um homem, apareceram uns três.

— Traz o juiz pra um camarote...

A esposa do juiz era gordíssima, e as filhas, três moças entre os vinte e trinta anos, a acompanhavam na largura do corpo. Uns seios enormes precipitavam-se para a frente. Choravam todas e Lucas fez uma careta ao vê-las:

— Que zebus...

O caixeiro-viajante sorriu contrafeito. Sob a guarda de um

homem, o juiz ficou no camarote vizinho e minutos depois o prefeito também era trazido para ali. Esperando que o filme se iniciasse, Lucas examinava as mulheres chorosas da plateia. Fixou-se numa, vestida com um tailleur azul-claro, as faces alvas, cabelos loiros. Não era bonita aos olhos dos rapazes da cidade. Mas o que encantou Lucas foi o cabelo loiro se derramando sobre os ombros, cortado em franjinhas na testa, emagrecendo e empalidecendo o rosto da moça.

— Quem é aquela? — perguntou ao caixeiro-viajante.

— É a professora do grupo escolar...

Fez um sinal ao capanga que estava a seu lado:

— Traga ela praqui...

A moça veio quase aos arrastões, entre os olhares apavorados dos demais. Os assistentes formavam um bando aterrorizado. Nenhum deles sabia o que lhe podia acontecer e aos seus. Consideravam-se felizes se pudessem escapar com vida. A crônica de Lucas Arvoredo era um suceder de crimes, de assassinatos, saques de cidades, estupros de jovens.

Quando a professora chegou ao camarote, Lucas disse:

— Não chore, dona. Não sou bicho do mato... Se abanque na cadeira, pare com essa choradeira...

A moça sentou-se na cadeira ao seu lado, encolheu-se toda num canto. Lucas adiantou a mão pesada e calosa, suja ainda de comida, segurou nos cabelos finos e doirados, macios como seda, afundou os dedos, num prazer que lhe andou pelo corpo todo até à ponta dos pés. Riu para ela, tinha poucos dentes, a moça encolheu-se ainda mais. Ele baixou a mão, descansou-a no seu cangote magro, voltou a brincar com seus cabelos.

Zé Trevoada entrava no cinema arrastando a viúva do tenente. Puxava-a pelos braços, já lhe dera umas bofetadas pelo caminho. Ela viera como estava em casa, de chinelas, despenteada, aos soluços. Ele a atirou como um fardo em cima de uma cadeira:

— Fica aí, mula...

Os assistentes olhavam num silêncio de ódio e terror. Mulheres tapavam o rosto com a mão, que lhes iria suceder?

Apenas Quinquina, uma solteirona de quase quarenta anos, não parecia amedrontada. Quando o cangaceiro a tocara de casa em caminho do cinema, ela até sorriu para ele, admirando sua juventude. Era Bico Doce, um dos bandidos de mais terrível legenda apesar de não ter sequer vinte anos.

Lucas achou que a sessão estava demorando a começar e temeu uma traição. Mandou reforçar a guarda em torno ao cinema, botar um homem em cada esquina. Disse ao prefeito e ao juiz:

— Se aparecer macaco por aqui eu liquido vocês dois logo — e mostrou a mulher e as filhas do juiz. — E essas vaca também... E tem mais: se esse cinema não começar logo eu vou me entender com o dono...

O prefeito levantou-se no camarote (o juiz não tinha mais forças), balbuciou o nome de Gentil, o dono do cinema apareceu:

— Seu Lucas tá querendo que comece logo...
— Estava esperando que ele mandasse...

As luzes se apagaram. O caixeiro-viajante notou o movimento de Lucas, soltando o cabelo da moça, segurando o revólver. A professora aproveitou-se para afastar-se o mais possível na cadeira. Estava espremida contra as tábuas do camarote, não via sequer os letreiros do filme.

Era um filme de caubói, do tempo do cinema silencioso. Ainda não possuía o Cine-Teatro Rex um aparelho sonoro. Mas para Lucas e seus homens era indiferente. Gostavam era de ver os tiros, as corridas a cavalo, Tom Mix (de quem eles não sabiam o nome) dominando os seus adversários. Batiam palmas nas cenas mais heroicas, gritavam animando o mocinho. Novamente eram as crianças que antes haviam admirado o pato de molas. Lucas chegou a esquecer os cabelos de oiro da jovem ao seu lado.

Houve uma cena de luta na qual Tom Mix enfrentou uns vinte homens e a todos venceu com seu braço poderoso. Lucas não resistiu, quis ver de novo, mandou que passassem devagar, bem devagar. Os assistentes seguiam mudos as aventuras na tela, aqueles bandidos que perseguiam a noiva de Tom Mix eram risíveis ao lado de Lucas e do seu bando, dessa presença terrível dos cangaceiros. No escuro não os viam bem, mas sentiam o odor que vinha deles, azedo e fétido. E ouviam os risos, os comentários:

— Que fia da puta, aquele de bigode...

Quando a película terminou e as luzes voltaram a se acender, Lucas ainda não estava satisfeito. Deu ordens, para que passassem a fita de cabeça para baixo. Aquela era uma das suas diversões prediletas. Quando entrava numa cidade onde havia cinema gostava de ver o filme das duas maneiras. E recomeçou a tortura para os assistentes. Apenas Quinquina riu ao ver os personagens com os pés para cima, andando ao contrário, a terra onde devia estar o céu.

Houve também uma fita de Carlitos e eles riram com as peripécias do vagabundo. O vilão era um gigante fortíssimo e, quando ele começou a bater em Carlitos, um dos cangaceiros não resistiu, mandou três balas na tela. Mulheres desmaiaram mas o vilão continuou sua tarefa:

— Não bate no hominho, fio de uma égua...

Finalmente as luzes acenderam-se. A viúva do tenente estava desacordada, Zé Trevoada jogou-a no ombro, saiu com ela. Os cangaceiros enquadraram os assistentes, tocaram-se todos para o salão da Filarmônica. Lucas ia de braços com a professora, aproximou o nariz do seu cabelo de oiro, aspirava o perfume da moça, ria contente.

Uma filha do juiz, alucinada de medo, quis fugir. Um cangaceiro derrubou-a com uma tapona, a mãe foi chorando levantá-la. O juiz também tinha lágrimas nos olhos.

Os músicos, na Filarmônica, começaram a tocar quando eles apareceram na esquina. Do bar tinha vindo todo o estoque de cachaça e de vinho. No céu brilhava uma lua redonda e amarela, baixa sobre as casas, derramando sua luz sobre os cabelos loiros da professora, dando-lhe nuanças novas e ainda mais belas.

7

Animada não se podia dizer, com justa verdade, que a festa estivesse. Tampouco desanimada seria o termo perfeito para classificar o baile de Lucas Arvoredo na cidade invadida. Era como um enterro com músicas alegres, sambas e foxes. Mais ou menos metade dos músicos tinham sido reunidos, os que estavam na cidade e não tinham tido tempo de cair no mato. E umas trinta mulheres, entre velhas e moças, moviam-se na sala, puxadas pelos cavalheiros, na sua maioria jagunços do bando. Lucas queria ver todo mundo dançando, obrigara o juiz, o prefeito, o caixeiro-viajante. Mandara dar bebida aos músicos, fazia as mulheres beberem cachaça. A professora ia com ele, os pés pisados, incapaz de raciocinar, sua sorte entregue ao destino.

— Seja o que Deus quiser... — murmurava ela.

Tinha um noivo na cidade mas o sentia como uma coisa distante, um sonho que se esfumava ante a nova realidade. Lucas beijava-a nos cabelos.

Era um baile infernal. Se o padre da localidade não houvesse sido um dos primeiros a fugir quando a vinda de Lucas se anunciou, poderia ter um bom assunto para um sermão naquele baile sem alegria mas de danças rápidas, de músicas entremeadas de tiros, de gritos, de garrafas se esvaziando rapidamente, mulheres sufocadas com cachaça.

Zé Trevoada arrastava a viúva do tenente. Ela ia como uma inconsciente, movendo os pés no ritmo da dança sem sequer dar por isso. Seu pensamento estava no marido morto, no filho que deixara sozinho em casa, nada do que lhe acontecesse ali poderia ofendê-la.

Quando a música silenciou e todos ficaram parados, os homens da cidade espiando suas mulheres e filhas, essas tremendo nos braços dos cangaceiros, Lucas pronunciou as palavras fatais, que os comerciantes e moradores da cidade temiam ouvir a cada momento:

— Tá fazendo muito calor, vamos tirar as roupa...

Bateu palmas:

— Todo mundo, sem faltar ninguém...
Dirigia-se à professora:
— Tu também, cabelo de ouro...
Os homens e as mulheres ficaram imóveis. O caixeiro-viajante tentou intervir. Lucas fechou o rosto:
— Tire a roupa também...

Sob o punhal dos homens começaram a se despir. A mulher do juiz era um elefante de gorda, os seios batiam na barriga. O marido, em compensação, era uma vara de magro, os ossos das costelas aparecendo. Lucas os imaginou dançando, os dois nus no meio da sala. Deu ordens para a banda tocar uma valsa. Meteu o punhal na barriga da esposa do juiz. A mulher tapava a cara com as mãos, nunca pensara em sentir tanta vergonha:

— Vocês dois, vão dançar...

Os cangaceiros riam, um comerciante não pôde deixar de rir apesar de que sua esposa também estava ali, nua como as outras. O juiz e a mulher andavam mais do que dançavam pela sala e era ridículo espetáculo, a gordura dela sobrando por todas as partes, a magreza do homem, os olhos de lágrimas dos dois.

A valsa morria nas últimas notas, veio um samba:
— Dança todo mundo — disse Lucas.

Tomou da professora, sentia o corpo nu desfalecer nos seus braços. Zé Trevoada segurava a viúva do tenente, arrancara-lhe à força os vestidos, ela o olhava distante e silenciosa.

E o baile se prolongou, os cangaceiros cada vez mais bêbados, o desejo se avolumava dentro deles. Cada um foi escolhendo a sua preferida e quando Lucas arrastou a professora para a sala dos fundos, eles começaram a tomar das mulheres ali mesmo, na vista de todos. Era uma cena inconcebível, de gritos, alguns homens tentando reagir mas logo encurralados num canto pelas armas de dois ou três dos jagunços.

O mais terrível porém foi quando Zé Trevoada derrubou a viúva do tenente. Quando ela compreendeu o que se ia passar ficou de todo louca e correu pela sala. Ele ia atrás, estava muito bêbado, tropeçava nas cadeiras, caía. Mas ela perdeu as forças e novamente ele a segurou. Ela o arranhou e mordeu, virava o corpo, de outras mulheres vinham gemidos de dor na posse obrigada.

Zé Trevoada segurava-a pelos braços, as pernas em cima de suas pernas:

— Mulher de macaco, tu vai ver o que é macho...

Ela ouvia agora o choro do filho, vindo de longe. E teve de súbito um momento de perfeita lucidez. Libertou-se do cangaceiro que se preparava para possuí-la, olhou-o nos olhos de bêbado.

— Você não tem mãe, desgraçado?

A pergunta foi tão inesperada que Zé Trevoada quase não a entendeu. Raras vezes se lembrava da velha Jucundina. Mas não queria pensar nela naquele momento.

— Deixa a veia em paz...

— Se o senhor tem mãe pense nela e veja que eu também tenho filho. Não basta com ter matado meu marido? Deixe eu ir embora, pelo bem de sua mãe...

Estava séria e parada diante dele. Não escondia nenhuma parte do seu corpo. Zé Trevoada via a velha Jucundina andando em casa, ralhando com eles, olhando-os com amor. A mulher continuava:

— Tou-lhe pedindo pelo bem de sua mãe... Se não quiser fazer que ela lhe amaldiçoe... Não vou mais correr, o senhor é quem sabe o que vai fazer... É pelo bem de sua mãe...

Zé Trevoada passou a mão nos olhos, não podia afastar dali a visão da velha Jucundina.

— Vai embora... Depressa, antes que me arrependa...

A mulher saiu pela porta, na passagem arrebatou um pedaço de vestido largado na sala. Cobriu-se com ele, precipitou-se na rua.

Zé Trevoada ficou parado, sem saber o que fazer. Via ainda a velha Jucundina e agora a viu nua no meio da sala. Afastou um homem do seu caminho:

— Sai, peste ruim...

Agarrou uma garrafa de cachaça.

Lá dentro, da sala onde estava Lucas, veio um grito terrível. E um cheiro de carne chamuscada penetrou na sala de baile. Um jagunço disse:

— Lucas marcou a brancona...

O caixeiro-viajante sentiu uma tontura, sentou-se na cadeira, não via nada em sua frente. Lucas surgia na sala, o ferro em brasa na mão, a moça arrastada pelos cabelos, um L de sangue no ombro alvo que nem leite. E ali atirou-se novamente em cima dela que não se movia. Zé Trevoada espiava pela sala, só tinham sobrado as mais velhas e as mais feias. Já estava arrependido de ter deixado a viúva partir. Em sua frente não via mais Jucundina e o desejo o tomava novamente. Ninguém quisera uma gorda filha do juiz, Zé Trevoada gritou:

— Vem cá, pata-choca...

A moça quis correr, saiu, ele colocou o punhal no seu pescoço:

— Se se mexer eu meto a faca...

O cheiro de carne queimada ia desaparecendo lentamente. Os músicos fugiam pela janela. A orquestra agora era de ais, de soluços e gemidos, o baile de Lucas Arvoredo terminava.

Saíram de caminhão pela madrugada, o chofer com o revólver de Bico Doce encostado nas costelas. Muitas léguas acima, quando o sol já ia alto, mandaram parar, atiraram nos pneus, sumiram na caatinga.

8

Internaram-se no mais profundo da caatinga, sabiam que o assalto à cidade repercutiria, dando como resultado uma intensificação no combate ao bando de cangaceiros. Os jornais falariam, os deputados da oposição fariam discursos contra o governo, novos contingentes de polícia seguiriam contra Lucas Arvoredo. Quem sofria com isso eram os sertanejos. Não os fazendeiros ricos, respeitados pela polícia que lhes garantia as propriedades, respeitados também por Lucas quando eram seus coiteiros ou quando não se negavam a lhe dar o dinheiro exigido. Quando faziam negaças, Lucas entrava nas fazendas, queimava roças e casas-grandes, matava alguns, impunha respeito.

Mas os pequenos lavradores, os sitiantes e colonos, os sertanejos pobres, esses sofriam, seja da passagem do bando de Lucas, seja — e ainda mais — da polícia. Os tenentes e capitães comissionados na perseguição a Lucas enriqueciam nos dois anos que passavam pelo sertão. Levavam dinheiro para pagar comida e cavalos, mas os requisitavam dos camponeses pobres, roubavam e violavam tanto ou mais que os cangaceiros. Os sertanejos tinham mais medo da farda da polícia, farda que ali se modificava, os homens vestindo gibão de couro sobre as levitas, substituindo os quepes por chapéus de vaqueiros, do que mesmo da roupa de couro dos cangaceiros. A polícia tinha direitos, roubava, matava e deflorava baseada na lei. E não passava de corrida como os cangaceiros. Onde havia bois e galinhas eles demoravam, os tenentes dormindo com as cabrochas mais bonitas, os soldados fazendo e acontecendo. Muitos daqueles soldados eram recrutados por ali mesmo, alguns já tinham sido inclusive cangaceiros e eram os únicos realmente úteis na perseguição ao bando, os únicos que sabiam se movimentar no intrincado da caatinga. Os tenentes e capitães, querendo conservar o máximo que pudessem da verba recebida para o reide, davam liberdade aos soldados para se arranjarem como pudessem. E eles caíam com fúria sobre os sertanejos, suas posses, suas filhas, seus rebanhos.

Tampouco os cangaceiros perdoavam. Apesar de que haviam saído de entre os sertanejos mais pobres, vítimas quase sempre do latifúndio, das lutas desiguais com os coronéis que tomavam suas terras, frutos do meio social, ainda assim não guardavam particular simpatia pelos que sofriam o que eles já haviam sofrido. Também os cangaceiros roubavam e defloravam, matavam e capavam. A única diferença entre cangaceiros e polícia era que esta respeitava a todos os grandes fazendeiros enquanto Lucas atacava também a esses.

Internaram-se pela caatinga, foram acampar no seu recesso

mais escondido. Ali só chegavam os espiões, os que vinham trazer as notícias para Lucas. De todas as partes, das fronteiras de cinco estados, movimentavam-se soldados. Os discursos da oposição tinham sido dessa vez mais violentos, o caso do assalto repercutira até na Câmara Federal. Os jornais publicavam fotografias da professora que enlouquecera, com o ombro marcado a ferro em brasa, o L de Lucas, sua marca para seu estranho gado: as mulheres que possuía. Publicava também retratos da viúva do tenente, para a qual um deputado solicitou uma pensão especial do governo, e uma entrevista onde ela contava como se havia libertado das mãos de Zé Trevoada. O repórter, que amava o sensacionalismo (era um jovem ambicioso mas sentimental), dera um título que comoveu as famílias:

O REMORSO PARALISOU AS MÃOS DO BANDIDO.

Os soldados de polícia atravessavam as estradas, cercavam o pedaço da caatinga onde Lucas estava com seus homens. Vinham de todos os lados, em breve o cerco estaria completo. Entregaram o comando da expedição a um capitão do Exército, comissionado em coronel, e ele, antes de partir para o sertão, deu uma entrevista aos jornais dizendo que aquilo era o fim de Lucas Arvoredo e do seu bando de cangaceiros. Até esse jornal trouxeram para Lucas, ele soletrou as declarações do capitão, espiou o rosto do homem para guardar bem. Reservou uma bala para ele.

Quando o capitão, com o grosso dos seus soldados, chegou à caatinga, Lucas já estava muito longe, descansando tranquilamente na fazenda de um dos seus coiteiros, um coronel que era trunfo na política, senador estadual que fazia discursos falando na defesa da civilização cristã e que se aproveitava de Lucas para expulsar das terras vizinhas das suas todos aqueles lavradores cujos bens lhe interessavam. Depois que os homens fugiam e não podiam voltar, ele adquiria as terras por ninharia. E no Senado do seu estado ouvia os discursos contra o governo que não liquidava com Lucas. Dizia nas rodas do café:

— Se ele tiver a ousadia de aparecer por minha fazenda, vai ser o fim dele...

Votava as verbas para a polícia perseguir os jagunços. Sabia que aquela perseguição só tinha um fim: enriquecer uns quantos tenentes e capitães.

E como não encontrasse Lucas Arvoredo, e não desejasse voltar, o capitão espalhou seus soldados pelo sertão, e roubaram, violaram e mataram. Os jornais atribuíram também esses crimes ao cangaceiro Lucas Arvoredo.

9

Quando o senador chegou, Lucas foi cumprimentá-lo, acompanhado de Zé Trevoada. Estavam acampados sob um telheiro, próximo à casa-grande, e tinham mandado buscar mulheres da vida no arraial, amantes que possuíam por aquelas redondezas. Era como uma festa na fazenda todas as vezes que Lucas e seu bando acoitavam-se ali. Vinham violeiros, tocadores de harmônica, havia bailes pela noite, trabalhadores resolviam abandonar a enxada e a foice para seguir no bando de Lucas, para a aventura da vida na caatinga, livre e sem obrigações.

O senador apertou a mão que o cangaceiro lhe estendia. Havia um banco de madeira na varanda, ali conversaram. Lucas tirou o chapéu de couro, colocou-o no chão, entre seus pés. Zé Trevoada acocorou-se em frente. O senador fumava um charuto perfumado, Lucas aspirou a fumaça, era quase um pedido. O senador mandou buscar a caixa com certa má vontade, cada charuto daqueles custava-lhe oito mil-réis. Deu um a Lucas, outro a Zé Trevoada. Este guardou o charuto no bolso:

— Vou dar a Maricota... — a amásia estava ali com ele.

O senador queria reclamar. Daquela vez fora demais, Lucas se excedera. Aquilo poderia terminar por prejudicá-lo, a ele mais que a qualquer dos outros coiteiros, pois nenhum tão altamente colocado quanto ele. É verdade que sabia que o coronel João Batista, pai do governador de um estado vizinho, também acoitava Lucas. Mas, em compensação, havia-lhe proibido que entrasse em qualquer das cidades do seu pequeno estado. Lucas só se dirigia para a fazenda do coronel João Batista quando estava num aperto muito grande, ali nunca iria a polícia. Em compensação, em nenhuma parte se acoitava tanto quanto na fazenda do senador. Culpa do próprio senador que muitas vezes o havia mandado chamar, precisando dele para tomar as terras dos outros. Na varanda o senador pensa se não teria usado demais a Lucas Arvoredo.

— Seu Lucas, me desculpe a franqueza, mas você está abusando... Assim você acaba mal e não poderei fazer nada para lhe ajudar... — o senador erguia o dedo numa advertência.

Lucas pôs nele uns olhos inocentes:

— De que é que vosmecê quer falar? Num sei de nada... Ando até quieto, bem do meu nesses tempos...

— Você sabe do que estou falando... Que necessidade você tinha de marcar aquela pobre moça com ferro em brasa... — O senador vira o ombro da moça, ainda não se libertara de todo da impressão.

— Tava um pouco bebido, a malvada se fez de besta, o senhor sabe o que é raiva, não me guentei...

O silêncio reinou durante alguns minutos.

— Foi muito malfeito. Assim, Lucas, você ainda vai terminar mal... Um dia lhe pegam...

— Vosmecê bem sabe que ninguém vai pegar Lucas com vida. Esse caboclo que tá aqui não vai bater com os costados na cadeia... Antes é mió morrer brigando... Não sou bandido de se deixar prender...

— E a consciência? — perguntou o senador. Pouco se recordava da sua, mas seria exagero dizer que, por vezes, durante as noites de insônia, cansado das mulheres jovens, ele não sentia um estremecimento. Repetiu: — E a consciência? Não lhe dói?

— Se não me alembro?... Seu senador, vosmecê bem sabe que vim pra essa vida não foi por querer. Nóis tava bem de seu em nossa terra, viero e tomaro ela, assim como vosmecê também faz... E dero um tiro no veio meu pai, que necessidade tinha? Matei o homem, caí no cangaço... Lá vou sentir... Tou é me vingando, os outro também, vosmecê sabe que essa gente do sertão é mais desgraçada e mais sofredora que nem mesmo urubu que é bicho que só come carniça... Pelo menos tem carniça pra comer...

O senador não gostara daquela alusão aos seus métodos. Lucas cada dia se tornava mais ousado, respondão, perdia-lhe completamente o respeito. Resolveu encurtar a conversa:

— Vai se demorar por aqui?

— Só uns dias enquanto os home descansa e a polícia assossega. Dizque tem mais soldado na caatinga que espinho de mandacaru...

— Tem muito soldado. Mas já estão se dispersando, espalhando-se pelo sertão. O melhor era você atravessar o rio, ir para o outro lado... — com Lucas no outro estado, ele se sentiria melhor.

— Talvez seja mió mesmo... Faz tempo não vou praquelas bandas, tenho umas contas a ajustar por lá... Só demoro uns dias, o tempo dos macaco tomar sumiço...

— Muito bem, Lucas... Folguei em vê-lo com saúde. Agora vou descansar um pouco, dar depois umas ordens a Licurgo — falava do capataz da fazenda. — Venha me ver antes de ir...

Mas Lucas não se levantou:

— Queria falar um arrespeito com vosmecê...

— Que é?

— Tou cum pouca munição, tava querendo ver...

— Onde vou arranjar? — Estava de pé e ligeiramente colérico com o pedido de Lucas. — Você sabe que não é fácil conseguir munição.

— Licurgo me disse que vosmecê tem pra cima de trezentas balas de fuzil guardada em casa...

"Aquele Licurgo saberia essa tarde quanto custa ser linguarudo..." As balas, o senador as tinha reservado para uma necessidade qualquer, a política no sertão se fazia também com tiros e lutas.

— Nem me lembrava. Mas não posso lhe ceder tudo... Só uma parte... Preciso de ficar com um pouco de munição, ninguém sabe do futuro.

— Em vosmecê ninguém toca que Lucas não deixa... Vou mandar dois home arrecolher as bala.

— Está direito. Vou descansar. Até outra hora...

Lucas se levantou, Zé Trevoada já estava de pé. O senador estendia a ponta dos dedos. Vestia um pijama de seda, listrado. Lucas ficou parado, esperava evidentemente alguma coisa. O senador perguntou, ao vê-lo naquela atitude:

— Que é mais?

— Vosmecê não vai me convidar pra jantar? Todas as vez vosmecê me convida, Lucas fica contente...

Forçou outro sorriso.

— Venha amanhã, vou mandar matar um capado para os homens...

Ficou olhando os dois cangaceiros que caminhavam para os lados do barracão. Lucas Arvoredo estava se tornando incômodo. Enfim, ainda podia ser útil se as coisas na política se embaralhassem ainda mais, como estava parecendo que ia acontecer... O melhor de tudo, porém, seria se ele nunca mais voltasse à fazenda... Se a polícia o liquidasse, o senador se sentiria satisfeito. E pela primeira vez pensou em trair o cangaceiro, em entregá-lo às forças policiais. A ideia ficou crescendo no seu cérebro.

10

As noites no barracão eram de festa. Lucas mandava buscar tocadores de harmônica, violeiros de fama, dançavam até de madrugada, as mulheres sabiam que, depois, os seus homens passariam meses e meses enterrados na caatinga e tornavam-se carinhosas, os ais de amor eram como música também.

Um dos trabalhadores da fazenda falou a Lucas de um tocador de harmônica que ele ouvira há algumas noites numa fazenda vizinha. O homem estava de passagem, ia viajando para o sul no rumo de Juazeiro, na Bahia. Há uns dias que, com sua família, demorava na fazenda, pegando na enxada para ganhar algum dinheiro com que continuar a viagem. O trabalhador contou maravilhas do homem. Tocador tão bom ele nunca vira, dava gosto escutar, valia a pena Lucas mandar buscá-lo.

— A não ser que ele já tenha arribado... Só tava de passo, ia era pro sul, no caminho de São Paulo...

Lucas mandou um recado e naquela noite Bastião apareceu com sua harmônica. Deixara a família, viera só, era mais garantido. Muitas e muitas vezes ouvira contar acerca de Lucas, das suas malvadezas, mas também de sua generosidade quando alguém ou alguma coisa o agradava. E tinha ouvido dizer que José, filho de Jerônimo, andava no bando. Gostaria de vê-lo, de contar-lhe o que se tinha passado na fazenda do coronel Inácio. Chegou com a harmônica debaixo do braço, acompanhado pelo trabalhador que lhe levara o recado. Homens e mulheres esperavam pelo tocador de tanta fama. Zé Trevoada o reconheceu, imediatamente:

— Mas se é Bastião...

— Tu conhece ele? — perguntou Lucas.

— Tou cansado de conhecer. Vive junto de minha gente, na fazenda do finado coronel Inácio... Onde tu passou daquela vez, quando eu vim pro bando... Se arrecorda?

Lucas se lembrava. Como poderia esquecer a figura de Zefa predizendo o futuro, ameaçando o mundo e os homens? Mas não vira Bastião, o negro fugira com a família, só aparecera depois que o grupo de cangaceiros tinha ido embora.

Foi da boca de Bastião que Zé Trevoada teve as notícias da fazenda e dos seus. Soube da venda pelo doutor Aureliano, de como haviam tomado as terras dos colonos, da viagem, do tiro que Gregório dera em Artur e que não matara o capataz. A última novidade que Bastião tinha a respeito dos parentes de José era a que lhe transmitiram uns homens com quem se encontrara e que voltavam do Sul. Haviam estado com Jerônimo mais além da caatinga e disseram que a família estava reduzida a dois meninos, Marta, os velhos e João Pedro. Seis pessoas, tão magras que mais pareciam bichos do que gente.

— E o resto? — O rosto de Zé Trevoada estava sombrio e os olhos ficavam pequenos e maus.

— Dizque morrero pelo caminho. Eu também já perdi dois fio nessa viage... É uma malvadez o que fizero cum a gente...

Tocou a noite toda, os homens dançando, as mulheres felizes, que tocador! Lucas se entusiasmara, gostava da música de harmônica, e Bastião tinha uma voz agradável, cantava modas do sertão, ABCs e desafios. Cantou aquela que falava nos feitos de Lucas Arvoredo, os homens do bando acompanhando em coro:

> *Lá vem Lucas Arvoredo,*
> *armado com seu fuzil...*
> *O sertão treme de medo,*
> *já matou pra mais de mil...*
>
> *Lá vem Lucas Arvoredo,*
> *armado com seu punhal...*
> *Os ricos caga de medo,*
> *Tiro de Lucas é fatal...*
>
> *Lá vem Lucas Arvoredo,*
> *armado com seu fuzil...*
> *Menina, não tenha medo,*
> *Meu apelido é gentil...*
>
> *Lá vem Lucas Arvoredo,*
> *armado com seu punhal...*
> *Só os bichos não têm medo,*
> *comem em seu embornal...*
>
> *Lá vem Lucas Arvoredo,*
> *armado com seu fuzil...*

As vozes atravessam sobre as roças, acordam os passarinhos nos galhos, estremecem as árvores. O nome de Lucas Arvoredo quer dizer sangue e morte, tristeza e luto. Os sons da moda, na voz rouquenha dos cangaceiros, é como um sinal de partida. Ao ouvir Bastião, Lucas pensa que chegou o momento de marchar. Já estão ali há mais de dez dias. A caatinga os espera, se não der que falar logo dele se esquecerão, outro mais audaz tomará seu lugar na conversa dos sertanejos, na boca dos violeiros.

A noite está findando, vários já se retiraram com suas mulheres para os cantos ou para os matos. O próprio Lucas está com sono. Bastião prepara-se para partir. Vai abraçar Zé Trevoada que passou todo o tempo calado, encaramujado num banco, sem cantar nem dançar. Maricota não tem sequer coragem de chamá-lo. Quando o convidou para irem dormir, ele a olhou com tais olhos que ela se afastou e o fita de longe. Que se passa com ele? Que lhe disse esse negro quando conversaram? Bastião chega para se despedir:

— Até nóis se ver, José...

O nome assim por inteiro, como ninguém por ali o pronuncia, ainda mais aumenta sua dor, como que o aproxima da infância na fazenda.

— Vá descansado, Bastião. Num vou deixar isso ficar assim. Vou falar com Lucas, nóis vai lá e ai dos que tiver na casa-grande... Num é por dinheiro que nóis vai lá... é só pra matar...

Deu cem mil-réis ao negro velho. Lucas dera-lhe duzentos, Bastião julgava-se rico. Bastaria para ele chegar a Juazeiro. De sobra. E, mais que o dinheiro, que os elogios de Lucas Arvoredo, aquela notícia que José lhe dava enchia o seu coração. Desta vez Artur não escaparia. E quem dera que o doutor Aureliano andasse por lá nem que fosse de visita... No caminho de volta ainda cantava e o fazia de pura satisfação:

Lá vem, Lucas Arvoredo,
armado com seu punhal...

11

Lucas reparou em Zé Trevoada num canto como se estivesse doente. Era o seu preferido. Nunca esquecera o primeiro tiroteio em que José tomara parte e que lhe valera o apelido. Quando vira os outros saltando e gritando, na tática de luta que Lucas introduzira no cangaço, os urros e pulos amedrontando mais que os tiros, José soltara tais gritos e tão altos que pareciam mesmo trovão. Um dos homens disse:

— Parece trevoada... Tu é Zé Trevoada.

E o nome ficou. Mas coragem e dedicação estavam ali. Cedo Lucas o distinguiu dos demais, confiava-lhe missões difíceis, mandava-o às fazendas receber a quota com que os proprietários pagavam o direito de não serem atacados. Confiava nele e o estimava. Por isso se dirigiu para seu lado quando o viu quase escondido no fundo do barracão. Já durante a festa sentira a falta de José. Mas como o outro andava agarrado com Maricota pensou que estivesse com a mulher, dormindo pelos matos.

Foi à própria Maricota que ele perguntou:

— O que é que Zé tem?

— Sei lá que bicho mordeu ele... Tá cum cara de morte...

— O que é que tu tem?

Zé Trevoada levantou a cabeça:

— Quero saber se tu pode me atender um pedido...

— É só tu falar...

— Dizque mandaro minha gente embora das terras deles. Meu pai, minha mãe, meus tios também. Tudo que era vivente que tinha terra na fazenda, aquele tocador era de lá, botaro ele pra fora também. Dizque minha gente desceu pra São Paulo, tá morrendo tudo pelo caminho... Tu sabe que esses fragelado num chega nem metade em Juazeiro...

— Que é que tu quer?

— Ir na fazenda, pegar o dono, o tal que comprou e mais o capataz. Dero um tiro nele mas não matou...

— Tua tia tá lá?

— Tocaro cum ela também. Mas dizque já morreu no caminho, dizque não tá mais cum eles, só resta cinco...

— Tocaro cum ela? Num devia ter feito...

— E eles se importa?

— Nóis sai amanhã. Discansa hoje que é pra poder andar bem depressa. Cum dez dias nóis tá por lá se num acuntecer malefício nenhum... É mió tu drumir, tá decidido...

Mas José não conseguia dormir. Voltava a ver Jucundina andando pela casa, as vozes ressoando no curral, Marta tão nova ainda correndo no terreiro, Jerônimo na roça. E a casa, onde crescera e à qual pretendia voltar algum dia, não sabia quando, mas não importava. Importava, sim, saber que ela existia e que ele podia voltar se quisesse, abraçar a mãe, pedir a bênção ao pai, pegar na enxada, partir para o mandiocal. Apertava o punhal, não ia gastar bala com aquela gente...

12

Quando voltavam do assalto à fazenda, tiveram um encontro com uma patrulha da polícia. Borboleta foi ferido numa perna e Lucas Arvoredo dirigiu-se para um dos seus coitos para ali deixar o jagunço, aos cuidados de um médico. Na fazenda eles não encontraram Artur que andava de viagem, comprando gado, o novo proprietário estava convertendo grande parte da propriedade num criatório. Deu-lhes raiva não encontrar o capataz e então puseram fogo na casa-grande, abateram quantas vacas puderam. Zé Trevoada botou fogo nos mandiocais e no milharal que rodeavam sua casa. Entrou pela casa adentro, assustando a família de um trabalhador, olhou as paredes de barro batido, nada mais recordava ali a presença de Jerônimo e Jucundina. Pensou se devia incendiar a casa também mas os trabalhadores não lhe tinham feito agravo nenhum. Perguntou se as plantações eram deles ou do fazendeiro.

— Nóis é só alugado...

Botou fogo. A casa-grande ardia, Zé Trevoada não estava

satisfeito. Mas não tardou a saber que o doutor Aureliano andava por perto, havia estado hospedado na fazenda há dois dias, viera numa comissão do governo. Zé Trevoada conversou com Lucas Arvoredo, combinaram planos, ele partiu sozinho, encontraria o bando num lugar determinado. Atirou em Aureliano naquele mesmo dia mas não tinha certeza se o havia matado. Ficou rondando pelas proximidades até que soube que apenas ferira o seu antigo companheiro de correrias quando meninos. Haviam-no levado para o arraial e de lá para a cidade num automóvel.

Zé Trevoada praguejou. Pensou até em ir à cidade, matá-lo, mesmo para ser preso, mas considerou depois que não valia a pena. Não faltaria ocasião. Nem que tivesse de voltar todos os anos por aquelas bandas como quem cumpre promessa.

Embrenhou-se nos matos, dois dias depois encontrou o bando. Naquela mesma noite deram com o piquete da polícia, o tiroteio foi no descampado, o que não agradava a Lucas. A sorte deles era que o grupo de soldados compunha-se apenas de oito homens. Mas ainda assim Borboleta ficara ferido e os soldados tinham fugido ilesos. Lucas se contrariara e estava espantado de encontrar aqueles soldados inesperadamente. Que faziam por ali? Não tinha notícia deles e andava sempre bem informado, tinha espiões por todo o sertão.

Resolveu sair para outro estado, começaram a marcha acelerada. Dias e noites através da caatinga, parando apenas para renovar as provisões nas sedes das fazendas. Numa delas houve resistência armada, o fazendeiro jurara que Lucas nunca tomaria nada em suas terras. Lucas enfureceu-se, matou a família toda.

Quando finalmente saiu da caatinga para atravessar o rio que demarcava a fronteira dos dois estados soube o porquê da polícia que encontrara no caminho. Não eram só aqueles soldados com quem tiroteara os que se dirigiam na mesma direção. Eram dezenas e dezenas de soldados de polícia e iam todos liquidar com o beato Estêvão e sua gente, ao que diziam eram mais de mil sertanejos, que se haviam juntado em torno do profeta. E a polícia resolvera acabar com aquilo de uma vez.

O sertanejo que contava tinha informações seguras. Lucas retirou da boca o pedaço de fumo de corda que mascava:

— Mas o beato é um homem tão bom, por que é que querem fazer isso com ele? Ele só faz rezar, pregar pros que quer ouvir, por que tão mandando polícia contra ele?

Não compreendia. Que o perseguissem estava certo, ele matava e assaltava, era um bandido, um criminoso sem lei. Mas o beato não fazia nada disso, apenas mandava que os homens se penitenciassem dos seus pecados porque o fim do mundo estava perto.

Mais adiante outro sertanejo deu-lhe mais notícias. Dessa vez porém não se referiam ao beato e, sim, a ele mesmo, Lucas Arvoredo. Disse-lhe que todas as passagens do rio estavam tomadas pela polícia, que os soldados o esperavam já há dias, alguém o traíra.

— Arguém que sabe que vosmecê ia vadear o rio pro outro lado... Adivinhá eles não podia...

Lucas despachou o homem, chamou Zé Trevoada e Bico Doce, conversaram longamente. Depois reuniu todos os demais e lhes falou:

— Minha gente, nóis foi traído e só pode ter sido pelo senador...

Alguns se admiravam mas Lucas Arvoredo completou:

— Só ele é que sabia que nóis ia atravessar o rio... Foi até ele que me conseiou, dizendo que a coisa tava preta por esse lado... E só me deu uma porquera de munição...

Juntava os fatos, a coisa lhe parecia clara:

— Estive sabendo que logo que nóis partiu ele viajou, foi pra cidade. Que ia fazer assim de carreira? Ia mandar os soldados...

Os jagunços mantinham um silêncio de expectativa. Apenas moviam-se no chão onde estavam sentados, desejosos de partir quanto antes. Lucas Arvoredo sentia a mesma coisa que eles:

— Mas nóis vai ensinar esse fio da puta. Nóis não travessa o rio, nóis volta pra fazenda dele...

— E se ele não tiver lá?

— Nóis espera até ele chegar... Um dia ele tem que vim...

Retomaram os caminhos da caatinga, e iam depressa. Lucas Arvoredo recompunha os fatos em sua cabeça. O senador sabia perfeitamente que, se ele atravessasse o rio para o outro estado, seu destino seria a fazenda do coronel João Batista, que ficava bem na fronteira. Durante grande trecho da viagem lhe preocupara saber o que o senador poderia ganhar ao entregá-lo. Agora já descobrira: o senador não estava de muito boas relações com o governador do estado vizinho. Se Lucas fosse preso ou morto na fazenda do pai do governador, acoitado ali, seria um escândalo, um deus me acuda. Não era outra coisa, pensava.

Começaram a margear a estrada de rodagem até que depararam com um caminhão. Viajaram nele um grande trecho para novamente internarem-se na caatinga quando a estrada se tornou mais movimentada. Iam de coração cheio de ódio, macabros projetos ruminados enquanto caminhavam. Lucas dizia para si mesmo que esperaria o senador mesmo que tivesse de envelhecer na fazenda...

13

Mas não teve que aguardar. Quando se aproximou da propriedade soube logo que o senador havia regressado, era o começo da safra. Demora de poucos dias, segundo constava, para dar ordens, ter certeza de que tudo marcharia bem durante os meses em que o Senado o prendia na capital.

O bando chegou pela tardinha, as mulheres não esperavam. Foi uma correria, Maricota atirou-se nos braços de Zé Trevoada. Porém viram logo que acontecia algo de anormal, bastava olhar para a cara de Lucas.

Foram direto à casa-grande. O senador acabara de ser avisado da intempestiva chegada do cangaceiro. Veio para a varanda, vestia um *robe de chambre* elegante, no dedo brilhava um solitário.

— Por aqui, Lucas? Alguma novidade?

Lucas se adiantou, subiu os degraus da varanda, ficou de pé ante o senador. Antes mesmo que ele falasse o outro compreendeu que o cangaceiro sabia. Empalideceu, recuou um passo. Um pensamento atravessou sua cabeça: "Mariana que pensou em vir com Jaime". Eram a mulher e o filho acadêmico de medicina.

— Vosmecê entregou a gente à polícia...

Protestou mas sua voz era fraca:

— Eu... Sou seu amigo...

— Amigo do cão, não de Lucas Arvoredo...

Levantou a parabélum. O senador gritou:

— Lucas, tá doido? Num faça isso...

— Toma, fio da puta...

Descarregou a arma, o homem caiu, corriam de todas as partes trabalhadores, mulheres e agregados. Ficaram olhando de longe, contidos pelos cangaceiros.

Tomaram das suas mulheres, juntaram uns animais da fazenda, cavalos e burros, tocaram-se para outro coito mais distante ainda, mais garantido também. Viajaram sem parar, dia e noite, Lucas Arvoredo sabia agora que toda a polícia se movimentaria atrás dele.

14

A perseguição amainou como as outras. O bando de Lucas passou sumido quase dois meses. O seu coiteiro, naquela emergência, era um pequeno fazendeiro a quem Lucas salvara a vida certa ocasião numa viagem. E foi ali que o emissário do beato Estêvão o veio encontrar. Ele já se preparava para retomar o caminho, varar novamente o sertão, invadir vilas e cidades, ir buscar dinheiro nas fazendas, quando, boquinha de certa noite sem lua, o homem chegou. Vinha apoiado num bordão, andara muita estrada, custara descobrir onde Lucas se metera.

A polícia — a que fora mandada para persegui-lo e a que buscava Lucas — cercara o beato nas proximidades de Juazeiro.

Mais de trezentos homens encontravam-se com Estêvão mas quase não tinham armas e nenhuma experiência de luta. A única esperança que tinham era a ajuda de Lucas Arvoredo.

— Meu pai Estêvão manda dizer que vosmecê leve quanto homem puder. E tudo que for arma que o baruio é grande...

Lucas, antes de partir, enviou emissários para reunir gente, compadres seus, camponeses que o estimavam, gente que, de quando em vez, tomava parte no bando, outros que ele sabia se deixariam matar por ele. E veio muita gente, uns para servi-lo, outros porque era para defender o beato Estêvão. Nunca tinham visto o beato, mas para eles era um santo, pela sua voz falava a voz de Deus.

Na madrugada eles partiram, deixando as mulheres, tomando nas fazendas onde passavam todas as armas que existiam. O enviado do beato, um preto cuja carapinha embranquecia, dava pressa. Mas eles andavam com tal rapidez que o próprio negro só com dificuldade os acompanhava. Durante seis dias e seis noites avançaram entre espinhos, até que na sétima noite enxergaram as fogueiras do acampamento do beato. O vento trazia um ruído de orações cantadas pelo povo que seguia Estêvão. Lucas parou, dobrou os joelhos na terra, os demais cangaceiros o imitaram. Fizeram o pelo-sinal e só então avançaram humildemente.

JÃO

1

João, a quem chamavam de Jão, soergueu a cabeça, os olhos numa expressão interrogativa, escutando. Aquela cantilena nos fins da tarde, prolongando-se pelo começo da noite, já se tornara familiar. Tomava do fuzil, andava até o alto de uma pequena elevação, onde existiam grandes panelas de um formigueiro abandonado. Sentava-se ali, descortinava um amplo horizonte. Via as cabanas de barro dos peregrinos, o movimento entre elas, a maior de todas cercada de gente, era a do beato Estêvão. A brisa suave acariciava o rosto mulato de Jão, ele retirava o quepe para refrescar a cabeça. Sentia o agudo mistério do crepúsculo mas o espetáculo que o comovia era o acender das fogueiras no acampamento dos sertanejos. Também no bivaque das forças da polícia acendiam-se fogueiras, mas eram pequenas e serviam tão somente para cozinhar e afastar as cobras. No acampamento elas tinham uma outra serventia, não eram simplesmente pedaços de gravetos onde cozinhavam o jantar e ferviam a água para o café. Tinham um significado religioso, oferendas de fogo ao Deus que ia destruir o mundo e castigar os homens, colocadas simetricamente, um determinado número, sempre vinte e uma, só o beato sabia por quê. A lenta procissão que, às sete horas, percorria as ruas do acampamento, parava ante cada uma das fogueiras, e as vozes que cantavam adquiriam maior volume, as sombras alongavam-se à luz vermelha. Diante da última, colocada no centro da praça, em frente à casa do beato, Estêvão predicava, repetindo quase sempre as mesmas palavras de ameaça e de humildade. Depois a procissão dissolvia-se, e Jão sabia que eram nove horas, não tardaria a sentinela a tocar na vibrante corneta o toque de recolher. Descia então do pequeno morro, vinha vagarosamente, trazia ainda nos ouvidos os sons merencórios da litania que os peregrinos cantavam. Quando havia vento conseguia distinguir também palavras do beato na sua prédica, e em seu coração de camponês elas ressoavam, ele acreditava nas novas por elas transmitidas. Era um bom soldado, cumpridor de seus deveres, obediente às ordens dos superiores, atiraria contra o beato se o tenente ordenasse fogo, mas o faria na certeza de cometer o maior dos pecados. O beato era pessoa de Deus, por que cercá-lo como se ele fosse um criminoso?

Todas as tardes Jão subia pela colina, algumas vezes outros soldados o acompanhavam. Ficavam esperando o acender das fogueiras. Percebiam depois o burburinho da gente se ordenando nas filas da procissão e o lamento das vozes nas orações:

Pra sempre louvado...

Mas naquela noite, quando mais de metade da procissão desfilara através das fogueiras, o beato na frente, como todos os dias, vestido com seu camisu branco, pareceu-lhe ouvir uns sons diferentes, vindos do outro lado, que se misturavam e se chocavam com a monótona cadência da litania. Era outra melodia, parecendo festiva e orgulhosa, tão em contraste com a humildade da oração como um som de clarim que cortasse o grave acento de um órgão. A princípio imaginou que se enganava, seria um ruído de animal no mato, um daqueles gritos das aves noturnas, mas a melodia persistia e ia aos poucos dominando as vozes dos peregrinos, Jão soergueu a cabeça, alçou os ombros, o ouvido à escuta. Seus olhos, acostumados à treva da noite, perceberam outros vultos, que não os dos peregrinos, chegando por detrás do acampamento. Eram eles que cantavam e a melodia foi se tornando mais clara e Jão começou a entender palavras esparsas. Seu coração suspenso parecia adivinhar o que estava se passando. Viu a sombra do beato, os braços agitados, viu a procissão tomar outro rumo, quebrando toda a tradição, as vozes que oravam silenciarem a um gesto de Estêvão. E foi nesse súbito silêncio que ele pôde perceber as palavras da melodia que ganhara volume ao parar das orações:

> *Lá vem Lucas Arvoredo,*
> *armado com seu fuzil...*

Viu como a procissão, após um momento em que peregrinos e cangaceiros confraternizaram, novamente se ordenou, maior agora, e as orações continuaram. Viu como chegavam à praça, o beato subindo no caixão colocado à porta de sua cabana, o vento abanando o branco camisu de algodão. Estranhas emoções aninhavam-se no peito de Jão, sob a sua levita de soldado. Ao mesmo tempo em que pensava na transformação por que passava o cerco, com a chegada dos cangaceiros de Lucas Arvoredo — deixando de ser uma caçada a homens desarmados para virar batalha contra os jagunços mais temidos do sertão — sentia uma satisfação inescondível. Sem deixar de ser, nem por um momento sequer, um soldado fiel às ordens recebidas, executando as patrulhas, montando guarda e pronto para avançar contra os sertanejos do beato, sentia-se preso ao outro lado, se não vestisse a farda de polícia seria um dos homens do beato, rezaria em suas procissões, lhe pediria a bênção, baixaria a cabeça ao ouvir suas palavras. E não podia deixar de sentir-se satisfeito ao ver que o beato já não estava abandonado, sem poder resistir ao cerco, tendo que se entregar para não morrer de fome. Agora que Lucas Arvoredo estava com ele a coisa mudava de figura, já os tenentes não podiam rir, o coronel perderia muito da sua arrogância. Esse coronel era aquele capitão do Exército que fora comissionado para perseguir Lucas. Agora chefiava o cerco ao beato Estêvão e se divertia aproximando-se todas as noites mais uns metros, reduzindo cada vinte e quatro horas o terreno onde ainda podiam os peregrinos buscar água e caçar animais que comer. Resolvera reduzi-los pela fome, prender o beato e seus lugares-tenentes, espalhar o resto pelas fazendas.

— Botar esses vagabundos pra trabalhar... — dizia.

Que pensaria ele agora? Com Lucas haviam chegado mais

de cinquenta homens, Jão calculava pelo movimento que vira. Havia oitenta soldados de polícia mas vários deles eram rapazes da capital, gente que não servia para brigar com Lucas Arvoredo. Jão sentia-se alegre, apesar de saber que aquilo talvez lhe custasse a vida. Não pensava na morte, de qualquer maneira o mundo ia se acabar, o beato afirmava.

Ouviu o toque da corneta, chamando. Desceu da colina de má vontade, os passos arrastados. O sermão do beato terminava também. E novamente, agora entoada por centenas de vozes, a moda dos feitos de Lucas encheu os ares, desta vez ouvida por todos os soldados:

Lá vem Lucas Arvoredo,
armado com seu punhal...

Corria um vento de chuva, trazia as palavras inteiras, a melodia se espalhara no rumo de Juazeiro, se perdia na direção do grande rio onde também mestres de barcas a cantavam, aprendida dos imigrantes que ficavam na amurada do cais a olhar os navios e a água. Jão vem andando lentamente, seu coração bate apressado. Os soldados correm ao som da corneta, a guarda foi reforçada. O coronel atravessa entre os homens, o passo agitado, dois tenentes vão a seu lado, discutem a situação. O rosto mulato de Jão se ilumina num sorriso. Trauteia a melodia que chega com o vento.

2

Um dia, no fundo do agreste sertão, onde a fome mata os homens, os rios secos pelo sol ardente, os coronéis tomando a terra dos lavradores, mandando liquidar os que discutiam, os imigrantes partindo em levas sucessivas para o sul, os cadáveres ficando pelas estradas, quando morriam crianças às centenas, e as que cresciam eram doentes e tristes, quando o impaludismo se estendeu como um manto de luto e a bexiga negra deixou sua marca mortal em milhares de faces, quando a febre tifo se alastrou que nem grama ruim, quando já nenhuma esperança restava no coração cansado dos sertanejos, apareceu o beato.

Ninguém sabia de onde ele vinha, quem era, quando chegara, nem sua idade, nem seu nome por inteiro. Chamava-se Estêvão, sobrenome não possuía, o seu bordão, que parecia uma cobra cascavel, trazia poeira de muito caminho percorrido, as alpargatas velhas e rotas, o camisu salpicado de lama seca de muitos dias. A barba alva e revolta, não muito densa, descia-lhe sobre o peito, os cabelos compridos, brancos também, escorriam sobre o pescoço até o princípio das costas. Os piolhos baixavam dos cabelos para o camisu, e as aves, nas horas do meio-dia e do entardecer, pousavam nos ombros do beato e beliscavam suas orelhas que as mechas de cabelo escondiam.

Apareceu dizendo que o mundo ia acabar, a maldade dos homens chegara ao máximo, a piedade findara no coração de Deus. O limite de sua paciência se esgotara e agora viria o castigo terrível, era chegada a hora da penitência. Ai dos que não cobrissem a cabeça de cinza e não abandonassem tudo, casa e trabalho, patrões e colheitas, para rezar... Os que assim não agissem não teriam salvação possível quando a hora soasse implacável.

Sua voz era sugestiva e terna, parecendo mais a voz de uma criança que a de um velho, porém na hora das imprecações se alteava violenta, doía como chicotada. Nesses momentos todos se esqueciam de que era um velho curvado sobre um bordão de caminheiro. Semelhava uma árvore majestosa, um rio caudaloso, uma cachoeira ruidosa. Quando os olhos azuis, comumente bondosos e quentes, olhos que chamavam e animavam, ficavam parados, perdidos na distância, vendo coisas que os demais não viam, quando davam medo e frio. Alto e tão magro que balançava ao vento como um bambu, tinha uma resistência de ferro e marchava léguas e léguas num passo rápido, difícil de acompanhar. "Come menos do que um passarinho", diziam as mulheres e circulavam histórias fantasiosas sobre a maneira como, pela noite, Nosso Senhor alimentava o beato e renovava suas forças.

Chamava-se Estêvão mas todos o tratavam de beato Estêvão, os peregrinos usavam a voz carinhosa de "meu pai". Curvavam a cabeça para receber sua bênção quando ele passava, a mão levantada, as palavras quase inaudíveis. Sua bênção era milagrosa, curava doenças, cicatrizava feridas, evitava pragas nas plantações, moléstias nos animais, expulsava os maus espíritos e fechava o corpo dos homens às mordidas das cobras venenosas e às balas assassinas.

Como duvidar do seu poder sobrenatural, da sua santidade, se as cobras, as mais temidas — a cascavel, o jararacuçu-cabeça-de-platona, a jararaca — saíam do caminho ao seu passo e o acompanhavam na estrada e se deixavam pegar por ele e compreendiam a língua embrulhada que ele falava? Como duvidar, se ele falava da fome dos homens, de todas as desgraças que sucediam, se ele dizia que nenhum coronel, nenhum dos grandes fazendeiros se salvaria da ira de Deus, do castigo iminente?

Nenhuma palavra podia contra ele, nem mesmo a palavra dos padres que se levantavam para condenar o beato. Os sertanejos sabiam que os padres não batizavam nem casavam de graça, viviam pelas fazendas mas hospedados nas casas-grandes, comendo fartamente na mesa dos coronéis, e seus sermões nada adiantavam sobre as terras tomadas, sobre os salários que nem davam para pagar o armazém. Nos sermões dos padres, cheios do fogo do inferno, eles imprecavam era contra os amigados, os que tinham filhos por batizar, os que se punham nos animais por não ter mulher com quem dormir. O beato falava outra língua. Nenhuma palavra contra as raparigas, contra os homens que tinham mulher sem receber a bênção do vigário, contra os que usavam éguas e jumentas. Clamava, em compensação, contra os pecados dos ricos, falava de como eles estavam matando os pobres de fome, e a eles, à sua usura e cobiça, atribuía a cólera de Deus que resolvera terminar com o mundo. Nunca parou para descansar numa casa-grande e as poucas vezes que se encontrou com algum coronel foi para lançar-lhe em rosto as mais violentas imprecações, para convidá-lo a entregar aos colonos espoliados as terras tomadas, para pagar o roubado nas contas do armazém aos seus trabalhadores. E mais de um fugira de sua presença, impressionado com a figura do velho se alteando no bordão, as barbas flutuando ao vento, aves canoras no seu ombro, cobras venenosas no seu rastro.

Quando surgiu estava sozinho e falava mesmo quando não havia ninguém, como se os arbustos espinhentos da caatinga, os lagartos e as cobras, os urubus famintos pudessem entender o que ele dizia. Mas logo sua palavra se espalhou, levada de ouvido em ouvido, e os peregrinos foram chegando e se reunindo em seu redor, a acompanhá-lo em sua caminhada. Pouco ou nada tinham a perder quando largavam o machado ou a enxada, quando fugiam das fazendas pra buscar nos olhos azuis do beato a sombra de uma esperança. Apesar de que ele anunciava novas amedrontadoras, os sertanejos sentiam-se confortados ao seu lado, no calor da sua voz, sob a proteção diária de sua bênção.

O primeiro que veio era uma viúva e trouxe os seus cinco filhos pequenos. Mas, no mesmo dia, chegaram homens e o seguiram. Ele marchava sempre, parando apenas nos domingos quando realizava procissões e cobria seus cabelos brancos com a cinza sobrada das fogueiras. Marchava em direção ao mar, onde ficavam as grandes cidades, onde corriam os trens e das quais partiam os navios que eles nunca tinham visto e cuja forma, tamanho e cor amavam imaginar nas noites monótonas das fazendas.

Eram uns poucos a começo. Mas ao seu passo os homens iam deixando tudo, calçando as alpargatas, colocando o chapéu de couro. E o acompanhavam, queriam ouvir mais uma vez aquelas palavras contra a maldade dos coronéis, contra as tomadas de terra, contra os salários miseráveis. Todas as noites o beato pregava, os homens abriam também seu coração, lhe contavam suas histórias dolorosas, recebiam sua bênção pacificadora. E uniram-se em torno a ele, cuidando da sua comida, acendendo as fogueiras nas noites de domingo, dormindo ao seu lado pelas estradas e descampados. E assim vinham, através do sertão, o número aumentando sempre, sertanejos que deixavam o trabalho, como ele recomendava, para se penitenciarem, doentes de todas as doenças também que chegavam em busca de saúde que o beato distribuía com sua bênção.

E de ponta a ponta do sertão, nesse imenso país de tanta miséria e tanta riqueza, por todos os caminhos da febre e da fome, correu o nome do beato Estêvão e peregrinos partiam de todos os extremos em sua procura. Bandidos e cegos violeiros, capangas de muitos assassinatos, homens a quem haviam tomado a terra que lavravam, trabalhadores alugados que deviam nos armazéns, velhos e moços, mulheres com filhos e jovens que ainda não conheciam homem, tísicos e impaludados, leprosos e loucos. Vieram todos, enchendo os caminhos, roubando para comer, marchando dia e noite, buscando o rastro do santo. Só ele curava e consolava. E o beato seguia, indiferente ao número de peregrinos que o acompanhavam, rezando suas orações, difundindo suas profecias. Mas para cada um tinha uma palavra diferente, para cada história ouvida, uma solução que acalmava como um bálsamo sobre uma ferida.

Mais rápido que ele andava seu nome, chegara às cidades, aparecera nos jornais. Os coronéis se agitavam, trabalhadores abandonando as colheitas, colonos ficando rebeldes, os padres se levantavam contra ele, era a ameaça de uma seita supersticiosa que abalava o prestígio da Igreja. O beato continuava, indiferente, não sabia sequer que seu nome provocava tanta discussão. As aves vinham pousar em seu ombro, os violeiros cantavam em sua honra, as mulheres beijavam a ponta do seu camisu, e as cobras enroscavam-se em seu braço magro, aninhavam-se em seu peito cavado. Essas coisas se passaram no sertão, onde a fome cria bandidos e santos.

3

Longe de Jão pensar que seu irmão José, mais moço que ele um ano, estava no bando de Lucas Arvoredo, montava sentinela com uns cangaceiros em frente de onde ele, Jão, montava sentinela com alguns soldados. Fora o primeiro a partir, abandonar a família e a fazenda, procurando suas melhoras que não via futuro ali, na pequena terra que o pai lavrava e que não era dele sequer. Quando José arribou com Lucas Arvoredo, na noite do ataque à fazenda, ele já era soldado de polícia numa capital distante e só muito tempo depois soube que o irmão também partira mas sem que lhe mandassem dizer qual o seu destino. Quando recebera a notícia numa das raríssimas cartas que a tia Dinah escrevia, passara uns dias de olhos atentos pelas ruas da cidade na esperança de descobrir José. Mas o tempo foi correndo e ele desistiu daquela busca infrutífera. O irmão devia estar trabalhando numa fazenda qualquer, ou de assalariado na construção da interminável estrada de ferro. Inúmeros camponeses abandonavam a terra para virem ser cassacos no leito da estrada. Era um trabalho estafante mas sempre de melhor salário que o das fazendas.

Soubera depois que também Nenen, o mais moço dos três, o mais sabido, aquele que os dirigia nos brinquedos, havia partido. Ficara apenas Agostinho que era quase um menino e também ele — pensava Jão — partiria algum dia quando crescesse. Como ficar no pequeno pedaço de terra que mal produzia pros velhos e pras mulheres?

Lembrava-se da sua fuga, da caminhada até à cidade, do seu espanto ante as belezas da capital, andando nas ruas de boca aberta. O que o animara a largar-se foram as descrições ouvidas de trabalhadores que já haviam estado por lá. Contavam maravilhas e Jão sonhava pelas noites com aquelas conversas, o trabalho na roça parecia-lhe cada vez mais estafante e sem futuro. Mas ia ficando, ajudando o pai nas plantações, sem coragem de se decidir. Tinha dezenove anos, era um caboclo forte e as prostitutas o disputavam quando ele ia ao arraial. Dormiam com ele mesmo quando Jão não tinha dois mil-réis para lhes dar na despedida. Nesse meio-tempo começou um namoro com a filha do velho Maneca, ia se encontrar com ela atrás do curral. Teve então aquele desgosto com Jerônimo, não podia mais ficar em casa. Primeiro pensou em ir em busca da moça, roubá-la de casa, pedir a Artur um lugar de trabalhador ou buscar noutra fazenda. Mas o chamado da cidade, com suas luzes imaginadas, era mais poderoso que o corpo da moça namorada. E partiu, trabalhando aqui e acolá para conseguir o dinheiro para a passagem do trem. Andando pelas noites, parando de dia nas fazendas, pedindo serviço. Alugou-se mais de um mês no leito da estrada com os cassacos, trabalho duro, de rebentar. Juntou um dinheirinho, partiu novamente. Já as alpargatas estavam inúteis e os pés descalços se rasgavam pelo caminho.

Mas um dia atingiu a cidade e todo o sacrifício pareceu-lhe bem pago. O mar, que o tentava mais que tudo, era de uma cor variável, ora verde, ora azul, branco de espuma na areia da praia. Beleza assim nunca vira e deixou-se ficar sentado num banco, espiando. Os navios colossais estavam amarrados no cais, pareciam uns bichos imensos, os mastros eram como árvores sem galhos e folhas, e quando um vapor apitou Jão se levantou com o susto, estremecendo. Sorriu depois e viu, emocionado, o navio afastar-se do cais, a gente que acenava adeus, os que respondiam e choravam. Viu como ele embicava para a frente, para a água sem limites, e aumentava a velocidade. Pareceu-lhe tudo muito rápido e, quando o navio já era um ponto perdido no mar, Jão ainda tinha nos olhos a sua imagem, parado no cais, botando fumaça pelo bueiro.

Ali não havia crepúsculo. Na roça era longo e triste, o fim da tarde demorado, a noite tardando a chegar, havendo uma bem profunda separação entre as últimas claridades do dia e as primeiras sombras noturnas. Mas ali não havia crepúsculo. Apenas o sol descambava e o horizonte sobre o mar acendia-se em vermelho, as luzes elétricas brilhavam e a noite já era. Como que as luzes a puxavam mais depressa e ela se confundia com os restos de claridade. Não existia aquela hora misteriosa quando tudo parece se aquietar por um momento, quando se sente que mais um dia termina. Mesmo porque na cidade nada terminava, o crepúsculo não marcava as fronteiras de certas ocupações, a vida continuava tão ou mais intensa pelas ruas afaristas.

Jão não tinha onde dormir, não possuía bagagem, todo seu dinheiro resumia-se em doze mil-réis. Sentia fome e abandonou o cais. Tomou pela rua mais movimentada, onde passeavam homens bem-vestidos e mulheres lindas, e andava timidamente, parando ante as vitrinas, o chapéu de couro na mão desde que vira que riam dele. Não tinha coragem de entrar nos restaurantes e só se acalmou quando penetrou nas ruas de canto, parecidas com as do arraial próximo à fazenda. As mesmas mulheres da vida, negras e caboclas, pelas vozes de algumas, ele reconhecia sertanejas vindas, como ele, do interior. Encontrou onde poder comer por dez tostões, onde dormir por três mil-réis. Nessa mesma noite fez relações. Um sertanejo, que estava empregado numa padaria, ouviu sua história num botequim. Beberam cachaça juntos, o homem prometeu-lhe um emprego. Marcaram um encontro para o outro dia e ele foi trabalhar em casa de um português, fazendo recados, limpando o jardim, encerando a casa, lustrosa que fazia gosto. Aos poucos foi conhecendo a cidade, se dando com gente, com soldados de polícia que iam beber à noite nas ruas de canto, fazer barulhos, dar nas mulheres. Entre eles encontrou conhecidos, vizinhos da fazenda, moços que haviam partido antes dele. Interessaram-se por sua sorte, apresentaram-no ao sargento. Assentou praça, fazia ginástica, ensinaram-lhe a ler direito, só então escreveu para a família contando onde estava.

Quando se viu com a farda sentiu-se outro homem. Tímido ainda, desconhecendo muitos dos modos dos soldados, sem saber gritar com as raparigas, sem saber pegar o bonde andando e saltar na maior velocidade do veículo. Mas estava orgulhoso da farda e não tardou em arranjar amásia que lhe dava dinheiro, em aprender tudo que os soldados tinham que lhe ensinar. A cidade o dominava lentamente, cada vez o sertão ficava mais distante. Ainda gostava, no entanto, de ouvir os sons de uma viola e a voz de um cego cantando qualquer moda sertaneja. Revia então as cenas da fazenda, os velhos pais na labuta, a tia Zefa dizendo suas coisas atrapalhadas, Marta correndo no terreiro, sua irmã casada partindo com o marido. E tinha saudades, naquelas noites bebia mais cachaça, dava uns tabefes na rapariga, entrava com outros soldados em casa de mulheres, expulsando os paisanos a tiro.

Serviu em cidades próximas, porém conseguiu sempre voltar para a capital, arranjava um jeito, a proteção de um tenente. Mais que tudo era o mar que o prendia, os navios que chegavam e partiam, a visão da água infinita, as cores variando.

Pegara cadeia, servira de bagageiro de um capitão, foram tempos de folga, a corneta do regimento não valia para ele. O capitão mandava-o lustrar suas botas, a esposa mandava-o fazer compras no mercado e a filha, que tinha dezesseis anos e era formosa, pedia-lhe que levasse recados para o namorado, um estudante de direito que escrevia versos nos jornais.

Assim passavam os anos, pensava em fazer concurso para cabo, mas ia adiando, não gostava de estudar, a vida de soldado era boa. Tinha regalias, bonde não pagava, impunha respeito com a farda. De quando em vez brigavam com os soldados do Exército, havia tiroteios nas ruas de rameiras, algum saía morto ou ferido. O caso era comentado, eles se reuniam, arquitetavam planos, a cidade vivia momentos de pânico. Mas os superiores tomavam providências, suspendiam as licenças, todo mundo no quartel na hora de recolher. O incidente era esquecido, voltavam às boas com os milicos do Exército.

Até que fora surpreendido com a notícia de que ia partir com a companhia para liquidar com o beato Estêvão. O nome do beato não lhe era estranho, fazia meses que penetrara no quartel, através das notícias dos jornais e das histórias contadas pelos sertanejos recém-chegados. Para ele era como um santo, mas ordens não se discutiam.

4

Voltou a ver a caatinga bravia, as paisagens da sua infância e adolescência. Pouco depois havia abandonado o quepe e usava o chapéu de couro dos vaqueiros. Sabia se movimentar ali melhor que na cidade, as botinas substituídas pelas alpargatas, o tenente chamando-o, de quando em vez, para pedir sua opinião sobre as picadas que se entranhavam pela caatinga. Rindo dos homens que haviam nascido na cidade e que não sabiam andar por entre os espinhos, que resmungavam e praguejavam o dia todo. Para ele era como se houvesse voltado para casa. Só que agora levava um fuzil, a baioneta e a farda. E dirigia suas armas contra os sertanejos do beato.

Pensava nisso quando a hora do crepúsculo chegava, solene e melancólica. Ali, sim, o crepúsculo se estendia longo sobre a terra. As luzes elétricas não apressavam a noite, as estrelas demoravam a subir no céu sem nuvens. Para ele o beato era um santo homem, não fazia mal a ninguém. O tenente ria das suas profecias, de que o mundo ia acabar e era necessário rezar e lançar cinzas sobre os cabelos. Mas Jão não ria, era frágil a casca de vícios e conhecimentos com que a cidade o envolvera, rompia-se ao contato com a caatinga, na hora do entardecer, ao grito agourento das corujas. Não só Jão como muitos outros soldados, chegados há anos do sertão, perdiam a cada dia que passava o ar de praças e mais se pareciam com os trabalhadores das fazendas, os camponeses da caatinga. A farda ia sendo substituída pelos paletós de couro, as palavras aprendidas no quartel e nas ruas da cidade sendo esquecidas, a língua, renovada nos anos passados longe, voltando a ser aquela língua trôpega e de poucos vocábulos dos sertanejos. O sertão recuperava seus filhos. Por que atacar o beato?, remoíam eles. Era um pecado que iam cometer.

Em todas essas coisas ele pensava enquanto, de sentinela, montava guarda, sem imaginar sequer que seu irmão José estava do outro lado, no comando de um pequeno grupo de jagunços, observando os movimentos dos soldados de polícia. No céu sertanejo sobravam as estrelas e Jão as olhava, reconhecendo-as. No céu da cidade elas não brilhavam tão intensamente, as lâmpadas elétricas ofuscavam tudo, era um céu para o qual os homens pouco se voltavam. Olhando as estrelas, sentindo o cheiro de terra que chegava com o vento da noite, ele recordava a casa da fazenda com o curral próximo, o milharal nos fundos. Onde andariam seus pais a essa hora? Antes de partir recebera a carta de Dinah com as notícias da viagem para São Paulo. Mais de vinte anos levara seu pai lavrando aquela terra, derramando sobre ela o seu suor, gastando ali a sua vida. Nada disso fora levado em conta, o beato é que tinha razão, e era um pecado o que eles estavam fazendo, apertando o cerco em torno de Estêvão e dos romeiros que o seguiam. E agora tudo estava sendo preparado para o ataque final, o capitão decidira que, com a chegada de Lucas Arvoredo, não podia mais haver contemplações. Esperava apenas completar o cerco, envolver os homens do beato num círculo, para liquidar com aquilo de uma vez. E a chegada do reforço pedido com urgência.

Um sargento contara num grupo de soldados, onde Jão se encontrava, que o capitão e os tenentes, reunidos em conselho, tinham decidido atacar. Antes pensavam reduzir o beato pela fome. Como o cerco não se tinha completado todavia, podiam os peregrinos sair pela noite em busca de mantimentos, comprados nas vendas ou roubados nos armazéns das fazendas. O plano da polícia era completar o cerco, impedir a saída dos que iam buscar gêneros, e esperar. Esperar que o beato se entregasse, prendê-lo e aos homens mais ativos do bando, dispersar os demais, encaminhando-os para fazendas necessitadas de trabalhadores. Sabiam que assim o preço do trabalho baixaria, mas aquilo pouco lhes importava. Para o capitão tratava-se de malandros que usavam o beato e suas palavras loucas como um meio de não trabalhar. E se alguém lhe falasse da fome, das terras tomadas, das doenças sem remédio, de todas as desgraças do sertão, ele riria em sua cara. Para ele tudo se resumia em preguiça.

Com a chegada de Lucas ele resolvera mudar de tática. Deixaram de ser um bando de preguiçosos, apenas. Agora eram cangaceiros temíveis e para estes só bala é que resolvia. E como um tenente levantasse tímidas objeções, perguntou-lhe asperamente por que o beato fizera vir Lucas Arvoredo, se não queria ver o sangue dos seus homens correr. O tenente poderia replicar que o beato o fizera para se defender, já que as patrulhas da polícia matavam, sem dó nem piedade, quanto romeiro encontravam na tarefa de procurar alimento. Mas o tenente não disse nada, ouviu o resto do plano em silêncio.

Jão pensava compreender o que se passava com o capitão, tão orgulhoso de estar comissionado em coronel da polícia! Prender o beato, dissolver os sertanejos seria, sem dúvida, um feito de repercussão. Mas terminar a carreira de Lucas Arvoredo, cangaceiro com doze anos de valentias e crimes pelo sertão, isso, sim, seria glorioso, faria seu nome conhecido em todo o país. Jão não criticava, nos seus pensamentos melancólicos, o seu capitão. Se ele estivesse em seu lugar agiria de idêntica maneira, mas ele não era capitão comissionado em coronel, era um simples soldado, menos ainda: ali se sentia apenas um camponês, crédulo e ingênuo, solidário no fundo do coração com o beato Estêvão, crente nas suas palavras ameaçadoras. Tinha medo de Lucas, é bem verdade, mas não lhe tinha ódio, era um deles, saíra da mesma dor e da mesma desgraça que os demais sertanejos. E se matava e roubava, se violava e assaltava, é que haviam matado seu pai para tomar a sua terra e ele fora muito homem para se vingar e cair no cangaço. Jão talvez tivesse feito o mesmo se estivesse em casa quando puseram o velho Jerônimo para fora de suas terras e o empurraram para os caminhos que levam a São Paulo. A carta de Dinah contava que Gregório dera um tiro em Artur, o capataz. Talvez andasse agora no bando de Lucas, fosse um daqueles cangaceiros que haviam entrado no acampamento, interrompendo na véspera a procissão com seus cânticos.

O que Jão não sabia era que seu irmão José era o falado Zé Trevoada, lugar-tenente de Lucas Arvoredo, e que estava em frente a ele, numa distância não maior de quinhentos metros e que vigiava os passos da sua patrulha, pronto para lhes cortar o passo se eles avançassem. Mas não se surpreenderia se o soubesse, nem lastimaria o irmão, não abriria a boca contra ele.

5

O beato descera o sertão, atravessando a caatinga, varando os caminhos, acampando nas imediações dos povoados. O grupo crescia sempre, foram dez, foram vinte, chegou o momento em que eram cem e continuavam a chegar de todas as partes homens e mulheres em sua busca. Encontravam-no acampado e então se prostravam a seus pés, diziam de suas necessidades e seus sofrimentos, contavam suas histórias, pediam a bênção e conselhos, deixavam-se ficar, no outro dia partiam com ele para diante. Outros o encontravam em caminho, marchando na frente de todos, apoiado no cajado como uma cascavel, murmurando frases soltas, os olhos fitando o horizonte. Sabiam já que ele não os atenderia durante a caminhada. E incorporavam-se ao grupo que o acompanhava, obedeciam aos rituais do acampamento quando paravam, ninguém fazia observações aos novos peregrinos, davam-lhes o que comer, água para beber, não perguntavam ao que vinham nem queriam saber os seus nomes. Eles é que, à noite, iam beijar o camisu do beato, pedir sua proteção. E não o deixavam mais, presos pelos seus olhos azuis, pela voz mansa e morna, pelas palavras que aliviavam a dor.

O número certo dos que haviam chegado às imediações de Juazeiro nunca ninguém soube direito. Seriam duzentos, trezentos talvez com os homens de Lucas. Certos jornais que noticiaram os fatos falaram que havia para mais de quinhentos, existia, no entanto, quem garantisse que não chegaram nunca a mais de cento e cinquenta. Era uma suja multidão de doentes e desgraçados. Homens, mulheres e crianças, caboclos, pardos, mulatos e negros.

Roubavam, é bem verdade. Os que traziam dinheiro compravam comida enquanto podiam. Quando o dinheiro se acabava não tinham outro jeito senão assaltar armazéns de fazendas, já que a caça era magra e difícil pela caatinga. Roubavam galinhas, cabras e porcos, mantas de carne-seca, sacos de feijão. Onde eles passavam os assaltos se sucediam, arrancavam os aipins, as batatas-doces, os inhames, o milho quando as bonecas já estavam crescidas. Mas roubavam apenas o suficiente para comer, o beato proibira que tomassem qualquer coisa em excesso. Para Estêvão não era roubo. Dizia que os frutos das árvores eram de todos. Deus os fazia nascer para a pobreza, todos tinham direito sobre eles. Não permitia no entanto que pusessem a mão em qualquer objeto, que furtassem um prato ou um copo, um paletó ou um níquel. "Isso é deles", dizia, "é pecado levar." A comida, não, os animais se criavam soltos na terra, as árvores cresciam por si mesmas, alimentadas com a seiva da terra. A terra era a mãe farta e boa. Eles tinham direito, o beato não via as cercas delimitando as propriedades, não se preocupava com os títulos de posse registrados em cartório. "Aquilo tudo é fantasia, vaidades dos ricos", repetia. O mundo ia acabar, Deus estava cansado de assistir, do seu trono de nuvens, a tanta ruindade dos homens. E, se ia acabar, que importavam as cercas e os títulos, nada seria mais de ninguém a não ser o fogo do inferno para os maus, as delícias do céu para os pobres, aqueles que vinham fazendo penitência, que haviam largado suas foices e seus machados.

Nunca admitiu que tocassem em ninguém e quando soube que um dos peregrinos esfaqueara o empregado de um armazém que não lhe quisera vender fósforos, mandou-o embora, não o quis mais consigo. Não foi rude com ele, não lhe negou sua bênção. Mas o proibiu de seguir, ele havia derramado sangue de um homem depois que começara as penitências. E isso era pecado, estava proibido na lei do beato.

Que o tivessem feito antes, não lhe importava. Chegavam assassinos famosos, cabras de coronéis que haviam matado a troco de dez mil-réis e uma garrafa de cachaça. Relatavam seus feitos ao beato, mortes de arrepiar, malvadezas sem motivo, ele lhes deitava a bênção, proibia-os de matar daí em diante.

Mesmo Cirilo, que com ciúmes infundados matara a mulher e os dois filhos, fugindo depois para viver sozinho como um bicho, no meio do mato, indo ser posteriormente jagunço do coronel Bragança, de fama sinistra, com muitas mortes nas costas, nome que amedrontava crianças e assustava mulheres, até ele merecera o perdão do beato.

Chegara numa tarde e logo o reconheceram. Mas nada disseram e o deixaram marchar entre eles. Cirilo estava armado, um punhal e uma repetição, seu punhal e sua repetição, com os quais muita desgraça praticara. Quando acamparam, à noite, as mulheres trouxeram comida como faziam com todos os recém-chegados. Ele comeu silencioso e arredio, acompanhou logo depois a procissão em torno às fogueiras, procurando repetir as palavras das orações, ouviu a pregação do beato no final da cerimônia.

Era chegada a hora em que os novos romeiros se apresentavam, beijavam o camisu de Estêvão, diziam-lhe o que desejavam dele. Cirilo não foi o primeiro. Mas quando se ajoelhou todos o olhavam e todos ouviram o que ele disse:

— Meu pai, vosmecê que é santo, bote sua mão na cabeça desse negro ruim e livre ele do mal. Meu pai, me perdoe que minha cacunda está cansada de levar tanto pecado, de carregar tanta desgraça! Não aguento mais o peso e se vosmecê não tirar depressa vou morrer penando, não vou ter salvação.

Os olhos azuis de Estêvão fitavam a carapinha do negro curvado ante ele. Pousou a mão em seu ombro, o negro levantou os olhos. E encontrou tanta piedade e tanta doçura nos olhos de Estêvão que teve forças para abrir o coração e arrancar de lá toda a maldade, todo o remorso também, assim como quem arranca um espinho e com ele a dor que sua presença produz:

— Meu pai, vou lhe contar que já matei muito homem que nunca tinha feito desfeita pro negro Cirilo... Matei por dinheiro, por amizade com o coronel... Matei pra roubar, matei sem razão, matei por matar... Negro ruim, meu pai, negro malvado como nunca se viu...

E contava também da mulher:

— E matei ela, meu pai, não tinha razão. Era direita, nunca olhou pra nenhum... Matei só de medo que um dia olhasse, que um dia largasse o negro ruim e fosse cum outro... Matei, meu pai, porque gostava dela, gostava demais, gostava tanto que tive que matar. E matei os meninos pensando que podia não ser meu, podia ser de outro, tinha que ser de outro porque o negro era ruim e ela não podia ser tão boa que suportasse o negro sem enganar... Era tudo mentira, ela era direita, mais direita não havia. Matei de ruindade, porque gostava dela demais, via ela rindo, os dentes brancos, os beiço fino, os olho que também ria e via ela rindo pra outro, botando os dentes pra outro, os olho em cima de outro... E pra ela não fazer algum dia foi que matei. Fiquei cum tanta raiva de ter matado que cortei ela em pedacinho pra não enxergar os olho se rindo, os beiço se rindo...

Soluçou alto, todos o ouviram e estavam suspensos do que diria o beato. Cirilo baixara novamente a cabeça:

— Minha cacunda tá pesada de tanta desgraça que fiz, não aguento mais cum o peso, me livra dele, meu pai...

— Tu já pagou o que fez e tu não vai mais fazer ruindade, tu agora é que nem um passarinho de tão bom que tu é...

Levantava a mão e abençoava o negro. Cirilo saía de rastros, limpo de toda dor, feliz de toda felicidade. E se juntara aos homens do beato, andando atrás dele, guardando seu passo, como um escravo seguindo a seu dono.

6

Outra noite de sensação, quando os sertanejos que iam com Estêvão ficaram parados e silenciosos, foi aquela em que Zefa apareceu. Chegou quando a procissão apenas se iniciara, e se incorporara sem que quase ninguém a notasse, misturada com outras mulheres que iam rezando.

Quando o beato iniciou sua falação, ela ficou na primeira fila e se contorcia ao ouvir as palavras, e ria, abanava as mãos, o corpo todo mexendo, a boca num ruído que recordava o som da água num búzio. Os que estavam mais perto notaram a excitação de Zefa e viram que era nova entre eles, devia ter chegado no decurso da tarde. O beato falava, parecia não enxergar ninguém em sua frente, as chamas da fogueira o envolviam num halo vermelho. Para Zefa ele estava solto no ar, uma nuvem de fogo, baixada do céu. Reconhecia-o, muitas vezes o vira em suas tardes de alucinação. Agora estava descansada, todo o passado se esvaíra da sua memória, era como se houvesse estado ao lado de Estêvão desde o começo dos seus dias. Quando o beato terminou de falar e ergueu a mão para abençoar a multidão, ela pulou na sua frente, virou-se para os homens, os cabelos esvoaçando, se enchendo de fumaça, a boca espumando, e disse:

— Foi Deus que mandou ele, veio numa nuvem de fogo, quem não obedecer a ele tá condenado... Ele é o santo de Deus, é a língua de Deus, é os olho de Deus. Quem não obedecer a ele tá perdido e vai morrer apodrecido e seu esprito não sai do corpo, fica preso na terra. Ele é os ouvido de Deus, ouve dentro dos home, ouve mesmo os menino na barriga da mãe antes de nascê... Ele é os pés de Deus andando no mundo, ele é as mão de Deus perdoando os pecados. Quem não obedecer a ele tá perdido...

Ajoelhou-se na frente do beato, beijou-lhe a fímbria do camisu, depois se ergueu e colocou-se ao seu lado. Os sertanejos a fitavam e compreendiam de imediato que ela era diferente deles, superior a eles, estava mais perto de Estêvão que qualquer um deles, mais perto até que Cirilo, que não deixava o beato um só momento, que dormia aos seus pés com o punhal sobre o peito. Estêvão colocou a mão sobre os cabelos despenteados de Zefa e disse:

— Tu não tem pecado, tu faz penitência é pelos outros, tu é santa, tudo tem que te arrespeitar... Eu tava esperando por tu, tu agora vai benzer a água que nóis bebe, a comida que nóis come. Cumo é teu nome?

Ela fez um esforço pra se lembrar:
— Me chamo de Zefa...
Estêvão falou para os homens:
— Ela sabe as verdades, tá na graça de Deus...

Então Zefa meteu a mão na fogueira, onde ainda as brasas crepitavam, encheu-a de cinzas, derramou sobre a cabeça. E acocorou-se em seguida ao lado do beato, as mulheres vieram e se prostraram em sua frente. Ela as benzeu, agora os santos eram dois.

7

A noite é comprida, larga de passar, dizem que tem países onde faz tanto frio que a água vira gelo, fazer sentinela em terra assim deve ser um sofrimento. Jão anda de um lado para outro, seus olhos atravessam a escuridão perscrutando as sombras no acampamento do beato. Tudo é silêncio por lá, nessa noite o cerco será completado, os soldados tomarão todas as passagens e já nenhum homem poderá sair em busca de mantimento. Lucas Arvoredo chegara no último instante. Mais vinte e quatro horas e já não poderia passar, juntar os seus cangaceiros com os peregrinos do beato. A polícia estaria entre eles. E com mais alguns dias, avançando lentamente, passariam adiante dos poços e a água terminaria no acampamento. Soaria então o momento do ataque, o capitão seria promovido, em vez de coronel comissionado da polícia, seria major do Exército, mas efetivo e com elogio na ordem do dia.

Naquelas terras onde a água vira gelo no inverno como será que os soldados ficam na sentinela? Devem ser quentes os capotes, talvez acendam fogueiras, mas como poderá o fogo crescer em cima do gelo? Dizem que a terra fica toda coberta de gelo, chamam de neve. Jão viu no cromo de uma folhinha, um quadro tão lindo mostrando a terra mais alva do que algodão, do gelo do inverno. Na caatinga não faz frio, se fizesse os sertanejos teriam todos morrido porque vestem farrapos de roupas, calças de mescla azul, camisa de burgariana. Na caatinga faz calor, pelas noites corre a viração, nos invernos bons cai a chuva, noutros nem mesmo a chuva, é o sol de todos os dias, quente como brasa. Como as brasas que ainda brilham no acampamento do beato. Restos das fogueiras em torno das quais rezaram suas orações, donde tiraram as cinzas com que cobrir as cabeças. São vinte e uma fogueiras, há quem diga que aquilo é um feitiço do beato. Que no círculo por elas formado — são dispostas no mesmo lugar diariamente — os romeiros se acolherão no momento final. E que nem os soldados nem as balas atravessarão esse círculo enfeitiçado e que dali jamais poderão desalojar

Estêvão. Assim dizem e Jão acredita. O beato possui forças que estão acima do entendimento de simples soldados, onde já se viu andar com uma cobra no peito? Cobra é animal traiçoeiro e ruim. Jão cresceu tendo as cobras como inimigas, quando anda no mato seu passo é vigilante, seu ouvido atento ao menor ruído. Sabe distinguir no silêncio da caatinga os sons de cada espécie de cobra, da jararaca e surucucu, da cascavel e da pico--de-jaca. E não tem piedade para com elas, se as enxerga esmaga-lhes as cabeças peçonhentas, quebra-lhes os flexíveis espinhaços. O beato brinca com as cobras, trata-as com o mesmo carinho com que acolhe as aves tão belas que vêm pousar em seu ombro, beliscar sua orelha. Conduz por vezes, durante dias, uma cascavel nos cabelos do peito, aninhada ali, dormindo como se fosse bicho inocente. Jão não sabe de homem que faça tal coisa, não ficará admirado se não puder atravessar o círculo das fogueiras, se as balas voltarem-se contra os soldados. Acontece muita coisa que parece mentira. Não há terra onde no inverno tudo vira gelo? Se ele não tivesse visto a folhinha não acreditaria em coisa tão espantosa.

Anda de um lado para outro. E se o beato fizesse a água virar gelo em derredor, léguas e léguas de gelo, o frio matando os soldados, os tenentes e o capitão? Jão sente um súbito frio. Só de pensar. Ou será o impaludismo que está chegando? Aquelas águas por ali, perto do São Francisco, dão maleita em todo mundo. Mas volta o calor da noite da caatinga. Não há neve em parte alguma, o beato sabe tratar é com o fogo, aquele círculo que eles não poderão atravessar. As balas voltarão para os peitos dos soldados, cada uma para aquele que a disparou. Jão não crê que o beato possa ser morto. Ai do homem que levantar a arma contra ele... Onde já se viu atirar num santo, num profeta que traz a palavra de Deus?

O capitão não acredita nessas coisas, dará ordem de fogo. Tudo que Jão deseja é que não seja dele a mão que atire, a arma que faça pontaria no peito do beato. Antes morrer no combate, ferido por um homem de Lucas, antes morrer quando de sentinela de um tiro partido dos cangaceiros que estão do outro lado, de sentinela eles também. Talvez um deles seja Gregório, o que atirou em Artur. Não ficaria com ódio se ele o matasse, pra que foi feito cangaceiro se não para matar soldado de polícia, pra que foi feita a polícia se não pra caçar jagunço na caatinga? Era uma guerra sem fim e sem razão, pensa o soldado Jão de sentinela. Sem razão porque eram tão parecidos, eles e os cangaceiros, em verdade eram iguais, que diferença havia? Nem mesmo na farda que agora vestiam: gibão de couro e alpargatas, que outra roupa e outros sapatos não resistem na caatinga. Não havia diferença nenhuma, mas o mundo era assim mesmo, cheio de coisas sem explicações. Por que uns eram ricos, tinham fazendas enormes, palacetes na cidade, automóveis e criados e outros, tão pobres, não tinham nada, somente doenças? Jão não procura explicar. Tudo que ele sabe é que a noite é comprida, larga de passar, e que é um pecado atirar no beato. Antes morrer com uma bala no peito.

8

Quando o beato chegou próximo à cidade de Juazeiro, depois de atravessar, numa viagem de mais de um ano, todo o sertão, centenas de romeiros o acompanhavam. A fama de seus milagres se espalhara por toda a caatinga e, mais que os milagres, aquelas palavras, onde o desespero e a esperança se misturavam, que anunciavam o fim do mundo com suas desgraças e a vida no céu com suas belezas, atraíam os camponeses cansados de tudo. Vinham mais para ouvir que para pedir. Ouvir a narração dos fatos que iam se passar, narração que o beato repetia quotidianamente ao fim das procissões. E os que já tinham ouvido uma e cem vezes não se cansavam de escutar novamente e sentiam a mesma intensa sensação de medo e de alegria, de terror e de felicidade. Nada restaria do mundo, nem as choupanas de barro batido onde moravam nem as casas-grandes das fazendas com suas salas, quartos e oratórios, suas cozinhas imensas. Nem as plantações que eles plantavam nem as roças de léguas dos coronéis. Naquela hora final seriam todos iguais, pois partiriam nus, nada levariam da terra, ninguém poderia distinguir o pobre do rico porque as doenças e a magreza teriam se acabado para sempre. Sobre a terra seria silêncio jamais interrompido, mais além da terra estavam céu e inferno.

Nosso Senhor mandara o beato para avisar, chamar os homens para fazerem penitência. Aquela era sua missão, e os sertanejos derramavam cinzas sobre as cabeças, rezavam, caminhavam com ele. Roubavam nas fazendas, tinham choques com pelotões da polícia que andavam buscando Lucas Arvoredo. O próprio Lucas viera ao encontro do beato, conversara com ele, recebera sua bênção. E todos tinham visto que a Lucas o beato não proibira de continuar sua vida de bandido pela caatinga. Deixara que ele partisse sem lhe recomendar que nunca mais matasse nem ferisse. Durante algum tempo não compreenderam por quê. Só muito depois, quando já estavam quase cercados, é que viram a razão: o beato adivinhara o que ia acontecer. Agora Lucas voltava, podia matar e ferir, era quem ia defendê-los contra a polícia. Talvez que depois o beato mandasse que ele largasse o fuzil, soltasse o punhal, lançasse cinzas sobre a cabeça. Quando os soldados tivessem ido embora, sob o fogo de Lucas. O beato adivinhava, via o futuro, não havia segredo no tempo para ele. Dizia:

— Não precisa ir buscar água hoje que de noite vai chover...

Nem uma nuvem no céu, nem uma ameaça de chuva, e de noite o aguaceiro caía, era só colocar os potes e as tinas, aparar a água chegada do céu, pedida por Estêvão. Como duvidar então de que o mundo ia acabar, de que todos morreriam sem sentir para ir prestar contas a Deus dos seus malfeitos na terra? O beato repetia todas as noites, envolto na luz da fogueira, parecendo pairar sobre a terra:

— Num vai ficar pé de pau, nem capim rasteiro, nem limo molhado. Num vai ficar nem passarinho, nem bicho do chão, nem bicho das água, nem peixe nem sapo, num vai ficar vivente nenhum... Vai morrer tudo na mesma hora. Primeiro é eles, depois é o homem, os bons e os ruim, os rico e os pobre, os são e os doente. Foi Deus que mandou dizer...

E como um eco Zefa repetia:

— Foi Deus que mandou dizer...

— Tudo vai prestar conta, tim-tim por tim-tim, num pode esconder mesmo que queira, num pode mentir, quem pode mentir pra Deus que vê tudo?

Zefa levantava os braços:

— Quem pode mentir pra Deus que vê tudo?

Estêvão esperava que a voz de Zefa morresse ao longe, continuava sua pregação:

— Deus se cansou, seus olho se fechou, aguniado de ver gente tão ruim fazendo ruindade pros filho dele... Os olho de Deus espiavam o sertão, só via desgraça. Menino morrendo sem ter de comer, os homens morrendo sem ter tratamento. Os homens sem terra suando na terra dos outro... Gente com tudo, gente com nada... Deus achou ruim, num tava direito...

— Deus achou ruim, num tava direito... — aquela segunda voz ajudava a gravar a verdade no coração dos homens.

— Deus me chamou, mandou que viesse. Estêvão, diz a eles que o mundo vai acabar. Quem fizer penitença vai se salvar, quem não fizer num tem salvação... Quem num fizer não tem salvação, Deus foi quem disse...

— Quem num fizer num tem salvação, Deus foi quem disse...

— Chama só os pobre, os rico tá tudo perdido, fizero coisa de espantar, num quero ver eles. Os rico tá condenado, não salva nenhum...

— Não salva nenhum...

— Já gozaro na terra, os pobre sofrero... Manda eles fazer penitença que vou acabar cum mundo de vez, com os bicho, os pés de pau, as borboleta e cum os homem... Assim falou Deus e estava cum raiva, cum raiva dos rico, cum raiva dos homem...

— Estava cum raiva, cum raiva dos ricos, cum raiva dos homem...

— Meus filho, eu lhe digo que o mundo não dura, seu tempo passou. Tá chegando no fim, já vai se acabar. O dia tá perto, os homem não pode empatar. Foi Deus que arresolveu, cansado de ver tanta miséria...

— Cansado de ver tanta miséria...

— Seus olho até se fecharo de tanto que viu.... Meus filho, eu lhe digo que já tá perto e que é tempo de penitença. Quem não fizer não vai se salvar... Foi por isso que vim, só falo pros pobre, não falo pros rico, falar não adianta...

— Falar não adianta...

— Eles vai ser castigado, os que tomaro terra nesse mundo quando chegar lá em cima vão dar suas terra pros que não tem nada. Fica mais pobre que cego de feira... Os que mataro gente vão morrer todo dia de morte matada... Os que roubaro vão dar tudo que têm, dinheiro dos outro e o seu também. Eles vai ser castigado, não escapa nenhum...

— Não escapa nenhum...

— Deus tá cansado de tanta ruindade... Meu filho, a hora chegou, o mundo vai se acabar. Vamo rezar, fazer penitença, limpar os pecados pra Deus perdoar...

— Pra Deus perdoar...

— Deus abençoe ocês todos — Levantava a mão, os romeiros baixavam as cabeças sujas de cinzas, saíam silenciosamente para suas cabanas. Zefa andava entre eles, olhada com respeito e amizade. Também ela fazia milagres. Só o negro Cirilo ficava ao lado de Estêvão. Quando ele entrava na cabana o negro se estendia na porta, de peito pro chão, a repetição ao alcance da mão, o punhal sob a camisa, o sono leve, o menor ruído o despertava. Despertava com a mão no punhal.

9

Os trabalhadores largavam seus instrumentos de lavoura, quando os fazendeiros reclamavam, eles diziam que o mundo ia acabar, não adiantava se matar nas roças para ganhar miséria. Soltavam as enxadas, fugiam de noite, em busca do beato. E olhavam os coronéis sem aquele respeito costumeiro, sabiam o que sobre eles dizia Estêvão em suas pregações. Estavam todos condenados, nem um só se salvaria. Nas igrejas dos arraiais diminuíam os batizados, não vinham mais os pares pelos sábados para os casamentos sem solenidade. O beato também batizava e casava e não cobrava nada, era de graça. Os jornais da capital publicaram artigos dizendo que o beato estava incitando os homens do sertão à desordem, que corria perigo a safra daquele ano por falta de braços, que os mais sãos princípios da civilização cristã que, com tanto sacrifício, os abnegados sacerdotes levavam pela caatinga adentro, perigavam, sucumbiam naquela onda de superstição que tão rapidamente se alastrava por todo o sertão nordestino. Fazia-se necessária e urgente uma enérgica providência das autoridades. Jornais governistas e oposicionistas uniam-se contra o beato, e se bem um repórter houvesse publicado fotos e comentários explorando o que havia de pitoresco em Estêvão e nos seus ritos, os diretores, nos artigos de fundo, afirmavam que chegara o momento de colocar o beato num hospício e reconduzir os camponeses às fazendas abandonadas, obrigando-os ao trabalho. Senão os prejuízos da lavoura seriam totais naquele ano já que a seca liquidara parte das colheitas. Os sertanejos não liam os jornais, em geral não sabiam ler nem escrever, mas ouviam as palavras do beato e como já estivessem desesperados, continuavam, cada vez em maior número, a largar as foices e as enxadas, os machados e as puas, só não deixavam o facão porque era a arma que possuíam. E cortavam o sertão em busca dos passos de Estêvão, não queriam que o mundo se acabasse sem haver recebido a sua bênção.

Estêvão acampou a algumas léguas de Juazeiro, ainda na caatinga, longe dos caminhos. Ali havia uns poços de água, os sertanejos caíram de facão nos arbustos, roçaram, levantaram cabanas improvisadas. Pelo visto o beato pensava em demorar ali, ninguém sabia dos seus planos, nem mesmo Zefa que era santa também. Iria ele descer sobre a cidade, assaltar um trem e rumar para a capital? Iria ficar ali para sempre, recebendo os romeiros, fazendo milagres, curando doentes? Se assim fosse não tardaria que uma cidade se levantasse naqueles matos. Nem para Bom Jesus da Lapa, nem para Juazeiro do Ceará, onde pontificava o padre Cícero, caminhava tanta gente, pelas estradas da caatinga. Voltaria sobre seus passos e se embrenharia de novo no sertão, percorrendo-o mais uma vez? O mais certo é que quisesse esperar naquele lugar o momento que anunciava, do mundo se acabando. Ele dizia que havia um lugar no qual Deus ia descer para o julgamento final. Com certeza era aquele, com seus sete poços. Estêvão parara diante de cada um, acompanhado de Zefa, benzera as águas para que elas não secassem.

Foi ali que a expedição policial o veio encontrar. As romarias de sertanejos sucediam-se. Em certas ocasiões chegavam mais de cem de uma vez e era preciso conseguir comida fosse como fosse. Os armazéns não vendiam, havia uma ordem dos fazendeiros. O jeito era roubar, matar vacas no campo, carnear ali mesmo, trazer os quartos para o acampamento. Romeiros se especializavam em assaltos, os pedidos de providência eram cada vez mais frequentes. A polícia chegou finalmente, oitenta homens bem armados. O capitão estudou a situação, concluiu que se os cercasse eles teriam que se render por falta de comida. Aquilo era uma brincadeira de crianças.

Mas começou a ter atritos com os romeiros que chegavam. Queriam passar, tinham vindo de longe em busca da bênção salvadora do beato. A polícia cortava o caminho de um lado, os romeiros insistiam, travavam-se pequenos combates, caíam sertanejos mortos e feridos. E os homens do beato continuavam a sair pela noite para roubar. Nunca atacavam a polícia mas, quando eram atacados, se defendiam valentemente, já houvera baixas entre os soldados.

Estêvão durante algum tempo parecera não se preocupar com a força policial que o cercava. Mas quando as mortes começaram e o cerco foi se apertando, ele pensou que os soldados podiam matar os sertanejos sem defesa. Foi quando mandou que Cirilo fosse em busca de Lucas Arvoredo. Aqueles eram os soldados mandados pelos ricos sem salvação que não queriam que sua palavra fosse ouvida, que os homens fizessem penitência. Não era pecado lutar contra eles. Mas quem o poderia fazer senão Lucas Arvoredo, o cangaceiro?

O cerco se apertava e Cirilo não voltava com Lucas, os sertanejos iam até muito longe, buscando-os para lhes indicarem o caminho. Não será que eles se perderam nas voltas da caatinga, nos embrenhados de espinhos? Mas ninguém conhece os segredos da caatinga como Lucas Arvoredo. Ele vem vindo pelos caminhos, antes que a polícia se dê conta ele chegará.

Romeiros furavam o cerco pela noite, vinham beijar o camisu do beato. Vinham de cinco estados diferentes; haviam andado léguas e léguas, a polícia não os podia impedir de receber a bênção de Estêvão. Deixavam as mulheres e os filhos do outro lado, se arrastavam por entre a caatinga, atingiam o acampamento do beato. E não voltavam a sair porque era preciso defender Estêvão e eles tinham facão e garrucha, não era pecado atirar nos soldados. O mundo ia mesmo acabar, que importava morrer?

A cada dia ficava menor e mais difícil a saída livre para os campos. Os soldados ganhavam a cada noite alguns metros, fazia-se necessário muita sutileza e malícia, um passo de gato, uma ligeireza de onça, para passar entre as patrulhas, ir às fazendas, trazer os bois abatidos, as cabras mortas, as mantas de carne-seca. Alguns ficavam com uma bala no peito. Mas a comida para os romeiros não faltava no acampamento do beato Estêvão.

10

Lucas Arvoredo nunca andara tão depressa. O negro Cirilo que o fora buscar e que pedia rapidez quase não os pôde acompanhar. Viram as luzes das fogueiras no princípio da noite. Puseram os joelhos em terra, fizeram o pelo-sinal, começavam a pisar em terra santa, sentiam-se aliviados dos pecados, defendendo o beato eles se redimiam dos crimes praticados.

Quando Lucas levantou-se, Zé Trevoada começou a cantar a moda dos seus feitos e todos acompanharam. Anunciavam ao beato a sua chegada:

*Lá vem Lucas Arvoredo,
armado com seu fuzil...*

O perfil do cangaceiro destacava-se na noite. Não era muito alto mas dava uma impressão de força descomunal com suas roupas de couro, seu cabelo comprido, o fuzil levantado. Estavam sobre uma elevação, não chegava a ser uma colina, dali descortinavam também as fogueiras dos soldados. Lucas disse:

— Tem muito macaco pra gente queimar...

Zé Trevoada sentia-se alegre, nada lhe agradava mais que matar um soldado de polícia. E se fosse um graduado, melhor ainda. Andaram para diante, o canto ia dominando as vozes dos romeiros, era um canto de guerra, agora as coisas se modificavam no acampamento. Aquela foi a última noite de paz.

Quando Lucas chegou, o beato o esperava de pé, em frente à fogueira, os romeiros em torno, a multidão silenciosa e suja, desgrenhada e enferma. Os quartos de vaca para o jantar estavam sendo assados nas fogueiras e um cheiro de carne chamuscada se elevava no ar. Ao lado de Estêvão estava Zefa, Cirilo se adiantou, tomou seu lugar às suas espaldas antes que algum cangaceiro o fizesse. Lucas caiu de joelhos mas Estêvão o levantou:

— Meu filho, tu chegou bem chegado. Mandei buscar tu porque os homens ruim mandou os soldado atacar os filho de Estêvão, os que vão se salvar. Tu também vai, mas com tu e teus homens é doutro modo. Tu vai lutar, acabar com os soldados... Estêvão não terminou com sua missão, num pode interromper... Eles não deixa os romeiros chegar pra vim fazer penitença, eles não deixa eles passar, assim eles fica sem bênção, vai tudo se condenar... Deus num quer isso, tu vai acabar...

A voz de Zefa repetiu num eco:

— Deus num quer isso, tu vai acabar...

Aquela voz ressoou familiar aos ouvidos de Zé Trevoada. Procurou enxergar entre a fumaça negra em borbotões. Quem seria que falava assim, com voz tão conhecida dele? Lucas Arvoredo respondia a Estêvão:

— Meu pai, sou teu filho pra obedecer tuas ordens. Dizque tem muito soldado, viero quarenta e sete homem comigo, munição não tem muita mas nóis arranja... Meu pai, onde tu for, Lucas vai também e seus homem com ele... Meu pai, é só tu mandar e a gente tá pronto...

— Deus tá contente com tua chegada...

— Deus tá contente com tua chegada... — Zefa repetia.

Zé Trevoada tremia. Parecia-lhe a voz de Marta, era a mesma entonação, só que mais áspera e menos cristalina. Quem seria, Senhor? Anda uns passos pra frente.

O beato mandava juntar, num monte, os fuzis dos cangaceiros. E os benzia, a mão levantada, os olhos perdidos, aqueles seus olhos azuis que davam medo e infundiam confiança. E a procissão recomeçou. Mas antes que ela partisse, Zé Trevoada se aproximou e reconheceu sua tia Josefa. Não era mais a sua tia, porém, maluca atacada dos espíritos, da qual eles riam e debochavam quando rapazes. Agora parecia outra, nem olhou para ele, o passado não existia para Zefa. Agora era uma santa, quase tão santa quanto Estêvão, era a segunda língua de Deus, como diziam os romeiros. E Zé Trevoada se inclinou diante dela, contou orgulhoso aos outros cangaceiros que era sua tia, de nome Zefa, e que de há muitos anos ela vinha também repetindo que o mundo ia se acabar e que era preciso fazer penitência. Olhava para ela como hipnotizado e só descansou quando Zefa pousou a mão cheia de cinza em sua cabeça e a derramou nos seus cabelos. Sentiu-se aliviado, perdoado até dos deboches que fizera com ela, do pouco-caso com que a tratava quando ela ainda estava em sua casa, já era santa mas ele não sabia.

Os cangaceiros apontavam Zefa com o dedo respeitoso:

— É tia de Zé Trevoada...

Como se fosse uma parenta deles todos, uma espécie de santa ligada ao grupo, a que viera particularmente para os jagunços de Lucas Arvoredo. Zé Trevoada não se animava sequer a perguntar à tia pelo destino de Jerônimo e Jucundina, ela não era desse mundo. Aliás, ali no acampamento, entre as fogueiras sagradas, os sete poços bentos, ouvindo as profecias do beato, não pareciam estar mais no mundo de todos os dias. Era como numa alucinação, não havia limites entre a realidade e a imaginação.

Lucas reuniu os seus, traçaram seus planos. Os soldados completavam o cerco.

11

E tudo depois foi muito rápido. Eles estavam cercados, dos sete poços três já se encontravam pra lá dos soldados. E tinham que romper o cerco cada noite. Agora os romeiros iam escoltados por homens de Lucas e os combates se repetiam, mortos dos dois lados. Mas vinha carne, as palavras do beato eram mais violentas cada noite, sua voz tinha novos encantos e espumava sua boca geralmente tão doce. Zefa repetia as frases, os sertanejos as guardavam no coração. Chegaram reforços para a polícia.

Poucos dias se passaram e os soldados cobriram um poço atrás do outro. Agora era a sede e Lucas resolveu fazer um ataque que os jogasse para fora. À boca da noite reuniu vinte homens. Durante o dia havia ele mesmo estudado, acompanhado de Zé Trevoada, a situação. Em frente a um dos poços estavam apenas oito homens. Não era o poço maior mas nenhum de tão pura água como aquele, era uma nascente, com ela chegaria para abastecer o acampamento.

Depois da procissão eles saíram. Eram vinte homens escolhidos, os melhores atiradores, os que não erravam a pontaria. Iam Bico Doce e Sabiá, Borboleta e Chico Martins. Foram de mansinho, se arrastando entre os espinheiros, e não faziam mais ruído que as cobras. Levavam os fuzis sob o braço, tomaram posição. A fuzilaria rompeu, pegou os soldados desprevenidos, alguns deles conheciam já aqueles gritos endemoninhados, gritaram pros outros:

— É Lucas Arvoredo...

Eram oito soldados, ficaram oito cadáveres em torno ao poço, os romeiros vieram e levaram água para muitos dias.

Do outro lado o capitão ouviu o tiroteio. Cento e trinta homens não eram muito para aquele cerco. Mas com os reforços tinham vindo metralhadoras, seria melhor não esperar, atacar de uma vez. Se não o fizesse era possível que Lucas fosse ganhando as posições, guarnecidas com poucos soldados, abrisse caminho, e se ele e o beato penetrassem na caatinga ninguém os pegaria mais. E adeus promoção, citação na ordem do dia, o nome com elogios nos jornais. Reuniu os tenentes para discutir.

Na outra noite os soldados tentaram recuperar o poço. Mas os homens de Lucas reagiram, mantiveram a posição. O capitão traçava planos, inspecionava os soldados, conversava com os antigos sargentos envelhecidos na perseguição aos cangaceiros. E deles soubera que o melhor era o combate em campo aberto, atacá-los no acampamento, mais além dos espinheiros. Só assim poderiam vencê-los.

— É o seu calcanhar de aquiles... — disse aquele tenente tímido para o capitão. Mas o capitão tinha raiva dessa gente literalizada que sabia frases e citações. Na hora da briga essa gente só sabe correr.

Trinta homens atacariam por detrás, primeiro. Abririam fogo cerrado, chamando para lá os homens de Lucas. Os outros cinquenta penetrariam então no acampamento para o combate a descoberto. Um sargento aconselhou que esperassem uma noite sem lua, facilitaria os movimentos. Com os reforços chegados tinham vindo também repórteres dos jornais da capital. Constava por lá que o fim do beato se aproximava.

12

O fim se aproximava, o fim do mundo, dizia o beato Estêvão. Aquela era a noite de santa Josefa e ele ordenara que a procissão desse duas voltas em vez de uma. Zefa trazia uns ramos de alecrim nos cabelos, os romeiros recebiam as folhas, botavam nas feridas, cicatrizavam.

A Lucas Arvoredo não passara despercebido o movimento

no bivaque dos soldados. Os romeiros traziam notícias, as patrulhas da polícia estavam deixando suas posições, os soldados se reuniam em grupo grande, dezenas de homens marchavam para detrás do acampamento, escondidos pelas sombras da noite sem lua. Lucas chamou Zé Trevoada, entregou-lhe vinte homens, mandou-o para aqueles lados.

— Eles quer atacar, já viro que num leva vantage com os grupo pequeno... Quer vê se acaba cum a gente...

— Tu pensa que nóis pode aguentar?

— A munição tá pouca... Mas, se nóis manter eles distante, pode abrir caminho e atravessar cum o beato...

— E ele quer ir?

— Dizque vai... Ele e mais doze, os outro fica, vai depois se encontrar...

Zé Trevoada marchou com seus homens. Os soldados vinham por entre a caatinga, Jão vinha com eles, sob o comando daquele tímido tenente que citava frases. O capitão esperava ouvir os tiros para ordenar que seus homens marchassem sobre o acampamento. Suas ordens eram que atirassem sem piedade, sem distinguir romeiros de cangaceiros.

Jão estava contente porque havia sido escolhido para vir por detrás, assim não teria que atirar contra o beato nem contra os sertanejos desarmados. Marchavam dificilmente por entre os espinheiros. Com passo sutil e manso os cangaceiros que eles pensavam surpreender chegavam do outro lado, estavam a poucos metros, viam o tenente de óculos, os soldados andando. Zé Trevoada não viu o rosto de Jão, via apenas a calça cáqui da farda odiada. Ordenou que seus homens deitassem e esperassem. Quando os soldados estivessem bem perto, então sim...

Deitaram-se, o cano dos fuzis passando entre os troncos delgados dos arbustos. A noite era escura, sem lua, mas os olhos de Zé Trevoada sabiam enxergar no negrume da noite. Via as pernas do soldado marchando. Não sabia que era seu irmão, Jão, o que tinha partido antes de todos. Pelo seu passo calculava o momento em que deviam pular e atirar, soltando seus gritos que amedrontavam, seus gritos de guerra de cangaceiros. É agora. Um sinal que passa de homem em homem. E os gritos cortando a caatinga, gritos de animais em fúria, terríveis de parar o coração. Zé Trevoada levanta o fuzil, no clarão do tiro Jão viu seu rosto. Era seu irmão José e ele murmurou o seu nome mas Zé Trevoada partia pra frente, os cangaceiros atiravam. Jão via os soldados correndo, ouvia a voz do tenente gritando ordens mas ouvia tudo baixinho e enxergava através de uma nuvem que cobria seus olhos. A única coisa que via perfeitamente vista era a face de seu irmão José disparando o fuzil, a boca aberta num grito, os olhos apertados de raiva. E no momento mesmo de morrer Jão compreendeu que José era o falado Zé Trevoada, lugar-tenente de Lucas Arvoredo. E ainda pôde desejar que ele escapasse com vida e o beato também, ah!, o beato também...

Os tiros continuavam e na parte fronteiriça ao acampamento ressoavam os passos dos soldados no ataque decisivo. Zé Trevoada gritava seus gritos de guerra, Jão morrera sorrindo.

13

Agora a fuzilaria era cerrada no acampamento. Os soldados tinham penetrado, o beato se colocara com Zefa e os romeiros no círculo das fogueiras, começara a pregar como se nada estivesse acontecendo. As balas derrubavam os homens, os gemidos se misturavam às palavras, Cirilo sustentava a repetição por detrás do beato. Lucas e seus homens, no descampado, faziam frente aos soldados, mas não sabiam brigar assim. E quando Lucas caiu, ferido na cabeça, seus homens recuaram. Vieram vindo de costas para onde estava o beato, pararam diante dos romeiros. Os soldados avançavam, uns quinze já haviam caído mortos ou baleados mas as baixas nos cangaceiros eram maiores. E no ardor do combate o desejo de matar crescia de cada lado. Os romeiros iam tomando das armas dos que caíam, ocupavam seus lugares. Os soldados atiravam indistintamente sobre cangaceiros e romeiros, aqueles que eram nascidos na cidade procuravam acertar no beato em torno ao qual amontoavam-se os cadáveres.

Agora era um combate corpo a corpo, os cangaceiros puxavam os punhais, os tiros ouvidos vinham de longe, da luta de Zé Trevoada com os soldados que atacavam por detrás.

O soldado fez pontaria no peito do beato, o seu tiro partiu ao mesmo tempo que o de Cirilo, o beato rolou sobre os corpos dos sertanejos, o soldado caiu no chão onde as brasas se espalhavam. Então Cirilo marchou pra frente, largara a repetição, tomara do punhal. Um soldado segurou Zefa por um braço, ela se debateu, mordeu e arranhou, dava-lhe pontapés, cuspia-lhe na cara. Ele bateu no seu rosto com a coronha do fuzil, quando ela caiu, o soldado baixou a arma e atirou.

Zé Trevoada ainda veio dos fundos, após haver liquidado os soldados. Mas já encontrou os últimos cangaceiros correndo para donde ele vinha, disseram que Lucas e o beato haviam morrido. Sua tia Zefa também.

Olhavam-no esperando ordens. Dos vinte homens que ele levara apenas quatro tinham sido postos fora de combate. E mais uns dez chegavam do acampamento, nada mais havia que fazer. Voltaram correndo, os soldados já os perseguiam, mas Zé Trevoada alcançou a caatinga a tempo. Quando passou, pisou no rosto de um soldado. Disse um palavrão mas Jão sorria sempre, mesmo da praga do irmão.

O sertão se esqueceu do nome do beato Estêvão, se esqueceu do nome de Lucas Arvoredo. Mas o nome de Zé Trevoada ficou cada vez mais famoso, sua malvadez e seus crimes deixaram muito longe os de todos os cangaceiros que o antecederam no domínio da caatinga. Dele diziam que não tinha mesmo coração, que homem assim tão ruim nunca surgira, nem mesmo Virgulino Ferreira Lampião. Nunca perdoou um soldado, nunca abateu um tostão nos tributos que lançava nas cidades assaltadas. As modas diziam dele:

> *Trevoada já chegou,*
> *muito sangue vai correr...*

14

Por ordem do capitão cortaram as cabeças do beato Estêvão, de Lucas Arvoredo, de Zefa, dos outros cangaceiros, de alguns romeiros também para aumentar o número. Levaram como troféus, exibiram-nas na cidade, desfilaram centenas de curiosos. O capitão foi promovido, citado em ordem do dia, e, apesar de não gostar de literatura, escreveu um livro sobre a campanha. Pôs o título de *O novo Canudos*.

No acampamento, de madrugada, os cadáveres estavam amontoados. Com o calor começaram a apodrecer. Os urubus vieram de toda a caatinga, cobriram o sol com seu negrume, foi tamanha escuridão que parecia que o mundo ia se acabar.

NENEN

1

Juvêncio, a quem os íntimos chamavam de Nenen, ouvia em silêncio, a atenção concentrada, o homem alto que falava. Pouco sabia daquele companheiro, apenas que viera do sul, de Pernambuco talvez, e que era da direção. Assim lhe tinha dito o sapateiro quando viera avisá-lo da reunião:

— É com um companheiro dirigente que chegou aí... Só leve os homens de absoluta confiança... Gente duvidosa, não! Não podemos pôr em perigo a segurança do companheiro...

E o responsabilizara:

— A responsabilidade é sua...

Enquanto escutava, atento porque desejava entender tudo que fosse dito, aprender bem o sentido das palavras de ordem, Juvêncio examinava o dirigente. Havia no homem qualquer coisa que o fazia antipático à primeira vista, algo que impedia que entre ele e os que o ouviam se estabelecesse essa corrente de simpatia e compreensão que tanto ajuda o entendimento. Juvêncio procurava perceber que coisa seria essa, não se sentia bem com aquele sentimento abrigado no peito. Como conseguir desligar as palavras justas que o homem dizia — e dizia com certa ênfase e alguma clareza — da antipatia que sentia por ele? Talvez faltasse na ênfase e na clareza do homem aquele fogo nascido da convicção profunda e daí a frieza da sala. Naquele tempo não era apenas o Partido que lhe parecia sagrado e intangível. Eram os companheiros dirigentes também. Juvêncio ainda confundia o Partido com os homens, e era neles, na sua sinceridade e capacidade de luta, que buscava encontrar a concretização do Partido. Não o sentia através da luta e seus resultados e, sim, nos militantes e nas suas qualidades. Tinha pouco mais de um ano de Partido e alguns meses desse ano ele os passara na Amazônia, em meio à selva, sem nenhum contato com os camaradas. O homem citava Lênin e Stálin, livros que Juvêncio não lera, frases difíceis para ele. Tudo quanto lera, além de materiais clandestinos, fora um livro de Maria Lacerda Moura e com ele se entusiasmara. Admirava o homem, sem dúvida. Parecia saber muita coisa e os esmagava — àquele grupo de cabos e sargentos — com as citações, as frases de Lênin e até de Marx. Juvêncio murmurou para si mesmo o resultado das suas observações:

— Pernóstico...

Muito tempo depois, na cadeia, ele iria ter oportunidade de conhecer de perto a Agnaldo — que ali, na reunião, usava o nome de guerra de Tadeu — e de aprender uma palavra que melhor o definia: autossuficiente. Mas quando isso aconteceu já o cabo Juvêncio distinguia perfeitamente o Partido dos homens que o compunham.

A casa onde efetuavam a reunião era nos subúrbios da cidade de Natal, e através das frestas da janela fechada entrava a brisa da noite. O ar da sala estava empestado com o fumo dos cigarros baratos e houve um momento em que Juvêncio se sentiu sufocar e não pôde acompanhar as palavras de Agnaldo. Perdera-se no estudo de sua fisionomia e implicava com aquela voz sibilante, que demorava na pronúncia das últimas sílabas como um professor que ensinasse meninos a soletrar. Fez um esforço maior, concentrou novamente a atenção:

— ... e cada companheiro deve estar pensando, consciente das suas responsabilidades, do papel histórico da classe operária, e apto a enfrentar a situação...

O homem era inteligente, não havia como negar. Traçava agora o quadro político do país e Juvêncio foi ficando entusiasmado. As palavras de Agnaldo eram cheias de otimismo, pelo que ele dizia o poder estava quase nas suas mãos, como uma fruta madura numa árvore, bastava alçar-se nas pontas dos pés e colhê-la. A palavra *baluartismo* já era conhecida de Juvêncio e ele mesmo a empregava, rudemente, quando recebia — para transmitir à direção local — os informes dos cabos de cada companhia, dos sargentos e dos soldados. Quando as notícias lhe pareciam demasiado otimistas (Macedo sempre tinha que contar de um "oficial que é nosso, batuta"), ele retrucava, áspero:

— Olha esse baluartismo...

Ouvira a palavra uns dois meses antes, noutra reunião como aquela, apenas mais restrita, quando falara também um dirigente chegado do Sul. Juvêncio não podia se furtar à comparação. O outro não era tão fluente, parava procurando as palavras, a voz um pouco trôpega como se ele não estivesse afeito a longas dissertações. Mas não só o entendiam completamente, percebendo o significado de todas as frases como as instruções que ele transmitia ficavam gravadas no fundo de cada um, saíam dali para cumpri-las. Era bem jovem aquele dirigente, tinha um sorriso tímido e abraçara a todos eles na hora da despedida. Perdera tempo explicando frases do material que trouxera, frases que realmente eles não poderiam entender só com a simples leitura. Juvêncio gostara dele. Agnaldo era desagradável nos modos, se bem de palavra fácil. Uma distância se marcava entre ele — o dirigente — e os homens na sala. Olhava-os de cima, como que havia uma leve ameaça em cada uma das suas afirmações. Mesmo quando traçava aquele quadro otimista parecia responsabilizar os sargentos e cabos do regimento por qualquer falha que houvesse, ainda que ela acontecesse no Rio Grande do Sul e não no Rio Grande do Norte. O sapateiro, que era da direção local, olhava Agnaldo humildemente e aquilo incomodava Juvêncio, de natural rebelde e pouco inclinado a bajulações.

Agora o dirigente iniciava o estudo da situação local. A atmosfera da sala ia se tornando insuportável. Há três horas já que eles estavam reunidos, a sala era pequena, não havia eletricidade e a fumaça do candeeiro ficava boiando sobre eles, misturada à dos cigarros sucessivos. Juvêncio percebeu que Macedo deixara de prestar atenção, apesar de manter os olhos fixos em Agnaldo. Conhecia bem aquele olhar do companheiro, sabia o que ele significava: Macedo estava distante dali, imaginando coisas, cenas nas quais ele era o herói. No mínimo já estava pensando num levante, nas proezas que realizaria, nos tiros que dispararia, nas valentias que faria. Macedo era assim, mas, em compensação, nele se podia confiar, era homem para as horas ruins. Juvêncio conhecia cada um daqueles cabos e sargentos como se houvesse nascido do mesmo ventre que eles e ao seu lado houvesse crescido. Ali estava Valverde, baixote e sorridente, capaz das maiores besteiras, mas um que nunca trairia, desses que morrem mas não falam. Já em Francisco Conceição, tão meticuloso que nem uma rendeira com seus bilros, Juvêncio confiava pouco. Não sabia o que ele podia dar numa situação difícil. Os outros gostavam de Conceição, achavam-no formidável porque ele era dos que mais intervinham, cheio de detalhes, com soluções próprias para cada coisa. Mas Juvêncio tinha um palpite de que ele falharia quando chegasse o momento decisivo. Vira-o empalidecer, tremer e ficar com a testa cheia de suor, quando, certa manhã, antes da instrução, lhe passara, sob as vistas do tenente, um papel com uma ordem. O tenente estava perto mas Juvêncio escolhera o momento exato, e o único em que teria, nesse dia, contato com Conceição. A tarefa era urgente, para ser executada naquela mesma manhã, tinha que arriscar e se o outro não se revelasse tão medroso o tenente nada teria percebido. Mas Conceição tremera, o tenente desconfiou, andou para os lados do cabo. Conceição estava com o papel entre os dedos, Juvêncio sentiu que ele ia deixá-lo cair, marchou então para o tenente, propondo-lhe uma questão, cortou o rumo dos seus pensamentos e dos seus passos, deu tempo a que o outro escondesse o papel. Quando deixou o tenente, esse ainda olhou para onde estava Conceição, mas já sem aquela intuição, achando que não devia ser nada.

Juvêncio depois reclamara com Francisco Conceição mas ele lhe respondera que ia engolir o papel, fazer e acontecer. Bravatas, pensava Juvêncio, mas, na opinião dos demais, Conceição crescia, se bem fosse a Juvêncio que eles todos, sem exceção, respeitavam e seguiam. Sobre ele não havia duas opiniões.

Cutucou Macedo para que o cabo prestasse atenção:

— Agora é com a gente... — murmurou baixinho mas ainda assim Agnaldo percebeu, parou, olhou-o com certa censura e perguntou:

— O companheiro Juvêncio tem alguma observação a fazer?

"Sujeito besta." Pois aproveitaria para reclamar contra a atmosfera insuportável da sala:

— Queria dizer ao companheiro que seria bom se pudéssemos parar uns minutos, para abrir a janela e deixar sair essa fumaceira. Assim a gente não pode prestar atenção...

E como visse que o outro ia reagir e achasse que não valia a pena criar um caso e, sim, conseguir o que desejava, completou:

— O informe do companheiro é muito sério. Nós não somos instruídos como o companheiro, a gente é pouco politizada. A gente precisa estar bem atenta para não perder nada do informe tão importante...

Juvêncio via o sapateiro incomodado, fazendo-lhe sinais de reprovação com os olhos e os lábios. Sorriu, derramou mais uns elogios na "capacidade do companheiro Tadeu", este estava satisfeito. Aliás, ele mesmo gostaria de descansar um pouco, beber um copo de água, a língua estava seca, falava há bem mais de uma hora. Concordou e todos se levantaram e foram para a sala dos fundos. Só ficou o dono da casa, um sargento, que abriu as janelas e respirou o ar puro da noite.

Na sala dos fundos eles se espreguiçavam, trocavam comentários. Uma criança chorou no quarto, acordada talvez pela voz gritante de Macedo que dava sua opinião entusiasta:

— Formidável! Formidável!

Agnaldo bebia água, sem se misturar com eles, levando o sapateiro para um canto, numa conversa cochichada. Não se tratava de nada importante. Agnaldo queria apenas saber detalhes sobre as ruas da cidade que não conhecia para não se perder quando andasse sozinho, mas o sapateiro punha uma cara de mistério para que os cabos e sargentos pensassem — como pensavam — que ali altos problemas do Partido estavam sendo resolvidos. Juvêncio gostava do sapateiro, era um bom homem, e respeitava-o como dirigente do Partido. Aquele respeito, porém, que inicialmente, logo que ele chegara a Natal, fora grande, ia diminuindo à proporção que o tempo passava e que o contato entre eles se tornava maior. Juvêncio era um ser ansioso de aprender, vivia fazendo perguntas e a muitas o sapateiro não sabia responder. Se dissesse isso francamente, não se diminuiria perante Juvêncio. Porém nunca respondia "não sei". Embrulhava as palavras, numa conversa comprida, a explicação não vinha. Por vezes, dias depois, num novo encontro, ele trazia a solução e Juvêncio ficava satisfeito:

— Esse bruto teve que estudar...

Certo domingo almoçara em casa do sapateiro, conhecera sua esposa e seus três filhos, vira a pequena estante feita de tábuas de caixão onde repousava meia dúzia de livros. Juvêncio olhou-os com inveja. Via os títulos, alguns em espanhol, eram obras de Lênin, folhetos, um resumo de *O capital*. O sapateiro, ao seu lado, sentia-se orgulhoso. Retirou da estante um volume em espanhol, era o *Que fazer?*, de Lênin.

— Isso é que é livro. *¿Qué hacer?*, quer dizer *Que fazer?* É de Lênin... Explica tudo... Só não lhe empresto porque você não sabe espanhol...

Mas não quis lhe emprestar também os folhetos em português. Juvêncio podia perdê-los e eram livros difíceis, nas livrarias não havia, chegavam por meios ilegais. E como Juvêncio garantisse que tomaria todo cuidado, se responsabilizaria pela devolução, o sapateiro usou de outro argumento. Era perigoso um livro daqueles em mãos de um cabo do Exército, no regimento ou mesmo em casa. E se um reacionário visse? A provocação que resultaria... E logo agora... Não, não podia emprestar.

O argumento pesou sobre Juvêncio, não teve o que dizer. Mas durante dias a visão daqueles livros o perseguiu, quando poderia ler tudo que desejava? Quando saíra da roça em busca da cidade antes de entrar para a polícia militar e seguir para São Paulo, mal sabia soletrar e desenhar o nome. Aplicou-se ao estudo com uma vontade de ferro. Não lhe custou muito aprender a ler correntemente, a escrever com desembaraço. Tinha até uma letra bonita, uma assinatura que parecia de doutor, com uns floreados embaixo. Em São Paulo, o camarada Tavares, Zé Tavares, um sujeito de sua terra que emigrara e era guarda-civil na capital paulista, dera-lhe a ler o livro de Maria Lacerda Moura e um romance sobre a vida de trabalhadores do campo. E depois o convidou a ingressar no Partido, contando-lhe, enquanto andavam pelas ruas trocando pernas, qual a missão dos comunistas, como lutavam e o que pretendiam. Entusiasmou-se:

— Mas era isso que eu tava procurando...

Nunca mais conseguira ler um livro. Chegara a estar de posse de um, logo que desembarcaram em Natal. Fora Valverde quem aparecera com ele no regimento. Título mais sugestivo não podia haver: *ABC do comunismo*. Lera avidamente as primeiras páginas quando o sapateiro apareceu e, ao ver o volume, tomou-o de suas mãos, avisando-lhe que aquela edição não merecia confiança, estava toda deturpada, obra dos trotskistas. Juvêncio o entregou, agradecido do aviso do outro. Viu-o rasgar o livro:

— Pra não envenenar outro companheiro...

Falara-lhe depois sobre Trótski e o mal que ele fizera à revolução. Como os trotskistas sabotavam o esforço do Partido e traíam a classe trabalhadora. Ali pelo Norte eles eram raros, felizmente. No Sul é que havia muitos, infiltravam-se no Partido só para destruí-lo. Juvêncio ficava pesando as palavras de Zé Tavares. E concluía que ele não podia ser trotskista.

— Trotskista e policial é a mesma coisa... — resumia o sapateiro, rasgando as últimas páginas do livro condenado.

Na cadeia, muito depois, Juvêncio teria tempo para ler e sua opinião sobre os trotskistas — tão arraigada nele devido à paixão com que o sapateiro falara — iria se reforçar diante das provas e dos fatos. Leria também o *ABC do comunismo*, desta vez uma edição merecedora de fé. E pensava que se tivesse tido livros naquela ocasião talvez muita coisa tivesse sucedido de maneira diferente.

Dez minutos haviam passado desde que a reunião fora suspensa. Agnaldo achava que era tempo de voltarem à sala. O fumo saíra pela janela aberta, eles sentavam-se nas cadeiras e no banco com outra disposição. O sapateiro, que presidia a reunião, disse:

— O camarada Tadeu vai continuar seu informe...

A voz pedante do outro:

— Pois, companheiros, como ia dizendo, agora vamos analisar as condições do nosso Partido e da Aliança aqui... Começaremos pela Aliança Nacional Libertadora...

O cabo Juvêncio sorriu para si mesmo do espanto de Macedo e Valverde quando ele lhes falara da Aliança Libertadora. Quando Juvêncio chegara da Amazônia, com certa lenda a rodear-lhe o nome devido aos acontecimentos da fronteira, e sua personalidade se impôs ao grupo de cabos e sargentos do regimento, logo um oficial o procurara e sondara sobre a possibilidade de um golpe para o estabelecimento de uma "ditadura republicana", golpe que seria chefiado pelo general Manuel Rabelo. Juvêncio não discutiu.

— Topo...

O oficial o encarregara de aliciar os sargentos e cabos, estabelecer ligações. Juvêncio tinha por aquela época vinte e um anos e numa autocrítica posterior sobre o movimento de 35, realizada na cadeia, não tivera dúvidas em reconhecer que por aquele tempo então era golpista, só acreditava mesmo na força das armas e dos levantes militares. Ao demais perdera completamente o contato com o Partido, desde que fora transferido de São Paulo, e agia por conta própria.

Alguns dias depois, porém, um músico de primeira classe, Quirino, o procurara, exibira uma credencial do Partido Comunista, e lhe fizera algumas perguntas. O companheiro não era membro do Partido? Não tivera ligações em São Paulo? Juvêncio sentiu uma alegria de adolescente que encontra a primeira namorada. Seu prestígio entre os cabos e os sargentos crescia a olhos vistos. Gostavam de ver como ele tratava com os oficiais, sem arrogância, mas sem nenhuma inferioridade, altivo. Os meses na Amazônia, em Letícia, haviam ensinado a Juvêncio que os oficiais eram feitos da mesma carne que ele e que nos momentos difíceis é que se pode conhecer perfeitamente os homens. Ali, na selva espantosa, oficiais, soldados e cabos apareceram uns diante dos outros como realmente eram, despidos de todos os artifícios, nus na sua verdadeira personalidade. Aprendera ali, durante a luta contra os paulistas em 32, a tomar resoluções rapidamente, assumir responsabilidades, não temer as situações. Com pouco mais de um mês em Natal já era ele quem resolvia os assuntos da maioria dos cabos e sargentos, seu consultor para as coisas mais variadas. Um grupo se formara em torno dele, com Macedo e Valverde à frente, e estavam todos com ele na conspiração para a "ditadura republicana".

Quirino e mais uns três eram dos que não se aproximavam muito de Juvêncio, o olhavam de longe, com certa prevenção. Até que chegara do Sul aquela informação. A direção local tinha resolvido conversar com Juvêncio, sabia do seu prestígio, e, se bem ainda não confiasse muito nele, resolvera ver se podia aproveitá-lo ganhando assim aquele enorme grupo de cabos e sargentos. Quirino, naquela primeira conversa, esteve misterioso e reticente. Perguntou muito, disse pouco. Juvêncio queria logo contato com o Partido e saber das diretrizes, das palavras de ordem. Quirino cortou a conversa dando-lhe um número da *Classe Operária* e prometendo procurá-lo no outro dia. Mas no dia seguinte Juvêncio não conseguiu falar com ele. Quirino não lhe deu possibilidade de nenhuma conversa, arredio e esquivo. Juvêncio ficou matutando sobre aquilo. Que estaria acontecendo?

Leu as quatro páginas da *Classe* repetidas vezes. Já ouvira falar na Aliança Nacional Libertadora, uns amigos de Quirino pertenciam a ela mas eram uns poucos, a gente da "ditadura republicana" era em muito maior número. Uma semana se passou assim, ele em busca de Quirino, o outro evitando conversa, escapulindo quando o via, dando desculpas que não convenciam. Finalmente, num sábado, aproximou-se risonho e disse:

— Queria lhe levar a um lugar hoje...

Juvêncio estava por conta:

— Hoje estou ocupado... Já estive às suas ordens a semana inteira... Só outro dia...

Quirino falou sério e foi essa frase que fez com que Juvêncio o ficasse estimando:

— São ordens do Partido... Não é para discutir. Se eu não conversei com o companheiro antes é que não tinha ordem para isso... É o Partido quem está chamando o companheiro...

— Não se discute... Pode marcar...

Quirino marcou um encontro num subúrbio distante. Às nove horas da noite. Estava conspirativo e avisou:

— Espere só cinco minutos. Se eu não chegar, dê o fora, espere outro aviso...

Juvêncio gostou daquilo, bulia com sua imaginação. Apertou a mão do companheiro. Depois foi uma luta para convencer a Valverde que não podia sair com ele aquela noite, ir, como ele queria, visitar Conceição, cuja amásia fazia anos.

— Talvez eu apareça mais tarde... Se tiver tempo...

— Onde você vai?

— Num lugar...

— Mas onde?

— Por aí...

Valverde era cheio de suscetibilidades:

— É segredo?

Pôs a mão no ombro do outro:

— Depois tu vai saber...

Valverde se lembrou da "ditadura republicana". A conspiração marchava lentamente mas, de quando em vez, Juvêncio tinha uns encontros com oficiais comprometidos. Devia ser uma coisa dessas. Apenas pediu:

— Vê se dá um pulo lá... Senão Conceição vai ficar aborrecido... A turma toda vai, tem arrasta-pé e mesa de doces... Era pra você levar Lurdes...

— Vou dizer a Lurdes pra ela ir... E, se eu tiver tempo, apareço... Mais tarde, lá pras onze ou meia-noite...

Às nove horas estava no ponto. Fumava um cigarro, olhava

a rua deserta. Apenas, numa esquina, um casal de namorados encostados à parede. O sino de uma igreja bateu as nove horas e logo depois Quirino apareceu no escuro, assobiando. Quando chegou a seu lado disse:

— Vamos...

Passaram pelos namorados, Juvêncio notou que a moça virara o rosto para não ser vista. Seria bonita?, pensou. Quirino ia calado e pouco adiante dobraram uma esquina, entraram num beco sem calçamento, onde a lama se acumulava. Um vulto era visível um pouco adiante. Quirino voltou a assobiar, agora um pouco mais alto. O homem diminuiu o passo até que eles o encontraram. Não houve apertos de mão. Quirino apenas disse numa rápida apresentação:

— O companheiro Juvêncio... O companheiro Pedra...

Nome de guerra, refletiu Juvêncio, enquanto procurava examinar o homem ao seu lado. Teria uns cinquenta anos, era careca, o rosto avermelhado, um ar de pessoa pacata e modesta. Sorria e era simpático o seu sorriso, mostrando as gengivas na boca desdentada. Quirino, quando chegaram sem palavras na outra esquina, resmungou um boa-noite em voz baixa e desapareceu. Em silêncio andaram mais uns passos para diante e o homem falou:

— Por que o companheiro não se apresentou ao Partido quando chegou? Um comunista...

— E como diabo eu ia adivinhar onde estava metido o Partido?

— Não trouxe nenhuma ligação?

— Só se fosse dos índios. Cheguei foi da Amazônia — narrava. — Quando saí de São Paulo para Mato Grosso me deram uma ligação para o pessoal de lá. Em Campo Grande me apresentei mas a reação estava dura, mandaram que eu esperasse. Fiquei zanzando, nunca me deram uma ordem. Quando apareciam, era para buscar dinheiro, sempre arranjei algum no batalhão. Mas demorei pouco tempo lá, vim pro Amazonas. Me deram ligação pra Manaus mas eu fui parar na fronteira com a Colômbia, em Letícia...

— Já sei da história...

Juvêncio ficou um pouco desconcertado pensando que o outro imaginara que ia lhe relatar os acontecimentos da fronteira. Continuou sem muita vontade:

— De lá vim praqui... Como é que podia procurar o Partido, se não sabia de nenhum comunista?

Acrescentou e o outro sentiu a sinceridade na sua voz:

— Doido pra encontrar eu estava...

— O companheiro está envolvido na conspiração para a "ditadura republicana", não está?

— Estou. Já disse a Quirino...

— É um erro. Admito que o companheiro não pudesse procurar o Partido, não era realmente fácil descobri-lo... — riu um risinho de satisfação, orgulhoso da perfeição da ilegalidade. — Mas um comunista se meter numa conspiração burguesa, de caráter aventureiro, isso, não sei como o companheiro poderá explicar...

— Nem procuro explicar. Pode ser um erro, nem discuto. O caso é que eu estava de braços cruzados, bestando... Me convidaram, topei. Burrada...

— Gosto de sua franqueza. Não vem com desculpas tolas... O comunista deve saber fazer autocrítica... Agora o que você tem de fazer, quanto antes, é pular fora dessa besteira...

— É uma ordem?

O careca balançou a cabeça. Andaram mais uns passos, ele voltou a falar:

— O companheiro tem influência junto a vários cabos e sargentos. Segundo o Partido está informado, o companheiro é o cabo de mais prestígio no regimento...

Primeiro pensou em fazer modéstia mas de imediato respondeu:

— É verdade... O pessoal gosta de mim...

O outro sentiu também que ele não dizia por vaidade, comprovava apenas um fato. O sapateiro, pois Pedra era apenas o sapateiro Luís, ia se deixando influenciar também por aquela sinceridade e pelos modos bruscos mas naturais do cabo.

— Você pode fazer um bom trabalho... A célula no regimento é pequena — Abanava as mãos numa explicação: — O trabalho apenas começa. Você, com seu prestígio, pode trazer muita gente para o Partido... Ou pelo menos para a Aliança...

— A Aliança Nacional Libertadora?

— Já ouviu falar, não? É um movimento que está empolgando... Com Prestes à frente, vai que é uma beleza...

Juvêncio queria saber a diferença entre o Partido e a Aliança e quais as ligações entre um e outro organismo. O sapateiro explicou longamente, o assunto era-lhe familiar, muitas vezes tivera que dar aquela mesma explicação, Juvêncio ouvia em silêncio.

Deixou o sapateiro (para ele ainda era o companheiro Pedra, desconhecido, cuja autoridade no Partido não sabia qual era, apenas percebia que tratava-se de alguém responsável) ainda a tempo de ir à casa de Conceição. Lá estava a turma toda. Foi recebido com gritos e aclamações, trouxeram-lhe cachaça e cerveja, Lurdes sorria, sentada numa cadeira na sala, vendo os pares na dança. A barriga começava a crescer e, ao demais, ela só dançava com Juvêncio. Foi a ela que se dirigiu primeiro:

— Tu trouxe uma lembrança pra Alzira? — Era a amásia de Conceição que aniversariava.

— Trouxe uma caixa de sabonete...

— Tá bom... Vamos dançar...

No meio da festa chamou Valverde e Macedo num canto, disse-lhes em voz baixa:

— Aquele negócio da "ditadura republicana" acabou-se...

— Acabou-se? Desistiram da brincadeira? — Valverde estava aborrecido.

Macedo reclamava:

— Ora essa... E eu que já contava ser promovido... sonhava com as divisas de sargento, esperava consegui-las com o golpe.

— Não desistiram, não... Nós é que desistimos...

— Nóis? — Macedo não entendia nada.

— Nós, sim... Com eles, nada mais... É aventura... E nós não nos metemos em aventuras... Acabamos com eles...

— E o que é que vamos fazer?

— Agora somos da Libertadora...

— Libertadora? Que troço é esse?

— A Aliança Nacional Libertadora...

— Ahn! — fez Valverde. — Tem um tenente que é dela... É um bom sujeito...

— Mas por que isso? — quis saber Macedo.

— Você não é comunista? — Todos eles se diziam comunistas, desde que haviam sabido que Juvêncio era comunista. O cabo, desde que se ligara ao Partido, jamais deixara de se apresentar como comunista, mesmo quando sem nenhum contato com o organismo.

— Sou, é claro...

— Pois os comunistas estão é com a Aliança. E é se preparar porque a revolução vem aí e não tarda...

— Quer dizer que a Aliança...

— A não ser que algum de vocês queira logo entrar para o Partido. Para o Partido Comunista. Aí a coisa é mais perigosa...

— Eu quero é o Partido... — disse Valverde.

— E eu também...

Conceição vinha chegando:

— O que é que há?

Juvêncio ia mudar de assunto mas Valverde, que era falador, foi logo dizendo:

— A gente acabou com a "ditadura republicana".

— E agora?

— É a Aliança Nacional Libertadora...

Os que lhe mereciam mais confiança, Juvêncio os levara para o Partido. E começaram o intenso trabalho no regimento. Quirino era a pessoa mais responsável e o foi pelo menos nominalmente, até o levante. Mas na realidade foi o cabo Juvêncio quem passou a dirigir a célula e o organismo aliancista.

Agora, na sala apertada, ouve o informe daquele camarada vindo do Sul. O homem fala de coisas que ele conhece, do seu regimento, e suas palavras não correspondem à realidade. Há evidente exagero no que ele está dizendo. Juvêncio fita Quirino, seria ele o responsável por tais afirmações? Ou seria o próprio Tadeu, para melhor impressionar os homens? Se assim o fosse não era justo, não ganharia nada escondendo dos companheiros a verdadeira situação. Eles tinham força no regimento, muitos cabos e sargentos estavam com eles, mas não eram tantos como o homem dizia. Juvêncio conhecia bem os oficiais e não sabia que mais de metade simpatizasse com a Aliança. Ao contrário, sabia da força dos integralistas.

O homem terminava o informe. Dizia que eles não deviam provocar o levante. Mas se os soldados e cabos, insatisfeitos com a situação que só tendia a agravar-se, mostrassem tendências à revolta, então eles deviam apoiar. Dizia de tal modo que parecia, nas entrelinhas, desejar o golpe.

Quando terminou, Luís, o sapateiro, que presidia a reunião, franqueou a palavra. Houve um silêncio cheio de olhares de um para o outro. Afinal Quirino tomou a palavra:

— Todos ouviram o informe do companheiro Tadeu. Ele expôs muito bem a situação. Todos nós aprendemos muito e sabemos agora como devemos agir. Eu também acho que a coisa está madura e que, se quisermos, levantaremos o regimento e dominaremos o estado em dois tempos... Acho o informe dele formidável... O companheiro mostrou que é mesmo um dirigente...

Calou-se, os outros apoiavam com as cabeças. Luís disse:

— Se ninguém quer mais usar da palavra, então...

— Eu quero falar, camaradas...

Todos olharam para Juvêncio. Agnaldo apertou as sobrancelhas, esse cabo era um bocado impertinente...

Juvêncio começou a falar. Disse que havia aprendido muita coisa com o informe. Porém, que o companheiro Tadeu estava mal informado quanto a Natal.

— Pelo menos no regimento não é essa beleza que ele diz... Temos força, é verdade. Mas eu acho que o companheiro deve ter recebido uns informes baluartes. Esses oficiais nunca vi por lá... Não é verdade que os cabos estejam todos com a gente... Menos ainda os sargentos... Demais, eu não entendi direito: é ou não é pra gente fazer o levante? O companheiro não explicou direito... Se é para a gente levantar o regimento, então vamos tratar disso para fazer uma coisa bem amarrada... Como o companheiro falou, não é peixe nem carne...

Agnaldo não estava gostando. Mas a Juvêncio pouco se lhe importava. Assim ele compreendia sua lealdade para com o Partido: abrir o peito e dizer o que sentia. A atmosfera na sala voltava a ficar abafada. A luz vermelha do candeeiro alongava as sombras dos conspiradores.

2

Quando chegou em casa naquela noite, cansado da reunião, encontrou Lurdes passando mal. Ela era fraca, o rosto caboclo, de longos cabelos negros e escorridos, tinha uma certa palidez e a gravidez aumentava o seu ar doentio.

— Tu demorou... Tou que não me aguento...

Zangou-se de repente, trazia aquela irritação consigo, descarregou na mulher:

— Besteira... Deixa de luxo que pobre não tem isso...

Ela não disse nada mas o olhou com os olhos espantados, uma ponta de tristeza no canto do lábio. Ele logo se arrependeu:

— Não te importe... Tou cansado pra burro... Pensando num bocado de coisa... Que é que tu tem?

Estava novamente solícito e carinhoso. Os olhos — ele os tinha travessos, olhos de criança risonha e brincalhona — estavam cheios de atenção e de remorsos. Deitou-se ao lado dela, beijou-a:

— Que é que a negra tem?

E repetiu aquela brincadeira de que ela tanto gostava:

— Tu é negra, ruim, escura... (ela era apenas cabocla, de traços finos, mais finos que os dele que, se bem que fosse claro, o mais claro dos irmãos, tinha bem pronunciadas ainda as marcas do mestiço). Tu pegou num branco mas tem que andar direita...

Ela ria:

— Tou ruim, de verdade... Já vomitei... A cabeça tonta, não posso ficar em pé...

— Tu trabalha muito... Trabalha demais... Nóis não pode ter empregada, não sei como vai ser, tu com essa barriga estufada...

Perdeu-se em pensamentos. Como iria ser? Sempre dizia a Macedo e a Valverde:

— Comunista não deve casar...

Os outros dois eram solteiros, se morressem pouco importava. Ele tinha mulher e ela levava um filho na barriga. E nem casado era, achara que não devia casar, era um preconceito. Só na prisão, ao contato com outros companheiros, compreendeu que o preconceito era não casar e casou-se por procuração. Lurdes rompera com a família para vir morar com ele. O namoro nascera numa tarde de sol, ele de folga, alinhado na farda bem passada, ela de azul, vindo do trabalho no atelier de costura. Ele a seguira pelas ruas dizendo piadas, localizara a casa onde ela morava, viera à noite passear por ali. Lurdes estava na janela, ria para ele, depois saíra para dar uma volta no passeio com umas amigas. Ele se aproximara, puxara conversa, voltara na outra noite.

Quando deu de si estava apaixonado. Sonhava com ela pelas noites, parava no quartel para espiar o retrato que ela lhe dera e que ele colocara na caderneta. Ainda não havia conversado com Quirino, estava metido no golpe para a "ditadura republicana". Mas casar era contra seus princípios. Um comunista não faz concessões a esses preconceitos... explicara a Lurdes entre beijos. Recordava o livro de Maria Lacerda Moura, não sabia que nem ela o fora nem ele era ainda, naquele tempo, comunista. Lurdes previa a oposição da mãe. Era órfã de pai, vivia com a mãe e os irmãos. Fugiu de casa certa noite. Juvêncio, que havia desarranchado e alugado uma pequena casa, dera-lhe um verdadeiro ultimato:

— Se tu quer, é bom decidir...

Ela passara os primeiros dias chorando. Mandara recados

para a velha, não obtivera resposta. Soubera, no entanto, por uma vizinha, que a velha proclamara em voz alta:

— Só me entra aqui, nos batentes dessa casa, com a certidão de casamento... Senão pra mim não passa de uma puta...

A velha era disposta e, quando o marido morrera, se atirara ao trabalho sem vacilações. Lavava roupa para fora, trouxas enormes, que o filho mais moço, de onze anos, levava às casas dos fregueses. No entanto, não manteve aquela opinião. Quando Juvêncio foi preso e a filha ficou nos dias de ter menino, ela deixou o orgulho de um lado e a foi procurar. Xingou-a muito, é verdade, mas quando chegou a ocasião do parto e Lurdes não pôde mais ir ao hospital levar comida para Juvêncio, ela botou o xale na cabeça, a marmita no braço e tomou o caminho do Hospital Militar onde Juvêncio, preso, restabelecia-se lentamente. Ele se admirou de vê-la. Seus olhos burlões a fitaram e riu seu sorriso de menino travesso:

— Vosmecê por aqui...

Ela não deu o braço a torcer:

— Vamo ver se quando tu sair toma vergonha e casa. Agora é pai de filho...

— Nasceu? Homem?

— Mulher, pra sofrer como eu e minha filha...

Sentou-se no tamborete frio:

— Tu não tem mesmo juízo... Pra que tu se meteu nessa revolta?

— Para melhorar a vida da gente que é pior que a de cachorro... Vosmecê acha que fiz mal?

Ela o fitou de frente:

— Não.

Foi assim que fizeram as pazes.

Mas, nos meses que precederam o levante, muitas vezes Juvêncio pensou no que seria da mulher se ele morresse de repente. Voltar para a casa da mãe ela não podia. Mesmo que a velha não fizesse objeções, Juvêncio conhecia Lurdes, possuía um certo orgulho obstinado, não voltaria. Com aquele filho no bucho não poderia tomar costuras, e com que iria pagar parteira, alimentar a criança quando nascesse? Os companheiros sem dúvida a ajudariam. Mas o dinheiro era escasso, o Partido lutava com dificuldades imensas...

"Comunista não deve casar...", dizia ele a Valverde e Macedo nas horas de conversas no quartel. Pode morrer de uma hora para outra, naquela vida ilegal, num conflito com a polícia, num comício onde saísse bala, numa revolta como a que eles preparavam. No entanto não se arrependia nem um momento de ter trazido Lurdes para junto de si. Ela lhe dava ânimo e confiança. Quando chegara ainda rezava, ainda frequentava a igreja pelos domingos. Mas fora deixando, a nova fé de Juvêncio passou também a ser a sua, lendo os materiais que ele trazia para casa, silenciosa e pouco perguntadeira, compreendendo que ele podia ter seus segredos. Aliás, ele, desde que novamente se ligara ao Partido, lhe dissera:

— Tem coisa que nem a tu eu posso dizer... E é melhor tu nem me perguntar...

Lurdes fizera-se muito amiga do sapateiro Luís, que por vezes aparecia. Preparava um café bem quente para o careca, pedia notícias da esposa e dos filhos, ensinava-lhe receitas de chás para resfriados e catarros das crianças. Juvêncio atalhava a conversa com seus modos bruscos mas ela sentia a ternura escondida atrás daquelas palavras rudes:

— Dá o fora que agora a conversa é séria...

Ia saindo, por vezes puxava a orelha dele, Juvêncio repelia a sua mão, mas o seu dedo mínimo fazia-lhe uma carícia pequena e doce no pulso, ao mesmo tempo.

Deitado na cama, Juvêncio fita a face pálida da mulher. Os cabelos negros têm o cheiro de um óleo barato, solto sobre o travesseiro. Aquilo tudo era fraqueza, pensava ele. Grávida como estava, ela devia se alimentar melhor, mas cadê o dinheiro para comprar comida?

Dedicava-lhe pouco tempo, ela devia ressentir-se disso também. Pobre Lurdes, que seria dela quando a revolta estourasse? Não devia tê-la tirado de casa, trazido para a sua vida que não lhe pertencia... E pusera-lhe um filho na barriga. Sorria ao pensamento do filho que ia nascer... Seria homem, desde cedo aprendendo com o pai a não suportar as injustiças, a se revoltar contra as misérias deste mundo. Ele o ensinaria a fechar o punho e a dar vivas ao Partido. Como o filho de Luís, o mais moço, que responde quando lhe perguntam o que ele é:

— Cumunista... — com sua voz gaguejante no soletrar da palavra longa.

Lurdes geme baixinho. As ânsias de vômito a assaltam novamente. Juvêncio, que voltara a pensar na reunião, a rememorar o informe de Agnaldo, se curva para ela:

— Que é?

A palidez aumenta no rosto da mulher. Ela vira a cabeça para o chão, ele corre, traz o urinol, ela vomita. Que será dela se ele morrer de uma bala, se acabarem com ele no levante? Nem por um minuto sequer aquele pensamento o faz vacilar. Teme por ela e se preocupa, mas sem que isso, em nenhum instante, faça-o pensar em desistir.

Sustenta a cabeça de Lurdes, coloca-a sobre o travesseiro. Ela cerra os olhos:

— Tou tonta...

— Vou fazer um chá.

Amanhã precisa falar com aquele tenente da "ditadura republicana". A conspiração morrera inteiramente, quem sabe se ele não toparia a Libertadora?

Acende o fogareiro. Do quintal, com o vento da noite, chega um cheiro de terra. E ele se recorda, subitamente, do sertão, da fazenda, de sua casa, com o terreiro na frente e o curral um pouco adiante. E pensa em sua mãe, na velha Jucundina. Ela gostaria de Lurdes, se a conhecesse... E do Partido, será que ela gostaria? Bastava que fosse uma coisa dele, ou de qualquer dos irmãos, para ela gostar. Seu irmão José era cangaceiro de Lucas Arvoredo e jamais Juvêncio ouvira da velha Jucundina uma palavra contra o bando de jagunços que levara seu filho.

A voz de Lurdes chega do quarto:

— Nenen! Nenen! Não precisa mais... Já estou melhor...

3

Também ele poderia a estas horas estar no grupo de Lucas, vestindo a roupa de couro com que os jagunços andavam pela caatinga, em vez da farda de cabo do Exército. Quando fugira de casa, seu pensamento não era outro senão buscar Lucas Arvoredo, apresentar-se a ele, pedir um lugar no seu bando. Ouvira falar que Lucas andava por perto, levou dias e dias a procurá-lo, pela caatinga. E quando concluiu que não era verdade, resolveu buscá-lo onde ele estivesse. Disseram-lhe, numa feira, que o bando se encontrava num estado vizinho e eis aí por que Nenen, em vez de entrar para a polícia militar do seu estado, assentara praça na de outra terra. Porque, buscando Lucas, ele se aproximara do mar, após atravessar as fronteiras do seu estado natal. Lucas Arvoredo desaparecera como por encanto, devia estar acoitado no fundo do sertão ao mesmo tempo que as notícias o assinalavam em cinco ou seis partes diferentes. Aliás, ele usava por vezes dessas táticas: mandava grupos de cangaceiros, de dez e doze homens, assaltar fazendas em uma direção, grupos que arrastavam atrás de si as forças policiais, enquanto o grosso do bando entrava numa cidade importante.

Seu irmão José partira porque a visão dos cangaceiros, da sua bárbara e ruidosa alegria, da sua liberdade defendida a tiros todos os dias, fora irresistível. Como poderia ficar na fazenda depois de tê-los visto? Já antes partira Jão, o irmão mais velho. Não via futuro na roça, naquele pedaço de terra que o pai lavrava. E tivera aquela briga por causa da filha de Maneca. Juvêncio, quando desses acontecimentos, era um rapazola apenas. Mas o desejo de ir embora já botara sementes em seu coração ante o exemplo dos irmãos. Quando partia pelas manhãs para a roça, a foice ao ombro, era como um escravo que levasse cadeias nos pés. Aquela terra não era deles, não lhes pertencia, e mesmo o seu direito sobre as plantações de mandioca e milho poderia ser discutido pelo coronel a qualquer momento. O dia de trabalho gratuito para a fazenda parecia-lhe demasiada exploração. Não bastava a obrigação de vender os produtos da roça ao coronel, pelo preço que ele fixasse, e ter de comprar no armazém tudo de que necessitassem? Ouvia histórias de tomadas de terra, de crimes, camponeses matando fazendeiros, fugindo pelos matos, outros condenados a largas penas, indo para Fernando de Noronha. Uma sede de vingança e de justiça foi o que o impulsionou. Lucas Arvoredo, com seu bando de jagunços, parecia-lhe o destemido vingador da gente sertaneja. A razão estava com ele. Se haviam de trabalhar dia e noite para uma fazenda, nascer e morrer em cima da enxada, sem nenhuma outra perspectiva, então nada restava a não ser largar tudo, tomar de uma repetição, e ir cobrar nas fazendas e nas cidades o que — segundo Nenen — lhes era devido. Teria sido cangaceiro se encontrasse Lucas na sua ansiosa busca pela caatinga. Despertava nele, como em outros filhos do sertão, aquela revolta sem direção contra a vida que levavam. Se o beato Estêvão já houvesse iniciado sua pregação quando da sua fuga, Juvêncio seria talvez um dos seus homens. Ali, na caatinga, a revolta contra a fome levava os homens ao cangaço ou ao misticismo desesperado. Mas Nenen, em vez de encontrar o bando de Lucas, deparou com a estrada de ferro e o apito do trem o tentou, meteu-se num vagão, desembarcou na capital. Tinha então dezoito anos, um pouco menos. Entrou para a polícia militar — destino quase obrigatório dos camponeses recém-chegados — quase por acaso. Envolveu-se numa briga de rua, ao lado de um cabo e um soldado da polícia, contra uns inspetores de trânsito e guardas-civis. Não sabia o motivo da briga mas viu que eram quatro contra dois. A verdade é que o soldado e o cabo não tinham razão, estavam bêbedos, fazendo tropelias, os guardas tiveram que intervir e os inspetores chegaram para ajudar. A coisa só terminou com a intervenção da patrulha da polícia militar que levou todo mundo preso: cabo, soldado, guardas, inspetores e o rapazola que já estava sangrando.

O comandante da polícia militar orgulhava-se dos seus soldados, costumava dizer que não via homens para eles na cidade, nem mesmo os soldados do Exército, sequer os marinheiros da Escola de Aprendizes. O comandante da guarda civil enfureceu-

-se com a prisão dos guardas, metidos no xilindró da polícia militar, alvos dos desaforos dos soldados. O incidente criou um pequeno caso político e a melhor maneira que o governador achou para sanar tudo foi mandar passar uma esponja sobre os acontecimentos. Os guardas e inspetores foram restituídos à sua corporação. O cabo e o soldado receberam uma descompostura meio sorridente do comandante. Sobrava Juvêncio. Enquanto preso fizera-se amigo de soldados e cabos, contavam sua história, sua participação na briga, pelos pátios do quartel. O comandante chamou-o:

— Por que se meteu na briga?

Um sargento o havia industriado para as respostas:

— Era dois soldado da Puliça contra quatro guarda... Num queria ver soldado apanhá...

— Gosta da polícia militar?

— Inhô, sim...

O comandante tinha uma especial estima por aqueles sertanejos. Eram bons soldados, valentes, os únicos que serviam para a perseguição aos cangaceiros na caatinga, incapazes de roubar, cheios de um certo sentimento de honra difícil de encontrar entre os homens recrutados na cidade.

— Quer ser soldado?

— Queria, inhô, sim...

Estava com a farda há pouco tempo quando estourou a Revolução Constitucionalista de São Paulo. Juvêncio nada sabia de política mas se metia nas discussões no quartel e, por uma inclinação natural, era pelos revoltosos contra o governo. Sentia-se contra a ordem estabelecida mas de maneira inconsciente e anárquica. Apesar de suas simpatias, embarcou satisfeito no navio que os levava para o Rio. Iam lutar contra os paulistas e o gosto da luta superou nele as vagas preferências pelos constitucionalistas. Ao demais, haviam-lhe dito que eles iam lutar contra os italianos que queriam dominar o Brasil e escravizar os brasileiros.

Revelou-se no *front*! Destemido como poucos, em breve era cabo e terminou a campanha como primeiro-sargento. Entrara vitorioso na capital de São Paulo, desfilara em suas ruas, e, como sucedeu com muitos, ficou preso pela cidade, pelo seu movimento, aquela vida estuante tão diversa das cidades do Nordeste. Durante toda a sua infância e adolescência, na roça, aquele nome de São Paulo ressoava em seus ouvidos como uma palavra mágica. Para ali se dirigiam anualmente milhares de camponeses em busca de uma vida melhor. Ali havia riquezas sem conta, um mundo imensamente maior. Na polícia militar, com um afinco que admirava os superiores, ele se dedicara ao estudo primário e lia e escrevia corretamente, passara na frente de muitos outros que haviam começado primeiro. No *front*, nos três meses que passara lutando, ganhara experiência de alguns anos e, com pouco mais de dezoito anos, sentia-se homem feito, capaz de enfrentar qualquer coisa. Aquela sua instintiva revolta não desaparecera, agora sabia de certas coisas, vivia sempre metido na eterna conspiração de cabos e sargentos de cada batalhão. Insatisfeito sem saber mesmo por quê, contra tudo e todos.

Nas antevésperas do embarque para Santos, onde o navio que os traria para o Nordeste os esperava, o sargento Juvêncio desapareceu sem deixar rastros. Como os paulistas matavam, nas ruas escuras da prostituição, os soldados vitoriosos, pensaram que assim havia acontecido com ele e o comandante lamentou o fato. Gostava de Juvêncio, pensava até em conseguir um lugar para ele na Escola de Cadetes da Polícia, fazê-lo oficial.

Foi Zé Tavares, a quem ele encontrou por acaso (e a quem reconheceu apesar da farda de guarda-civil e de só havê-lo visto há uns oito anos quando Zé Tavares era trabalhador assalariado da fazenda), quem impediu que ele morresse de fome. Levou-o para sua casa, deu-lhe comida. Ficou de ver se lhe arranjava um lugar na guarda civil, mas não estava fácil, e Juvêncio terminou engajado no Exército. Foi quando se ligou ao Partido.

De São Paulo mandaram-no para Mato Grosso. A luta na fronteira, entre o Peru e a Colômbia, fervia. Um destacamento foi enviado para Letícia, sob o comando de um primeiro-tenente. Juvêncio, que acabara de ser promovido a cabo devido a seus conhecimentos militares aprendidos na polícia e na luta, foi incorporado para seguir. O Partido deu-lhe uma ligação para Manaus mas eles nem passaram em Manaus, foram pelo interior. O sertão ia ficando cada vez mais distante na memória de Juvêncio. No entanto, por vezes se recordava da roça, da casa, da tia louca, do velho Jerônimo com seu grito de boiadeiro. E em meio à selva amazônica, quando, com a chegada da noite, os corações se apertavam naquele medo ao desconhecido, ele, repetidas vezes, encontrava-se pensando nos seus. Quando rapazinho, na fazenda, com a rebeldia que o lançara em busca de Lucas Arvoredo para entrar em seu bando, pensava que nada de mais desgraçado podia existir no mundo que a caatinga de secas e de fome. Na Amazônia, no coração da selva, ao lado dos grandes rios, vendo o povo nu, camponeses sem ter o que vestir, cortando os seringais, compreendia que a miséria era comum a todos eles, era a única coisa que existia com fartura em toda parte.

4

O primeiro-tenente morreu de febre. O sargento Vicente e alguns soldados morreram de flechadas dos índios. Cada dia caía um, morto pelos índios invisíveis na floresta, ou derrubado pela febre. O impaludismo habitava ali, mais tremendo ainda que o da caatinga, e eles pareciam abandonados do mundo. O segundo-tenente, agora no comando, enviava rádios sobre rádios. Nem uma única resposta, era como se houvessem esquecido completamente aqueles soldados que guardavam a fronteira. Os índios vinham pela noite, roubavam os poucos mantimentos que restavam, destruíam e matavam. O impaludismo estava presente dia e noite. Quando o radiotelegrafista morreu, o segundo-tenente se apavorou. Resolveu ir com alguns homens em busca de socorro. Ficou um sargento no comando. Restavam uns vinte homens. O tenente partiu pela madrugada, levava seis homens consigo, grande parte das munições e das latas de conserva. A selva o tragou para sempre, nunca mais tiveram notícias.

A ordem era gastar poucos tiros, não tinham muitos e fazia-se necessário caçar para economizar a comida. Durante o dia, na margem do rio, os soldados pescavam. Mas sal já não havia e a comida ficava insossa e sem graça. Os índios, ante a timidez da resposta dos soldados, tornavam-se mais agressivos e chegavam cada vez mais perto. A estação de rádio escangalhada provava-lhes diariamente que eles estavam separados do resto do país. Quando o fumo faltou eles pensaram que iam enlouquecer. Os doentes eram cada vez em maior número. Durante dias e dias esperaram a volta do tenente. Mas uma tarde um soldado, que se afastara para caçar, apareceu com umas perneiras, um quepe e a notícia de que havia ossos espalhados em torno de um lugar onde existira uma fogueira. O desânimo tomou conta dos homens.

Uma noite, quando os índios estavam bem perto, o sargento foi tomado de uma crise de loucura. E ordenou que todos atacassem. Mataram alguns índios mas ficaram reduzidos a doze homens sob o comando do cabo Juvêncio, já que o sargento fora o primeiro a morrer, saíra correndo para o lado onde os índios se encontravam.

O medo chegava com a noite. As grandes árvores da selva, tão diversas da vegetação de arbustos da caatinga, escondiam mistérios mortais. Os passos dos índios eram mais leves que os dos animais, e por detrás de cada uma daquelas árvores a morte podia estar acoitada. Os soldados, os sãos e os doentes, se reuniam num grupo denso. O frio dos impaludados era terrível mas tinham receio de acender fogueiras que mostrassem sua localização aos silvícolas. Juvêncio pensava que iriam morrer todos ali e sentia um ódio profundo pelo abandono em que os haviam deixado.

A falta de fumo desesperava mais que a de sal e de feijão e farinha. Comiam carne de caça, chamuscada nas brasas, os corpos se enchiam de feridas. Os mosquitos já não incomodavam. Nos primeiros tempos tinha sido um horror, os homens de braços e pernas inchados da picada do potó. Mas se haviam acostumado e agora não ligavam. Pior eram as flechas dos índios, aquele silvo ouvido tarde demais, quando já era impossível furtar-se.

Juvêncio refletiu a noite toda. No outro dia reuniu os homens. Sãos e doentes, dispensou apenas dois que não se podiam mover. Foram derrubar árvores, fizera uma paliçada em torno do acampamento. Dividiu os tiros que ainda restavam, escalou os homens em turmas para caçar animais fora da paliçada. E começou a resistência organizada aos ataques dos índios. Os homens obedeciam-no mais pela sua capacidade e bravura que mesmo pelas divisas de cabo. Ali o respeito havia desaparecido. E a fuga (assim consideravam) do segundo--tenente não havia concorrido para que divisas e dragonas impusessem respeito. Mas com Juvêncio era diferente. Ele era o primeiro a se expor, não se furtava ao trabalho, ia caçar com os grupos designados, passava noites acordado, os olhos vigilantes nas frestas da paliçada. Quando os índios se aproximavam — os ouvidos agora mais experimentados já distinguiam os sutis ruídos de seus passos — ele tratava de localizá-los e não deixava que se perdessem balas. Passou cinco dias sem ter um morto, durante três noites os índios não atacaram. Alguns soldados pensavam que eles haviam desistido e já queriam sair, abrir caminho em busca de socorro. Mas Juvêncio adivinhava, no inesperado recuo dos índios, a preparação de um ataque em regra. E preparou-se para ele. Reforçou a paliçada, mandou cavar trampas em torno do acampamento. E quando os índios vieram, como ele previra, foram recebidos com um tiroteio violento. Afundavam-se nas trampas, quebravam pernas, caíam baleados, os homens já haviam ganho experiência e não desperdiçavam bala. Ainda assim os índios chegaram junto à paliçada e a tentaram escalar. Morreram três soldados na luta mas eles conservaram a posição e puderam, pela primeira vez desde que estavam ali, capturar prisioneiros, índios que haviam caído nas trampas. Mataram-nos porque não os podiam alimentar e também porque estavam com ódio.

Quando o socorro chegou, seis dias depois, Juvêncio, com cinco homens, dois dos quais feridos, ainda sustentava a posição.

5

O sapateiro o mandou chamar, com urgência. Estava com dois outros companheiros, ambos da direção. Agnaldo já havia partido de volta, novos dirigentes tinham passado por ali, sentia-se que o momento se aproximava.

A conversa foi na casa do sapateiro, as janelas trancadas, a porta encostada, eles silenciando a cada ruído de passos que ouviam na rua. Um dos outros dirigentes, comerciário, falava:

— Estão demitindo os guardas-civis em massa... A situação se agravou ao máximo... É possível que os guardas se revoltem...

— Não creio... — disse Juvêncio.

O outro fez um sinal que ele esperasse:

— Tem mais... E é com vocês do 21. Vão começar as transferências de cabos e sargentos e as baixas de soldados... Nós estamos seguramente informados de que quase todos os sargentos vão ser removidos. E os cabos também. Você inclusive. Nossas notícias são concretas... E se isso acontecer...

— Levantar?

— Acho que eles mesmos se levantarão...

Quirino estava também presente, fez um relato da situação no quartel. Juvêncio não teve nada que discutir, o músico falava a verdade, a situação chegara a um ponto morto. Os cabos e sargentos só esperavam a ordem. E, se começassem as transferências, não haveria quem os pudesse conter...

O companheiro continuava:

— Estamos informados de que as transferências começarão depois de amanhã...

Juvêncio fazia cálculos mentalmente.

— Mesmo que a gente queira não pode impedir que eles se levantem. E se a gente não apoiar, a Libertadora se desmoraliza...

O outro concordou com um grunhido. Parecia já ter pensado naquilo tudo, pesado todas aquelas possibilidades. E, quando falou, foi para perguntar em meio ao silêncio:

— Que é que vocês acham da noite de 23?

E acrescentou:

— Recife se levantará em seguida. E depois todo o resto do país. Posso informar aos companheiros que o general Luís Carlos Prestes assumirá o comando da revolução...

A atmosfera era tensa, Juvêncio sentia os nervos em ponta. Estava com os lábios apertados, os olhos pequenos, mas conservava a calma e sentia como se tivesse o coração gelado. Um dia pensara em ser cangaceiro. Já aprendera, apesar do pouco que sabia ainda, que aquilo seria uma revolta sem solução. Os cangaceiros não iriam resolver os problemas tremendos do sertão. Só o governo popular revolucionário que a Aliança pregava: "Terra para os camponeses". Juvêncio gostava de rabiscar nos muros do quartel a consigna da Aliança: "Pão, terra e liberdade". Mais que o pão e a liberdade era a palavra terra que tocava seu coração sertanejo. Via a alegria no rosto dos colonos, dos meeiros e dos trabalhadores quando aquelas terras que eles lavravam lhes fossem entregues, com papel de cartório e tudo, como pensava Juvêncio.

O companheiro desenrolava detalhes, explicava como deviam agir, dava as consignas políticas.

— Lembrem-se de que a revolução não é comunista. É da Aliança e a Aliança não é o Partido...

As últimas palavras rodavam na sala:

— Os companheiros Quirino e Juvêncio ficam desde agora em ligação permanente com a direção do Partido...

Juvêncio lembrava-se de ferozes discussões entre cabos e sargentos, perguntava:

— O que é que a gente faz com os oficiais?

— Evitar mortes... Não somos assassinos... É claro que o momento é que vai indicar como se terá que agir. Mas nada de violências... Aos que se renderem, garantir as vidas. Vocês serão responsáveis perante o Partido pelo que suceder...

Na rua, Juvêncio via Quirino andar com seu passo pesado. Era o músico quem ia comandar o levante. Em voz baixa, Quirino começou a rememorar as ordens da direção. Juvêncio ia esclarecendo, notava que nem tudo o outro compreendera. Mas naquele momento não podia conceber que a revolução fosse dominada. Para ele a causa era tão justa e bela que a sua vitória teria que vir fatalmente. E com paciência ajudava Quirino na análise das palavras do dirigente.

Chegaram na rua onde o cabo morava. Quirino estendeu-lhe a mão, estavam próximos à casa de Juvêncio:

— Té manhã...

Juvêncio olhou quase com raiva:

— Quem lhe disse que vou pra casa? Agora o lugar da gente é no quartel.

O outro concordou:

— Vamos...

A cidade dormia, as casas fechadas, mas no quartel havia uma onda de boatos, nos dormitórios os homens cochichavam. Quando Juvêncio e Quirino chegaram, cabos e sargentos saltaram dos catres, vieram cercá-los:

— Que é que há?

Macedo anunciava:

— Tão dizendo por aí que vão transferir a gente...

Outra voz confirmava:

— Um tenente garantiu... Disse que é coisa resolvida...

— Nós se levanta... — falou um sargento. Dirigiu-se a Juvêncio: — O que é que tu acha?

— Se vocês se levantarem eu estou com vocês... Mas não se faz um movimento só com querer... É preciso acertar tudo...

As primeiras claridades da aurora rompiam sobre o quartel e a cidade de Natal.

6

Era um pressentimento, nada mais além disso. Mas, apenas soube da notícia das primeiras transferências, alguma coisa começou a comprimir seu peito, Lurdes sentia-se como se tivesse um peso sobre o coração. Naquela rua moravam várias famílias de cabos e sargentos, amásias de soldados, e aquele era o único comentário de todas as casas. Mulheres que temiam ser abandonadas — soldado bota casa e mulher nova em cada cidade onde serve... — mulheres que arrumavam as bagagens para a viagem que se anunciava próxima. O prestígio de Juvêncio refletia-se sobre Lurdes e as esposas e amásias dos primeiros transferidos corriam a sua casa, numa pequena romaria, querendo saber de mais notícias, que impressão ela tinha dos acontecimentos, que ia ser delas... Algumas pediam que ela interferisse junto aos amantes para que não as largassem, mostravam os filhos pequenos:

— Não é por mim, é pelos meninos, senão vai crescer sem pai, como filho de rapariga...

Sabiam todas como Juvêncio era ouvido e respeitado:

— Peça a seu Juvêncio... Diga pra ele falar com Manuel...

Outras não o chamavam de Juvêncio, davam-lhe o apelido familiar para assim ainda mais comover Lurdes:

— Seu Nenen é tão bom... Se ele disser a Antônio pra não me largar, ele não faz... Pra ele é Deus no céu e seu Nenen na terra...

Sucediam-se na distante casa suburbana. Umas tinham vindo do outro extremo da cidade, arrastando suas chinelas, os vestidos pobres, os filhos pela mão. Algumas já vinham se despedir:

— A gente não sabe quando vai. Talvez não tenha mais ocasião... Diga a seu Nenen que eu agradeço por tudo...

A muitas delas ele não havia feito nenhum favor mas todas e todos se sentiam obrigados a ele, era o seu jeito, a sua palavra nunca em vão, o seu sorriso terno de criança.

Lurdes consolava, prometia, ajudava, sentia-se cansada com a barriga de oito meses estufando o vestido, as pernas inchadas, o rosto pálido. E aquele aperto no coração como se alguém o comprimisse. Uma tristeza que vinha das despedidas e do temor das mulheres, mas que vinha também de algo indefinido, sem explicação. As mulheres sabiam perfeitamente que ela jamais havia saído de Natal. Mas ainda assim perguntavam-lhe sobre as cidades para onde os maridos e amásios tinham sido removidos. De algumas Lurdes tinha imprecisas informações, por elas Juvêncio passara em suas viagens e delas lhe falara nos tempos de namoro. Porém, alguma coisa fazia Lurdes pensar que nenhuma chegaria a viajar, que, pior do que imaginavam as que temiam ser abandonadas, um tempo ruim ia se iniciar para todas elas. Não tinha ideia nenhuma formada, era apenas um pressentimento, uma tristeza sem motivo nascida no fundo dela mesma, como que adivinhava tudo que iria suceder.

A criança movia-se na sua barriga. Ela sentia o minúsculo pé bater-lhe contra as paredes do seu ventre como se o menino já quisesse nascer, olhar a luz do mundo, viver a vida dos homens. As mulheres iam e vinham, a manhã tardava a passar. Ela esperava Juvêncio numa impaciência que aumentava à proporção que o sol caminhava para o meio-dia. Manhã de lágrimas e projetos. A tristeza era geral, de umas sem saber o que lhes ia suceder, de outras — cuja vida se normalizara em Natal, casa posta, móveis, meninos na escola pública — tendo que recomeçar numa cidade desconhecida. Lurdes ouvia umas e outras pacientemente, sentando-se de quando em vez na cadeira espreguiçadeira que Nenen comprara quando a sua barriga começara a aumentar. Esperava que ele chegasse, numa ansiedade. E ao mesmo tempo pensava que o mais certo era ele não lhe dizer nada, se alguma coisa estivesse sendo preparada. Não era segredo dele, Lurdes compreendia. E se ela soubesse, será que choraria e se lamentaria, será que se dependuraria no pescoço dele pedindo-lhe que não o fizesse?

Em Lurdes nada é consciente nem resulta de uma análise ou de uma profunda convicção. Tudo nela é instintivo, nasce de uma intuição. Nenen estava metido nessas coisas, correndo todos aqueles riscos, porque desejava mudar a vida dos pobres. Ela achava que isso valia a pena mas principalmente tinha uma certeza de que ele não se envolveria em nada que não fosse justo e correto. Sobre muita gente ele tinha influência, porém, sobre ninguém tão grande como sobre a companheira.

Ele chegou com sono. Há três noites que não dormia, aparecendo em casa rapidamente, saindo logo, numa atividade que Lurdes não procurava explicar. Alguma coisa extraordinária se preparava, isso ela sentia no ar e no coração. Juvêncio estava silencioso e preocupado, seu riso tão franco era forçado, não chegava a desanuviar totalmente seus olhos nem a liquidar todas as rugas de sua testa. Chegou, comeu, atirou-se na cama. Lurdes veio e deitou-se a seu lado.

Com a cabeça fora do travesseiro, como era o seu jeito de dormir, ele espiava de baixo a barriga enorme da mulher. Chegaria a ver aquele filho? Se não o visse nunca, se jamais voltasse a fitar a face pálida de Lurdes, desejava que eles soubessem que o pai e marido havia morrido pelo bem deles, para que no futuro não fossem tão desgraçados quanto agora. Eles e todos os demais pelas cidades e pelos sertões, esses antes de tudo porque eram os mais pobres e sofredores, aqueles cuja dor Juvêncio sabia pesar e medir. Suspendeu a cabeça, lia nos olhos de Lurdes — Lurdes de lábios fechados para perguntas — uma interrogação ansiosa. Mas não lhe podia dizer, nem na mulher devia confiar, não era sua vida nem sua sorte que arriscaria, era a vida de muitos, a sorte da revolução. Lurdes era boa, dedicada e firme, mas "o segredo não era dele". Sorriu para ela, pinicou o olho num gesto carinhoso, sentiu o esforço que ela fazia para rir. E para não perguntar. "Mulherzinha valente", pensou.

O sono pesava-lhe nas pálpebras, sono de três noites seguidas. A ordem que ele tinha era descansar naquela tarde, dormir, estar preparado para a noite. O embarque dos cabos e sargentos já estava marcado. Chegara o momento. Ainda a olhou uma vez, abriu a boca para falar, fechou os olhos. Foi um sono pesado, durou toda a tarde e quando ele despertou as primeiras sombras entravam pelas gretas da janela, o quarto estava envolto numa penumbra morna e triste. E Lurdes continuava a seu lado, velando seu sono, a barriga sobrando para cima, a face angustiada.

Saltou da cama, foi molhar o rosto na torneira dos fundos. Lurdes ouvia o ruído da água nas mãos de Juvêncio, levantou-se com esforço, dirigiu-se para a cozinha. Esquentou o café, enquanto ele vestia o dólmã onde se destacavam os galões de cabo. Ele entrou na cozinha, o cabelo, de onde escorria água, ainda despenteado:

— Tenho que sair logo... Vai demorar?

— Tá quase pronto...

O pão já estava na mesa, ele começou a passar manteiga num pedaço. Via a toalha com manchas de café, o guardanapo, o paliteiro que Valverde lhe dera de presente. Sentou-se na cadeira de palhinha furada pensando que talvez aquela fosse sua última refeição em casa e olhou todas as coisas com carinho e saudade, como numa despedida. Lurdes servia o leite e o café.

— Hoje teve aqui as mulheres de quase todos que foram transferidos...

Juvêncio a olhou de soslaio, iriam começar as perguntas? Era como um duelo onde os adversários se estudassem. Mas ela apenas acrescentou:

— Maria, de Antônio, tá com medo que ele não leve ela... Tem três filhos, a pobrezinha... E Elvira...

— Quem é?

— Aquela mulata gorda, amiga de Manuel... Também...

— Que é que eu posso fazer? — achava aquele medo tão absurdo e sem motivo diante do que ele sabia, do que se preparava, que não encontrava o que dizer.

— Elas quer que tu peça a eles... É pra levar elas...

Juvêncio olhou a mulher, de pé ao lado da mesa, cansada e abatida. Por que ela lhe dizia essas coisas se ele tinha certeza de que Lurdes não acreditava na viagem dos homens, se ela sabia que alguma coisa ia se passar? Sabia, ele não se enganava. Ela adivinhava, lia nos seus olhos. Não queria perguntar, fazia bem, ele tampouco podia responder. Achou que devia dizer alguma coisa.

— Diga a elas...

Mas as lágrimas desciam pela face de Lurdes, e ela apertava os lábios para não soluçar. Ele não continuou. Que adiantariam aquelas palavras que ela adivinhava mentirosas, vagas de significado, simples palavras ditas por dizer, como quem beija uma mulher a quem não mais ama, por simples obrigação? Levantou-se, bebendo o café aos goles.

— Já tou atrasado...

Deu uns passos, voltou, passou a mão na cintura de Lurdes, sentiu o tremor que a percorria. Beijou-a:

— Não tenha medo...

E saiu rapidamente. Na rua acendiam-se as primeiras lâmpadas elétricas.

7

De todos os feitos do cabo Juvêncio, no movimento de Natal, um ficou, sobre todos, gravado na memória dos que de qualquer maneira se viram envolvidos nos sucessos daqueles dias. E menos que um feito era uma frase, mas passou de boca em boca, e quando, nas cadeias espalhadas pelo país, nos navios e ilhas-presídios, na ilegalidade, alguém falava no nome de Juvêncio, logo relatavam a história com a qual pretendiam fixar a medida da sua calma nos momentos mais terríveis.

Sucedeu antes de que o movimento estourasse. Por volta das onze horas da noite. Quando já todos os preparativos estavam completos, o início do levante marcado para as duas horas da manhã. Juvêncio resolveu aproveitar aquelas horas para dormir, imaginando que dali por diante não lhe seria fácil encontrar tempo para deitar-se. Pensava assim acalmar também um pouco os companheiros que movimentavam-se inquietos, podendo chamar a atenção dos oficiais mais ou menos de sobreaviso.

Deitou-se, de tão cansado, dormiu. Antes pedira a Macedo que o chamasse à uma e meia da madrugada, trinta minutos antes da hora marcada. E, quando sonhava com Lurdes e o filho que teria nascido e que já falava, andava e ria para ele, sentiu-se sacudido. Abriu os olhos e saltou da cama certo de que já era mais de uma e meia e que chegara o momento de agir. Olhou o relógio de pulso (comprado a prestações a um sírio) e viu que marcava doze e meia. Pensou que houvesse parado e o aproximou ao ouvido. Soava o tique-taque do relógio e Juvêncio perguntou a Macedo que o acordara:

— Meia-noite e meia?
— É...
— Há alguma novidade?...
— Bem... Haver, não há...
— E pra que diabo você me acordou? Me deixa dormir, homem de Deus...

E deitando-se novamente retomou o fio do sonho agradável, só despertou quando Quirino lhe disse ao ouvido:

— Uma e trinta e cinco...

Os outros tinham estado inquietos a noite toda, gastando energias naquele nervosismo da espera, espiando os ponteiros dos relógios baratos, indo urinar de minuto a minuto, um frio na bexiga. Apesar do calor que fazia, Valverde soprava dentro das mãos em concha, como se sentisse frio. Enquanto isso Juvêncio dormia, ouviam o seu roncar tranquilo, um sorriso nos lábios. Mais do que tudo que ele fez no decorrer do levante, essa história ganhou popularidade e servia para defini-lo. Na Ilha Grande, Valverde gostava de repeti-la com seu comentário invariável...

— Sujeito tão calmo nunca vi... Nem Tourinho...

No entanto, se esta história dava a medida da calma do cabo, nada dizia da rapidez de raciocínio, do senso de oportunidade, da bravura, da lealdade, do sentido de responsabilidade por ele demonstrados no decorrer da luta. E especialmente depois, quando chegaram as horas amargas da derrota, quando o pânico dominou os homens antes entusiastas e seguros de si.

Qualidades que novamente se revelaram na prisão, quando dos depoimentos. Assumiu a responsabilidade do movimento e nada mais disse, em resposta às perguntas e às provocações que lhe fizeram, apesar dos castigos e das torturas. O seu depoimento ficou reduzido à seguinte frase: "Nada declarou". O jovem sertanejo, que fugira de casa para entrar no grupo de cangaceiros de Lucas Arvoredo, aprendia na cidade e se fazia líder de homens revoltados. Por vezes, na cadeia, pensava no sertão, nos camponeses, em Lucas Arvoredo e em José, seu irmão, que acompanhara o jagunço. Fora o mesmo impulso de revolta, a mesma sede de justiça que o arrancara da roça. Apenas ele tivera mais sorte e, em vez do grupo de cangaceiros, encontrou o Partido e a direção justa para sua rebeldia.

8

Quando os primeiros tiros espocaram, muitos oficiais não acreditaram ainda que fosse a revolta. Houve resistência, mais séria do que eles pensavam, o sangue correu sobre os pátios e corredores do quartel. Vários oficiais já estavam presos na sala do cassino, mas alguns ainda resistiam, tendo em torno de si soldados armados de metralhadoras. Juvêncio havia ido prender o comandante do regimento que se entrincheirara numa saleta, armado com seu revólver, e prometia mandar bala em quem atravessasse o corredor. Macedo fora encarregado da prisão mas como a ordem era procurar não matar os oficiais enquanto isso fosse possível, preferiu não atirar contra a sala. Tomou as saídas do corredor e voltou. Juvêncio resolveu ir ele mesmo. Quirino assumiu o comando do regimento, a resistência diminuía. Todo o 21º BC estava revoltado, apenas uma companhia, sob o comando de um tenente, mantinha-se lutando, num fogo cerrado. Os cadáveres e os feridos atrapalhavam o passo dos soldados em manobras pelos pátios. Juvêncio subiu as escadas acompanhado de Macedo. Soldados guardavam o corredor. O comandante botava discursos para eles, lembrando-lhes a obediência que lhe deviam, o castigo que os esperava pela revolta. Quando Nenen chegou, os soldados já estavam começando a ficar abalados. A voz do comandante era forte, Juvêncio fez-lhe justiça em pensamento:

— Bicho destemido...

Foi se aproximando ao longo do corredor, encostado na parede, os passos leves. Mas a sombra, sob a lâmpada elétrica, prolongou-se além da porta, o comandante gritou:

— Quem vem lá?

Juvêncio parou, respondeu:

— É o cabo Juvêncio, comandante. Tenha calma que eu já chego...

O comandante gostava dele, sabia-o cumpridor dos seus deveres, correto, pouco dado a cachaçadas e a brigas em casas de mulheres, com uma caderneta limpa. Ao demais, ouvira falar também daquelas histórias na fronteira, quando Juvêncio mantivera a disciplina em meio à selva, às moléstias e aos índios. Os tiros rareavam no quartel, apenas do pátio à esquerda vinha cerrado tiroteio. O comandante imaginou que a revolta estava abafada e que Juvêncio chegava em seu socorro. Já não ouvia no corredor o movimento dos soldados nem a voz de Macedo que lhe dava ordem de prisão.

Juvêncio voltou a andar, mas agora ia pelo meio do corredor, escondeu o revólver nas costas. Atravessou a porta, o comandante estava de pé, segurava a arma pronta para disparar. Mas não se encontrava mais em guarda. Juvêncio foi entrando, suspendendo a mão direita para continência, mas de imediato a abaixou sobre a do comandante, tomou-lhe a arma, disse:

— Não adianta reagir, coronel. A revolução está vitoriosa em todo o país...

O comandante empalidecia de raiva. Os soldados se aproximavam, comandados por Macedo.

— Levem para o cassino... — E, para o comandante: — Vá sossegado, coronel, que nada vai lhe suceder... A não ser que o senhor tente fugir ou levantar os homens...

Voltou-se para os soldados:

— Se algum tentar isso, bala nele sem pena...

Desceu as escadas, correndo. Chegavam notícias de que a revolta na polícia militar fracassara e que ela marchava contra o batalhão. Conferenciou com Quirino e Conceição. A guarda civil levantara-se também, a luta se travava pelas ruas da cidade. Corriam notícias de que o governador já havia fugido para bordo de um navio, mas de nada tinham certeza. O importante era silenciar as metralhadoras da companhia que ainda resistiam.

Juvêncio chefiou o assalto. Valverde ia ao seu lado, exposto às balas.

— Só à unha, Nenen...

Juvêncio já o compreendera. Tinham que assaltar a posição, liquidar com aquilo quanto antes, senão iriam ficar entre o fogo da polícia militar e o da companhia. Olhou para os homens que o acompanhavam. Pela porta viam o tenente no pátio, no ângulo final do muro, entrincheirado atrás de caixões, e as metralhadoras apontadas para a porta. Era um pulo, uma carreira, cairiam sobre os soldados e o tenente. Mas naquele pulo e naquela carreira muitos iam morrer. Examinou de novo a situação. Não tinha outro jeito. Virou-se para seus homens, disse:

— A gente tem que tomar aquelas metralhadoras... Quem for homem que me acompanhe... — e atravessou, num salto, a porta, sem olhar para trás. Quando caiu varado de balas, Valverde estava a seu lado e se curvou sobre ele. Juvêncio murmurou:

— Pra frente, filho da puta, senão os outros recuam...

E o viu avançar, os soldados correndo, o matraquear das metralhadoras, logo depois um silêncio total que durava ainda quando ele abriu os olhos e gemeu. Depois, semi-inconsciente, foi jogado na maca, levado pelos outros. Abriu os olhos com esforço e viu que a bandeira vermelha tremulava no mastro do quartel. Sorriu antes de desmaiar de novo.

9

Por volta de uma hora da tarde o sapateiro veio visitá-lo no hospital onde as freiras silenciosas fitavam aterrorizadas aqueles homens barbados que traziam lenços vermelhos no pescoço. Estendido na cama, um braço e uma perna enfaixados, um pedaço do couro cabeludo arrancado, Juvêncio ameaçava a cada momento levantar-se e sair. A freira (era ainda moça e possuía um sorriso bondoso com que suavizava as ordens que ditava) ralhava com ele:

— Fique deitado e não se mova... São as ordens do médico. Afinal pôde mandar um recado:
— Se não vier ninguém eu me levanto e vou para o quartel.
O sapateiro veio cheio de notícias e com muita pressa. Tudo marchava bem, segundo ele, a revolta explodira em Pernambuco, onde o 29º BC havia se levantado às nove da manhã. Também o QG se revoltara, estava chefiado pelo sargento Gregório. E em Natal tudo ótimo. Haviam constituído uma junta governamental, da qual o sapateiro fazia parte, o governador fugira, tinham retirado dinheiro do Banco do Brasil para qualquer emergência, a cidade estava calma.
— E o interior?
— Já temos prefeitos em várias cidades...
— Não partiram colunas para o interior?
— Ainda não, mas estamos tratando disso...
— E o quartel?
— Tudo bem... Quirino comandando... Você trate de descansar que o médico disse que suas feridas são graves e necessitam tratamento rigoroso... Depois eu volto e conversaremos mais...

Sozinho no quarto do hospital, sentia a febre crescer. Mas seus pensamentos estavam no quartel. Apesar de todo o otimismo do sapateiro, Juvêncio não estava satisfeito. Duas coisas, principalmente, o alarmavam. Primeiro era que a revolução não houvesse explodido em todo país como ele esperava e lhe haviam dito que aconteceria. Depois a demora da partida das colunas de soldados para o interior. Temia os homens no quartel sem ter o que fazer. Lutava contra a modorra da febre, tentando pensar, raciocinar. Pareceu-lhe em certo momento ouvir a voz de Lurdes no corredor. Prestou atenção, forçando o ouvido, mas era apenas o silêncio e ele pensou que o delírio chegara. Só depois soube que Lurdes fizera tudo para vê-lo e as freiras, cumprindo as ordens do médico, não permitiram.

O sono, apesar de inquieto e leve, fez-lhe bem. Acordou ouvindo novamente vozes no corredor. Mas desta vez distinguia perfeitamente o vozeirão de Macedo e o acento incisivo de Valverde. A freira discutia, escutava Macedo:

— Entro de qualquer maneira, dona... É melhor a senhora sair da frente...

E logo depois estavam no quarto e paravam diante dele. Juvêncio sorriu, levantou o braço enfaixado.

— Me maltrataram...

— A gente pensou que tu tinha morrido... — disse Valverde. E acrescentou: — Morreram sete naquele ataque...

Juvêncio quis perguntar quais, mas ficou calado, que adiantava naquela hora saber os nomes dos que haviam morrido? Perguntou por Lurdes:

— E Lurdes?

— Tá cozinhando pros soldados. Ela e as outras... Quis vim te ver, as freiras não deixaram... Não queriam deixar a gente também... Foi preciso...

— Ouvi a conversa no corredor...

Notou que os dois estavam irresolutos como se tivessem resolvido, ante a contestação do seu estado, não dizer a que tinham vindo. Inquietou-se e semiergueu-se na cama, cuidando de não gemer para não alarmá-los mais:

— Que é que há? Vamos, desembucha...

Valverde disse:

— Não é nada... Vai tudo bem... — Olhava o braço enfaixado, a perna envolta em gaze na altura da coxa, a cabeça de cabelos chamuscados. Que adiantava contar a Juvêncio? Apenas iriam incomodá-lo, ele não poderia dar jeito.

Mas o vozeirão de Macedo o interrompia:

— É melhor contar de uma vez... — E, antes que o outro tentasse impedi-lo: — A coisa pelo quartel vai muito ruim... Se continuar assim não sei como vai terminar...

Juvêncio havia sentado na cama. A freira, restabelecida do susto no corredor, aparecia na porta, soltava um pequeno grito de espanto ao vê-lo naquela posição:

— Vamos deitar-se já, já... Não sabe que está muito ferido? Que ainda está com uma bala na coxa?

Olhou-a com raiva:

— Saia daqui... — Mas logo arrependeu-se. — Desculpe,

madre... Mas estou conversando coisa importante, peço que a senhora se retire... Depois, garanto que deito... Conta... — ordenou, dirigindo-se a Valverde.

— Ninguém se entende, essa é a verdade. Cada um quer mandar mais do que o outro, no quartel. No resto da cidade a coisa vai bem, a Junta tomou várias providências. Mas, no quartel... Tá uma confusão...

— O que é que está acontecendo?

Valverde contou nos dedos:

— Primeiro: falta de comando... Quirino tem pouca autoridade. A nossa gente obedece a ele mas os outros...

— Que outros?

— Os que aderiram... Muita gente... E cada qual mandando mais, dando ordens a torto e a direito... A discutir uns com os outros... Cada qual querendo ser mais. E não é só eles, gente nossa também... Conceição a brigar com Quirino, até na frente dos soldados discutem...

Parou para esticar o outro dedo:

— Segundo: cachaça. Foi proibido mas apareceu, agora é o que sobra por lá... Tem gente que já não se aguenta...

— Gente nossa?

— Um que outro... Quase tudo é adesista...

— Que mais?

— Roubo... Assaltaram o contencioso... E a despensa...

— Gente nossa?

— Não... Andaram vendendo coisas pra gente da cidade...

— Estão saindo?

— E quem pode empatar?... — Valverde desistira de contar nos dedos.

Juvêncio pensava:

— Isso pode ser até o inimigo instigando... Para desmoralizar...

Valverde concordou com a cabeça, depois completou:

— O pior... — e silenciou. Que adiantava dizer aquelas coisas ao outro que estava amarrado na cama, não podia dar jeito? Só ia trazer-lhe aborrecimentos. Se ele estivesse lá, a coisa seria outra.

— Conte...

— Tem uma porção que quer matar os oficiais...

— Matar os oficiais?

— É. Tão bebendo e dizendo que oficial só morto... Se já não mataram. Deixei Quirino discutindo com eles. Mas Conceição acha que o melhor mesmo é liquidar...

— Provocação — disse Juvêncio.

— Também acho...

Fez um esforço com o corpo. O pior era a perna ferida:

— Me ajuda...

— Você vai levantar?

— Vou no quartel — avisou. — E ninguém vai me empatar...

Ajudaram-no a vestir a farda. Pôs o revólver, só podia mover a mão direita, o dólmã atirado sobre os ombros, o peito descoberto. Felizmente a mão ferida era a esquerda.

— Vam'bora...

A freira que se aproximava da porta, para fazer um apelo a Valverde e Macedo, recuou ao vê-lo:

— Onde vai, meu filho?

— Tenha paciência, irmã. Tenho que ir...

Ela moveu a cabeça num gesto de censura:

— Assim você vai morrer, meu filho...

— Não faz mal, irmã. Há coisas mais importantes... — Macedo e Valverde baixaram a cabeça ante o olhar da freira, sentiam-se culpados. Juvêncio ia na frente, capengando. No meio do corredor não pôde mais, pediu:

— Macedo, me dá o braço...

Valverde disse:

— Não é melhor você voltar?

— Vam'bora...

Quando atravessou a porta do hospital empunhou o revólver. Macedo sentia o peso do corpo de Juvêncio no seu braço. Mas em Macedo e Valverde Juvêncio confiava.

10

Ao atravessar o portão do quartel compreendeu que a coisa ia mal. A balbúrdia reinava, nada ali restava que lembrasse a disciplina dos soldados, a ordem de uma corporação militar. Distinguiu o vulto de Quirino no pátio, discutindo, agitando os braços. Alguém, que o vira entrando, tocou no ombro de Quirino, apontou para o portão, Juvêncio não pôde deixar de sorrir ante o grito de alegria do companheiro que veio correndo. Chegou esbaforido, tinha um ar de alarme:

— Eles foram matar os oficiais... Acuda depressa...
— No cassino?
— É...
— E você não é comandante? Cadê sua autoridade?

Quirino confessou:

— Isso aqui está uma esculhambação.

Apoiou-se em Macedo mas apenas para se firmar, logo saiu andando num esforço que lhe contraía o rosto. Levava o revólver engatilhado. Macedo e Valverde seguraram também suas armas.

Os homens acabavam de chegar ao cassino quando eles apareceram. Alguns estavam bêbedos, outros eram arrastados apenas pelo sucesso da revolta. Homens sem partido, que haviam aderido e acreditavam que não deviam obediência a ninguém. Os oficiais, desarmados, juntavam-se num canto. Alguns estavam pálidos, outros mantinham-se firmes. Um deles falava para os homens, mas os bêbedos riam e os demais gritavam. Juvêncio chegou por detrás.

— Sai da frente...

Olharam para ele como se fosse um espectro. Estava com o rosto branco como cal, como se não tivesse mais nem uma gota de sangue. Abriram alas para ele passar. Os oficiais pensaram então que havia chegado a sua última hora. Tinham tido notícias de que era o comunista Juvêncio que estava à frente da revolta, prendera o comandante, atacara a companhia de metralhadoras, e pensavam que ele havia morrido. O tenente que comandava as metralhadoras sorriu tristemente. O comandante adiantou-se:

— Cabo Juvêncio, pense bem no que vai fazer...

Juvêncio olhou sem ódio e sem piedade:

— Coronel, cale a boca e não se meta... — Os soldados aplaudiam, um bêbedo gritou um palavrão. — Cale-se, seu estúpido! — Juvêncio voltou-se, fitou o soldado. — Está preso. Valverde, meta esse tipo no xilindró. Depois veremos...

Silenciaram todos. Os bêbedos ainda tentavam rir mas já não encontravam solidariedade nos que estavam pouco tocados. Juvêncio falou-lhes:

— Vocês vinham matar os oficiais...

— Só pregar um susto...

— Seja homem e não minta, que é pior... Vocês o que é que são? Revolucionários ou assassinos? — dirigiu-se aos oficiais. — Fiquem sabendo os senhores que desses nem um só é comunista nem aliancista. Um comunista não assassina... — novamente falava para os soldados. — Vocês não veem que é isso que os inimigos querem? Dizer que soldado, cabo e sargento só servem para matar? Para comandar um quartel, manter a ordem e governar, só oficiais... E vocês em vez de provar que isso é mentira...

— Que me importa a ordem... — disse um bêbedo. — A gente ganhou, agora tem direito de descontar o que esses nos fez... Tem direito... — ia arengar para os outros.

— Com que autoridade você discute minhas ordens? Sou o comandante do quartel e você vai responder por crime de indisciplina. Está preso...

— Quem é que me prende?

— Eu... — disse Macedo andando para ele. O soldado bêbedo tentou reagir. Macedo deu-lhe um soco, estendendo-o no chão.

Os oficiais olhavam aquilo tudo achando que, afinal, o quartel voltava a ter comando. E não se enganavam porque a mais perfeita ordem voltou a reinar. Era Juvêncio quem se enganava ao afirmar-lhes:

— A revolução está vitoriosa em todo o país... A vida dos senhores está garantida. Garantida pelo comando do quartel. Os senhores serão julgados depois. Agora, quero avisar uma coisa. Aquele que tentar fugir ou aliciar algum soldado será fuzilado sem julgamento...

Dirigiu-se a Valverde:

— Leve os presos e mande quatro homens de confiança.

Os outros soldados ainda estavam por ali:

— O que é que estão esperando aí? Vão para o pátio, desço neste instante...

Os homens obedeceram. Os oficiais começaram a mudar de opiniões sobre o destino da revolta, que antes pensavam perdida. O capitão-médico aproximou-se, viu o sangue escorrendo da coxa do cabo:

— Assim o senhor morre...

Disse a Macedo:

— Arranje gaze e algodão...

Juvêncio afastou o médico com a mão:

— Dos senhores não quero nada... Deixe estar que eu me arranjo...

Valverde voltava com alguns soldados. Juvêncio disse-lhes:

— Cuidem das entradas. Metam fogo em quem quiser fugir e metam fogo em qualquer um — seja quem for — que apareça por aqui sem ordem minha ou de Quirino... Não discutam, metam bala...

Saiu. Mas no corredor, Macedo teve que ampará-lo novamente.

11

Ao chegar ao pátio, antes de falar com os soldados, ele desejava poder conversar com Quirino, ficar bem a par da situação, combinar com ele (que era politicamente a pessoa mais responsável) a melhor maneira de agir. Mas, apenas deixou o braço de Macedo, para atravessar sozinho a porta que dava para o pátio, viu que não podia fazê-lo. Quirino estava nos fundos, ao lado de soldados, cercado pelos cabos e sargentos comunistas. Do outro lado, separados como se fossem um grupo de adversários, juntavam-se também soldados, cabos e sargentos, e com eles estava Chico Conceição. Os grupos mais ou menos se equivaliam em forças e Juvêncio olhou para uns e outros, durante uns momentos. Ganhava energias para poder andar, a mão quase não podia sustentar o revólver. Temia cair a qualquer momento. Ainda assim recusou o auxílio que Macedo lhe oferecia num sussurro, marchou para diante, colocou-se entre os dois grupos. Olhou para Chico Conceição longamente e, virando-se para Quirino falou com voz pausada e grave:

— Estou às ordens, comandante. — Bateu continência sem largar o revólver, voltava a olhar para os que estavam com Conceição.

Quirino se adiantou, veio andando para ele. Não sabia o que ele ia fazer mas, desde que o vira atravessar o grande portão do quartel, descansara. Com Juvêncio ali, ele tinha certeza de que tudo iria bem. Macedo murmurou:

— Cuidado com Conceição, Nenen... Ele...

Mas a voz de Chico Conceição cobria as palavras murmuradas:

— Comandante, por quê? Quem o elegeu? A gente é menino ou mulher-dama pra aceitar o que qualquer um quiser dar à gente? Nós — apontava para os homens que o rodeavam — não aceitamos Quirino de comandante.

Os soldados que se encontravam em torno e por detrás de Conceição olhavam para Juvêncio mas sem hostilidade. Apesar de toda a conversa macia e aliciadora do outro, confiavam no cabo, conheciam-no e sabiam que era um deles. Juvêncio também os olhou, estudando-os um a um. Conceição estava quase à sua frente, como dera uns passos se separara dos seus homens. Juvêncio passou a seu lado, sem responder-lhe, colocou-se em frente dos soldados, sério e quase severo:

— Companheiros, estou chegando do hospital e o que é que encontro? Encontro soldados da revolução guarnecendo seu quartel, cumprindo suas obrigações? Não... encontro tudo esculhambado, parecendo que os soldados só sabem se governar quando têm os oficiais para mandar neles, dar ordens, meter na cadeia... Nós nos revoltamos porque o povo está passando fome e os soldados, cabos e sargentos são perseguidos. E agora vamos provar que não valemos mesmo nada? Por mim digo que estou envergonhado... — Olhava-os e eles baixaram a cabeça.

Conceição quis replicar qualquer coisa mas Juvêncio não consentiu:

— Depois você fala... Depois fala quem quiser. Mas agora falo eu e tenho o direito de falar porque vim do hospital para não deixar que vocês morram, atacados pelas costas a qualquer momento... — dirigia-se aos soldados que formavam com Conceição. — Posso ou não posso falar, companheiros?

Um negro destacou-se dos outros:

— Pode falar, ocê é um homem direito... Nós acredita em ocê...

— Companheiros, a revolução foi feita pela Aliança Nacional Libertadora com o auxílio do Partido Comunista. O estado tem um governo popular, formado por aliancistas e comunistas. É a esse governo que os soldados da revolução têm de obedecer... Foi esse governo que nomeou o camarada Quirino comandante do regimento. Por que então não obedecer? Por que essa bagunça aqui dentro? Ou será que os soldados não são capazes? Queriam matar os oficiais, por quê? Onde arranjaram cachaça, com que licença? Vocês são revolucionários ou são integralistas?

Estavam sem jeito. Juvêncio sorriu:

— Muita coisa eu compreendo. O entusiasmo, a liberdade, mas tudo tem seu basta, companheiros. E agora eu digo: chegou. Isso vai entrar em ordem... Estamos de acordo?

— De acordo...

E os outros começaram a repetir, e um gritou:

— Viva o cabo Juvêncio!

Quando as aclamações iam morrendo, Conceição exaltou-se:

— Vocês estão bancando os trouxas...

Juvêncio chamou:

— Ricardo! Damião! — E vieram o negro e um mulato baixo. — Prendam o cabo Conceição. Ele é inimigo da revolução. Queria arrastá-los à cachaça e à desordem para melhor vender nós todos ao inimigo. Vai ser julgado e fuzilado...

Conceição puxou o revólver. Mas o braço de Macedo se abateu no seu ombro:

— Solta essa arma, seu filho da puta...

Juvêncio tomava do braço de Quirino, saía com ele. No corredor desmaiou. Os soldados ainda viram quando ele caiu, correram de ambos os lados, viram o sangue sobre as gazes do braço, manchando também a calça na altura da coxa. E aqueles que promoviam a desordem foram os primeiros a obedecer às ordens que Quirino repartia.

12

O médico deu-lhe uma injeção para que ele dormisse:

— Assim você se mata... — Era um simpatizante e sabia da importância de Juvêncio no movimento.

Lurdes viera, aflita mas sem lágrimas, ajeitando os travesseiros da sala improvisada em enfermaria. Juvêncio pediu que ela se retirasse:

— Isso aqui estava cheio de mulheres que até parecia cabaré em dia de sábado... Botei tudo pra fora... Se tu ficar, eu não tenho mais moral para dar ordens... Não se preocupe, amanhã já estou de pé de novo...

Ela compreendeu e partiu. Soldados se ofereceram para acompanhá-la até em casa, agora a ordem imperava no regimento. Juvêncio adormecera preocupado com a formação das colunas para o interior. Durante o resto da tarde não tivera tempo de pensar naquilo, as horas tinham sido pequenas para arrumar as coisas dentro do próprio quartel, discutir com Quirino, formar um comando, distribuir postos pelos homens de confiança. Pensava em tratar, à noite, com Quirino e alguém da direção,

Luís ou outro, daquele assunto. Era urgente que as colunas partissem. Já tinham perdido quase vinte e quatro horas e não chegavam boas notícias do Sul... Mas, como desmaiasse novamente, foram em busca do doutor que, ao vê-lo em atividade (havia-o deixado após o desmaio da tarde com ordens expressas para deitar-se e repousar), alarmou-se. Obrigou-o a ir para a cama que improvisaram numa sala ao lado do comando, e, sem dizer de que se tratava, deu-lhe aquela injeção que o fizera dormir.

Despertou com Luís e outro companheiro da direção ao lado de sua cama. Olhavam-no como se estivessem com medo de que ele não acordasse. Viu a claridade do sol alto:

— Que horas são?

— Nove e vinte...

— Como é que dormi tanto? — A cabeça pesava, o estômago doía mas não tinha febre.

Quirino explicava:

— Foi a injeção que o doutor lhe deu...

— E as colunas? Já partiram?

— É tarde... — disse o sapateiro.

— Tarde? Por quê?

— A coisa em Recife está preta... Não marcha bem... E não houve mais nada no resto do país...

— Não é motivo para a gente ficar parado — Levantava-se, andava para a pia, começara a lavar o rosto.

— É que o 22 da Paraíba parece que está marchando para aqui... O importante é defender a cidade... Garantir Natal até que a coisa estoure pelo Sul... Deve ser de um momento para outro...

Juvêncio voltava a sentar-se na cama.

— Tem café?

Quirino deu um grito, apareceu um soldado.

— Arranje café pro camarada Juvêncio...

— Bem quente... — pediu Juvêncio.

— Como é mesmo com Pernambuco? — perguntava a Luís.

— O pessoal parece que teve de abandonar a cidade... Já não usam o rádio...

— E aqui, como vai a coisa?
— Na cidade, bem.
— E no quartel? Alguma novidade?
— Não — disse Quirino. — Só que de noite fugiram um cabo, o Bonifácio, e quatro soldados... Andaram levando umas coisas...
— É fuzilar o primeiro que for pegado fugindo... Na vista de todos...

O soldado chegava com o café. Mexeu o açúcar, tomou em pequenos sorvos. Refletia sobre a situação. Encontrava o sapateiro pessimista e o outro companheiro demasiado silencioso. Riu:

— Vamos tocar para diante...

Aquele dia transcorreu sem maiores novidades. Juvêncio percorreu a cidade de automóvel, examinando os melhores lugares para trincheiras, mandou soldados prepará-las. Quando voltou ao quartel encontrou um ambiente de cochichos, as notícias más se propalavam. Sabiam já que o movimento estava perdido em Pernambuco, contavam detalhes alarmantes. Do cárcere onde estava, Conceição agia, conversando com os soldados que o guardavam, espalhando notícias tenebrosas. Juvêncio reuniu os comandantes, estudou com eles a situação. Mais alguns homens haviam fugido. Um deles tinha sido preso. Quirino perguntou:

— Vale a pena fuzilar?
— Vamos ver...

Desceu para o pátio, o esforço da tarde fora demasiado, sentia-se tonto, a cabeça pesada, os olhos turvos. Mandou buscar o soldado. Era João Inácio, um camponês de certa idade. Falou-lhe como se estivessem na roça:

— Seu João, que foi que lhe deu que fugiu? Vosmecê teve medo?

— Homem, seu cabo, medo de morrer na hora da briga eu não tive. Mas o cabo Conceição me disse que nóis tava perdido e ia ser tudo metido na cadeia e depois matavam a gente na borracha... Não sou homem pra apanhar, seu cabo...

— João, você fez uma coisa feia e eu devia mandar-lhe fuzilar. Mas você foi enganado por esse traidor. Seu João, pode ser que nós morra tudo mas é de arma na mão se batendo pela revolução. Você tá com medo?

— Assim não. Assim tá direito. Agora, de borrachada...

Deixou o camponês, falou para os soldados:

— Quem estiver com medo pode ir embora. Não quero covardes aqui... A luta vai ser dura, teremos que sustentar o quartel e a cidade até que a revolução vença pelo Sul... Quem estiver com medo, dê logo o fora... Vamos ver...

Ninguém se moveu. Continuou a falar:

— Porque agora não há desculpa para desertar... Não vai ninguém embora?

Esperou. Os homens mantinham-se silenciosos.

— Muito bem. Agora vamos tratar de Conceição. Soldado Ricardinho, vá buscar o preso...

Fez o julgamento ali mesmo:

— Esse homem espalhou a desordem no regimento, aconselhou a que matassem os oficiais, está espalhando o pânico, inventando mentiras, fazendo os soldados traírem a revolução, fugirem como desertores e covardes. O que é que merece?

Conceição tremia, os olhos esbugalhados, desmoralizado:

— Pelo amor de Deus, Nenen... Pelo bem de sua mulher...

O pelotão formou junto ao muro. Conceição foi arrastado. Juvêncio se retirava quando os tiros soaram.

— Temos pouca munição... — disse a Quirino mas estava pensando em Chico Conceição. Da porta espiou o cadáver de bruços, o sangue em torno.

13

Era inteiramente impossível controlar os fugitivos. As esperadas notícias do Sul não chegavam, a descrença ia dominando a todos. Juvêncio notava que mesmo os cabos que lhe obedeciam cegamente procuravam evitá-lo, olhavam-no como se ele os houvesse defraudado. Mas conseguira que a ordem se mantivesse, que os homens não bebessem, que não tentassem contra os oficiais presos, não desacatassem os companheiros que tinham sido nomeados para postos. Juvêncio sentia que tudo aquilo podia estourar de um momento para outro. Na cidade tampouco as coisas marchavam bem. Agora os reacionários já sabiam que o movimento de Recife tinha sido sufocado e que em nenhuma outra parte houvera levantes. Estavam a 25 de novembro e só dois dias depois o 3º RI e a Escola de Aviação se levantariam no Rio, quando já os soldados do 2º BC chegavam em Natal. A junta governamental encontrava dificuldades enormes. O primeiro entusiasmo dos simpatizantes e o oportunismo dos adesistas cediam e os revolucionários, ainda no poder, começaram a ser hostilizados.

Juvêncio, na tarde daquele dia, concluiu que a defesa da cidade era inexequível com os soldados que restavam. O exemplo de Conceição fora esquecido no decorrer da noite e as fugas aumentavam. Até mesmo oficiais tinham conseguido fugir, comprando a cumplicidade dos homens que os guardavam com dinheiro e promessas de perdão.

A febre voltara e Juvêncio temia não aguentar até o fim. O corpo reclamava cama, as feridas continuavam abertas, a cabeça doía-lhe constantemente. Ainda assim conferenciou com Quirino, depois foi a Palácio entender-se com o pessoal da Junta. Sua ideia era organizar os homens mais leais e conscientes, aqueles que eram comunistas e aliancistas ou que, pelo menos, guardavam fidelidade à revolução, em colunas de guerrilheiros que fossem pelo interior, se internassem pelo sertão, na caatinga, e ali levantassem os camponeses, à espera do movimento do Sul, que eles consideravam inevitável. Voltariam depois sobre a capital. Os dirigentes concordaram e naquela mesma noite Juvêncio fez partir colunas de guerrilheiros, dando-lhes o melhor da munição. Reservava-se para ir com a última, quando já não houvesse nada a fazer na cidade. Não podia, no entanto, deixar que todos os homens partissem, porque então os reacionários tomariam conta de Natal.

Viu Macedo pela madrugada seguir à frente de uma coluna. Aquele homem grande e conversador, de vozeirão escandaloso e vaidade fácil, era, em verdade, um menino. Corajoso e leal, forte mão que não traía, coração apaixonado e punho rude. Abraçou-o e recebeu comovido a recomendação do outro:

— Se cuide, Nenen...

Valverde ficara a seu lado e Quirino crescia na sua admiração. Politicamente era fraco e fora responsável por muita coisa acontecida. Mas mantinha-se ali, disposto a tudo, a morte não lhe importava. A madrugada do quarto dia raiava sobre Natal, os homens tomavam o caminho da caatinga onde dominavam Lucas Arvoredo e o beato Estêvão. Iam como guerrilheiros, outros como fugitivos. Juvêncio olhava-os até que se perdiam ao longe e, ao aspirar o ar da madrugada, recordava-se das manhãs da fazenda quando partiam para lavrar a terra, aquela terra que era dos coronéis e que ele desejava que fosse dos camponeses. Por isso se levantara com seu regimento. Agora iam começar tempos duros, mas o sertão continuava e algum dia os demais pensariam como o cabo Juvêncio...

14

O último dia decorreu devagar, os homens saindo pela porta da frente do quartel, já não precisavam pular os muros para fugir. Juvêncio via-os partir. Não eram mais boatos, eram notícias verdadeiras. Os soldados do 22º BC da Paraíba aproximavam-se da cidade. Os fuzis revolucionários haviam silenciado em Recife. Os soldados partiam, alguns vinham se despedir dele:

— Até outra, cabo... Conte comigo...

Não tinha febre, apenas cansaço, um cansaço terrível, não havia parte de seu corpo que não doesse. A Junta Governamental transferiu-se para o quartel. Os dirigentes mantiveram longa conferência com Juvêncio e Quirino e decidiram abandonar a cidade antes da chegada dos soldados.

Valverde queria ficar com ele, mas Juvêncio obrigou-o a partir. Quirino tinha um ar de parente de defunto ao abraçá-lo. Tinham proposto levá-lo mas ele recusara. Não podia andar dois quilômetros, só iria servir de empecilho aos demais. Mentira:

— Eu me arranjo... Tenho onde me esconder...

No fim da tarde o preto Ricardo veio se despedir.

— Cabo, ocê vai ficar?

— Vou...

— Fico com ocê...

— Pra quê, Ricardo? Eu vou ficar porque alguém tem de ficar. Fico eu que tou baleado, eles não vão fazer malvadez com um homem quase morto. E sou responsável, fui um dos chefes. Se eles pegarem você, viram pelo avesso... Vá embora enquanto é tempo...

Ouviram o longínquo ruído da marcha dos soldados do 22º no rumo da cidade. Ricardo ainda teimou:

— É bom eu ficar com ocê...

— Tu é soldado, eu sou cabo... Além disso ainda sou o subcomandante. E dou ordem: vá embora.

O soldado Ricardo, negro alto e feio, deu um passo para a frente, perfilou-se, fez a continência. Saiu marchando como se fosse para um combate. Juvêncio acompanhou-o com os olhos, viu-o desaparecer na esquina.

Ficou sozinho no quartel. Na cidade, padres e políticos se movimentavam para receber o 22º BC com festas e flores. Os passos estavam mais próximos, agora soavam sobre os paralelepípedos da rua. Restava-lhe ainda alguma coisa que fazer. Desceu a bandeira vermelha do mastro onde ela tremulara quatro dias sobre a cidade de Natal. Meteu-a sob o dólmã, saiu do quartel. Juvêncio ia num passo vagaroso, as feridas impediam-lhe de andar mais depressa, a cabeça doendo, um cansaço em cada músculo e em cada nervo, um cansaço que não lhe permitia pensar. Para onde podia ir? Não tinha uma casa que lhe servisse de esconderijo. Para o mato, só se quisesse morrer mais depressa. Tinha dinheiro no bolso, muito dinheiro, nunca vira tanto. Não lhe servia de nada naquele momento. Fez um esforço para recordar um lugar onde guardá-lo. "Servirá ao Partido algum dia."

Andou para casa. Desde a véspera pela manhã não via Lurdes. A tarde caía sobre os subúrbios silenciosos. Os passos dos soldados estavam próximos, não tardariam a penetrar no quartel deserto. Não encontrariam a bandeira para arrancar do mastro. Sorriu.

Entrou em casa, havia um sofá na sala, umas cadeiras pequenas e incômodas. Lurdes estava sentada no sofá, a barriga subia-lhe pelo peito... Quis se levantar, ele fez um sinal para que ela ficasse ali mesmo. Arrancou as botinas, não teve forças para tirar as meias. Estendeu os pés sobre o braço do sofá, colocou a cabeça no colo da mulher. Vinha dela calor, uma paz, um descanso, e no seu ventre uma criança se preparava para nascer. Juvêncio fechou os olhos. Agora não pensava em nada, sentia apenas aquele calor vindo da esposa, e parecia que tudo havia terminado, que aquela paz e aquele sossego eram para todo o sempre. Lurdes passou as mãos no cabelo chamuscado, ele sorriu levemente. As sombras do crepúsculo desceram sobre a sala.

Epílogo
A COLHEITA

TONHO

1

— *Varda! Que bel toso é Tónho...* — disse a italianinha no seu dialeto dos camponeses de Veneza.

E a velha vizinha concordou:

— *Bel giovanotto, si...*

Tonho passava pela estrada, em caminho da cidade, e talvez houvesse exagero nas palavras elogiosas da moça ítalo-paulista que já acostumara os olhos na visão dos mulatos e caboclos nordestinos. O frio crestara os cabelos rebeldes do menino sertanejo e lhes dera um tom aloirado. O organismo, que resistira à viagem através da caatinga, à fome e à sede, à disenteria no São Francisco, que se formara em meio a todas as enfermidades dos imigrantes em Pirapora, imunizando-se ao contato com elas, crescera forte, assentado nessas raízes de uma primeira infância de tanto sofrimento. Como uma planta ressecada pelo sol que floresce e se alteia com as chuvas do inverno, assim ele cresceu no campo paulista.

Sua infância terminara com a viagem de trem, naquele vagão de imigrantes vindo de Pirapora. Na estação, sua tia Marta ficara dando adeus e nunca mais voltaram a saber dela. Tonho pensava nela de quando em vez, ao olhar as moças mais bonitas da região, as caboclas nascidas dos sertanejos, as italianas de face rosada. A recordação que lhe ficara da tia era a de uma beleza surpreendente e se bem jamais pronunciassem em casa seu nome amaldiçoado, Tonho a tivera na memória durante muitos anos. E essa lembrança renovou-se, floriu em recordações que já iam se apagando, quando, três anos após a chegada na grande fazenda de café, onde eram trabalhadores assalariados, seu avô Jerônimo morreu botando sangue pela boca.

Jerônimo, nos anos de São Paulo, era uma sombra do sertanejo que partira certa madrugada de suas terras tomadas pelo novo fazendeiro. A tísica ia-lhe comendo as forças e as carnes. No último ano quase não podia mais trabalhar na colheita do café e foi uma sorte que Agostinho chegasse naquele inverno em companhia de Gertrudes e de dois filhos, tocados pela fome que grassava no sertão. João Pedro envelhecera também. Na noite da chegada de Agostinho ficaram em torno ao fogo, encolhidos de frio, aquele frio que tanto os fazia sofrer. O que chegara desfilava notícias, foi então que souberam da prisão de Nenen e da morte de Jão. Jerônimo ouvia deitado, a tosse persistente interrompendo, a cada instante, as palavras do filho. Só teve um comentário para aquilo tudo:

— Quem me dera poder voltar...

Morreu poucos dias depois e, mais que a chegada de Agostinho, foi a agonia do velho — prolongou-se por toda uma terrível noite de frio, quando a geada caía sobre as plantações — que trouxe a lembrança da tia para junto de Tonho, pois Jerônimo, cuja boca jamais se abrira para dizer o nome da filha, agora, na hora extrema da morte, parecia não conhecer outra palavra e chamava por ela, baixinho:

— Marta... Marta...

Jucundina, sentada ao lado do catre, chorava, e Tonho percebia que ela misturava na sua dor as duas saudades: do marido que se finava e da filha que estava em terras distantes nas ruas de mulheres perdidas. Relembrou então, naquela noite de agonia, o rosto belo e terno de Marta, sua silenciosa bondade, seu devotamento à família. Via-a nos braços do médico, comprando com seu corpo o atestado de saúde para o pai tuberculoso. Era como um drama a que ele assistira no teatro da cidade uma vez que fora com João Pedro. Só que no teatro era de mentira e ainda assim as mulheres choravam. Com eles havia sido de verdade e nenhuma notícia Agostinho trouxera de Marta. Jucundina arrastara o filho para um canto, na noite da chegada, quando Jerônimo adormecera e perguntou:

— Tu soube de Marta?

— Num sube nada... Num tá por Pirapora... Dizque viajou faz tempo...

E acrescentou:

— Vosmecê sabe que muié-dama num tem pouso certo... É que nem urubu voando pra onde tem carniça...

Naquela outra noite, quando se reuniram no quarto onde estava o velho doente para vê-lo partir, Tonho recolhia as palavras que o avô murmurava no estertor da morte:

— Deus te abençoe, minha filha...

Deitava a bênção em Marta, talvez ele a estivesse vendo e ela naquele momento, quem sabe?, pensaria nele e lhe pediria a bênção antes de deitar-se, o corpo cansado do seu comércio, o coração cansado também.

Botou uma golfada de sangue que misturou-se ao nome de Marta, pronunciado com uma voz rouca por todos ouvida. O enterro foi concorrido, vieram os trabalhadores da fazenda, colonos vizinhos, italianos em sua maioria. Os caboclos falavam do sertão, recordavam cenas da viagem que cada um fizera para São Paulo. Tonho pensava em Marta, sua tia.

Era a lembrança mais profunda da sua infância que terminara com a viagem de trem. Ali, em São Paulo, ia para o trabalho com o avô e João Pedro. Frequentou uns meses a escola, o suficiente para aprender a ler e a escrever. Mas, depois, já rapaz, voltou a queimar as pestanas sobre a cartilha, tinha desejos de saber mais.

Poucos fatos importantes lhe haviam sucedido, além da chegada de Agostinho e da morte de Jerônimo, no decorrer daqueles anos. O mais significativo de todos foi a viagem que fez ao Rio de Janeiro, em companhia de Jucundina, pra visitar seu tio Nenen, preso na Ilha Grande.

Juvêncio viera, com outros condenados políticos, de Fernando de Noronha. Na Ilha Grande estudava. Para ele a prisão foi a universidade. Os nove anos que levou de cadeia em cadeia, em Natal, no Recife, na Correção e na Detenção no Rio de Janeiro, em Fernando de Noronha e, por fim, na Ilha Grande, foram de aprendizado. Os companheiros mais esclarecidos ajudavam-no. Leu, finalmente, aqueles livros que cobiçava nos dias anteriores à revolução de 35. Em Engels aprendeu que a "liberdade é o conhecimento da necessidade" e pensou que o sertão estava aprendendo, com sangue e dor. Tanto falava no sertão, nos camponeses explorados, que até faziam pilhérias com ele. Mas, tanto eles como os de fora, os que lutavam na ilegalidade, sabiam que deviam cultivar no moço sertanejo o interesse pelo problema do campo. E lhe enviavam todos os materiais, livros e folhetos que tratavam da questão camponesa. Ele os devorava nos dias longos da prisão.

Jucundina, ao saber que o filho mais querido estava relativamente perto e que as visitas eram permitidas, não descansou enquanto não pôde vê-lo. Juntou dinheiro, moeda por moeda, para as passagens. Informou-se sobre o Rio, a polícia, como ir à Ilha Grande. E um dia embarcou, levando Tonho que já estava um rapazola.

Quase não viram a cidade do Rio. Jucundina meteu-se num hotel barato nas proximidades da estação e passou o dia seguinte na polícia, enviada de um canto para outro pelos investigadores que se divertiam com ela. Só no fim da tarde, quando se cansaram de enganá-la, fazer-lhe perguntas tolas e rir dela, deram-lhe a ordem para visitar o filho. No hotel lhe ensinaram que trem devia tomar, o preço da passagem do naviozinho. Tinham que esperar dois dias mas quase não saíram, o movimento da cidade amedrontava Jucundina e Tonho espiava da janela do quarto os automóveis e os bondes, o carro da Assistência com sua ruidosa campainha.

O trem ia cheio de famílias de presos, Jucundina foi pedir uma informação, logo lhe perguntaram quem era e o que ia fazer na Ilha Grande.

— Vou visitar meu filho que tá preso lá...

Como nunca a tinham visto naqueles dez meses em que faziam semanalmente a viagem, imaginaram que fosse a mãe de algum preso comum. Perguntaram-lhe:

— Ele está preso por quê?

— Era cabo em Natal, brigou numa revolução... Condenaro ele, dizque foi um crime muito feio... Mas eu conheço meu filho, num sei dele se meter em coisa ruim... Num credito...

Aquelas mesmas coisas dissera na véspera na polícia e tinham rido dela, tinham-lhe dito que Nenen jamais seria solto. "Ele é comunista, pior que assassino e ladrão." Mas ela não acreditava e agora aquela boa gente que ia no trem dizia-lhe que ela tinha razão, ele nada fizera de mau.

— Como é o nome dele?
— Juvêncio... A gente chama ele de Nenen...
— Juvêncio?

E então foi um entusiasmo. Havia pessoas que até o nome dela conheciam sem que ela o houvesse dito. Eram todos amigos de seu filho, o coração da velha encheu-se de orgulho. Tonho, com suas calças no meio da canela, e espantoso chapéu vermelho, espiava sorridente e também ele foi alvo de palavras amigas e de apertos de mão quando souberam que era sobrinho de Juvêncio.

O resto da viagem a velha passou narrando as peripécias da travessia pelo sertão, quando lhe tomaram as terras que trabalhavam. Em redor ouviam espantados e até um gaúcho, guarda do presídio, na Ilha, sentiu-se comover com aquela narração sem adjetivos e sem lágrimas.

2

A imagem do tio Nenen juntara-se à de Marta na sua memória. Via-o na Ilha, um livro sob o braço, andando com Jucundina pela praia. Ficava com ela todo o dia, ouvindo as histórias que a velha contava, enxugando as lágrimas que ela deixava rolar, lágrimas de alegria de rever o filho e lágrimas de saudade dos que haviam morrido ou sumido, como Marta.

Juvêncio estava diferente e não a esperava. Também Jucundina parecia outra, o cabelo totalmente branco, os olhos baços, o rosto cheio de rugas. Maria Barata, quando a camioneta chegou, dissera à velha:

— Espere aqui que eu quero dar a notícia...

E explicara a Agildo:

— É a mãe de Juvêncio...

O capitão condenado ficara conversando com ela enquanto Maria ia em busca do cabo. Encontrou-o lendo:

— Tenho um presente pra você...

— Cigarro ou doce?

— Venha comigo...

Ficou emocionada com o encontro. Via a velha apalpando os braços e as pernas do filho, o seu grito de alegria ao constatar que ele não estava aleijado como lhe haviam dito. E o próprio capitão que tinha fama de nunca ter sentido medo, de ser bravo até o exagero, afastou-se porque seus olhos ardiam e não gostava de chorar...

Passaram quatro dias na Ilha, quatro dias durante os quais Jucundina só deixava Juvêncio quando chegava a hora dele transpor as grades do edifício e recolher-se ao cubículo. Tonho conversava com um e com outro, falavam-lhe coisas estranhas e sedutoras. Foram dias cheios, para Tonho era a revelação de um mundo. Aqueles prisioneiros em nada se pareciam com os que cumpriam pena na cadeia da cidade paulista, próxima à fazenda onde eles trabalhavam. Eram homens alegres e confiantes, tinham a face voltada para o futuro. Tonho gostaria de ficar ali, entre eles, e aprender com o tio e com os demais aquelas coisas que eles sabiam. Uma, principalmente, gravava-se em sua cabeça: "a terra pertence àqueles que a trabalham". Porque o diziam, eles estavam presos. Mas valia a pena. Tonho também não se importaria se fosse preso por aquele crime.

Quando regressou, Jucundina desfeita em lágrimas, só falava no tio e nos seus amigos, companheiros de prisão. Não haviam deixado que a velha e ele voltassem para o hotel, à espera do trem para São Paulo. Parentes de um dos presos os levaram consigo, para sua casa, não permitiram que embarcassem na manhã seguinte, passearam com eles pelo Rio de Janeiro. E foram colocá-los, de automóvel, na estação, no trem noturno. A moça, ao apertar a mão de Tonho, disse-lhe:

— Até outra vez, comunista...
Ele riu:
— Um dia vou ser...
Jucundina mandava abraços para o filho:
— Dê um abraço nele, bem apertado...
Os amigos prometiam, ela chorava ante tanta bondade. E não sentia mais aquela pena do filho condenado, tirando sentença. Agora o seu sentimento era de orgulho. Seu filho não era um criminoso, seus amigos uma gente direita. Enquanto o trem corria, eles recordavam os dias na Ilha. Quando Tonho chegou na fazenda, de volta, tinha muito o que contar. E pelas noites, quando o frio descia, e ele se deitava, ficava vendo, de olhos fechados, ora a tia Marta acenando na estação, ora o tio Nenen falando na Ilha Grande aquelas coisas que ele repetia para não esquecer jamais.

3

Um dia, sob a pressão dos acontecimentos nacionais e internacionais, veio a anistia. O Partido, numa semi-ilegalidade, realizou um Plano Ampliado ao qual o ex-cabo Juvêncio esteve presente. Depois foi visitar os parentes em São Paulo. O Partido alcançava a legalidade, os primeiros comitês municipais iam sendo fundados.

Ao voltar da fazenda onde estivera uma semana com os seus, Juvêncio encontrou, na cidade próxima, um velho amigo. Tonho o acompanhara, e iam os dois pelas ruas quando o cabo gritou:
— Zé Tavares!
O cabelo do sertanejo começava a pratear mas era o mesmo rosto enxuto e sorridente. Sentaram-se num café, a conversa se prolongou por toda a tarde. Zé Tavares andara fugido pelo interior de São Paulo, desde que fora solto a última vez. Agora estava ali levantando o comitê municipal. Vivera pelo interior e seu desejo era trabalhar com os camponeses. Repetia as pala-

vras de Prestes sobre a questão camponesa no primeiro grande comício:

— Nós que somos do sertão é que sentimos isso de verdade...

Juvêncio disse a Tonho:

— Foi esse mulato quem me botou no Partido...

E para Zé Tavares:

— Agora tome conta do sobrinho... Esses — batia no ombro de Tonho — é que vão levantar o campo.

Pensavam ambos no sertão distante. Zé Tavares falou:

— Agora vai se acabar os cangaceiros e os beatos... Vai ser a nossa vez...

Levantaram-se, Juvêncio deixou umas moedas na mesa. O sol era leve, quase caricioso, diferente daquele sol de fogo do Nordeste. Zé Tavares ia contando um caso para mostrar como os camponeses começavam a compreender e Juvêncio repetia mentalmente as palavras lidas em Engels. A voz de Zé Tavares ainda conservava aquela moleza cantante da caatinga:

— O camponês era meu amigo, me conhecia de muito tempo. Quando soube que eu tava em Rio Preto, fundando a sede legal do Partido, veio me ver: "Seu Tavares, me diga vosmecê que sabe, o que é esse tal de comunismo...". Expliquei, falei no problema do campo, da terra para os trabalhadores, expliquei, troquei em miúdo. Ele escutando. Quando acabei ele disse: "Seu Tavares, esse tal de comunismo me arrecorda assombração". Quis saber por quê. "Num vê o senhor que aparece uma luz na estrada e vão dizer pra gente que não chegue perto, que aquilo é assombração que mata a gente só de espiar. Mas tanto falam que a gente fica se roendo de vontade de ir espiar. Um dia não arrisiste, vai, chega lá e vê que é o pai da gente..."

Juvêncio riu, entraram na pequena sala. Na rua uma tabuleta recém-pintada anunciava aos olhos curiosos dos passantes:

PARTIDO COMUNISTA DO BRASIL
COMITÊ MUNICIPAL

Operários e homens do povo trabalhavam e conversavam na sede. Tonho reencontrou aquele mesmo ambiente e aquelas mesmas conversas da Ilha Grande. Sorria o mais amplo sorriso dos seus dezenove anos. Zé Tavares aproximava-se com uma ficha:

— Sabe ler e escrever?
— Sei...
— Então encha sua ficha de inscrição... E vamos depois conversar sobre como trabalhar em sua fazenda... Sabe o que é uma célula?
— Não, senhor...

Saíram para levar Juvêncio à estação:
— Creio que o pessoal vai me mandar para o sertão, Zé.
— Tinha vontade de ir também.
— Você já está ambientado aqui... Mas eu, apesar de tudo, é como se não tivesse saído de lá... Vou ficar contente se me mandarem...

Abraçavam-se, o apito do trem cobria as vozes:
— O menino fica com você... Está em boas mãos...
— Deixe ele comigo...

Apertou Tonho contra o peito:
— Até outra vez, companheiro... Seja um bom comunista...

Vontade de poder escrever uma carta contando à tia Marta tudo aquilo, toda aquela alegria em torno. Mas onde estaria ela, em que lugar do mundo, chorando que lágrimas? Tonho sai da estação, vai respondendo às perguntas de Zé Tavares.

— Quanto ganha um trabalhador por dia na fazenda?

O apito do trem na estação, onde andará Marta nesse mundo tão grande? Quem dera que o tio Juvêncio a encontrasse e lhe dissesse que Jerônimo a perdoara na hora da morte e que ela podia vir, Jucundina e João Pedro estavam de boa saúde, Agostinho e Gertrudes já tinham dois filhos, e ele, Tonho, ingressara no Partido Comunista para lutar contra o sofrimento e a fome.

4

Alguns meses depois, o camarada Vítor, secretário nacional de organização, mandou chamar Juvêncio. O ex-cabo ficara mesmo no Rio, trabalhando para o Partido. Vítor acabara de chegar de São Paulo, andara pelo interior. Vinha entusiasmado com um ativo de camponeses:

— Cada camponês que faz gosto. Vieram de oitenta municípios... Conscientes e capazes... Te digo que uns dez a quinze dirigentes sairão dos cem homens que reunimos no ativo...

Bateu no ombro de Juvêncio:

— E um deles é teu sobrinho... O menino vai longe... Tome cuidado, senão ele lhe passa a perna...

Depois entrou no assunto. Juvêncio esperava com ansiedade aquela resolução.

— O trabalho é difícil mas você conhece bem o sertão. Tem o exemplo do que estamos fazendo em São Paulo. Ligas camponesas, células de fazendas, levantar as reivindicações.

Juvêncio contou-lhe o caso acontecido com Zé Tavares e os camponeses. Vítor deixou de sorrir para dizer:

— Ele tem razão. Os beatos e os cangaceiros acabarão no dia em que os sertanejos tiverem consciência política. É trabalho teu...

Voltou a ser o camarada brincalhão:

— Toma vergonha senão seu sobrinho te passa, boa-vida...

5

Certa noite escura, Militão andava pelo caminho da fazenda, vinha do arraial. Pareceu-lhe ouvir passos na estrada e pôs-se de sobreaviso. O homem andava apressado e passou a seu lado. Onde já havia visto aquela cara? O caminhante voltou-se, também ele reconhecera Militão. Olharam-se por um segundo, à luz do fifó que o trabalhador levava:

— Nenen!

— Militão...

Militão estava casado e quatro filhos enchiam a pequena casa de barro batido. Juvêncio aspirava o ar da noite sertaneja, profunda e densa. Filhinha não o reconheceu. Era menina quando o cabo partira em busca do bando de Lucas Arvoredo. Quiseram saber notícias de todos, mais uma vez lhe narraram aqueles acontecimentos de anos atrás quando o doutor Aureliano vendera a fazenda e o novo proprietário exigira a entrega das terras dos colonos e meeiros. Será que Juvêncio sabia alguma coisa de Bastião, o tocador de harmônica?

Filhinha comentou:

— Deve ter morrido, já era bem velho...

A frase de Militão era um lamento:

— Tocador tão bom nunca mais apareceu...

E de Gregório, tinha alguma notícia? Mas Juvêncio queria saber era de Militão e dos demais que permaneciam na fazenda. Quanto ganhavam por dia, atualmente? Havia colonos? Meeiros? Continuavam obrigados a comprar no armazém?

Depois pediu que ele reunisse, naquela mesma noite, todos os trabalhadores que pudesse. Ali em sua casa, sem que o capataz soubesse. Partiria manhãzinha e antes queria conversar com os homens. Tinha muito que lhes dizer, ia ensinar-lhes como mudar aquela vida que levavam, tão desgraçada. Militão fitava-o, se não fossem aqueles olhos de criança travessa ele não reconheceria no homem que falava explicado, sabendo tanta coisa, o moço que um dia fugira de casa e do qual apenas vagas notícias haviam chegado à fazenda. Militão perguntou, com respeito, antes de sair para chamar os outros:

— Tu aprendeu isso tudo na capital? Tu não perdeu tempo e o que tu diz é cuma luz que alumia, abre um clarão nos olhos da gente que tava no escuro...

Os homens vieram, reuniram-se na sala, Juvêncio falou. Eles ouviam num silêncio apenas interrompido por uma ou outra exclamação:

— É isso mesmo...

— Tá dizendo a pura verdade...

E pela madrugada, quando as sombras ainda envolviam os

campos úmidos de orvalho, e no ar se elevava aquele cheiro poderoso de terra, Nenen partiu para a caatinga pelo mesmo caminho seguido um dia por Jerônimo e sua família. Os brotos de dor e de revolta cresciam naquela seara vermelha de sangue e fome, era chegado o tempo da colheita.

Peji de Oxóssi (estado do Rio), *junho de 1946*

Posfácio
O CINEMA DE JORGE AMADO

Nelson Pereira dos Santos

DO CANGAÇO AO PARTIDO

Em junho de 1946, o deputado comunista Jorge Amado interrompe a militância política para concluir o romance quase épico inspirado nas sagas do sertão baiano. Quer mostrar que a Bahia não é só o mundo dos marinheiros românticos, dos cais das mulheres assumidas, das doces canções no mar inspiradas. Lá também tem catinga e seca, cangaço e volante, políticos corruptos e cruéis fazendeiros, sertanejos valentes e míticos beatos.

A combinação desses fatores provoca o êxodo do sofrido povo do sertão. Mas são poucos os que conseguem chegar a bom destino, considerando-se boa a condição de trabalhador rural em São Paulo nos anos 1930. Nos "caminhos da fome", os retirantes, "uma inumerável multidão de camponeses", representados no romance pelas famílias dos irmãos Jerônimo e João Pedro, cruzam o sertão para encontrar o rio São Francisco, que os levará para o Sul.

Na longa e dolorosa travessia da caatinga, onde deixam seus mortos, crianças e idosos, perdem também os jovens que se enveredam por outros caminhos mais sedutores, como o cangaço, o misticismo e a revolução. São os "caminhos da esperança", percorridos por José, Jão e Nenen. O primeiro, sufocado pela injustiça, escolhe o cangaço, onde ganha outro nome, a que faz jus pela comprovada valentia: Zé Trevoada. Mas, apesar de ser o lugar-tenente do famigerado Lucas Arvoredo, Zé Trevoada salienta-se pela coragem nos combates, jamais por atos perversos, como estuprar prisioneiras. O episódio da viúva do tenente morto em combate revela a persistência de valores éticos do sertanejo no comportamento do cangaceiro. O destino final desse personagem não se conhece; sai com vida da narrativa durante o episódio da morte do chefe Lucas Arvoredo — derrotado na luta para impedir o massacre pela volante do beato Lourenço e seus seguidores — e desaparece da história.

No mesmo episódio, morre Jão, que havia escolhido o caminho da cidade, onde sentara praça na polícia e vivera em paz, como bom católico. Estava voltando para o sertão como soldado da tropa encarregada de acabar com o fanatismo do povo. Tornara-se, por causa dessa missão, um personagem dilacerado entre ser soldado e seguidor fiel do beato, completamente seduzido pelos terríveis sermões sobre o fim do mundo. E morre feliz, mesmo sabendo que é de um tiro disparado no caos do combate por seu irmão José, o cangaceiro Zé Trevoada.

A terceira via é a vida de Nenen. Também seduzido inicialmente pela mística do cangaço, quase entrou no bando de Lucas Arvoredo. Por obra do acaso, foi parar no universo militar brasileiro da época. Primeiro na Polícia, depois no Exército e no Partido Comunista Brasileiro (PCB), a quem serviu em diferentes lugares do país, especialmente na Amazônia. Bom soldado, militante responsável e corajoso, promovido a cabo e a secretário de célula, Juvêncio, vulgo Nenen, encontra-se em Natal, no quartel de um regimento do Exército, no comando regional da insurreição comunista de 1935.

Derrotado, faz um percurso pelos cárceres da ditadura de Vargas, começando por Recife, passando por Fernando de Noronha, Rio de Janeiro, até chegar a Ilha Grande. Nesse presídio delega ao sobrinho Tonho a sabedoria acumulada nos longos anos de prisão, graças à leitura e ao conhecimento adquirido no convívio com companheiros do partido. Com o fim da ditadura de Vargas, o herdeiro de Nenen funda em sua pequena cidade o comitê municipal do Partido Comunista Brasileiro, partido popular e democrático legalizado pela Constituição que o autor-deputado ajudou a elaborar.

É a "colheita".

Se Nenen encontrou o caminho da liberdade na vida partidária, que merece especial atenção em *Seara vermelha*, com o registro preciso do comportamento dos pequenos Stálins, é nas mulheres que se encontra a força vital dessas histórias de homens, com seus códigos de honra e bravura. São elas as responsáveis pela sobrevivência de pais, filhos, irmãos e companheiros. Provém delas a força motivadora de tanta coragem no peito dos heróis. E são meigas, esbanjam amor e ternura, dispostas a qualquer sacrifício pelo amor ao seu homem ou à sua família.

É por isso que na cabeça de Tonho, o herdeiro, fulgura ao lado do herói, tio Nenen, a imagem de tia Marta, repudiada pela família por entregar o corpo ao médico do posto de saúde em troca do atestado que permitiu ao pai tuberculoso entrar no trem para São Paulo.

Dez anos depois de escrever *Seara vermelha*, Jorge Amado liderou a maioria dos intelectuais filiados ao PCB no protesto contra a proibição do debate iniciado pelos jornais comunistas sobre o relatório Kruschev, que denunciava os crimes de Stálin, e sobre a resistência húngara à invasão soviética. Diante da pétrea direção partidária, o escritor escolheu o caminho da liberdade, saindo do PCB. Foi seguido por todos.

CINEMA DE PÉ NO CHÃO

Filmar Jorge Amado sempre foi uma proposta sedutora aos cineastas brasileiros e — por que não? — a muitos cineastas americanos e europeus, entre eles o revolucionário Roberto Rosselini. O autor de *Seara vermelha*, livro publicado em São Paulo em 1946, exerceu forte influência no cinema carioca, a ponto de ser considerado pelo veterano produtor Moacyr Fenelon o modelo do "cinema de pé no chão", em contraposição ao cinema do puro entretenimento, especialmente o das deliciosas chanchadas.

Em 1958, ao assistir à chegada de retirantes em Juazeiro da Bahia, numa cena que materializava o mesmo espaço e a mesma ação descritos nas dramáticas páginas do romance, pensei em "fazer um filme" sobre o tema da seca. Na elaboração do roteiro original, *Seara vermelha* encontrava-se ao lado de *O quinze*, de Rachel de Queiroz, e *Vidas secas*, de Graciliano Ramos, livros que eu consultava em busca de informações básicas sobre sertão, sertanejo, caatinga etc.

Quando me dei conta de que qualquer filme sobre a seca deveria ser uma adaptação de um desses três livros, escolhi o de Graciliano Ramos, realizado em 1962 e 1963, depois de uma tentativa frustrada pela chuva em 1959.

Os direitos de *Seara vermelha* foram comprados por Alberto D'Aversa, cineasta ítalo-argentino, enquanto *O quinze*, de narrativa mais complexa, exigia um orçamento mais elevado e fora do alcance da minha condição de produtor independente. Naquele tempo, ainda não havia dinheiro público disponível para o cinema brasileiro.

Em 1976, chegou finalmente a minha vez de filmar Jorge Amado, graças ao empresário Ronald Levinson, que assumiu toda a produção de *Tenda dos Milagres*, apesar de já existir a estatal Embrafilme.

PRIMEIRO PASSO: A ADAPTAÇÃO

A cidade de Salvador, naquele ano, transformara-se em um grande estúdio de cinema, pois, além de *Tenda dos Milagres*, encontravam-se em produção *Dona Flor e seus dois maridos*, sob direção de Bruno Barreto, e *Os pastores da noite*, do cineasta francês Marcel Camus.

Zélia e Jorge desdobravam-se em ajudar as três equipes, em contatar autoridades religiosas, administrativas e policiais da Bahia e até, no meu caso, em arregimentar amigos para compor a figuração de alto nível, como a dos professores da Faculdade de Medicina no começo do século XX ou no baile de formatura dos alunos da mesma escola. Eles eram também os consultores para a formação do elenco e para a escolha de cenários, locações e adereços de arte.

Guardo vaidosamente a lembrança de que Jorge Amado dedicava especial carinho ao meu trabalho. Acolheu-me em sua casa, na rua Alagoinhas, para fazermos a revisão do roteiro e dos diálogos. O trabalho começava às sete da manhã e prosseguia até o meio-dia, numa disciplinada troca de ideias. Assim, o roteiro foi todo reescrito. Cada cena era repassada, a ação e os diálogos, e só em seguida era datilografada pelo próprio Jorge. Muitas vezes, criávamos uma nova versão, completamente diferente do livro. Esse trabalho continuou durante a filmagem, quando Jorge desejava ou precisava improvisar. Ia ao *set* levar os novos textos, as ações e os diálogos, ou enviava o material junto com bilhetes:

Salvador, 1º de dezembro de 1975

Caro amigo Nelson,
Junto a esta envio a você a reformulação de duas cenas do roteiro em cujo estabelecimento colaborei com a sua direção. Nas próprias cenas faço indicações e comentários. As duas parecem-me indispensáveis.
A primeira para que pessoas de inteligência e percepção igual à minha possam entender que Archanjo vire de Macalé para Juarez — realmente não creio que sem explicação a parte não genial do público vá entender. A segunda marca não só mais uma vez a presença de Rosa de Oxalá — no diálogo final — como a de Kirse, e leva ao fim do mundo a força criadora da mestiçagem. Eis por que as considero importantes.

TAREFA DIFÍCIL

Não sei se Jorge gostou do filme, o filme que eu pretendia que fosse o mais fiel à sua obra. Hoje me dou conta de que era uma tarefa difícil fazer um filme baseado em *Tenda dos Milagres*.

O que mais fascina o cineasta na obra de Jorge é a riqueza de histórias e personagens. Irrompem a cada parágrafo novos acontecimentos que conduzem a novos conjuntos humanos, cada um mais sedutor e original que o precedente. Diante de oferta tão generosa, escolher torna-se um desafio ao adaptador.

O romancista é pródigo, enquanto o cineasta deve buscar a síntese, o que muitas vezes pode resultar em banalização ou generalização, enfim, no estereótipo.

Que dizer então da relação tempo-espaço estabelecida nesse romance? Os primeiros episódios ocorrem em 1968, deflagrados pela chegada a Salvador do famoso dr. Levenson, o sábio da Universidade Columbia que queria pesquisar acontecimentos de 1903, quando o personagem-tema Pedro Archanjo iniciava sua carreira de bedel na Faculdade de Medicina.

Nesse tempo dramático de mais de meio século, alarga-se também o espaço da narrativa; o epicentro é a Tenda, a loja do compadre Lírio, mas o romance narra acontecimentos de todos os cantos da Bahia, estendendo-se ao Rio de Janeiro e ao Olimpo dos deuses afro-brasileiros e invadindo outros espaços sociais, saindo do Terreiro de Jesus para as mansões dos coronéis, ao acompanhar o irresistível processo de miscigenação da Bahia.

Além de apresentar o acontecido nessas proporções ciclópicas, o romance desenvolve os fatos do presente, que giram em torno da recuperação da memória do herói Pedro Archanjo, mesmo aviltada pela mídia publicitária e pelo consumismo. Por esse motivo, é no presente que se estabelece o tempo do filme, entremeado de retrocessos narrativos.

O segundo ponto primordial do trabalho de adaptação foi a escolha do personagem-narrador entre os inúmeros que têm a palavra no romance. Ele começa reproduzindo a visão onipotente do autor, mas à medida que entram em cena os personagens, sucedem-se outras vozes narradoras. Complica-se aí o caminho do adaptador, caso se considere obrigado a reproduzir na linguagem cinematográfica a multiplicidade narrativa.

A solução que encontrei foi fazer de conta que o filme é um espetáculo de televisão, tomando como espetáculo de televisão aquele que começa quando se liga o aparelho e que termina quando ele é desligado. Nesse tempo, em torno de duas horas, tudo pode acontecer na relação espaço-tempo e com o narrador, que pode mudar quando menos se espera, passando de momentos dramáticos ficcionais para o relato jornalístico, sem esquecer o imaginário da publicidade.

Nessa narrativa caótica, foram solucionadas com verossimilhança as passagens presente/passado/presente, bem como as mudanças de espaço, de narrador e até do intérprete principal, por exemplo, com a substituição do ator Jards Macalé (Pedro Archanjo jovem) por Juarez Paraíso (Pedro Archanjo mais velho), sem a concordância imediata do autor do livro, como se pode concluir na leitura do bilhete reproduzido antes.

JUBIABÁ

Realizei, em 1986, a segunda adaptação de Jorge Amado, *Jubiabá*. Tentei dessa vez outro caminho na adaptação. Em vez de reproduzir no filme a mesma estrutura narrativa do romance — sem desprezar histórias paralelas e abrindo espaço a todos os personagens inventados pelo autor —, procurei o caminho da simplificação, escolhendo apenas uma linha de história entre as numerosas oferecidas no romance: a história de amor entre o negro Balduíno e a loura Lindinalva. O resultado foi uma triste história de amor frustrado, muito distante do riquíssimo universo amadiano.

Nelson Pereira dos Santos é cineasta. Dirigiu, entre outros filmes, *Rio 40 Graus* (1955), *Vidas Secas* (1963), *Como era gostoso o meu francês* (1970), *Tenda dos Milagres* (1976) e *Memórias do cárcere* (1984).

CRONOLOGIA

As trajetórias de dois personagens permitem situar historicamente a trama de *Seara vermelha*. Zé Trevoada torna-se um cruel cangaceiro e o nome de Lampião é mencionado pelo narrador. Sabe-se que Lampião, ativo nos anos 1920 e 1930, foi morto em 1938. Juvêncio, por sua vez, toma parte no levante comunista organizado pela Aliança Nacional Libertadora (ANL), sob liderança de Luís Carlos Prestes, em 1935.

1912-1919
Jorge Amado nasce em 10 de agosto de 1912, em Itabuna, Bahia. Em 1914, seus pais transferem-se para Ilhéus, onde ele estuda as primeiras letras. Entre 1914 e 1918, trava-se na Europa a Primeira Guerra Mundial. Em 1917, eclode na Rússia a revolução que levaria os comunistas, liderados por Lênin, ao poder.

1920-1925
A Semana de Arte Moderna, em 1922, reúne em São Paulo artistas como Heitor Villa-Lobos, Tarsila do Amaral, Mário e Oswald de Andrade. No mesmo ano, Benito Mussolini é chamado a formar governo na Itália. Na Bahia, em 1923, Jorge Amado escreve uma redação escolar intitulada "O mar"; impressionado, seu professor, o padre Luiz Gonzaga Cabral, passa a lhe emprestar livros de autores portugueses e também de Jonathan Swift, Charles Dickens e Walter Scott. Em 1925, Jorge Amado foge do colégio interno Antônio Vieira, em Salvador, e percorre o sertão baiano rumo à casa do avô paterno, em Sergipe, onde passa "dois meses de maravilhosa vagabundagem".

1926-1930
Em 1926, o Congresso Regionalista, encabeçado por Gilberto Freyre, condena o modernismo paulista por "imitar inovações estrangeiras". Em 1927, ainda aluno do Ginásio Ipiranga, em Salvador, Jorge Amado começa a trabalhar como repórter policial para o *Diário da Bahia* e *O Imparcial* e publica em *A Luva*, revista de Salvador, o texto "Poema ou prosa". Em 1928, José Américo de Almeida lança *A bagaceira*, marco da ficção regionalista do Nordeste, um livro no qual, segundo Jorge Amado, se "falava da realidade rural como ninguém fizera antes". Jorge Amado integra a Academia dos Rebeldes, grupo a favor de "uma arte moderna sem ser modernista". A quebra da bolsa de valores de Nova York, em 1929, catalisa o declínio do ciclo do café no Brasil. Ainda em 1929, Jorge Amado, sob o pseudônimo Y. Karl, publica em *O Jornal* a novela *Lenita*,

escrita em parceria com Edson Carneiro e Dias da Costa. O Brasil vê chegar ao fim a política do café com leite, que alternava na presidência da República políticos de São Paulo e Minas Gerais: a Revolução de 1930 destitui Washington Luís e nomeia Getúlio Vargas presidente.

1931-1935
Em 1932, desata-se em São Paulo a Revolução Constitucionalista. Em 1933, Adolf Hitler assume o poder na Alemanha, e Franklin Delano Roosevelt torna-se presidente dos Estados Unidos da América, cargo para o qual seria reeleito em 1936, 1940 e 1944. Ainda em 1933, Jorge Amado se casa com Matilde Garcia Rosa. Em 1934, Getúlio Vargas é eleito por voto indireto presidente da República. De 1931 a 1935, Jorge Amado frequenta a Faculdade Nacional de Direito, no Rio de Janeiro; formado, nunca exercerá a advocacia. Amado identifica-se com o Movimento de 30, do qual faziam parte José Américo de Almeida, Rachel de Queiroz e Graciliano Ramos, entre outros escritores preocupados com questões sociais e com a valorização de particularidades regionais. Em 1933, Gilberto Freyre publica *Casa-grande & senzala*, que marca profundamente a visão de mundo de Jorge Amado. O romancista baiano publica seus primeiros livros: *O país do Carnaval* (1931), *Cacau* (1933) e *Suor* (1934). Em 1935 nasce sua filha Eulália Dalila.

1936-1940
Em 1936, militares rebelam-se contra o governo republicano espanhol e dão início, sob o comando de Francisco Franco, a uma guerra civil que se alongará até 1939. Jorge Amado enfrenta problemas por sua filiação ao Partido Comunista Brasileiro. São dessa época seus livros *Jubiabá* (1935), *Mar morto* (1936) e *Capitães da Areia* (1937). É preso em 1936, acusado de ter participado, um ano antes, da Intentona Comunista, e novamente em 1937, após a instalação do Estado Novo. Em Salvador, seus livros são queimados em praça pública. Em setembro de 1939, as tropas alemãs invadem a Polônia e tem início a Segunda Guerra Mundial. Em 1940, Paris é ocupada pelo exército alemão. No mesmo ano, Winston Churchill torna-se primeiro-ministro da Grã-Bretanha.

1941-1945
Em 1941, em pleno Estado Novo, Jorge Amado viaja à Argentina e ao Uruguai, onde pesquisa a vida de Luís Carlos Prestes, para escrever a biografia publicada em Buenos Aires, em 1942, sob o título *A vida de Luís Carlos Prestes*, rebatizada mais tarde *O cavaleiro da esperança*. De volta ao Brasil, é preso pela terceira vez e enviado a Salvador, sob vigilância. Em junho de 1941, os alemães invadem a União Soviética. Em dezembro, os japoneses bombardeiam a base norte-americana de Pearl Harbor, e os Estados Unidos declaram guerra aos países do Eixo. Em 1942, o Brasil entra na Segunda Guerra Mundial, ao lado dos aliados. Jorge Amado colabora na *Folha da Manhã*, de São Paulo, torna-se chefe de redação do diário *Hoje*, do PCB, e secretário do

Instituto Cultural Brasil-União Soviética. No final desse mesmo ano, volta a colaborar em *O Imparcial*, assinando a coluna "Hora da Guerra", e em 1943 publica, após seis anos de proibição de suas obras, *Terras do sem-fim*. Em 1944, Jorge Amado lança *São Jorge dos Ilhéus*. Separa-se de Matilde Garcia Rosa. Chegam ao fim, em 1945, a Segunda Guerra Mundial e o Estado Novo, com a deposição de Getúlio Vargas. Nesse mesmo ano, Jorge Amado casa-se com a paulistana Zélia Gattai, é eleito deputado federal pelo PCB e publica o guia *Bahia de Todos os Santos*. *Terras do sem-fim* é publicado pela editora de Alfred A. Knopf, em Nova York, selando o início de uma amizade com a família Knopf que projetaria sua obra no mundo todo.

1946-1950
Em 1946, Jorge Amado publica *Seara vermelha*. Como deputado, propõe leis que asseguram a liberdade de culto religioso e fortalecem os direitos autorais. Em 1947, seu mandato de deputado é cassado, pouco depois de o PCB ser posto na ilegalidade. No mesmo ano, nasce no Rio de Janeiro João Jorge, o primeiro filho com Zélia Gattai. Em 1948, devido à perseguição política, Jorge Amado exila-se, sozinho, voluntariamente em Paris. Sua casa no Rio de Janeiro é invadida pela polícia, que apreende livros, fotos e documentos. Zélia e João Jorge partem para a Europa, a fim de se juntar ao escritor. Em 1950, morre no Rio de Janeiro a filha mais velha de Jorge Amado, Eulália Dalila. No mesmo ano, Amado e sua família são expulsos da França por causa de sua militância política e passam a residir no castelo da União dos Escritores, na Tchecoslováquia. Viajam pela União Soviética e pela Europa Central, estreitando laços com os regimes socialistas.

1951-1955
Em 1951, Getúlio Vargas volta à presidência, desta vez por eleições diretas. No mesmo ano, Jorge Amado recebe o prêmio Stálin, em Moscou. Nasce sua filha Paloma, em Praga. Em 1952, Jorge Amado volta ao Brasil, fixando-se no Rio de Janeiro. O escritor e seus livros são proibidos de entrar nos Estados Unidos durante o período do macarthismo. Em 1954, Getúlio Vargas se suicida. No mesmo ano, Jorge Amado é eleito presidente da Associação Brasileira de Escritores e publica *Os subterrâneos da liberdade*. Afasta-se da militância comunista.

1956-1960
Em 1956, Juscelino Kubitschek assume a presidência da República. Em fevereiro, Nikita Khruchióv denuncia Stálin no 20º Congresso do Partido Comunista da União Soviética. Jorge Amado se desliga do PCB. Em 1957, a União Soviética lança ao espaço o primeiro satélite artificial, o *Sputnik*. Surge, na música popular, a Bossa Nova, com João Gilberto, Nara Leão, Antonio Carlos Jobim e Vinicius de Moraes. A publicação de *Gabriela, cravo e canela*, em 1958, rende vários prêmios ao escritor. O romance inaugura uma nova fase na obra de Jorge Amado, pautada pela

discussão da mestiçagem e do sincretismo. Em 1959, começa a Guerra do Vietnã. Jorge Amado recebe o título de obá Arolu no Axé Opô Afonjá. Embora fosse um "materialista convicto", admirava o candomblé, que considerava uma religião "alegre e sem pecado". Em 1960, inaugura-se a nova capital federal, Brasília.

1961-1965

Em 1961, Jânio Quadros assume a presidência do Brasil, mas renuncia em agosto, sendo sucedido por João Goulart. Yuri Gagarin realiza na nave espacial *Vostok* o primeiro voo orbital tripulado em torno da Terra. Jorge Amado vende os direitos de filmagem de *Gabriela, cravo e canela* para a Metro-Goldwyn-Mayer, o que lhe permite construir a casa do Rio Vermelho, em Salvador, onde residirá com a família de 1963 até sua morte. Ainda em 1961, é eleito para a cadeira 23 da Academia Brasileira de Letras. No mesmo ano, publica *Os velhos marinheiros*, composto pela novela *A morte e a morte de Quincas Berro Dágua* e pelo romance *O capitão-de-longo-curso*. Em 1963, o presidente dos Estados Unidos, John Kennedy, é assassinado. O Cinema Novo retrata a realidade nordestina em filmes como *Vidas secas* (1963), de Nelson Pereira dos Santos, e *Deus e o diabo na terra do sol* (1964), de Glauber Rocha. Em 1964, João Goulart é destituído por um golpe e Humberto Castelo Branco assume a presidência da República, dando início a uma ditadura militar que irá durar duas décadas. No mesmo ano, Jorge Amado publica *Os pastores da noite*.

1966-1970

Em 1968, o Ato Institucional nº 5 restringe as liberdades civis e a vida política. Em Paris, estudantes e jovens operários levantam-se nas ruas sob o lema "É proibido proibir!". Na Bahia, floresce, na música popular, o tropicalismo, encabeçado por Caetano Veloso, Gilberto Gil, Torquato Neto e Tom Zé. Em 1966, Jorge Amado publica *Dona Flor e seus dois maridos* e, em 1969, *Tenda dos Milagres*. Nesse último ano, o astronauta norte-americano Neil Armstrong torna-se o primeiro homem a pisar na Lua.

1971-1975

Em 1971, Jorge Amado é convidado a acompanhar um curso sobre sua obra na Universidade da Pensilvânia, nos Estados Unidos. Em 1972, publica *Tereza Batista cansada de guerra* e é homenageado pela Escola de Samba Lins Imperial, de São Paulo, que desfila com o tema "Bahia de Jorge Amado". Em 1973, a rápida subida do preço do petróleo abala a economia mundial. Em 1975, *Gabriela, cravo e canela* inspira novela da TV Globo, com Sônia Braga no papel principal, e estreia o filme *Os pastores da noite*, dirigido por Marcel Camus.

1976-1980

Em 1977, Jorge Amado recebe o título de sócio benemérito do Afoxé Filhos de Gandhy, em Salvador. Nesse mesmo ano, estreia o filme de Nelson Pereira dos Santos inspirado em *Tenda dos Milagres*. Em 1978, o presidente Ernesto Geisel anula o AI-5 e reinstaura o *habeas corpus*. Em 1979, o presidente João Baptista Figueiredo anistia os presos e exilados políticos e restabelece o pluripartidarismo. Ainda em 1979, estreia o longa-metragem *Dona Flor e seus dois maridos*, dirigido por Bruno Barreto. São dessa época os livros *Tieta do Agreste* (1977), *Farda, fardão, camisola de dormir* (1979) e *O gato malhado e a andorinha Sinhá* (1976), escrito em 1948, em Paris, como um presente para o filho.

1981-1985

A partir de 1983, Jorge Amado e Zélia Gattai passam a morar uma parte do ano em Paris e outra no Brasil — o outono parisiense é a estação do ano preferida por Jorge Amado, e, na Bahia, ele não consegue mais encontrar a tranquilidade de que necessita para escrever. Cresce no Brasil o movimento das Diretas Já. Em 1984, Jorge Amado publica *Tocaia Grande*. Em 1985, Tancredo Neves é eleito presidente do Brasil, por votação indireta, mas morre antes de tomar posse. Assume a presidência José Sarney.

1986-1990

Em 1987, é inaugurada em Salvador a Fundação Casa de Jorge Amado, marcando o início de uma grande reforma do Pelourinho. Em 1988, a Escola de Samba Vai-Vai é campeã do Carnaval, em São Paulo, com o enredo "Amado Jorge: A história de uma raça brasileira". No mesmo ano, é promulgada nova Constituição brasileira. Jorge Amado publica *O sumiço da santa*. Em 1989, cai o Muro de Berlim.

1991-1995

Em 1992, Fernando Collor de Mello, o primeiro presidente eleito por voto direto depois de 1964, renuncia ao cargo durante um processo de *impeachment*. Itamar Franco assume a presidência. No mesmo ano, dissolve-se a União Soviética. Jorge Amado preside o 14º Festival Cultural de Asylah, no Marrocos, intitulado "Mestiçagem, o exemplo do Brasil", e participa do Fórum Mundial das Artes, em Veneza. Em 1992, lança dois livros: *Navegação de cabotagem* e *A descoberta da América pelos turcos*. Em 1994, depois de vencer as Copas de 1958, 1962 e 1970, o Brasil é tetracampeão de futebol. Em 1995, Fernando Henrique Cardoso assume a presidência da República, para a qual seria reeleito em 1998. No mesmo ano, Jorge Amado recebe o prêmio Camões.

1996-2000

Em 1996, alguns anos depois de um enfarte e da perda da visão central, Jorge Amado sofre um edema pulmonar em Paris. Em 1998, é o convidado de honra do 18º Salão do Livro de Paris, cujo tema é o Brasil, e recebe o título de doutor *honoris causa* da Sorbonne Nouvelle e da Universidade Moderna de Lisboa. Em Salvador, termina a fase principal de restauração do Pelourinho, cujas praças e largos recebem nomes de personagens de Jorge Amado.

2001

Após sucessivas internações, Jorge Amado morre em 6 de agosto de 2001.

1ª edição Companhia das Letras [2009] 2 reimpressões
1ª edição Companhia de Bolso [2022]

Esta obra foi composta pela Verba Editorial em
Janson Text e impressa pela Gráfica Bartira em ofsete
sobre papel Pólen Soft da Suzano S.A.

A marca FSC® é a garantia de que a madeira utilizada na fabricação do papel deste livro provém de florestas que foram gerenciadas de maneira ambientalmente correta, socialmente justa e economicamente viável, além de outras fontes de origem controlada.